闽文学
研究选粹

赵麟斌 主编

范丽琴 副主编

上海远东出版社

图书在版编目(CIP)数据

闽文学研究选粹 / 赵麟斌主编. —上海：上海远
东出版社,2020
ISBN 978-7-5476-1607-9

Ⅰ.①闽… Ⅱ.①赵… Ⅲ.①文学研究—福建
Ⅳ.①I209.957

中国版本图书馆 CIP 数据核字(2020)第 106247 号

责任编辑：唐　鋆
封面设计：李　廉

闽文学研究选粹

赵麟斌　主编
范丽琴　副主编

出　　版　**上海远东出版社**
　　　　　（200235　中国上海市钦州南路 81 号）
发　　行　上海人民出版社发行中心
印　　刷　昆山亭林印刷有限公司
开　　本　710×1000　　1/16
印　　张　19.5
字　　数　328,000
版　　次　2020 年 10 月第 1 版
印　　次　2020 年 10 月第 1 次印刷
ISBN 978-7-5476-1607-9/I·349
定　　价　78.00 元

序

    晚清著名学者陈衍如是说:"文教之开兴,吾闽最晚,至唐始有诗人。至唐末五代,中土诗人时有流寓入闽者,诗教乃渐昌。至宋而日益盛。"(《补订〈闽诗录〉叙》)闽文学的起源及其发展较晚,至唐有郑露、欧阳詹、黄滔、薛令之等较为著名的文学家,宋代以后福建文学得到长足发展,出现繁荣的局面,位居全国文学发展前列,出现了具有全国影响力的文学家杨亿、柳永、蔡襄、张元干、刘克庄等。

    至明代,福建科举教育、文学发展地位进一步提升,文学成就卓著,明初以张以宁、蓝仁、蓝智等最为出名,随后出现以林鸿、高棅等为主的著名诗人群体"闽中十才子"。他们的诗风宗唐复古,形成"闽派"诗歌特色。明中后期,出现了郑善夫、邓原岳、徐𤏡、徐𤍜、谢肇淛、曹学佺等一大批诗人,闽诗因而臻于极盛。此外,还有颇具特色的台阁体诗、守边抗倭诗和明末遗民诗,"明兴二百年来,列圣作人,文风遐暨,闽士蒸蒸,建旗鼓,属橐鞬,与海内抗衡"(《福州府志·文苑传论》)。清代福建诗歌创作继续取得丰硕的成果,较为著名的有清初黎士弘、丁炜、张远等人的闽派诗,康熙乾隆年间许遇、叶观国等人的风土杂咏诗,有"七字温如玉有情"美誉的黄任之诗,还有陈寿祺、龚景瀚等人的学人之诗。清代古文方面则以朱仕琇、高澍然、陈寿祺的功力最为深厚。到了近代,八闽大地亦人才辈出,在诗坛上出现了以林则徐为代表的爱国诗人群体。晚清时期,又出现了以陈衍为代表的一批具有全国影响的"同光体"闽派诗人,提倡宋诗风格,开启了中国诗歌新的局面。

    底蕴深厚的闽文学成就闽文学研究的累累硕果。闽文学研究较早集中在闽江学院,创立于2000年的《闽江学院学报》"闽文化研究"专栏即具有丰富的闽文学研究内核。自"闽文化研究"专栏创立后,闽江学院即将其作为重点栏目予以打造。至今,"闽文化研究"专栏已编发学术论文300余篇,取得了较好的社会反响。该栏目先后被评为"第四届全国高校社科期刊特色栏目"(2007年)、"第二届全国地方高校学报名栏"(2010年)、"全国地方高校学报名栏"(2010年)等,2011年,"闽文化研究"栏目与其他10个地方高校学报特色栏目被载入了《共和国期刊60年》史册。2011年12月,"闽文化研究"栏目又被评为第二届教育部"高校哲学社会科学学报名栏"。获评教育部"名栏",这是全国教育界、出版界对《闽江学院学报》"闽文化研究"栏目所具有的学术高度及社会价值的大力肯定。

"闽文化研究"栏目的开设,以"重要学术价值、鲜明地方特色"为旨归,所刊发的学术论文涵盖了"闽文化"中的方言研究、民俗研究、宗教研究、文学研究、服饰文化研究、戏曲艺术研究、历史名人研究、闽台文化交流研究等诸多方面。这些论文具有较高的学术价值,不少兼具原创性,产生了较好的学术效果,在社会上引起了广泛的关注。为充分彰显"闽文化研究"栏目的研究成果,自2011年5月以来,我主持《闽江学院学报》编辑部结集出版了"闽文化研究学术论丛"。此套丛书目前已出版5册:《闽文化的前史今声》《闽文化的人文解读》《闽文化的历史思辨》《闽文化的精神结构》《闽文化的时代传承》。这套丛书是从《闽江学院学报》十几年来精心打造的特色栏目"闽文化研究"栏目中已刊发的近300篇论文里遴选出181篇汇集而成的。如今,我们遵循闽文学发展规律,从此丛书中钩沉探骊,潜心遴选出约30篇,将反映闽文学发展成就的研究力作加以出版,以飨读者,以期为闽文学研究留下历史的跫音。选文中不乏陈庆元、朱则杰、陈广宏等名家之作。

本书得到闽江学院范丽琴博士的大力帮助。对她的努力,我深表谢意与感念。

是为序。

赵麟斌

二〇二〇年初夏于福州已得斋

目　录

论江淹贬谪闽地赋的价值和意义

于浴贤

江淹(444—505),字文通,济阳考城(今河南兰考)人。历仕宋、齐、梁三代,晚年官至金紫光禄大夫,封醴陵侯。江淹出身寒门,"少孤贫好学","本蓬户桑枢之民,布衣韦带之士"。[1]"十三而孤,邈过庭之训"[2],年轻时以文学才华得到宋建平王刘景素的礼遇,入幕为官。后遭诬陷,身陷囹圄,在狱中上书自辩冤屈,备诉忠直之情,"景素览书,即日出之"[3]。宋泰豫元年(472),刘景素为南徐州刺史,与左右心腹密谋反叛,江淹多次委婉劝诫,景素不听,江淹又赠诗五十首以讽谏,结果触怒景素。元徽二年(474)"黜为建安吴兴令"[4],地在今福建浦城,一贬三年。正值盛壮之年的江淹,雄心勃勃,志向远大,正努力奋进,没想到牢狱之灾、贬谪之祸接踵而至,从肉体上、精神上给江淹以巨大的打击和折磨。三年贬谪结束后,江淹重回京都,继续宦海生涯,其间经历了萧齐代宋、萧梁代齐的政权更替。由于他善于审时度势,"深沉有远识"[5],故能在国祚转移中安然无恙,继仕新朝,并且官位日显。

纵观江淹仕宦人生,后期仕途的顺畅通达或许是以前期的坎坷经历为经验教训的结果;而纵观江淹一生的创作,恰与其仕宦经历的穷达荣枯成相反之势。早年仕途坎坷,历经磨难,却是其创作的辉煌时期;后期官位日显,却才思消退,创作大不如前,故有"江郎才尽"之讥。江淹贬谪江南闽地时创作的一批辞赋,全面抒写了作者的贬谪心态及其生存的自然环境,带着浓郁的贬谪文化色彩,因而成为传诵不绝的佳作,也成为确立江淹辞赋史地位及文学史地位的重要作品。正是前期的坎坷经历成就了江淹,成就了他的创作,使他成为南朝一位优秀的作家。

一、丰富复杂的贬谪心态

江淹是南朝辞赋创作数量最多、成就最高的一位。他的赋流传下来的有 28

篇,楚骚体 11 篇。从内容看至少有 12 篇赋创作于贬谪闽地时期,它们是:《去故乡赋》《哀千里赋》《待罪江南思北归赋》《四时赋》《江上之山赋》《恨赋》《别赋》《泣赋》《水上神女赋》《倡妇自悲赋》《丽色赋》《青苔赋》等。此外,《山中楚辞》5篇,《爱远山》1篇等楚骚体赋,学界也多认为是贬谪期间所作。这些作品内容丰富,情感深刻感人,淋漓尽致地表现了作者的贬谪心态,带着浓郁的贬谪文化色彩。

其一,摹写谪臣屈辱、悲伤和痛苦的心境。江淹以忠直之情事其主,奉其君,却招致巨大的灾难,倾刻间成了迁客罪臣,他无法接受这样残酷的现实,内心充满惶恐、屈辱、痛苦和怨恨,辞赋成了谪臣情怀的最好载体。置身江南贬所,触景伤情,谪臣的身份像达摩克利斯的利剑高悬在头上,使他喘不过气来。他自谓"恨人",曰:"北客长唏,深壁寂思"(《四时赋》),"北州之贱士,为炎土之流人"(《待罪江南思北归赋》),"予上国不才,黜为中山长史,待罪三载,究识烟霞之状"(《杂三言五首》序)。上国之英才而沦为南国罪臣,耻辱、怨忿使他无法自已。他毫不避讳自己谪臣的身份,这种正视现实处境的态度中,有对厄运的抗争,更有一份耿耿于怀的愤慨和怨叹。面对厄运加身,他深感前途黯淡,生命失色,矛盾复杂的感情交织在一起,汇成深哀巨痛,绵绵不绝地在赋中倾诉。离开故乡,远赴贬所,跋山涉水,道路艰辛,而山川景致无处不唤起他失意之痛:"对江皋而自忧,吊海滨而伤岁。抚尺书而无悦,倚尊酒而不持。"(《去故乡赋》)远望故都,迢迢千里,更令他哀伤不已:"自出国而辞友,永怀慕而抱哀。"(《哀千里赋》)"误衔造于远国,出颠沛之愿始。去三辅之台殿,辞五都之城市。""忧而填骨,思兮乱神。"(《待罪江南思北归赋》)对自己去国远逝的现实处境充满悲怨。"魂终朝以三夺,心一夜而九摧。徒望悲其何及,铭此恨于黄埃。"(《哀千里赋》)刻骨铭心的冤屈痛楚,使他终生难以释怀,或许将伴随他魂归黄泉。如此至悲至痛的心境,令他伤秋悲春,苦冬叹夏,虽节序变化,常有胜景无限,却无处不引发他的忧伤愁绪:"测代序而饶感,知四时之足伤。"(《四时赋》)

江淹当年跟随刘景素在南兖州任上时,蒙冤下狱,他上书刘景素曰:"信而见疑,贞而为戮,是以壮夫义士伏死而不顾者此也。下官闻仁不可恃,善不可依,始谓徒语,乃今知之。"[6]以屈原忠而被谤、蒙冤受黜自况,愤慨至极。"迹坠昭宪,身陷幽圄。履影吊心,酸鼻痛骨","下官闻亏名为辱,亏形次之,是以每一念来,忽若有遗。……此少卿所以仰天槌心,泣尽而继之以血者也"[7]以司马迁蒙冤下狱、亏形受辱自比,痛心疾首;更因人格受辱、家族声望遭玷污感到屈辱和愤怒。然而贬谪闽地乃刘景素刻意陷害,江淹又能向谁诉说是非曲直呢?他无处倾诉,无法申辩,故深哀巨痛更胜于前。"心汤汤而谁告,魄寂寂而何语,情枯槁而不反,神翻复而亡据。"(《待罪江南思北归赋》)他只能背负罪名,在赋中倾诉着人生的无限悲哀和痛苦。

其二,渴望返归故国家园,为世为君所用。置身贬所,在凄凉压抑的生活中,故国家园的思念成为江淹枯寂心灵的慰藉。他常常触景生情,思亲念土。桃红柳绿的春景,唤起他"思旧都兮心断,怜故人兮无极"。朱荷飘香,草木葱茏的夏季,他不免要"忆上国之绮树,想金陵之蕙枝"。秋天的月明之夜,他思念家乡妻儿,"眷庭中之梧楸,念机上之罗纨"。而冬季的漫漫长夜,"何尝不梦帝都之阡陌,忆故都之台沼"(《四时赋》)。在谪居苦闷的日子里,他"咏河兖之故俗,眷徐扬之遗风。眷徐扬兮阻关梁,咏河兖兮路未央"(《泣赋》)。他思念亲人,怀念故土,故国家园的风土人情、文化风尚,都在梦乡记忆中温暖着他枯寂凄苦的心灵。但关山阻隔,归途漫漫,又令人伤心泣下,"怨帝关之遂岨,怅平原之何极"(《倡妇自悲赋》)。"泣故关之已尽,伤故国之无际。"(《去故乡赋》)作为一名谪臣,他思念帝乡家园,渴望北归,因为故乡是他心灵歇息的港湾,是他感受亲情的温柔之乡;而故国帝乡是他功名事业之所在,也是情感归宿的港湾,是贬所彼岸充满阳光和希望的地方。因此,他的思归之情更包含着冤屈昭雪,希冀用世的强烈愿望。"伊小人之薄伎,奉君子而抚力,接河汉之雄才,击日月之英色……德被命而不渝,恩润身而无极。"(《待罪江南思北归赋》)他热切希望君主的眷顾,希望得到起用。"思云车兮沉北,望霓裳兮澧东,惜重华之已没,念芳草之坐空。"(《哀千里赋》)虽担心希望落空成梦,但希冀却强烈而执着。"信规行之未旷,知矩步之已难。虽河北之爽垲,犹枯柚之不迁。及年岁之未晏,愿匡坐于霸山。"(《哀千里赋》)作者对自己规行矩步却蒙冤受屈深表愤怒,但独立不迁的品格决不改变,唯担心时光匆匆一事无成,而渴望及早建功立业。作者受贬身辱而能坚守节操,遭遇磨难仍执着于用世的理想,表现了积极的人生态度和可贵的思想情操。这也正是江淹贬谪心态中闪光的东西,故其贬谪赋虽凄苦悲伤,仍有一脉执着坚韧的精神在流淌。

其三,对生死的深刻思考,对人生的执着感悟。《恨赋》《别赋》是江淹贬谪吴兴令期间创作的两篇杰作。二赋选题极富特色,都是以人类某一种情感为核心的集中表现,从而展示出不同人生中同一种情感的不同内涵及表现形式,揭示出人生普遍的无奈与悲哀。二赋分别抒写死恨与别愁。《恨赋》开篇惊呼道:

"试望平原,蔓草萦骨,拱木敛魂。人生到此,天道宁论?于是仆本恨人,心惊不已,直念古者,伏恨而死。"面对茫茫荒野,累累冢墓,诗人披阅古今,深深体会到人生的悲剧、痛苦与无奈,面对死亡之大限,任何人也无法逃避,因此发出沉重的浩叹。他反思历史上种种人生,上自帝王将相,下至迁客谪臣,名士佳人,尽管他们地位、权势、经历、遭际、才学、节操、名望各不相同,但面对死亡都无可奈何,并终至于抱憾而死。故曰:"自古皆有死,莫不饮恨而吞声。"江淹以谪臣惨痛的生命遭际去思考各种人生及生命的意义,感伤哀怨尤其沉重。赋中对谪臣之恨的描写特别深刻:"或有孤臣危涕,孽子坠心,迁客海上,流戍陇阴。此人但闻悲风汩起,血下沾衿。亦复含酸茹叹,销落湮沉。"写谪臣之惶恐无据、屈辱怨忿、悲痛伤心之态,则是"危涕""坠心";写富贵云烟、荣华易逝、生命浅危,则是"烟断火绝,闭骨泉里"。这些描写由于融入了作者的生命感悟和切肤之痛,故真挚感人,震撼人心。

《别赋》与《恨赋》是姐妹篇。赋作开头从游子与思妇双方落笔,总叙离别情状之愁惨,展示别愁之无限。然而"别虽一绪,事乃万族",在伤别离的共同情感下,离别的情形、别愁的内涵又各不相同。赋作分别铺叙了不同人物离别之情状:富贵别、侠客别、从军别、赴绝国别、夫妇别、方士别、情人别……"是以别方不定,别理千名,有别必怨,有怨必盈,使人意夺神骇,心折骨惊。"离别之愁怨伤痛何人能免!江淹长年在外为官,与家人、亲友离别的经历无数,而贬谪蛮荒之地,乃是其人生最惨痛之离别,这种由于社会政治祸难造成的离别乃是生离如死别,作者怀此刻骨铭心之痛去体验人生,抒写种种离愁别绪,必然深刻而感人。如写侠客之别:"割慈忍爱,离邦去里,沥泣共诀,抆血相视。驱征马而不顾,见行尘之时起。方衔感于一剑,非买价于泉里。金石震而色变,骨肉悲而心死。"那种走向死地,一去不回的诀别,既难分难舍,又义无反顾,悲怆淋漓。其写远赴绝国之别,亦是动人心魄,令人悲叹嘘唏。二赋抒写死恨与别愁,悲怨憾恨强烈而深沉,展示了人生共同的悲哀与无奈,令人触目惊心,憾恨不已。在国祚频移、杀戮不断、政治动荡黑暗的六朝,生命忧患始终笼罩在士大夫文士的心头,并成为文学表现的主题。《恨赋》《别赋》对生死的深刻思考和揭示具有时代的典型意义。江淹经历了牢狱之灾、贬谪之难,于痛定思痛之际,追踪古今,思考人生,咀嚼苦难,故能对人生作如此深刻的生死感悟。

二、多姿多彩的山水环境

江淹被贬建安吴兴令,"地在东南峤外,闽越之旧境也"[8]。闽地的山水自然三载间与谪臣相伴随,这里的自然环境是江淹的苦难之地,又给予他诸多心灵的抚慰。因此,江淹的贬谪赋对自然环境有充分描写,并赋予她们丰富多彩的审美品格。贬谪环境强化了江淹的贬谪心态,贬谪心态又在贬谪环境中得到了充分的展示。

其一,险山恶水的谪居环境,处处含悲惹愁。作者初践闽地,投身蛮荒,内心怅恨无穷,故望中所见,闽地尽是险山恶水,无处不含悲带怨。"日色暮兮,隐吴山之丘墟。北风析兮绛花落,流水散兮翠苻疏。……茫茫积水,陵陵断山。穷阴匝海,平芜带天。"(《去故乡赋》)对江淹而言,践履闽越,即踏上灾难之地,何况闽越山川本迥异乎中原,又异于建康、徐扬,故触目所见,惟觉穷山恶水,蛮荒凄凉。"惟江南兮丘墟,遥万里兮长芜。带封狐兮上景,连雄虺兮苍梧。当青春而离散,方仲冬而遂徂。"(待罪江南思北归赋》)官场失意,政治迫害,给江淹以沉重打击;而贬所荒凉险恶的环境,更加剧了谪臣的痛苦。"霜剪蕙兮风摧芷,平原晚兮黄云起。"(《去故乡赋》)在谪臣眼中,闽地山水无处不着以失意的色彩,故黯淡无光,一派凄凉。险山恶水、莽荒墟落的贬谪环境,无情地触动起谪臣的伤痛。

其二,山水胜景无限,而终非吾乡。江淹自幼博览群书,且"爱奇尚异"[9],学识渊博,才华横溢,喜爱大自然,对山水自然的吟赏品鉴素养极高。因此,闽地多姿多彩的山水状貌,必然吸引他的眼球。"山则异岭奇峰,横屿带江。杂树亿尺,红霞万重。水则远天相逼,浮云共色。泛泛无底,溶溶不测。"(《哀千里赋》)江南的奇峰异岭,远水长天,霞光云色之绚丽多姿,尽揽眼底。然而,赞叹之际又徒然唤起他内心的伤痛,"徒望悲其何及,铭此恨于黄埃"。楚水吴山景致绚丽而壮伟,"刻划凡崪嵂兮,山云而碧峰。挂青萝兮万仞,竖丹石兮百重。百重兮岩崿,如斫兮如削……见红草之交生,眺碧树之四合。草自然而千华,树无情而百色"。(《江上之山赋》)但现实的阴影又无法抹去,"嗟世道之异兹,牵忧患而来逼"。世道的黑暗在纯净优美大自然的映衬下,污浊丑陋无处遁形,而令作者悲痛不已。闽地四季常青的物候,桃红柳绿碧水丹山,虽无处不佳,但"虽信美而非吾乡",反而引发作者异乡流寓之痛:"若乃旭日始暖,蕙草可织;园桃红点,流水碧色。思旧都兮心断,怜故人兮无极。""至若炎云峰起,芳树未移;皋兰生坂,朱荷出池。忆上国之绮树,想金陵之蕙枝。"(《四时赋》)灵山秀水的绚丽美景,又何尝能疗治谪臣心灵的创伤?

其三,山水有灵,其乐足以释忧解怀。江淹《自序传》中描述贬谪闽地的情景曰："爰有碧水丹山，珍木灵草，皆淹平生所至爱，不觉行路之远矣。山中无事，专与道书为偶，及悠然独往，或日夕忘归。放浪之际，颇著文章自娱。"[10]当然于迁谪初期，江淹并非那么超脱。然而江淹是豁达理智的，要在贬所度过三年时光，则必须调整心态，勇敢面对。入闽一段时间后，他开始理性地反思，努力体验山水美景，感受大自然给予的抚慰。其写山则是："红壁千里，青萼百仞，苔滑临水，石险带溪。"（《赤虹赋》）崖岸险峻，山溪掩映，色彩明丽。其写春郊丽景曰："镜带湖沼，锦匝池林。春塘秀色，阳鸟好音。青郊未谢兮，白日照路，贯千里兮绿草深。"（《青苔赋》）湖光山色，丽日春林，百鸟唱和，好一派盎然春意。其写飞湍山泉曰："桐之叶兮蔽日。桂之枝兮刺天。百谷多兮泻乱波。杂硐绕兮鹜丛泉。"（《阅曲池》）乔木参天，飞瀑四溅，惊心动魄，生意无限。至于写闺情、诉别怨更是富丽华美尽现于前，"掩金觞而谁御，横玉柱而沾轼"。"日下壁而沉彩，月上轩而飞光。见红兰之受露，望青楸之离霜。"（《别赋》）就是感慨人生之死亡亦有如此美境："春草暮兮秋风惊，秋风罢兮春草生，绮罗毕兮池馆尽，琴瑟灭兮丘垄平。"在自然与社会人文景观的兴衰荣辱对比中，揭示出人生的哲理，至为深刻而美丽。自然山水多姿多彩，生机勃发，给人以无限生命的鼓舞；流连于大自然中，可以暂时忘却荣辱得失。故曰："其乐足以弃国释位，遗死忘归也。"（《学梁王兔园赋》）既生死可忘，势位可弃，那么，还有什么放不下呢？在优美的自然环境中，谪臣心灵的伤痛得到了抚慰。

其四，"香草美人"为山水环境增添绚丽色彩。"香草美人"手法是屈原的艺术创造，并在六朝中得到广泛承传。江淹贬谪赋中对这一手法的继承运用，使其山水环境的描写更加绚丽优美。①以男女之情喻君臣关系。江淹《去故乡赋》以"歌曰""重曰"结篇。"歌曰：芳渊之草行欲暮，桂水之波不可渡。绝世独立兮，报君之之一顾。""重曰：江南之杜蘅兮色已陈，愿使黄鹄兮报佳人……恐高台之易晏，与蝼蚁而为尘。"以绝世独立之美人，希冀君子之一顾，表达渴望君臣遇合，为君所用之情，以美人迟暮之叹，寄托士人抱负无由实现之悲。《哀千里赋》末段曰："思云车兮沉北，望霓裳兮澧东。惜重华之已没，念芳草之坐空。"亦是以思君子望美人的笔法，表达近身君旁的用世之情。②通篇运用比兴象征手法。如《倡妇自悲赋》全篇以弃妇喻谪臣，写得哀婉忧伤，曰："泣蕙草之飘落，怜佳人之埋暮。"乃为诗曰："曲台歌未徙。黄壤哭已亲。玉玦归无色。罗衣会生尘。骄才雄力君何怨。徒念薄命之苦辛。"以美人迟暮，惨遭抛弃，凄楚哀伤之情，寄托谪臣失意之悲怨。《水上神女赋》写"江上丈人"游宦荆楚，遍寻倾城美色,得遇"冶异绝俗,奇丽不常"的水上神女。两情相悦,但女子终于倏然远逝,给作者留下无限怅恨。全赋从意境至内容均仿《洛神赋》,以求女不遂寄寓追求君臣遇合而不可得之悲怨。《丽色赋》假托屈原流放江南,宋玉无处追寻,殷忧难遣。巫史推荐一位绝代独立之丽色,宋玉引为上客,以丽色释怀。此以求丽色喻求知音,其构思还是与《洛神赋》同,归根到底自是仿《离骚》之求女模式。以上三篇均以男女之恋喻君臣关系,运用香草美人手法,创造十分优美的意境,抒写凄美的爱情故事,借以表达作者强烈的用世之情,忠君恋阙之志。江淹贬谪赋中香草美人手法的运用,既使情感表达委婉含蓄,又大大增强了贬谪赋的意境美,从而使作者悲伤、屈辱、怨愤的贬谪情感中焕然溢出淡然、希望和执着。

总而言之,江淹贬谪赋中自然环境的描写千姿百态、绚丽多彩,借此以寄托其丰富复杂的贬谪情感。尽管其贬谪情感是忧伤凄楚的,但从山姿水态中总透露出大自然的清纯丽质与天籁之音,因此使感情的表达不至过于感伤,而透露出一缕缕明丽清爽之气。

三、贬谪成就江淹的辞赋创作

(一)贬谪使江淹赋情感内容丰富多彩

江淹贬谪赋全面抒写了作者闽地三年的贬谪情感,有大祸骤降的惶恐、悲伤和痛苦;有"信而见疑,贞而为戮"的屈辱和愤怒;有思念亲人眷恋故国之悲、有近身君旁的用世希冀;有独立不迁,坚守节操的信念;有对历史人生的感悟和反思。情感内涵丰富复杂,思虑痛楚而深刻,成为南朝赋坛上的佳作。

自东晋至南朝汉族贵族政权偏安江左近三百年,半壁江山的政权局势,使诸代士大夫文士对国家的处境和前途深感屈辱和迷惘,而国祚频移与残酷的政治杀戮又使他们深感人生的艰危无奈,因此,处世之惶恐,用世之无望,使他们转而追求内在的精神自由和安宁。魏晋玄学的盛行至南朝儒释道三教融合,从哲学思想上又为士大夫文士追求精神自由提供了理论依据而催化了谈玄论道、山水隐逸自然无为之风的炽盛。在半壁江山的政权下,社会文化精神始终缺乏昂扬向上的精神内质,一代士大夫面对故国山河沦陷,或作"新亭对泣",或作"高世之想",戮力同心,抉袂奋起者实在了了,放旷、无为之风弥漫于士林。在此风气下,文学创作自是"建安风力尽矣"[11]。自东晋以来,文坛呈现出疲软衰颓之气,"诗必柱下之旨归,赋乃漆园之义疏"[12]。诗赋创作大量表现士大夫对玄道佛理的阐发和体悟。至南朝，"庄老告退，山水方滋"[13]，放情山水之逸乐成为创作风尚。而家国民生的种种问题，社会人生的丰富体验，士大夫进退出处的抉择，生命忧危的感悟，则很少涉及。作家往往把自我感情包裹隐藏起来，一味表现悠然逸乐之情状。如谢灵运的山水诗，虽真切地描摹山水幽美的状貌，但很难见到作者的主观情感，因而缺乏个性。又如任昉的诗歌，大量用典以炫耀才学，而掩盖个人的情感。自魏晋发展繁荣起来的咏物抒情小赋，在此文风的浸染之下，"义取其纤，词尚其巧"[14]，"繁华损枝，膏腴害骨"[15]，成为一时赋风之弊。刘勰评述南朝文风曰："采滥忽真，远弃风雅，近师辞赋，故体情之制日疏，逐文之篇愈盛。故有志深轩冕，而泛咏皋壤。心缠几务，而虚述人外。真宰弗存，翩其反矣。"[16]缺乏真情实感而一味追求形式华美，成为文坛的普遍现象。

然而，贬谪给予江淹反抗命运、抗争社会的勇气和力量，他淋漓尽致地倾诉内心的感受，使他的贬谪赋内涵丰富深广，情感色彩真挚而忧愤。尤其可贵的是，身处逆境的江淹，始终以屈子为榜样，不忘用世的追求；以司马迁为楷模，在逆境中奋起以及对节操美德的坚守，使他的赋作内容更具有感奋人心的力量。江淹贬谪赋全面而深刻地反映了一位正直士大夫在逆境中的思想情感，这在南朝中除鲍照外并不多见。钟嵘《诗品》评丘迟"浅于江淹，而秀于任昉"；评沈约"词密于范，意浅于江也"[17]。江淹作品尤其是贬谪赋内容的深刻厚重是同时代许多作家所难以企及的。马积高先生说："江淹走的是鲍照的路子，而矫以苍劲和含蓄。沈约之作代表着齐梁占主导地位的文风，江淹之作则属于别格。"[18]马先生是富有见地的。

(二) 山水胜景及其丰富内涵使贬谪赋风标特出

其一，以华美的形式取胜。山水赋产生于东晋，至南朝士大夫进一步把山水引进审美视野，催化了山水诗的产生，至此，山水诗赋步入了创作的发展繁荣时期。由于山水绚丽多姿的审美特质决定了山水文学的华丽特色，加之南朝士大夫文士大都具有较高的文学艺术修养和审美能力，故于吟赏烟霞之际，摹山范水之间既得山水之妙趣，又追求华丽的辞藻，新奇的语言予以表现，因此"俪采百字之偶，争价一句之奇。情必极貌以写物，辞必穷力而追新"[19]，华艳文风盛于一时。谢灵运为元嘉之雄，"才高词盛，富艳难踪"[20]。颜延之与谢灵运并称"颜谢"，时人评价曰："谢诗如芙蓉出水，颜如错金镂采"[21]，谢惠连"工为绮丽歌谣"[22]，丘迟诗"点缀映媚，似落花依草"[23]，沈约诗"其工丽亦一时之选也"[24]。一代文士从辞藻、对仗、声律等方面进行探索，致力于艺术形式美的创造。江淹诗以善模拟为特征,并不以华丽显名,华丽时风的浸染突出表现在江淹赋中。何焯《义门读书记·文选》卷一曰:"赋家至齐梁变态已尽,至文通已几乎唐人之律赋矣,特其秀色,非后人之所及也。"清代孙月峰《文选集评》卷四评《恨赋》:"探奇搜细,曲有状物之妙,固是一时绝技。"江淹贬谪赋中山水景致的描写,曲尽其妙,辞藻华美,风格绚丽,极具时风特点,故深得时人青睐。

其二,以丰富的审美品格特出。江淹笔下的山水不仅绚丽多姿,而且具有丰富的审美品格。与谢灵运笔下的山水独立于人外的审美客体不同,江淹笔下的山水,融入了作者浓浓的主观情感,是审美主体的对象化。江淹笔下的山水,或是含悲惹愁的险山恶水,或是能够为人排忧释怀、给人以心灵抚慰的青山绿水,或是作者喜怒哀乐情感倾诉的忠实聆听者,这里的险峰怪石、碧崖青萝、灵山秀水,由于熔铸了作者丰富的个性情感,因此具备丰富多彩的审美品格,使其贬谪赋表现为华美的形式与丰富的情感内涵的和谐统一,情采并茂。同时,贬谪赋以其华美的艺术表现形式,又使其忧愤深广的贬谪情感不至过于感伤,而始终透露出一股生机和希望。

综上可见,贬谪的磨难对江淹思想情感的蜕变与升华,对其心理情绪的濡染与历练都产生积极作用,并对江淹贬谪赋丰富的情感内容的表达,华美文风的形成产生积极的影响。

清代姚鼐《惜抱轩笔记》卷八评江淹曰:"江诗之佳,实在宋齐之间,仕宦未盛之时。及名位益登,尘务经心,清思旋乏,岂才尽之过哉!后世词人,受此病者,亦多有之。'匆匆不暇唱渭城',文通、休文固皆不免尔耳。"这是对"江郎才尽"的中肯评析,亦从反面印证了贬谪经历对江淹辞赋成就的意义。江淹贬谪闽地三载,悲痛愤慨,故于赋中淋漓尽致地抒写谪臣心态,情感内容丰富复杂,生命感悟真切深刻。投身蛮荒,闽地山水相伴随,故赋中极尽描摹山水状貌,并赋予她们丰富多彩的审美品格。赋作贬谪心态与贬谪环境情景交融,相得益彰,华美的山水与丰富的审美品格相辉映,华实相符,情采并茂,因此成为南朝赋坛上的佳作。贬谪成就了江淹,成就了江淹的创作,并奠定了他在文坛上的地位。

注　释

[1][3][4][6][7]〔唐〕姚思廉:《梁书·江淹传》,北京:中华书局,1997年。

[2][5][8][9][10]〔南朝〕江淹:《自序传》,严可均校辑:《全梁文》卷39,北京:中华书

局,1985 年。

[11][17][20][21][22][23][24] 吕德申：《钟嵘〈诗品〉校释》，北京：北京大学出版社，
    1986 年。

[12][13][15][16][19] 周振甫：《文心雕龙注释》，北京：人民文学出版社，1983 年。

[14] 〔清〕程廷祚：《骚赋论》，郭绍虞主编：《中国历代文论选》第一册，上海：上海古籍出版
    社，1979 年。

[18] 马积高：《赋史》，上海：上海古籍出版社，1987 年，第 217 页。

唐五代闽中四诗人论略

吴在庆

唐五代闽中人文荟萃,负有时誉的文士云蒸霞蔚,可惜至今已多不为人知,对他们的研究更为不够。加强对他们的关注与研究,这无论是对唐代文学研究,或是对福建古代文学史研究来说,都是很有必要的。本文即先择取其中的薛令之、周朴、陈黯、黄滔等四人,对他们的生平创作等情况,做一简略的论述,以期引起学界对唐五代闽中作家的进一步研究。

一、闽人首登第者薛令之

隋朝开科取士,有唐承隋之制亦有进士科。进士科向为唐人所重,故《唐摭言》云:"缙绅虽位极人臣,不由进士者,终不为美,以至岁贡常不减八九百人。其推重谓之'白衣公卿',又曰'一品白衫',其艰难谓之'三十老明经,五十少进士'。"因此中进士科者,多是饱学善文词之士。福建开发较中原为晚,文教发展较迟,故至中唐时,闽人登进士科者如凤毛麟角,以至其时世人对福建人的登科情况也不甚了了,连饮誉一时的大文学家韩愈也弄不清楚。他在《欧阳生哀辞》中说:"欧阳詹世居闽越……闽越地肥衍,有山泉禽鱼之乐;虽有长材秀民,通文书吏事与上国齿者,未尝肯出仕。"后常衮为福建观察使,"衮以文辞进,有名于时,又作大官,临莅其民,乡县小民有能诵书作文辞者,衮亲与之为客主之礼,观游宴飨,必召与之。时未几,皆化翕然。詹于时独秀出,衮加敬爱,诸生皆推服,闽越之举进士由詹始"[1]。

韩愈此言一出,后来如《新唐书·欧阳詹传》等书皆取其说,以为第一登进士科的福建人是欧阳詹。其实这是错的。宋人黄朝英《靖康缃素杂记·闽人始登第》条即辩林藻及第比欧阳詹早:"是言进士及第,始于林藻也。"但黄朝英也没有说对。林藻于贞元七年(791)登进士第,固然比贞元八年及第的欧阳詹早一年,但要推闽人首登第者,则应是比林藻早86年的薛令之。这点宋人吴曾在

《能改斋漫录·闽人登第不自林藻》条已考明，只是误将神龙二年作元年，薛令之作薛全之罢了。这就把福建的登科史往前推进了近百年。而薛令之其人实在也是值得一提的闽中人物。

据《淳熙三山志》《唐语林》等书所载，薛令之字珍君，长溪（今福建霞浦）人，唐中宗神龙二年（706）登进士第，累官左补阙，兼东宫侍读，乃后来唐肃宗的师辈。薛令之虽任官东宫，却不趋炎附势，而是一位敢于揭短，不阿谀奉承，颇有铮铮铁骨的士人。据《唐诗纪事》卷二十载："开元中，东宫官僚清淡，令之题诗自悼曰：'朝日上团团，照见先生盘。盘中何所有，苜蓿长阑干。饭涩匙难绾，羹稀箸易宽。无以谋朝夕，何由保岁寒？'上幸东宫，览之，索笔题其傍曰：'啄木口嘴长，凤凰羽毛短。若嫌松桂寒，任逐桑榆暖。'令之遂谢病归"，"徒步归乡里"。开元时期史家号为盛世，但薛令之则敢于揭盛世之短，遭唐玄宗以诗讽退后，又不谢罪求宽恕，而敢于使气谢病归乡，实在颇有骨气。后来，唐肃宗即位，以旧恩召之，可惜他已辞世了。

薛令之之所以能成闽人第一位登科者，而又饱学博识，被选为太子侍读，这与他的好学苦读是极有关系的。他的《灵岩寺》诗向我们描述了他隐居寂静草堂，挑灯夜读的情景："草堂栖在灵山谷，勤苦诗书向灯烛。柴门半掩寂无人，惟有白云相伴宿。"这种勤苦好学之风实在令人钦敬。没有这种精神，要想成为饱学有用之士是不可能的。薛令之还善诗。作为福建人，他热爱乡土，以诗歌深情地赞颂家乡山川景物之美。在他今存极少的诗中，尚有一首《太姥山》，实在值得一读："杨舲穷海岛，选胜访神仙。鬼斧巧开凿，仙踪常往还。东瓯冥漠外，南越渺茫间。为问容成子，刀圭乞驻颜。"由此我们可以领略今福建福鼎县南的太姥山的胜景，逗引起前往一游之雅兴。

二、入闽诗人周朴

福建虽较偏僻，但因其山川之美，尤其是在社会动荡或战乱之际，人们均喜入闽避乱。如唐代末年的韩偓、崔道融、周朴等诗人均避乱入闽，并终老于此。

以苦吟著称的周朴即是一位较早入闽的诗人，其一生与福建关系尤为密切。周朴字太朴，原籍并非福建。林嵩的《周朴诗集序》记他"生于钓台，而长于瓯闽"[2]，因他人寓福建，所以此后典籍如宋代的《嘉定赤城志》称他为泉州人，而元代的《唐才子传》又说他是长乐人。他入闽大约在唐宣宗大中间，后虽时有外出，但以在闽时间为长，并终于闽。

周朴终生不仕,以诗才及孤高峻洁的人品为时人所推仰。林嵩称他"一篇一咏,脍炙人口","高傲纵逸林观宇宙,视富贵如浮云,蔑珪璋如草芥,惟山僧钓叟,相与往还。蓬门芦户,不庇风雨,稔不秔,歉不变,晏如也"。他的诗才人品不仅为当时的诗人如贯休、张为所嘉许,也为福建观察使杨发、李诲所推重。林嵩记此事谓"闽之廉问杨公发、李公诲中朝重德,羽翼词人,奇君之诗,召而不往。或曰:'达寮怜才,而子避之,何也?'先生曰:'二公怜才,吾固不往,苟或见之,以吾之贫,恐以摄假之牒见麑耳。'亦接舆於陵未能加也。"周朴虽贫不愿为官,而喜与山僧钓叟来往。据《乌石山志》所记,周朴于"唐季避地居福州乌石山之神光寺,与寺僧灵观、侯官令薛逢友善。双峰寺法主李中丞瓒、大沩寺僧懒安亦与朴为禅悦之交"。他寓居佛寺与僧人游处颇融洽。《唐诗纪事》记此事云:周朴"寓于闽中,于僧寺假丈室以居,不饮酒茹荤,块然独处。诸僧晨粥卯食,朴亦携巾盂厕诸僧下,毕食而退,率以为常。郡中豪贵设供,率施僧钱,朴即巡行拱手,各丐一钱,有以三数钱与者,朴止受其一耳。得千钱,以备茶药之费,将尽复然,僧徒亦未尝厌也"[3]。这种虽贫寒而不贪,高洁自处的品格赢得了林嵩的敬仰,称他如"松蟠鹤翅,泥曳龟尾,一丘一壑,宽于天地",至以"颜子圣声,与日月而不尽;黔娄贫誉,等江河而共存"。

作为一个诗人,周朴以构思尤艰,精意相高,每有所得,必极其雕琢的苦吟诗风而著称。《唐诗纪事》记其苦心为诗趣事云:"(朴)性喜吟诗,尤尚苦涩,每遇景物,搜奇抉思,日旰忘返,苟得一联一句,则忻然自快,尝野逢一负薪者,忽持之,且厉声曰:'我得之矣!我得之矣!'樵夫矍然惊骇,掣臂弃薪而走。遇游徼卒,疑樵者为偷儿,执而讯之。朴徐往告卒曰:'适见负薪,因得句耳。'卒乃释之。其句云:'子孙何处闲为客,松柏被人伐作薪。'彼有一士人,以朴僻于诗句,欲戏之。一日,跨驴于路,遇朴在傍,士人乃欹帽掩头吟朴诗云:'禹力不到处,河声流向东。'朴闻之忿,遽随其后。士但促驴而去,略不回首。行数里追及,朴告之曰:'仆诗河声流向西,何得言流向东?'士人颔之而已。闽中传以为笑。"他的苦吟诗句如"古陵寒雨绝,高鸟夕阳明""高情千里外,长啸一声初"即颇为唐诗人张为所称,取作《主客图》之例句。林嵩亦记其"为诗思迟,盈月方一联一句,得必惊人,未暇全篇,已布人口"。故后人有以"月锻季炼"称其诗。

周朴在福建也留下一些诗篇,而尤以登临福州寺塔之诗为著。在这些诗篇中,诗人描绘名胜风光,抒发人生感慨。如《福州神光寺塔》云:"良匠用材为塔了,神光寺更得高名。风云会处千寻出,日月中时八面明。海水旋流倭国野,天文方戴福州城。相轮顶上望浮世,尘里人心应总平。"此外如《登福州南涧寺》之"万里重山绕福州,南横一道见溪流""晓日青山当大海,连云古堞对高楼"以及《福州开元寺塔》《福州东禅寺》等诗均为我们留下了了解唐时福州名胜文物的宝贵资料。

三、闽南诗人陈黯

陈黯(约 805—876),字希孺,郡望颖川,福建泉州南安人。曾屡应进士举而落第,终生未仕。与著名诗人黄滔、罗隐交谊颇笃。晚年隐居于厦门同安,终老于乡间。黯早慧,少负文才,以能诗称。黄滔《颖川陈先生集序》(以下引文不注者均出此序)记其"十岁能诗。十三袖诗一通谒清源牧。其首篇《咏河阳花》。时面豆新愈(疮之如豆),牧戏之曰:'藻才而花貌,胡不咏歌?'先生应声曰:'玳瑁应难比,斑犀定不加。天嫌未端整,满面为装花'。由是名声大振于州里。"这《自咏豆花》诗的记载显示了陈黯文思敏捷[4],诗才之巧妙。怪不得在他十七岁时,所作《苏武谒汉武帝陵庙赋》,"便为作者推伏"。陈黯身后文稿遭兵火之患,其子陈遘收集遗稿"得其文三十一首,赋若干首。他处得诗若干首",交黄滔编为五卷。黄滔推崇其文云:"先生之文,词不尚奇,切理也;意不偶立,重师古也。其诗篇词赋笺檄皆精而切。"所评诚是。

今存陈黯文虽不多,但大多属于意不偶立的切理之作,颇能启发人心,见其思想及文章风格。首先值得注意的是《代河湟父老奏》。[5]此文约作于唐宣宗大中初(827),其时陈黯正在长安应试。自中唐以来,河湟沦于外族之手,此地百姓颇遭沦陷之苦,亟盼朝廷收复失地。陈黯深感河湟百姓的悲苦,为其爱国之情所动,故为之代言。文中他深情地记叙了边民的痛苦和爱国之心:"臣等世籍汉民也,虽地没戎虏,而常蓄归心。时未可谋,则俛偭偷生……虽力不支而心不离。故居河湟间,世相为训,今尚传留汉之冠裳。每岁时祭享,则必服之,示不忘汉仪,亦犹越翼胡蹄,有巢嘶之异。"进而希望唐宣宗收复失地,谓:"今国家无事,三方底宁,独取边陲,犹反掌耳。矧故老之心,觖望复然。倘大兵一临,孰不面化?"此言实代表了当时广大人民的意愿,而他以一布衣而敢为民请命,足可见他与沦陷区人民血肉相连的密切关系,亦显现其爱国爱民的赤诚之心。尤可贵的是陈黯并无大汉族主义,不主张扩大侵略而盼望民族和睦相处。他奏书末云:"戎翟者,亦天地间之一气耳,不可尽灭,可以斥逐之。伊周汉之事,如前所陈,今之所取,愿止于国朝已来所没秦渭之西故地,朗画疆城,牢为备御,然后辟边田,饱士卒,可以为永远之谋,迥出周汉之右。则臣得弃戎即华,世世子孙无流离之苦。"这种主张实在可贵,而且在他是一以贯之的。其《华心》一文即记叙大食国人李彦昇为宣武节度使卢某所荐而擢第,时人有非难卢某者,谓其"受命于华君,仰禄于华民;其荐人也,则求于夷,岂华不足称也耶,夷人独可用也耶"?陈黯批驳此论而赞赏卢某,认为"华夷者辨在乎心",推荐人才不能以地理上的华夷之别作为准则,认为李彦昇正是"生于夷域而行合乎礼义,是形夷而心华也"。这种举贤推能应以才德、不以华夷的见解,在当时颇受外族入侵之苦的晚唐依然存在,这正可表现出唐人的雍容大度和民族自信心。

陈黯的小品文与同时的皮日休、陆龟蒙、罗隐等人同一风概,可见其时小品文之兴乃一时风尚。其文既有寓意讥刺者,又有直言痛斥者。《本猫说》记猫本是野中之狸,农人为了捕鼠而豢于家中。不料猫之后嗣养尊处优,"疑与鼠同食于主人,意无害鼠之心。心与鼠类,反与鼠同为盗"。故农人叹曰:"猫本用汝怒,为我制鼠之盗。今不怒已,是诚失汝之职,又与鼠同室,遂亡乃祖爪牙之为用而诱鼠之为盗,失吾望甚矣!"所记猫与鼠同为盗事,其旨乃借以讥刺民本养官制盗,而官反同为盗之现实。虽出以婉转含蓄之笔,而讥讽可谓犀利如刃。如果说《本猫说》以婉转托讽为其特色,那么《御暴说》则可谓怒目如金刚,直斥无隐讳了。他认为权倖之害甚于虎狼:"狼虎之暴,炳其形,犹可知也,权幸之暴,萌其心,不可知也。自口者不过于噬人之腥,咋人之骨血;自心者则必亡人之家,赤人之族,为害其不甚乎!"应该说陈黯的文章正是发出光彩和锋芒的晚唐小品文的一个组成部分,值得重视。

陈黯的才德为罗隐所称赏,推崇他是"非常之人"[6];黄滔亦称其"与同郡王肱、萧枢,同邑林颢,漳浦赫连韬,福州陈发、詹雄同时而名价相上下",是具有"不羁之才,出人之行"的"八贤"之一。由此可见,在晚唐诗人群体中,陈黯与其他诸贤一样,是闽中诗人的代表之一。研究福建文史,陈黯等八贤是值得一书的。

四、莆田作家黄滔

黄滔(840—911)是唐末五代之际受辟于闽太祖王审知,并为其所倚重的颇有文声的文士。黄滔字文江,唐泉州莆田(今福建莆田)人。据明曹学佺《唐御史集序》[7],黄滔年轻时曾读书于福平山之灵岩寺,时间长达十年之久。他所以在此读书,乃因此地得山水之灵秀,闽中名士多有于此读书习业而出,扬名文坛者。黄滔《莆山灵岩寺碑铭·并序》记此事云:"初侍御史济南林公藻与其季水部员外郎蕴,贞元中谷兹而业文。欧阳四门(按即唐著名古文家欧阳詹)舍泉山而诣焉(自注:四门家晋江泉山,在郡城之北。其集有与王式书,云莆阳读书即兹寺也)。其后皆中殊科。御史省试《珠还合浦赋》,有神授之名。水部应贤良方正科,擅比干之誉(自注谓策云:臣远祖比干,因谏而死。天不厌直,更生微臣也)。欧阳垂四门之号,与韩文公齐名,得非山水之灵秀乎……大中中,颖川陈蔚、江夏黄楷、长沙欧阳碣兼愚慕三贤之懿躅,葺草斋于东峰十年。"文中所提到的林藻、林蕴、欧阳詹三人皆是读书于灵岩寺而后扬名的闽中文士。黄滔想效仿先贤,步其成名之路而隐居读书于此。然而时非欧阳詹等人所处的政治与文学中兴的贞元时代,黄滔身处唐季,命运坎坷得多。他于上引文中述及当时举场情景与自己的遭遇说:"咸通、乾符之际,豪贵塞龙门之路,平人艺士十攻九败。故颖川之以家冤也,与二三子率不西迈。而愚奋然凡二十四年于举场,幸忝甲第。"在长达二纪的举场生涯中,黄滔备尝落第之苦,曾赋《下第出京》诗自述其身世心情云:"还失礼官求,花时出雍州。一生为远客,几处未曾游。故疾江南雨,单衣蓟北秋。茫茫数年事,今日泪俱流。"[9]诗人于唐昭宗乾宁二年(895)登进士第,然而并不顺畅,还经历了一场复试的风波。原来这一年刑部尚书崔凝知礼部贡举,放赵观文、张贻宪、黄滔等 25 人及第。唐昭宗因闻其时科场多有请托滥进之事,旋又复试于武德殿。据《莆阳黄御史集》所附《唐昭宗实录》载,经复试,"其赵观文、程晏、崔赏、崔仁宝等四人才藻优赡,义理昭宣,深穷体物之能,曲尽缘情之妙。所试诗赋,辞艺精通,皆合本意。其卢赡、韦说、封渭、韦希震、张蝘、黄滔、卢鼎、王贞白、沈崧、陈晓、李龟祯等十一人所试诗赋义理精通,用振儒风,且躁异极。其赵观文等四人并卢赡等十一人并与及第"。而原登第之张贻宪、孙溥等五人"所试诗赋不副题目,兼句稍次,且令落下,许后再举。其崔砺、苏楷、杜承昭、郑稼等四人,诗赋最下,不及格式,芜颣颇甚,曾无学业","故令所司落下,不令再举"。主考官崔凝也因所试不公而贬合州刺史。尽管此次科考因唐昭宗过问而使得滥进者被黜落,但即此亦可见黄滔所讲的其时科场"豪贵塞龙门之路"等弊端确实存在。这也就怪不得他的诗中多有述及科场受挫之哀的诗行,如《下第》云:"昨夜孤灯下,阑干泣数行。辞家从早岁,落第在初场"。因此,当他久困场屋而一朝及第时,其欢快之情也就不言而喻了。其《放榜日》不禁咏出了这样的诗行:"吾唐取士最堪夸,仙榜标名出曙霞。白马嘶风三十辔,朱门秉烛一千家。郗诜联臂升天路,宣圣飞章奏日华。岁岁人人来不得,曲江烟水杏园花。"其《二月二日宴中贻同年封先辈渭》也是同类之作。经过唐昭宗的这一次复试,黄滔以真才实学题名金榜,因此他这一首诗所咏的"帝尧城里日衔杯,每倚稽康到玉颓……同戴大恩何处报,永言交道契陈雷"也就可以理解了。

黄滔在唐末五代的闽中文坛上是一位颇有地位与贡献的作家。这不仅在于他本身的诗文成就与贡献,更主要的是他在闽国特殊的政治地位以及因此在文坛所起到的联系、引荐、吸纳众多文士的特殊作用。

黄滔及第后,仕途虽未大达,但还算顺遂。更为重要的是受到了闽王王审知的器重。他于昭宗光化(898—901)中授四门博士,天复元年(901)受太祖辟,以监察御史里行充威武军节度推官。后梁时强藩多僭位称帝,王审知能"据有全闽,而终其身为节将者,滔规正有力焉。中州若李绚、韩偓、王涤、崔道融、王标、夏侯淑、王拯、杨承休、杨赞图、王倜、傅归懿避地于闽,悉主于滔。时闽中所为碑碣皆其文也"。[10]今其文集所录碑文尚有《泉州开元寺佛殿碑记》《灵山塑北方毗沙门天王碑》《丈六金身碑》《莆山灵岩寺碑铭》《龟洋灵感禅院东塔和尚碑》《华岩寺开山始祖碑铭》《福州雪峰山故真觉大师碑铭》《大唐福州报恩定光多宝塔碑记》等。此类碑铭多有奉闽王之命而撰者,另又有代闽王所撰之《祭南海南平王》文,此均可见黄滔在闽中为闽王所倚重及其在文坛上之重要地位。黄滔在闽中文人中所起到的"悉主于滔"的作用,史籍亦时有记及。如《十国春秋·崔道融传》载:"崔道融,荆州人。以征辟为永嘉令,累官右补阙。避地入闽,未几病卒。道融素与黄滔善,其卒也,滔为文祭之,有云:'识通龟策,耀握灵珠,国风骚雅,王佐谋讦。袁安之涕泣泫然,刘氏之宗祧莫扶。'"其祭文尚谓:"某饮风永嘉,倾盖无诸。多君于士元廊庙,待我以叔度陂湖。交言既异,投分斯殊。方侯弹冠,仰修程于霄汉,谁云执绋,悲落景于桑榆。"[11]据此可知崔道融之来闽,当与黄滔之引荐不无关系。又《五代史补》卷二《黄滔命徐寅代笔》亦记:"黄滔在闽中为王审知推官,一旦馈之鱼。时滔与徐寅对谈,遂请为代谢笺。寅援笔而成,其略曰:'衔诸断索,才从羊续悬来;列在彫盘,便到冯驩食处。'时人大称之。"徐寅乃闽中著名文士,而其时处境尚艰。黄滔本擅笺奏碑表之文,其与徐寅交谈于幕府中,而又特地自己不做笺表,反转请徐寅代为谢笺,其用意或有以此荐扬宣夸徐寅之意。其多与文士交,而诸文士"悉主于滔"亦由此可见一斑了。

黄滔身处文风绮靡衰颓、风雅沉潜不振之世,对当时文风颇为不满,多有指斥之言,而对于李、杜、元、白、元结、韩愈之诗文甚为称扬推崇。他的《莆阳黄御史集》中的《与王雄书》《答陈磻隐论诗书》两文中所表明的论诗文主张是颇可注意的。

黄滔《与王雄书》中认为过于讲求骈偶、声律之文,乃是以文为戏,他提倡直写其意:"某不业文,诚可俪偶其辞,以赞方寸。既再而思,夫俪偶之辞,文家之戏也,焉可赞其戏于作者乎? 是若扬优啄、干谏舌、啼妾态、参妇德,得不为罪人乎! 是乃扫降声律,直写一二,强名曰书。"他称赏指陈时病之类的文章说:"若复韩校书、两寓沈先辈、永崇高中丞、安邑刘补阙已上十篇书,指陈时病俗弊,叙述饬躬处己,讲论文学兴废,指切知己可否,虽常人俗士闻见之,亦宜感动,况吾曹乎。"他批评其时尚辞鲜质的文章,而称扬韩愈、元结之文,云:"夫以唐德之盛而文道之衰,尝聆作者论近日场中,或尚辞而鲜质,多阁下能揭元次山、韩退之之风。故天所以否其道,窒其数,使若作《骚》演《易》,皆出于穷愁也,复何疑焉。"他期盼王雄能"荐计贡闱,高取甲乙,然后使人人知斯之宝货。异于是也,元次山、韩退之之风复行于今日也。"于此可见,在唐末,尽管骈俪之文复炽,但盛于中唐的古文运动还具有一定影响,仍有像黄滔这样的文家提倡元结、韩愈的古文,期望古文风行于世。

在《答陈磻隐论诗书》中,黄滔认为:"且诗本于国风王泽,将以刺上化下,苟不如是,曷诗人乎。"指出:"圣人删诗,取之合于韶武,故能动天地、感鬼神。其次亦犹琴之舞鹤跃鱼,歌之遏云落尘,盖声之志也。琴之与歌苟尔,况惟诗乎。"鉴于这样的认识,他既批评晋宋以来的诗人,也推崇李、杜、元、白等人的作品,同时指斥唐末的"郑卫之声",谓:"且降自晋、宋、梁、陈以来,诗人不可胜纪,莫不盛多猗顿之富,贵叠隋侯之珍,不知百卷之中、数篇之内,声文应者几人乎! 大唐前有李、杜,后有元、白,信若沧溟无际,华岳干天。然自李飞数贤,多以粉黛为乐天之罪,殊不谓三百五篇多乎女子,盖在所指说如何耳。致如《长恨歌》云:'遂令天下父母心,不重生男重生女',此刺以男女不常,阴阳失伦。其意险而奇,其文平而易,所谓言之者无罪,闻之者足以戒哉。逮贾浪仙之起,诸贤搜九仞之泉,唯掬片冰;倾五音之府,只求孤竹,虽为患多之所少,奈何孤峰绝岛,前古之未有。咸通、乾符之际,斯道隙明,郑卫之声鼎沸,号之曰今体才调歌诗。援雅音而听者懵,语正道而对者睡。噫! 王道兴衰,幸蜀移洛,兆于斯矣。诗之义大矣哉!"黄滔的诗论虽无新创,乃是承继前人之说,但在风雅不振,"郑卫之声鼎沸"之时,能指出时弊,倡元结、韩愈之文,李、杜、元、白之诗,则是值得肯定,并具有一定作用的。而他对贾岛一派诗的既有批评又有肯定的态度,也是较为公允的。这些都值得我们进一步取资研究。

黄滔所作诗赋文亦不少,《新唐书·艺文志》著录有《黄滔集》十五卷、《泉山秀句集》三十卷。后者乃其所编自唐武德至天祐末闽中诗人所为诗,惜今已佚。但据此可知,将有唐一代闽中诗人秀句编为集者,黄滔可能是最早的。其诗文今存通行本有《丛书集成初编》本的《莆阳黄御史集》上下秩、《四库全书》本的《黄御史集》八卷。

前人于黄滔诗文多有称誉之言,洪迈于《唐御史公集序》称:"其文赡蔚有典则,策扶教化。其诗清淳丰润,若与人对语,和气郁郁,有贞元、长庆风概。祭陈、林先辈诸文,悲怆激越,交情之深,不以昼夜死生乱离契阔为间断。《马嵬》《馆娃》《景阳》《水殿》诸赋,雄新隽永,使人读之废卷太息,如身生是时,目摄其故。为文若是,其亦可贵。"杨万里《黄御史集序》则称:"御史公之诗,如《闻新雁》:'一声初触梦,半白已侵头……余灯依古壁,片月下沧洲。'如《游东林》:'寺寒三伏雨,松偃数朝枝。'如《上李补阙》:'谏草封山药,朝衣施衲僧。'如《退居》:'青山寒带雨,古木夜啼猿。'此与韩致光、吴融辈并游,未知其何人徐行后长者也。"黄滔二十三世孙黄起有亦称:"御史公文崛奇而鸿硕,其诗新琢而密丽,皆岸然有振举一世之意。"[12]前人所评均值得我们将它置于唐代的文学发展流程中,特别是晚唐五代时期作为研究之参考。这不管是就诗文而言如此,即从律赋的角度也是如此。

尽管黄滔对俪偶之文时有微辞,然囿于时尚,他也多有律赋之作,且颇为人所称许,其赋名甚至在诗文之上。洪迈《容斋四笔》卷七《黄文江赋》谓:"晚唐士人作律赋,多以古事为题,寓悲伤之旨,如吴融、徐寅诸人是也。黄滔字文江,亦以此擅名,有《明皇回驾经马嵬坡》隔句云:'旧惨风悲,到玉颜之死处;花愁露泣,认朱脸之啼痕。''褒云万叠,断肠新出于啼猿;秦树千层,比翼不如于飞鸟。''羽卫参差,拥翠华而不发;天颜怆恨,觉红袖以难留。''神仙表态,忽零落以无归;雨露成波,已沾濡而不及。''六马归秦,却经过于此地;九泉隔越,几悽侧于平生。'《景阳井》云:'理昧纳煌,处穷泉而讵得;诚乖驭朽,攀素缕以胡颜。''青铜有恨,也从零落于秋风;碧浪无情,宁解流传于夜壑。''荒凉四面,花朝而不见朱颜;滴沥千寻,雨夜而空啼碧溜。''莫可追寻,玉树之歌声邈矣;最堪惆怅,金瓶之咽处依然。'《馆娃宫》云:'花颜缥渺,欺树里之春风;银焰荧煌,却城头之晓色。''恨留山鸟,啼百卉之春红;愁寄陇云,锁四天之幕碧。''遗堵尘空,几践群游之鹿；沧洲月在，宁销怒触之涛？'《陈皇后因赋复宠》云：'已为无雨之期，空悬梦寐；终自凌云之制，能致烟霄。'《秋色》云：'空三楚之暮天，楼中历历；满六朝之故地，草际悠悠。'《白日上升》云：'较美古今，列子之乘风固劣；论功昼夜，姮娥之奔月非优。'凡此数十联，皆研确有情致。若夫格律之卑，则自当时体如此耳。"

黄滔现存赋二十二篇，而洪迈从以古事寓悲伤之意的角度即称引六篇，可见其赋之非无病生吟，或徒逞妍辞丽句之作，这与其时"尚辞而鲜质"的文风是颇为不同的。同时也可见，其赋作亦多可称道，不能因评家多贬骈俪之文而轻忽之。前人称他"以赋擅名"，杨慎《丹铅总录》谓其《明皇回驾经马鬼坡》等赋"殊可喜也"，这一评估是值得我们重视的。

注　释

［1］〔唐〕韩愈：《韩昌黎文集校注》卷五，马其昶校注，马茂元整理，上海：上海古籍出版社，1986 年。

［2］〔清〕董诰：《全唐文》卷八二九，上海：上海古籍出版社，1990 年。

［3］〔宋〕计有功：《唐诗纪事》卷七一，北京：中华书局，1965 年。

［4］［9］〔唐〕黄滔：《莆阳黄御史集》，上海：商务印书馆，1936 年。

［5］〔唐〕陈黯：《代河湟父老奏》，〔清〕董诰：《全唐文》卷七六七，上海：上海古籍出版社，1990 年。

［6］〔唐〕罗隐：《陈先生集后序》，〔清〕董诰：《全唐文》卷八九五，上海：上海古籍出版社，1990 年。

［7］〔唐〕黄滔：《莆阳黄御史集·附录》，上海：商务印书馆，1936 年。

［8］〔唐〕黄滔：《莆阳黄御史集·下秩》，上海：商务印书馆，1936 年。

［10］〔唐〕黄滔：《莆阳黄御史集·别录》，上海：商务印书馆，1936 年。

［11］〔唐〕黄滔：《莆阳黄御史集·祭崔补阙道融》，上海：商务印书馆，1936 年。

［12］〔唐〕黄滔：《莆阳黄御史集》附录引《氏族大全》，上海：商务印书馆，1936 年。

曾巩在福州的政绩和文学创作

邹自振

曾巩于北宋熙宁十年（1077）59 岁时由洪州移知福州军州事,元丰元年（1078）60 岁召判太常寺,未至京师而改知明州。在福州时间虽短,而政绩卓然。

曾巩到福州后,首先仍以廉洁奉公作为仕宦的准则。

在宋代,州府以上的官吏除享受固定的俸禄以外,还补给一定数量的"职田"（根据职务给予固定田产）。在福州,州府官吏没有"职田",却另有一大笔收入。原来,州府中有很大的一块菜园子,每年都种着各种各样的蔬菜。蔬菜成熟以后,便由衙役挑到市上去卖,卖得的钱全归州官所有。由于府里的蔬菜上市早、质量好,人们都争相购买。于是不费什么功夫,就可以捞到一大笔钱。这样,有时一个州官一年仅菜钱收入就可达三四十万之多。

曾巩到福州上任之后,便到民间做了调查。他了解到:州府卖菜,往往要排挤菜农买卖,使他们的生意难做、收入减少,以致造成生活上的困难。曾巩愤慨于此,大声疾呼曰:"太守与民争利可乎?"他宣布福州府取消这项收入。州府不再收取菜钱,种植的蔬菜也很少拿到市面上去卖了。消息传出,当地老百姓都很高兴,菜农们更是欢欣鼓舞。从此以后,凡是来福州做官的,也都效法曾巩的做法,不再从老百姓身上榨取这部分菜钱"肥"自己的腰包了。

福州自五代闽国崇奉佛教以来,兴建了大量的佛寺禅院,到北宋时已称誉东南。据北宋景德初知福州的谢泌《咏冶城风物》诗云:"湖田播种重收谷,山路逢人半是僧。城里三山千簇寺,夜间七塔万枝灯。"迷信的人为了追求"来生"幸福,把田产施舍给庙宇。寺庙田亩赋税比一般籍户轻得多,刁滑之徒为了减轻或逃避赋税,就与寺院勾结,形成寺院田产日多,民间田产日少,赋税负担都转嫁到农民身上,农民负荷不起遂遁入空门为僧。寺院的发展威胁着社会经济基础,更突出的是上层僧侣为着寺院有利可图,千方百计贿赂官府,谋取要职。由于当时主守禅寺,需要知州同意,由地方官直接任命。于是僧人们纷纷买通关节,巴结官府;有些官员也趁机敲竹杠而发横财,一时贿赂之风盛行八闽。

曾巩到福州后,知道其中弊端百出。为了取缔这种贪贿行为,他亲自前往寺院,让僧徒们互相推择、选举方丈,并将推选出来的公正贤明的僧人一一记录造册报府,然后按照次序,依次递补。曾巩当众却其私谢,以杜绝左右受贿。由于曾巩的清廉,这些贪贿的风气,不禁而止。曾巩采取各种办法,改变了主持僧由官府延聘的制度,而由他们推举能者担任,杜绝了钻营门路,废除了两所与豪门狼狈为奸、为非作歹的寺院,逮捕了一些企图逃脱的奸民与不法僧侣,整治了佛寺禅院的歪风邪气。

曾巩常说:"州县常困于文牒烦多,人民则苦于追赋之急。"因此他一到福州任上就和属县商议应办的事情,分别轻重缓急,预计完成期限:期限未至的不再催促;限期一至,不办的就治应有之罪;如讨约之期限和要办的时间不相当,则与该县另定期限;而先已立有期限的,即使有所追问,知州也不派人到县,县上也不再派人下乡。曾巩试用这种办法来尽力减少官府对人民的骚扰。开始属县并不十分听从,曾巩小则惩罚典史,大则弹劾知县,于是各县莫敢轻慢,有事皆先期召集官吏预告。由于公文减少许多,人民也得以过上较宁静的日子。

曾巩在福州年余,因廉洁为官、奉公守志、从政有方,所以治安秩序逐渐安定。他在《福州奏乞在京主判闲慢曹局或近京一便郡状》中说:"今山海清谧,千里宴然。里闾相安,粟米丰羡。"当时京师一带也盛传他的政绩。曾巩有一首《亲旧书报京师盛闻治声》诗云:"自知孤宦无材术,谁道京师有政声。默坐海边何计是,白头亲在凤凰城。"《凤池寺》中写道:"经年闻说凤池山,蜡屐方偷半日闲。笑语客随朱阁上,醉醒身在白云间。溪桥野水清犹急,海岸轻寒去却还。为郡天涯亦潇洒,莫嗟流落鬓毛斑。"足见曾巩在福州任上心情是愉快的,而且也是有一定政声的。

曾巩在福州时继续写作,除奏状、启状、剳子、书表、祭文以外,抒情、写景的散文则有《道山亭记》流传下来。《闽都记》卷十载:"道山亭在邻霄台之东。"道山这个名称是程师孟所起。程师孟字公辟,吴县人,熙宁元年(1068)知福州,在福州六月,开拓城的西南隅,又以余力浚河湟、建桥梁等,公余之暇,还多游览吟咏,建道山亭于乌石山。曾巩《道山亭记》说:"程公以谓在江海之上,为登览之观,可比于道家所谓蓬莱、方丈、瀛洲之山,故名之曰'道山之亭'。"《道山亭记》着重描写闽地山水之奇险,尖新巉刻,穷形尽相,风格极近柳宗元。其文曰:

其路在闽者,陆出则阸于两山之间,山相属无间断,累数驿乃一得平地,小为县,大为州,然其四顾亦山也。其途或逆坂如缘縆,或垂崖如一发,或侧径钩出于不测之溪上,皆石芒峭发,择然后可投步。负戴者虽其土人,犹侧足然后能进。非其土人,罕不踬也。其溪行,则水皆自高泻下,石错出其间,如林立,如士骑满野,千里下上,不见首尾。水行其隙间,或衡缩蟉糅,或逆走旁射,其状若蚓结,若虫镂,其旋若轮,其激若矢。舟溯沿者,投便利,失毫分,辄破溺。虽其土长川居之人,非生而习水事者,不敢以舟楫自任也。其水陆之险如此。

该文形象地把闽省山川形势概括而简练地加以描述,读之如身临其境。清人陆文裕说:"亲自闽中,方知其工。"在唐宋游记文中亦可为突出的篇章。《道山亭记》先写福建的地势,次及府治侯官,又次说到道山命名的由来,而终称颂程师孟治闽的政绩。曾巩在文中绝不替寺观铺张,立言得体。当时佛、道盛传闽中,至乌石山者非拜佛即访道,而少有读曾碑者。故南宋刘克庄《道山亭》诗中有"城中楚楚银袍子,来读曾碑有几人"之句;此非徒感叹识曾文之妙者少,亦感慨佞佛信道者之多。

曾巩在福州还写有《福州拟贡荔枝状并荔枝录》一文,阐明福、泉、漳、兴化军队荔枝种类、优劣等,凡34种之多,可谓善于调查研究与描述的简明之作。

曾巩在福州除上述的散文外,还有诗30余首。其记地方名胜的,如《夜出过利涉门》:

> 红纱笼烛照斜桥,复观翚飞入斗杓。
> 人在画船犹未睡,满堤明月一溪潮。

利涉门是唐末时开辟的,其门在今福州城内安泰桥北。《闽都记》卷二载:"唐天复元年(901)王审知于子城外环筑罗城北永安门南涉利门。"诗人首句写晚间出城的景色,次句仰视城楼之高,三句系近河所见,诗末以"明月溪潮"作结,读之有景色清幽之感。还有《大乘寺》一诗:

> 行春门外是东山,篮举宁辞数往还。
> 溪上鹿随人去无,洞中花照水长闲。

楼台势出尘埃外，钟磬声来缥缈间。

自笑粗官偷暇日，暂携妻子一开颜。

　　《闽都记》卷十一载："东山……去城十里，而近有狮子峰、榴花洞。唐永泰（765—766）樵者蓝超逐鹿至洞遇异人与榴花一枝而返，复往遂失所在。"又云："大乘、爱同寺在东山，梁大同六年（540）置大乘寺，十二年（546）置爱同寺。唐大中十一年（857）合二寺为一，因名。"诗的第一、第二两句点明出游的地点是东门外的东山（行春门是福州的东门），颔联写了当地的古迹，颈联写出楼台形势和远寺钟磬之声，末了以作者此游的心情作结。诗中两联对古迹与景色的叙述描写，情景结合，使人有飘逸之感。

　　曾巩还有《游东山示客》诗：

虞寄庵余薜径通，满山台殿出青红。

难逢堆案文书少，偶见凭栏笑语同。

梅粉巧含溪上雪，柳黄微破日边风。

从今准拟频行乐，日伴樽前白发翁。

　　《闽都记》卷十载："虞公庵在山东之麓，梁虞寄隐处。寄会稽人，侯景之乱，僻地入闽。陈宝应据闽有异志，寄数谏不听，遁迹东山，宝应怒，遣人焚其舍，寄安卧不动。纵火者为灭其炬乃已。宝应败，宾客伏诛，惟寄获免。闽人重之，名其处为虞公庵。"曾巩此诗，首联先写世事变迁，景物已异，虞公庵只余薜径，满山都是梵宇禅林；颔联写公余与诸客野游之乐；颈联则写梅白柳黄，这正是福州季冬初春的景色，一面梅花如今雪盛开，一面柳枝却已吐出微黄新芽；末了以欣悦的心情，来抒发山游的兴致。全诗充满着愉快的情怀，体现了曾巩知福州时政简人和，公暇得享溪光山色的闲情逸致。

　　此外还有《城南二首》《西楼》《旬休日过仁王寺》《升山灵岩寺》《凤池寺》《圣泉寺》诸诗。

　　其中《圣泉寺》一诗简括了福州的形势之胜：

笑问并儿一举鞭，亦逢佳景暂留连。

青冥日抱山腰阁，碧野云含石眼泉。

蹑屐路通林北寺，落帆门系海东船。

闽王旧事今何在？惟有村村供佛田。

圣泉寺亦名圣泉院，旧名法华，在福州东郊。《闽都记》卷十一："唐景龙（707—710）初，僧怀一始卜居寺西，苦远汲。忽一禽噪于地，因凿之，泉忽涌出。"首联写诗人偶尔问问健儿，举鞭而到圣泉寺，不意却是一处值得留连的佳境。颔联与颈联写圣泉寺的景色与形势，寺在半山中，故有"青冥日抱山腰阁，碧野云含石眼泉"的奇景，而上有寺院，俯瞰闽江，故以"蹑屐路通林北寺，落帆门系海东船"，概括了眼前的景物形势。末联说"闽王旧事今何在"，虽有一世英雄今安在之意，但"惟有村村供佛田"句却是带有对佞佛的辛辣讽刺。

《城南二首》（之一）及《西楼》两诗，写得轻快清新，体现了曾诗除清隽淳朴风格以外的雄放壮丽的特色，历来为诗家所赞叹：

海浪如云去却回，北风吹起数声雷。朱楼四面钩疏箔，卧看千山急雨来。

——《西楼》

雨过横塘水满堤，乱山高下路东西。一番桃李花开尽，惟有青青草色齐。

——《城南二首》之一

曾巩在福州出了写江山形胜的风景诗外，还有咏物、送别、谢人、赠茶（如著名的《闰正月正十一日吕殿丞寄新茶》）等篇。当时他因老母年已八十有八，寄居京中，无人侍奉，而自己与其弟曾布羁宦闽粤，故诗中常发思归的感慨。在《乱山》一诗中充分体现了诗人这种感情：

乱山深处转山多，此地栖身奈远何。

莫问吾亲在何处，举头东岸是新罗。

作者自注："福州际海，东岸即新罗诸国，《图经》亦云：长溪与外国接界。"在他奉召离闽判太常寺入京时，作有《北归三首》，更和盘托出这种心境：

终日思归今日归,著鞭鞭马尚嫌迟。
典台殿里官虽冷,须胜天涯海角时。

拜拜恩书喜满颜,马蹄遥望斗杓还。
从今步步行平地,出得千山与万山。

江海多年似转蓬,白头归拜未央官。
堵墙学士惊相问,何处尘埃瘦老翁?

这三首诗不但写出曾巩奉命北归时的喜悦,也道出了他在福州抑郁情绪的一面。

曾巩在福州的咏物诗中最著名的是《荔枝四首》。其一、二两首尽力描绘荔枝的色态,三、四首则分别写荔枝的畏寒特性和芬芳气味。

剖见隋珠醉眼开,丹砂缘手落尘埃。谁能有力如黄犊,摘尽繁星始下来。

——《荔枝四首》其一

一、二句写剖开荔枝和弃掉皮壳的愉快心情,后两句则描绘荔枝采摘的不易。

玉润冰清不受尘,仙衣裁剪绛纱新。千门万户谁曾得?只有昭阳第一人。

——《荔枝四首》其二

一、二句形象地把荔枝的内在外观(色泽光耀)描绘尽致。后两句活化唐代杜牧诗"长安回望绣成堆,山顶千门次第开。一骑红尘妃子笑,无人知是荔枝来",使人联想不已。

其下二首,一以"昭阳殿里才闻得,已道佳人不奈寒"来写荔枝不能耐寒的南国习性;另一首则以"解笑诗人夸博物,只知红颗味酸甜"来说明闽省荔枝之甘美香甜。作者自注:"白乐天咏荔枝诗云:'浆液甘酸如醴酪',杜工部诗云:'红颗酸甜只自知',此皆巴蜀而已,不知闽越荔枝不酸也。"末首虽未道出闽南荔枝气味之美，但其甜酸甘味，却在无言含蓄之中，而使人意味之也。曾巩之《荔枝四首》为历来歌咏闽南荔枝的杰作。

曾巩在福州的时间前后仅仅一年，但他的政绩和诗文却广为八闽传诵，至今成为佳话名篇。

林之奇《观澜文集》及其对
唐宋派形成的影响

杜海军

一、林之奇其人

《观澜文集》，南宋福州人林之奇编纂，对其后的文学史走向特别是唐宋派的形成产生了一定的影响，这应该引起文学史研究者的注意。要研究《观澜文集》，先需对林之奇有所了解。

林之奇（1112—1177），字少颖，自号拙斋，天下学者称三山先生。福州侯官（今属福州）人，《闽中理学渊源考》卷七《文昭林拙斋先生之奇》称其卒年六十五岁，谥号文昭，《宋史》卷四百三十三《儒林三》有传。南宋理学家、文学家、史学家吕祖谦是其嫡传。

林之奇生性勤学，其好友张孝祥《赠江清卿》说："吾友林少颖，读书不计屋。抄书手生茧，照书眼如烛。往时群玉府，上直对床宿。夜半闻吾伊，我睡已再熟。此君抱高节，雪柏映霜竹。造物乃儿戏，卧病在空谷。尚能作手书，寄我成一束。我懒更愧渠，终岁不报复。"[1]林之奇著作甚丰，《直斋书录解题》卷十八著录有《拙斋集》二十二卷。另外，《宋史·艺文志》《福建通志·艺文志》等记载有《尚书集解》五十八卷、《春秋讲义》十卷、《周礼讲义》四十九卷、《论语讲义》十二卷、《论语注》一卷、《孟子讲义》七卷、《杨子解义》二卷。《宋史》卷二百九《艺文志》记载《观澜文集》六十三卷。

林之奇是吕本中的得意门生。吕本中称赞林之奇，在《送林之奇少颖秀才往行朝》中说林之奇人品与文章："我为福堂游，破屋占城市。城中几万户，所识一林子。翕然众木中，见此真杞梓。未为栋梁具，且映风日美。子之于为学，其志盖未已。上欲穷经书，下考百代史。发而为文词，一一当俊伟。"[2]《别林氏兄弟》又说："二年住闽岭，所阅足青紫。那知万众中，得此数君子。相从不我厌，但觉岁月驶。高论脱时俗，如风濯烦暑。出处虽未同，气味固相似。人生有离合,所畏为物使。要当啜英华,不必计渣滓。他年肯相寻,在彼不在此。"[3] 因此,林之奇一生受吕本中影响最大,《拙斋集》二十二卷有两卷为记载吕本中言论。

吕本中在宋代是著名的理学家、文学家。林之奇在追随吕本中的过程中,受到了吕本中的理学思想的影响,成为一个很有影响的学者,有《尚书集解》五十八卷,在当时即以《尚书》研究著称,朱熹说《书》便时常称引林之奇,如门人问:"然而无有乎尔则亦无有乎尔?"朱熹曰:"惟三山林少颖向某说得最好。"[4] 金人王若虚说:"宋人解书者惟林少颖眼目最高,既不若先儒之窒,又不为近代之凿,当为古今第一。而迩来学者,但知有夏僎,盖未见林氏本,故耳夏解妙处,大抵皆出于少颖,其以新意胜之者有数也。"[5]

林之奇受吕本中文学熏陶,也取得了一定的文学成就,在当时同样以文名著称。史浩《鄮峰真隐漫录》卷三十一《辞两王府教授上宰执札子》将林之奇与虞允文、王淮、洪迈等并称,赞林之奇以"操履端方、辞华绚采,则有正字林之奇"[6]。清四库馆臣赏林之奇文,又将其诗与苏、黄并论,说:"吕氏之学颇杂佛理,故之奇持论亦在儒、释之间。吕氏虽谈经义,而不薄文章,故之奇注释《尚书》,究心训诂,而此集(《拙斋集》)所载诸篇,皆明白畅达,不事钩棘,亦无语录粗鄙之气。其诗尤具有高韵,如《江月图》《早春偶题》诸篇,置之苏、黄集中,不甚可辨也。"[7] 对林之奇的诗歌成就评价也甚高。

林之奇讲究文学十分明确,甚至评价人才将文采作为第一条标准,他说:"人才有三:一曰文采华丽,二曰持身谨密,三曰沉实有用。"[8] 就充分反映了林之奇重视文学的一面。林之奇还以文说经学,而且借以突出文学:"某尝学诗于三百篇,披之、味之、习之、熟之、咏之、歌之,窃以谓无如《卫风·淇奥》之诗为最美最善也……是诗也美武公之德也,有文章,又能听其规谏,以礼自防故能入相于周,美而作是诗……武公之所以入相于周者,其德有三焉:有词章一也;能听规谏二也;以礼自防三也。三德而有一于此。已足优于天下矣,而况卫国乎?此序诗者之所以为善学诗也。今推序之所明以求于诗,盖有可得而言者。'瞻彼淇奥,绿竹如箦。有匪君子,如切如磋,如琢如磨,如金如锡,如圭如璧'。盖所谓有词章也。'匪'者,词章之可见者也。他人之文章能取况于一物,已彬彬然而可观,武公兼是数者而有之,美孰加于此乎?"[9]

二、《观澜文集》的编定

《观澜文集》是他亲手选编的文章选集,最能看出林之奇的文学思想。但是,长期以来,由于林之奇文名为经学名声所掩,《观澜文集》也就少有人提及,其实,《观澜文集》的确是值得研究的一部文章选集。《观澜文集》上承《文选》《文粹》,下启《皇朝文鉴》《古文关键》,有明确的编选思想,选文也多有独到之处,是后人重视唐宋文学倾向的滥觞。

《观澜文集》,《宋史·艺文志》著录六十三卷,未见。今存本有两个系统,一是宛委别藏影宋刻本,存三十二集,甲集二十五集,乙集七集,此本最为流行,有台湾商务印书馆影印本、江苏古籍出版社影印本。二是光绪十年(1884)巴陵方功惠碧琳琅馆影宋翻刻本,共三集七十卷,甲集二十五卷,乙集二十五卷,丙集二十卷,原藏浙江省义乌图书馆,是今见的唯一全本,黄灵庚先生整理《吕祖谦全集》时发现并整理入集两个系统存本称《东莱集注类编观澜文集》或《东莱集注观澜文集》[10],皆系其门人南宋学术大家吕祖谦集注本。所选包括从先秦到南北宋之交的各种文体,如赋、诗、歌、行、引、颂、书、碑、铭、箴、赞、哀辞、表、论、序、记、疏、辞、杂文等。这部选集体现林之奇文学观念的同时,也是研究宋代文学观念的一个重要的视角。

《观澜文集》是林之奇为自己教学需要而编的文学选本。林之奇在当时的福州是一个很有成就的老师,姚同著林之奇《行实》说:"先生西上,日夕以膝下温清为念。行至北津驿,慨然作诗,有'耿耿一寸心,不能去庭闱'之句,遂改辕以归。先生爱亲之心,重于利禄,非学识过人畴克尔。先生声名由此益重,士类归仰如水赴壑。"贺孙记录朱熹语录有说:"有少年试教官,先生曰,公如何须要去试,教官如今最没道理……如福州,便教林少颖这般人做,士子也归心,他教也必不苟。"[11]所以,在林之奇门下生徒颇多,也培养出了一些很有成就的学者,比如刘世南、林谟、吕祖谦等,皆有著作传世,特别是吕祖谦更为一代名贤,后世推尊。《观澜文集》就是应其教学之需而编纂的。林之奇比较突出文学教育,古文教授生徒是他教育的一项重要内容。姚同著林之奇《行实》特别提到林之奇以古文授徒说:"吕紫微犹子仓部公莅宪幕时,成公未冠,以子职侍行,闻先生得西垣真传,乃从先生游。先生尝语诸生,以为若年浸长矣,宜以古文洗濯胸次,扫其煤尘,则晶明日生。成公受教作文,主以古意而润色之,先生每读必击节赏叹,知其远且大。"[12]林之奇《观澜集·后序》也说自己以《观澜文集》教人:"余之为是集也,以为至游真乐之纯全在焉,则固朝夕不庸释也。且将独处,则终日自诵而玩味之,群居则与人同诵而商论,厌倦则使人旁诵而谛听之,习熟则教人遍传之,藏于斯修于斯息于斯游于斯,以饮其酣啜其醨含其英咀其华,庶或有其人之曳缦浩歌因《商颂》而有得以光大乎斯文者出焉，是则观澜之本志也。"[13]这段文字清楚地说出了林之奇编纂《观澜文集》的教学目的，实际情况在教学的过程中，林之奇也是充分地利用了《观澜文集》，《观澜文集》成为林之奇教授生徒的一个重要文本。姚同描述林之奇以《观澜文集》授课很是形象，说："先生时乘竹舆至群居之所，诸生列左右致敬。先生有喜色，或命诸生讲《论》《孟》，是则首肯而笑，否即令再讲；或令诵先生所编《观澜集》而听之，倦则啜茗归卧，率以为常。"[14]又见出林之奇以《观澜文集》授课的自得之态。

宣传文章之道是林之奇编纂《观澜文集》的又一个重要原因，当然，这也与教学之道是密切相关的，因为当时教学的一个重要目的是适用科举，写文章自然是第一。然而当时教授文章的教材因人们已经厌弃萧统的《文选》而改推崇苏轼文章，如南宋陆游撰《老学庵笔记》卷八所说："国初尚《文选》，当时文人专意此书，故草必称王孙，梅必称驿使，月必称望舒，山水必称清晖，至庆历后恶其陈腐，诸作者始一洗之。方其盛时，士子至为之语曰：《文选》烂秀才半，建炎以来尚苏氏文章，学者翕然从之，而蜀士尤盛，亦有语曰苏文熟吃羊肉，苏文生吃菜羹。"苏轼《仇池笔记》卷上也批评《文选》"其编次无法，去取失当，齐梁文字衰陋，萧统尤为卑弱，如李陵五言皆伪"等。林之奇也以为《文选》有不足之处，他的《观澜集·后序》说："夫《文选》不收《兰亭记》，《文粹》不收《长恨歌》，识者于今以为二书之遗恨，由其所取乎斯文者以为尽于其书，故其所遗者人得而恨之。余方收《选》《粹》之所遗，其敢自谓无所阙轶乎？"面对浩瀚的文章渊薮，学子学习并无合适选本，林之奇《观澜集·前序》说编纂之缘由："言可闻而不可殚，书可观而不可尽。人之以其蕞尔之闻见，而对万古浩博之书，言将以穷其无穷、极其无极，虽末世穷年曾不足以究马体之毫末，而毫及之矣。此《观澜》之编所由作也。"[15]

三、《观澜文集》的文学思想

《观澜文集》是林之奇文学思想的集中体现，鲁迅曾对选集发表过这样的意见："凡是对于文术，自有主张的作家，他所赖以发表和流布自己的主张的手段，倒并不在作文心、文则、诗品、诗话，而在出选本。选本可以借古人的文章，寓自己的意见。博览群籍，采其合于自己意见的为一集，一法也，如《文选》是。择取一书，删其不合于自己意见的为一新书，又一法也，如《唐人万首绝句选》是。如此，则读者虽读古人书，却得了选者之意，意见也就逐渐和选者接近，终于'就范'了。读者的读选本,自以为是由此得了古人文笔的精华的,殊不知却被选者缩小了眼界,即以《文选》为例罢,没有嵇康《家诫》,使读者只觉得他是一个愤世嫉俗,好像无端活得不快活的怪人;不收陶潜《闲情赋》,掩去了他也是一个既取民间《子夜歌》意,而又拒以圣道的迂士。选本既经选者所滤过,就总只能吃他所给与的糟或醨。况且有时还加以批评,提醒了他之以为然,而默杀了他之以为不然处。纵使选者非常胡涂,如《儒林外史》所写的马二先生,游西湖漫无准备,须问路人,吃点心又不知选择,要每样都买一点,由此可见其衡文之毫无把握罢,然而他是处州人,一定要吃'处片',又可见虽是马二先生,也自有其'处片'式的标准了。评选的本子,影响于后来的文章的力量是不小的,恐怕还远在名家的专集之上,我想,这许是研究中国文学史的人们也该留意的罢。"[16]这意见道出了选家"借古人的文章,寓自己的意见"的主观批评意图和客观的批评效果,让世人明白了选集的批评作用之大。

《观澜文集》的文学批评意识是非常明显的,我们对三集的所选作者及其作品作一个统计就可见一斑,唐前:屈平1、宋玉1、左传1、贾谊2、司马迁2、扬子云2、班孟坚5、张衡1、王仲宣1、蔡伯喈1、古诗十九首1、汉乐府上1、诸葛孔明1、李令伯1、魏文帝1、嵇叔夜1、陆士衡1、潘安仁2、王褒1、刘伯伦1、夏侯孝若1、谢灵运3、谢惠连3、王羲之1、卫欢1、陶渊明3、谢玄晖1、谢宣远1、江文通1、谢惠连1、谢希逸1、梁昭明太子1。除去佚名者,有名作者30人。

唐代:韩愈23、杜甫14、杜牧11、柳宗元11、白居易9、李白4、元结3、皮日休3、孙樵3、舒元舆3、李德裕3、刘禹锡2、陆龟蒙2、李翱2、房千里2、郑愚2、卢全2、司空图2、元稹2、吕温2、陆贽2、梁肃2、程晏2、贾至2、陈子昂1、释子兰1、释贯休1、姚合1、聂夷中1、宋之问1、曹邺1、杨贲1、李贺1、李峤1、李阳冰1、李汉1、顾况1、皇甫湜1、沈光1、韦端符1、刘蜕1、张蕴古1、古之奇1、李华4、王义方1、柳伉1、高迈1、罗隐1、高迈1、刘禹锡1、段文昌1、罗衮1、韦渠牟1、裴炎1、孙朴1。作者55人。

宋代:苏子瞻38、曾巩10、苏子由9、司马光8、王荆公7、石介6、马存6、欧阳修5、张横渠2、吕舆叔2、秦观1、吕紫薇1、姚铉1、范文正公1、张右史2、刘斯立1、王元之2、蔡君谟1、苏洵2、谢显道1、程伊川1、裴休1、刘子翚1、黄庭坚4、梁周翰1、杨亿1、晏殊1、程伯淳1、程正叔1、邵雍1、梅圣俞1、宋祁1、王逢原1。作者33人。

这个选本从先秦选自北宋末年,若以屈原说起,到北宋末年时,几近一千五百年,时间很长,作者甚多,但所选作者仅有 118 人,是比较集中的。而且在 118 人中,多数是仅选一篇,文章选取又集中在几个作家身上,唐前的情况尚不明显,在唐宋两代可以看得十分清楚,如唐代的韩愈 23、杜甫 14、杜牧 11、柳宗元 11、白居易 9、李白 4。宋代的苏子瞻 38、曾巩 10、苏子由 9、司马光 8、王荆公 7、石介 6、马存 6、欧阳修 5。这些作家除去宋代的石介、马存,在今天看来都可谓是文学大家、名家,如屈原、宋玉、司马迁、班固、韩愈、柳宗元、杜甫、李白、杜牧、白居易、苏轼、曾巩、苏辙、司马光、王安石、欧阳修等。从这个作者的统计可以看出,以今日的眼光,此选重视文学人物是很明显的,这是林之奇文学理念彰显的一个重要方面。

从《观澜文集》所选作品看,所选极大多数是典型的文学名篇,或专论文章之道,如曹丕的《典论·论文》,陆机的《文赋》,姚铉的《文粹序》,李汉的《唐韩愈文集序》等;或以篇章的文笔优美入选,如屈原的《离骚》,宋玉的《风赋》,陶渊明的《归去来辞》《桃花源记》,李密的《陈情表》,欧阳修的《秋声赋》,苏轼的前后《赤壁赋》等,这些作品文学倾向都是很清楚而且非常强烈的。如果将《观澜文集》所选与其他文章选集所选作比较,林之奇的文学倾向就更为明显。比如《文选》不收王羲之的《兰亭记》、陶渊明的《闲情赋》,《文粹》不收《长恨歌》等,《观澜文集》皆收入集中,尤其如《闲情赋》类文章,能入一个经学家眼,不能不说是文学倾向的主导。

《观澜文集》的文学倾向性从整体上说大概在以下四个方面:

其一,文从经来。前面我们已经说过林之奇以《书》学而知名,所以,经学是林之奇的学术基础,他在《记闻》中记述了自己的闻说:"少蓬曾竦身问文定曰:这个是甚底? 文定曰,此便是本曾仲躬见子韶请教,因论文曰:文章须从经中来,不然,纵使尽力道只道得一概。"[17]又说:"六经、《论语》发明中实之道,以稽古为本,庄周高而不中,寓而不实,其言可喜悦,而实则诞幻,尚不如《老子》之有益于世,况可比吾教之中道乎?"[18]又说:"夫子之言性与天道不可得而闻,盖文章可以耳闻,而性与天道要在以心闻,而不可以耳闻也。此是子贡指众人而言天道即天理也"[19],皆是从经学的角度论文,所以,在《观澜文集》中,林之奇时时选入一些典型的讲学家,如二程、邵雍等人的作品;或讲学的诗文,如张载的《西铭》《东铭》,更是理学家眼中的经典。又如吕与叔的《克己铭》,还有《克己诗》"克己工夫未肯加,吝骄封闭缩如蜗。试于清夜深思省,剖破藩篱即大家"等,纯粹是讲理,更无丝毫文学意味,也当是受其经学思想而至。但林之奇毕竟看到了文学与经学的不同,如说"庄周高而不中,寓而不实,其言可喜悦,而实则诞幻","文章可以耳闻,而性与天道要在以心闻,而不可以耳闻也"等。

其二,尚史家文笔。在林之奇看来,史家文章最为上乘,他的"记闻"有这样的记载:"毕仲游尝有书与郓相请为文简公墓碑,有云文人之文如绘形,史家之文如绘神,绘形甚易,而绘神甚难。"并说:"某尝读班孟坚所作《赵充国传》,如与充国语;及观公所为《李天章传》,便若与天章对语。"[20]还称赞:"《五代史》记事记简而包括甚广,如《安重诲传》数句是一个议论,又载李克用临终以三矢授庄宗,才数语尔,包尽多少事。如此等叙事东坡以下未必能之。"[21]《观澜文集》入选《左传》的《吕相绝秦书》、《史记》的《乐毅遗燕惠王书》,《汉书》的《武五子赞》《西域传赞》《公孙弘传赞》,《新唐书》的宋祁《唐藩镇传序》、司马迁《报任安书》等文章即是。

其三,强调文章创新。比如林之奇《拙斋集》对李白和梅圣俞作品整体评价都不高,入选的诗文数量不突出,但也有这样的肯定:"朱汉章云:少时尝问其父,云或见王充《论衡》,云:不见异人必得异书,今观其书亦无甚高远之见,乃云尔何也?其父曰:汝看是时有释氏也未?余因语此。刘夷叔云人多议李太白、梅圣俞诗未善,曾不知太白以前无如此诗,梅圣俞亦然。当七国五代文弊之后做出这诗来,亦自可服。后来虽有作者,亦推明广大之尔。"[22]又如选《吕相绝秦书》,《古文集成》卷十五引东莱评语云:"东莱曰吕相绝秦,魏锜封于吕邑,故称吕相。晋欲伐秦,故先数秦之罪,后世檄书盖自此始。观此书亦见得风声气习之变,春秋以前辞命未尝有不著实者,到后来以虚言相诬,亦自此始。"《观澜文集》能入选李白、梅圣俞的作品,入选《吕相绝秦书》都在于这些人、这些文某方面的领风气之先。

其四,注重文章章法。林之奇于此表述得最为清楚、明白、具体。林之奇《观澜集·前序》有说明:"观水有术,必观其澜,澜活水也。水惟其活,是以智者得师焉。文乎文乎,澹泊而有遗味,发越而有遗音者,非活不能也。余之于斯文是之取尔,视其所视而遗其所不视,庶几得之。"《观澜集·后序》又说:"右《观澜集》所编百二十有九篇,皆澜之动也。余于是观焉,亦聊足以称是区区闻见之所及者,发吾管蠡之陋识,作吾金鼓之懦气也……余之观澜非曰能之,亦徒为过屠之嚼,望洋之叹耳。"[23]林之奇所谓的"观澜"即是观文章的行文章法。如《观澜文集》选取曾巩的《苏明允哀辞》,《拙斋文集》载有对此文的评语,可以作为选择此文的原因注脚:"曾子固老苏《哀词》云:侈能尽之约,远能见之近,大能使之微,小能使之著,烦能不乱,肆能不流,最形容得妙处出。"[24] 对曾巩的《苏明允哀辞》的文学成就以高度的评价。林之奇在《观澜文集》中虽然没能篇篇都如此地讲明择文的原因,但他的门生吕祖谦在《东莱集注类编观澜文集》的注释中却有部分的解释,也多从文章的创作手法或文章成就讲起,如引他人语评注陆机《文赋》说:"机字士衡。天才秀逸,辞藻宏丽。张华尝谓之曰:'人之为文,常恨才少,而子更患其多。'葛洪称机文'宏丽妍瞻,英锐飘逸,亦一代之绝乎'。吕居仁云:'陆士衡《文赋》云:立片言以居要,乃一篇之警策。'此要论也。文章无警策则不足以传世,盖不能竦动世人,如老杜及唐人诸诗,无不如此。但晋宋间人专致力于此,故失于绮靡,而无高古气味。"杜诗云:'语不惊人死不休。'所谓惊人语,即警策也。"[25] 这里既说到了文章的立言遣词,也说到了文章的风格。虽然不是林之奇自己亲笔,因为是门生所注,相信在一定程度上是可以代表林之奇选文观点的。

当然,《观澜文集》的文学价值可注意处还有很多,比如首选屈原的《离骚》,且将其入"赋"类文体,重视杜甫,轻视李白,重视石介、马存、曾巩等,这些都在一定程度上反映了南宋人的宋代文学观念,要认识宋代文学,这是很好的切入点。

四、《观澜文集》对唐宋派形成的影响

《观澜文集》明显推重唐宋文章。在《观澜文集》中,所选文章范围跨度时间在1 500年以上,而唐前有近千年,唐至北宋末大概五百年。唐前近千年时间入选人数仅占所有入选人数的不到三分之一,而唐宋五百年的时间入选人数已占总入选人数的三分之二还要强,应该说是凸显了林之奇重视唐宋,也就是重视近代文章的一面。就国人的尚古之习而言,这是一种颇具发展性的文学观念,也可以说是进步的文学观念,对后人重视唐宋文章或说唐宋派的形成有一定的影响,这种影响可从其门人吕祖谦说起。

《观澜文集》首先影响到其门人吕祖谦。吕祖谦接受林之奇的影响非常自觉,他在《祭林宗丞文》中说:"某未冠缀弟子之末行,期待之厚,独出于千百人之右。顾谓薄安所取? 此实惟我西垣公之故施及其后人,培植渐被,闵闵焉如农夫之望岁也。齿发日衰,业弗加修,愚不自惜,大惧先生之功力为虚施,每腼然惭惕然恐也。"[26] 林之奇编《观澜文集》,吕祖谦为《观澜文集》集注是吕祖谦接受林之奇影响的显证。《观澜文集》注重唐宋文章的思想在吕祖谦编纂《皇朝文

鉴》与《古文关键》时得到发扬。《皇朝文鉴》与《古文关键》被接受,特别是《古文关键》的普及,直接推动了唐宋八大家文章地位的形成。唐宋八大家文章地位的形成,主要体现在吕祖谦后文章选集的编纂方面。吕祖谦弟子楼昉所编《崇古文诀》首传薪火。陈振孙《直斋书录解题》说它"大略如吕氏《关键》",《四库全书总目》称《崇古文诀》"盖昉受业于吕祖谦,故因其师说,推阐加密,未可以因其习见而忽之矣"。其他南宋的主要文章选本也受《古文关键》的影响。张云章作《古文关键·序》说:"观其(《古文关键》)标抹评释……西山(真德秀)、叠山(谢枋得)、迂斋(楼昉),皆似得此意而通之者。"[27] 这是说除楼昉《崇古文诀》外,真德秀《文章正宗》、谢枋得《文章轨范》也都是得《古文关键》启发而成。王霆震编《古文集成》引用吕祖谦论唐宋文语也颇多,看他们各自所选文章,这一点不难理解。明人朱右承《古文关键》意,继编《六先生文集》或称《六家文衡》《八先生文集》。朱右以后,唐顺之有《文编》,茅坤继唐顺之意,编八大家文,直接题名《唐宋八大家文钞》。因此,我们可以说,吕祖谦编纂《皇朝文鉴》和《古文关键》体现了注重唐宋文章的观念,又通过《皇朝文鉴》和《古文关键》的推广,形成了明清时代唐宋文派而影响至今[28],但要进一步推溯其渊源,就必然要说到《观澜文集》。

注 释

[1]〔南宋〕张孝祥:《于湖集》卷三(1140),文渊阁《四库全书》影印本,上海:上海古籍出版社,1986 年,第 555 页。

[2][3]〔南宋〕吕本中:《东莱诗集》卷一四(1136),卷一五(1136),文渊阁《四库全书》影印本,上海:上海古籍出版社,1986 年,第 781、788 页。

[4][11]〔宋〕黎靖德:《朱子语类》卷六一,卷一〇九,北京:中华书局,1994 年,第 1 478、2 700—2 701页。

[5]〔金〕王若虚:《滹南集》卷三一(1190),文渊阁《四库全书》影印本,上海:上海古籍出版社,1986 年,第 432 页。

[6]〔南宋〕史浩:《鄮峰真隐漫录》卷三一(1141),文渊阁《四库全书》影印本,上海:上海古籍出版社,1986 年,第 777 页。

[7]〔清〕永瑢:《四库全书总目》,北京:中华书局,1965 年,第 1 366 页。

[8][12][14]〔南宋〕姚同:《行实》,《拙斋文集·附录》(1140),文渊阁《四库全书》影印本,上海:上海古籍出版社,1986 年,第 536、536、537 页。

[9][13][15][17][18][19][20][21][22][23][24]〔南宋〕林之奇《拙斋文集》卷八(1140),

卷一六(1140),卷一六(1140),卷一(1140),卷二(1140),卷一(1140),卷一(1140),卷一(1140),卷一(1140),卷一六(1140),卷一(1140),文渊阁《四库全书》影印本,上海:上海古籍出版社,1986 年,第 423、496、496、379、386、373、381、382、378、496、382 页。

[10][16] 鲁迅《鲁迅全集》,北京:人民文学出版社,1981 年,第 136—137 页。

[25] 〔南宋〕吕祖谦:《东莱集注类编观澜文集》甲集,黄灵庚、吴战垒主编:《吕祖谦全集》第十册,杭州:浙江古籍出版社,2008 年,第 21 页。

[26] 〔南宋〕吕祖谦:《东莱集》卷八(1150),文渊阁《四库全书》影印本,上海:上海古籍出版社,1986 年,第 72 页。

[27] 〔南宋〕吕祖谦:《古文关键·书前》,日本文化元年刻本。

[28] 杜海军:《吕祖谦与唐宋八大家》,《广西师范大学学报》,2006 年第 1 期。

刘克庄和闽籍江湖派诗人

陈庆元

　　刘克庄(1187—1269),初名灼,嘉定二年(1209),更今名,字潜夫,号后村居士,福建莆田人。初调靖安簿。嘉定十二年(1219)奉南岳祠,十七年(1224)知建阳县,真德秀还里,克庄师事之。理宗端平元年(1234),入京,除宗正簿,次年,除枢密院编修官,兼权侍郎官。嘉熙元年(1237)改知袁州,擢广东提举。淳祐四年(1244),除江东提举;六年,赐同进士出身,除秘书少监;七年,除直宝文阁,知漳州;十一年,为太常少卿,直学士院;十二年,除右文殿修撰,知建宁府。景定三年(1262),除权工部尚书,升兼侍读;五年,除焕章阁学士守本官致仕。刘克庄活了八十三岁,经历了孝宗、光宗、宁宗、理宗、度宗五朝,他去世时距宋亡只有十来年了,其主要活动年代,几乎贯串整个南宋后半期。著有《后村集》《后村词》和《后村诗话》。

　　刘克庄为建阳令时,曾作了一首《落梅》诗,诗云:

　　　　一片能教一断肠,可堪平砌更堆墙。飘如迁客来过岭,坠似骚人去赴湘。乱点莓苔多莫数,偶粘衣袖久犹香。东风谬掌花权柄,却忌孤高不主张。

　　此诗无情地嘲讽了古今一切嫉贤如仇、打击人才的权贵,并表现了自己孤高的情怀。然而,诗人却以此诗而获罪。方回《瀛奎律髓》卷二十四载道:"当宝庆初,史弥远废立之际,钱塘书肆陈起宗之能诗,凡'江湖'诗人皆与之善。宗之刊《江湖集》以售,《南岳稿》与焉。宗之有云:'秋雨梧桐皇子府,春风杨柳相公桥。'哀济邸而诮弥远,本改刘屏山句也。敖癯庵器之为太学生时,以诗痛赵忠定丞相之死,韩侂胄下吏逮捕,亡命。韩败,乃始登第,致仕而老矣。或嫁'秋雨''春风'之句为器之所作,言者并潜夫《梅》诗论列,劈《江湖集》板,二人皆坐罪……诏禁士大夫作诗,绍定癸巳(1233),弥远死,诗禁解,潜夫为《病后访梅》七绝句云:'梦得因桃却左迁,长源为柳忤当权。幸然不识桃并柳,却被梅花累十年。'"[1]周密《齐东野语》所记稍异。

《江湖集》是理宗宝庆初杭州书商陈起(宗之)编刻的诗集——《江湖诗集》《续集》《后集》等。我们今天见到的《四库全书》本,是《江湖小集》九十五卷、《江湖后集》二十四卷,剔除所录词及重复者,两书计得109家。江湖诗人或江湖诗派实为由陈起所编总集而得名。《四库全书》本无刘克庄之名,而上文所引《瀛奎律髓》明言"刘潜夫《南岳稿》亦与焉",说明陈起原编《江湖集》刘克庄是名列其中的。[2]《四库全书总目》另一则提要也说:"江湖末派以赵紫芝为矩镬,以高翥为羽翼,以陈起为声气之连络,以刘克庄为领袖。"则刘克庄不仅是名列江湖派,而且是这一诗派的重要人物。江湖派诗人大多是政治上失意或没有地位、浪迹江湖、隐遁山林的文人。从政治地位上说,刘克庄是很特别的。但由于早年的江湖诗祸及一段漂泊江湖的历史,又使得刘克庄和广大江湖诗人有着较密切的联系。当然,更重要的是刘克庄的创作实践及所形成的理论足以成为这一诗派的代表人物。

江湖诗派的先驱是"四灵"诗派("四灵"指徐照、徐玑、翁卷、赵师秀。他们都是永嘉人,故又称永嘉四灵。其中徐玑系从福建晋江迁去的)。"四灵"不满江西派末流,因此提出一些新的主张。例如江西派崇杜,"四灵"则崇尚晚唐贾岛、姚合;江西派主张"资书以为诗","四灵"则以"捐书以为诗"攻之;江西派一味强调生硬拗折,"连篇累牍,汗漫而无禁","四灵"则主张"浮声切响"之精。"四灵"诗派的诗确能做到意象清新、语言明快、诗境清幽。但"四灵"诗未免取径太狭,气局格调小弱,刘克庄也曾追随过"四灵"。叶适《题刘潜夫〈南岳诗稿〉》云:"今四灵丧其三矣,而潜夫思愈新,句愈工,历涉老练,布置阔远,建大旗鼓,非子孰当!"一方面,把刘克庄当成"四灵"的后继者;另一方面又指出刘克庄正在超迈"四灵",别树旗鼓。刘克庄对"四灵"和早期江湖派的理论提出比较尖锐的批评。赵师秀曾说:"一篇幸止有四十字,更增一字,吾未如之何矣。"刘克庄云:"以余所见,诗当由丰而入约,先约则不能丰矣;自广而趋狭,先狭则不能广矣。"(《〈野谷集〉序》)认为取径应由丰而入约,由广而趋狭,显然对四灵的取径过狭过小是不满的。其《〈刘圻父诗集〉序》又云:"余尝病世之为唐律者,胶挛浅易,窘局才思,千篇一体。""为唐律者"指的是江湖派。他还认为,永嘉诗人崇贾岛、姚合,"极力驰骤",终未能超其"蕃篱"(《〈瓜圃集〉序》)。"四灵"和江湖诗人试图以"捐书为诗"救江西派"资书为诗"之失。后来刘克庄发现两者都有弊端。"资书以为诗,失之腐,捐书以为诗,失之野",古诗出于性情,今诗出于记问博,虽杜甫不免。"于是张籍、王建辈稍束起书纸,划去繁缛超于切近。世喜其简便,竟起效颦,遂为晚唐,体益下,去古益远。"(《〈韩隐君诗集〉序》)。批评的着重点不在江西派,而在"四灵后天下皆诗人"(《〈何谦诗集〉序》)的江湖派末流。

刘克庄一生写下四千多首诗,数量十分可观。他的诗,最应引起注意的是那些不忘北宋故国,不忘收复失地的诗什。其《大梁老人行》云:

> 大梁宫中设毡屋,大梁少年胡结束。少年嬉笑老人悲,尚记二帝蒙尘时。乌虖! 国君之雠通百世,无人按剑决大议。何当偏师缚颉利,一驴驮载送都市。

徽宗、钦宗"蒙尘"在 1127 年,设使本诗写于作者 20 岁时,这一耻辱的事件已过去 80 年了。新一代的"少年"对此自然不会有很深切的感受,只有那些年事较高的老人心中深深埋藏着悲痛。刘克庄生于"二帝蒙尘"后的 60 年,从北宋亡国至其时已经是第三代或第四代了,他认为国仇不可忘,即使百世也不可忘。他仍然强烈希望王师有一天能北伐中原,缚绑金人首领载送都市以雪国耻。他的《北来人二首》则借从北方金人统治下南逃人之口来抒发对北方故国的怀念。"寝园残石马,废殿泣铜驼。"故都已经十分残破荒凉,一"泣"字注入诗人强烈的主观情感。好几十年过去了,"凄凉旧京女,汝髻尚宣和"。北方的百姓还保留着北宋时期的习俗。"胡运占难久",作者坚信南宋一定能收复失地。"甲第歌钟沸,沙场探骑稀。"可恨的是权贵沉浸在杭州的销金锅,文恬武戏,一味主和,无心进取! 刘克庄对戊辰与金人媾和嘲讽道:

> 诗人安得有青衫,今岁和戎百万缣。从此西湖休插柳,剩栽桑树养吴蚕!
>
> ——《戊辰即事》

宁宗嘉定元年(1208),南宋与金人议和,协议每年向金增纳白银三十万两,细绢三十万匹。今岁和戎所需缣多达百万,刘克庄戏谑地说,我这个诗人看来也没有青衫可穿了。每年要纳那么多的细绢,非得将西湖的杨柳拔掉,全种上桑树来养蚕不可!

京城中炙手可热的高官,只顾自己寻欢作乐,哪管前方官军的死活。刘克庄《苦寒行》无情地揭露这一事实:

> 十月边头风色恶,官军身上衣裘薄。押衣敕使来不来,夜长甲冷睡难着。长安城中多热官,朱门日高未启关。重重帷箔施屏山,中酒不知屏外寒。

前方官军衣单裘薄,难耐边地恶风,冷夜难眠,急切盼望后方军需到来。可是京城中的主管日高朱门未启,昨夜中酒,怎么会知道前方官军寒不寒呢?“热官”的“重重帷箔”与官军的“衣裘薄”,“朱门日高未启关”与“夜长甲冷睡难着”形成鲜明对比。刘克庄诗善于用对比的手法来揭露当时朝廷和军中的黑暗。他的《军中乐》一方面写“将军贵重不据鞍”,“射麋捕鹿来行酒。更阑酒醒山月落,绿缣百段支女乐”。他们在军中依旧是尽情享乐,动辄以百段绿缣支施给女乐。另一方面,“谁知营中血战人,无钱得合金疮药”。士兵打仗受伤,却连合药的一点钱也没有。这很容易使人想起高适的“战士军前半死生,美人帐下犹歌舞”(《燕歌行》)诗句来。

在忧叹国事,批判朝廷和军中黑暗的同时,刘克庄还注意到了徭役给人民带来的痛苦甚至灾难。《运粮行》云:

> 极边官军守战场,次边丁壮俱运粮。县符旁午催调发,大车小车声轧轧。霜寒昼短路又滑,檐夫肩穿牛蹄脱。呜呼!汉军何日屯渭滨,营中子弟皆耕人。

这首诗写的是丁壮运粮的艰辛。《开壕行》云:“壕深数丈周十里,役兵大半化为鬼。”城壕挖好了,兵丁死者大半。《筑城行》云:“天寒日短工役急,白棒诃责如风雨……君不见高城蓥蓥如鱼鳞,城中萧疏空无人。”役夫在棍打棒责如风雨中干活,筑好了高城,而城中却萧疏无人了。役夫们哪里去了?答案是明白不过的。

刘克庄诗早岁追随“四灵”,刻琢精丽,可与之并驱,例如《北山作》:

骨法枯闲甚,惟堪作隐君。山行忘路脉,野坐认天文。字瘦偏题石,诗寒半说云。近来仍喜矍,闲事不曾闻。

敛情约性,诗境以寒狭出奇,幽寂枯闲亦在贾岛、姚合之间。刘克庄在回忆自己写诗的过程时说,自己也曾像永嘉诗人那样极力学贾、姚,而"十年前始自厌之,欲息唐律,专造古体"(《〈瓜圃集〉序》)。后来虽未能完全改弦易辙,但却极力吸取诸家之长:"初,余由放翁入,后喜诚斋,又兼取东都、南渡、江西诸老,上及于唐人大小家数,手钞口诵"(《〈刻楮集〉序》)。例如对晚唐诗风,也能做到广泛纳蓄。他曾经说:"古乐府惟李贺最工"(黄昇《玉林诗话》、《诗人玉屑》卷十九引)。黄昇认为刘克庄集中有《齐人少翁招魂歌》《赵昭仪春浴行》《东阿主纪梦行》,"此三篇绝类长吉,其间精妙处,恐贺集中亦不多见"(同上引)。杨慎《升庵诗话》亦全录这三首乐府,云:"三诗皆佳,不可云宋无诗也"(卷十二)。至于律诗,尤其是七律,其面目气格也和"四灵"有很大不同,其《宿千岁庵听泉》云:

因爱庵前一脉泉,襆衾来此借房眠。骤闻将谓溪当户,久听翻疑屋是船。变作怒声犹壮伟,滴成细点更清圆。君看昔日兰亭帖,亦把湍流替管弦。

此诗极尽刻画而不失纤巧,尤以额联、颈联的联想为奇,能以晚唐中融进江西笔法,吕留良等《宋诗钞》云:"论者谓江西苦于丽而冗,莆阳(指刘克庄)得其法而能瘦、能淡、能不拘对,又能变化而活动。盖虽会众作,而自为一宗也。"似就《宿千岁庵听泉》一类作品而言。

陈衍《宋诗精华录》卷四云:"后村诗名颇大,专攻近体,写情、言情、论事,绝无一习见语,绝句尤不落旧套。"明瞿佑《归田诗话》卷中评述道:"后村刘克庄绝句云:'新剃暗黎顶尚青,满村听讲《法华经》。那知世有弥天释,万衲如云座下听。'谓小道易惑众,而不知有大道也。又云:'刮膜良方直万金,国医曾费一生心。可怜鬓髻提篮者,也有盲人间点针。'谓猜艺难成,而小艺亦可售也。"所举诸绝句都不落俗套。像《田舍即事十首》《岁晚书事十首》等,家居时所作的绝句,也能时出新意。淳祐元年(1241)作于由岭南归闽的《潮惠道中》云:

春深绝不见妍华，极目黄茅际白沙。几树半天红似染，居人云是木棉花。

画面色泽明快，亦清新可诵。

克庄在世时，诗文就有很高的声誉，江湖派另一重要诗人戴复古《寄刘潜夫》云："八斗文章用有余，数车声誉满江湖。"洪天赐《后村先生墓志铭》云："时《南岳稿》油幕戋奏初出，家有其书。"又云："江湖十友，为四六及五七言，往往祖后村氏。于是前、后、续、新四集二百卷，流布海内，岿然为一代宗工。"过江号大家数，不过六七家，刘克庄即为其一。清代闽人叶矫然《龙性堂诗话》续集云："南宋人诗，放翁、诚斋、后村三家相当。"虽推挹稍过，也可见刘克庄在南宋诗坛地位的重要。

刘克庄不仅诗很有名，散文和骈文也都受时人推崇。王迈（1184—1248），字实之，自号臞轩居士，仙游人，有《臞轩集》，宁宗嘉定十年（1217）进士第四人，刘克庄贺启云："声名早著，不数黄香之无双。科月小低，犹压杜牧之第五。元化孕此五百年之间气，同辈立于九万里之下风。"又云："有谪仙人骏马名姬之风，无杜少陵冷炙残杯之态。"一时传为美谈。迈为正字时，抗言强谏，理宗斥为"狂生"，迈归乡里，自称"敕赐狂生"。尝有诗云："未知死所先期死，自笑狂生老更狂。"又赋《沁园春》曰："狂如此，更狂狂不已。"（详《齐东野语》卷四）《四库全书总目》卷一六三评《臞轩集》云："诗文亦多昌明俊伟，类其为人。"王迈《反艳歌曲》云："生为奇男子，无辨许国身。"便是自身形象的写照。王迈诗虽不入《江湖小集》，但受江湖派影响居多。他的古体诗也写得有特色，《观猎行》云：

落日飞山上，山下人呼猎。出门纵步观，无遑需屝屦。至则闻猎人，喧然肆牙颊。或言歧径多，御者因追蹑；或言御徒希，声势不相接；或言器械钝，驰逐无所挟；或言卢犬顽，兽走不能劫。余笑与之言，善猎气不慑。汝方未猎时，战气先萎薾。弱者力不支，勇者胆亦怯。微哉一雉不能擒，虎豹之血其可喋？汝不闻去岁淮甸间，熊罴百万临危堞，往往被甲妆曹，何怪师行无凯捷！呜呼！安得善猎与善兵，使我一见而心惬！

诗借观猎写出南宋中后期武备的松驰，不善猎，就是不善兵；未猎而气先萎薾，就是未战而气势先萎靡。写得还是比较深刻的，难怪刘克庄称他为"畏友"

（《送王实之倅庐陵二首》其一）。

刘克庄《别敖器之》云："旧说闽人夺节稀，先生独抱岁寒姿。老年绛帐聊开讲，当日乌台要勘诗。"敖陶孙（1154—1227），字器之，号臞翁（一作臞庵），福清人，庆元五年（1199）进士，历海门主簿、漳州教授，终奉议郎。有《臞翁集》《诗评》。陶孙亦曾在江湖诗祸中获罪，也是江湖派中人。陈衍《宋诗精华录》卷四录敖陶孙诗五首，在晚宋诗人中是比较多的，他评《洗竹简诸公同赋》《用韵谢竹主人陈元仰》《竹间新辟一地可坐十客，用前韵刻竹上》三诗云："笔致潇洒，真是诗人之诗。"

闽籍江湖诗人，名入《江湖小集》的除敖陶孙外还有16家，比较重要的是叶绍翁、严粲（邵武人）和林希逸（福清人）。叶绍翁，生卒年不详，字嗣宗，号靖逸，浦城人。[3] 其学出于叶适，与真德秀友善。有《四朝闻见录》《靖逸小集》。叶绍翁成绩较严粲和林希逸突出，尤擅长七绝，最有名的是《游园不值》一诗：

> 应怜屐齿印苍苔，小扣柴扉久不开。春色满园关不住，一枝红杏出墙来。

此诗以少总多，"一枝红杏'探'出墙来"，向人们宣告春天的到来。春色是关不住，又带哲理，给人许多启示。诗脱胎于陆游《马上作》，陆游三四句云："杨柳不遮春色断，一枝红杏出墙头。"叶诗第三句较陆游新警。另一位江湖诗人张良臣《偶题》三四句云："一段好春藏不尽，粉墙斜露杏花梢"，也不及叶诗具体、生动和醒豁。其他如《西湖秋晚》《出北关一里》《嘉兴界》《田家三咏》《夜书所见》等，都写得清新可爱。许棐《赠叶靖逸》云："声华馥似当风桂，气味清于著露兰"，似可概括叶绍翁七绝的风格。

这里还要提到南宋末年一位比较重要的诗人，那就是严粲的邵武同乡严羽。严羽的生卒年有多种推测[4]，他的主要活动年代在理宗朝。羽，字仪卿，一字丹丘，号沧浪逋客，有《沧浪集》《沧浪诗话》。《沧浪诗话》是我国古代重要的文学批评著作。严羽论诗，既不赞同苏轼、黄庭坚的使事用典，也不满意江湖派的提倡晚唐，转而提倡盛唐[5]，但严羽和江湖派关系密切。江湖派另一重要人物戴复古曾任邵武教授，两人时常过往，酬唱很多。戴复古《祝二严》云："前年得严粲，今年得严羽。自我得二严，牛铎谐钟吕。"邵武有严羽、严参、严仁，宋末元初闽人黄公绍《〈沧浪诗话〉序》云："江湖诗友目为三严。"邵武严氏另有严粲，也是江胡诗人,"与羽为从众兄弟而异曲同工"(《光绪邵武府志》卷二十四)。严羽诗受江湖派影响也是比较大的。[6]集中一些伤时忧世的作品,写得凄怆感人,《有感》六首其一云:"巴蜀连年哭,江淮几郡疮。襄阳根本地,回首一悲伤"。战争连年,不断吃败仗,真是满目疮痍。其《和上官伟长芜城晚眺》云:

> 平芜古堞暮萧条,归思凭高黯未消。京口寒烟鸦外灭,历阳秋色雁边遥。清江木落长疑雨,暗浦风多欲上潮。惆怅此时频极目,江南江北路迢迢。

芜城,指扬州,因南朝鲍照作《芜城赋》而得名。全诗基调荒寒暗淡,极写出诗人惆怅凄凉的心情。"江南江北路迢迢",江南,家乡道路遥远;江北,随着蒙古不断南进,宋朝的版图正在逐渐缩小。末句含蓄有味。此诗不卖弄才学,用白描手法即景抒情,体现了严羽诗的"独任性灵,扫除美刺,清音独远,切响遂稀"特色,但也暴露其"志在天宝以前,而格实不能超大历之上"(《四库全书总目》卷一六三)的弱点。王士贞评其颈联,以为"是许浑境界"(《艺苑卮言》卷四)。说明严羽诗与江湖派仍有联系。

《四库》本《江湖小集》《江湖后集》录 109 家诗,其中福建籍诗人 17 人(不包括刘克庄、王迈、邵武三严),仅次于浙江籍与江西籍。南宋后期江湖派的势力在福建相当强大,这与福建出了刘克庄这样的江湖派大诗人有关,也与江湖派重要诗人入闽与闽中文士酬唱论诗有关。闽籍江湖诗人大多比较关心国事,敢于触忤权贵,比较有骨气。在宋朝诸多诗派中,江湖诗人也有较平民意识,其思想也比较接近平民百姓,这与他们中不少人本来就是布衣或山野之士不无关系。有人把晚宋国脉的危衰归罪到江湖诗格的孱弱是不公平的。江湖诗人欲变江西派的生新,"而力不胜",其末流却流于"仄径旁行,相率而为琐屑寒陋"(《四库全书总目》卷一六七),闽籍诗人亦不能免。"南宋之末,文体卑弱",闽中诗坛,只有到了"诗文桀骜有奇气"的谢翱出现,风气才大有改观。不过,那时南宋的朝廷已经覆亡,谢翱只不过是一个宋遗民诗人罢了。

注 释

[1]《齐东野语》卷一六:"宝庆间,李知孝为言官,与曾极景建有隙,每欲寻衅以报之。适极有《春诗》云:'九十日春晴景少,百千年事乱时多'。刊之《江湖集》中;因复改刘子翚《汴

京纪事》一联为极诗……及刘潜夫《黄巢战场》诗云：'未必朱三能跋扈,都缘郑五欠经纶。'遂皆指为谤讪,押归听读。同时被累者,如敖陶孙、周文璞、赵师秀及刊诗陈起,皆不得免焉。"

[2] 费君清认为《四库全书》本《江湖小集》《江湖后集》非陈起所刻《江湖集》。详其《论〈江湖小集〉非陈刻〈江湖集〉》,载《文学遗产》1989 年第 4 期。

[3]《四朝闻见录》叶绍翁自题龙泉人,而据该书"高宗航海""浦城乡校芝草之端"等条。可证绍翁实为浦城人,龙泉本为流离。《宋诗纪事》卷七一作建安人。建安为建宁府治,可统浦城。叶绍翁籍贯为浦城不误。

[4] 详拙文《近几年严羽和〈沧浪诗话〉研究综述》,《文史哲》1986 年第 2 期。

[5]《沧浪诗话·诗辨》:"近世赵紫芝、翁灵舒辈,独喜贾岛、姚合之诗,稍稍复就清苦之风;江湖诗人多效其体,一时自谓之唐宗;不知止入声闻辟支之果,岂盛唐诸公大乘正法眼者哉!"

[6] 胡明《江湖诗派泛论》认为"严羽应归大江湖诗派",《文学遗产》1987 年第 4 期。

试论朱熹在八闽的山水诗

胡迎建

朱熹一生与山水结下不解之缘,他热爱大自然,极喜登山临水,一泉一石,都使他惬意。在大自然中观察,物我交流、与物对话、物我相契,方能领悟趣味,诚如其诗云:"登岩出嚣尘,入谷媚泉石。悠然惬幽趣,不觉几朝夕。"(《同丘子服游芦峰以岭上多白云分韵赋诗得白字》)门人吴寿昌曾记载其师之痴迷于水石草木:"先生每观一水一石、一草一木,稍清阴处竟日目不瞬。"[1]高蹈世外,与自然惬趣,甚至有时忘怀世事:"个中讵有行藏意,且把前峰细数看。"(《过盖竹作二首》)胸中哪有什么用舍行藏之意,不如观看山水啊!游览各地山河,也可大大开阔其眼界,并进行比较:"年华供转徙,眼界得清新。"(《观西山怀岳麓以为莫能相上下也,聊赋此云》)

由于对山水充满挚爱,每每激发朱熹对诗的兴趣。他说:"举凡江山景物之奇,阴晴朝暮之变,幽深杰异,千状万态,则虽所谓三百篇犹有所不能形容其仿佛,此固不得而记云。"[2]游必赋诗:"不堪景物撩人甚,倒尽诗囊未许悭。"(《次秀野极目亭韵》)陶醉于山光水色中,得意忘我,每当这种境界出现时,他的作诗激情便总是战胜学道的理智,矛盾随之消释,诗情与道居然得到融合:"未觉诗情与道妨。"(《次秀野韵五首》)

宋末闽人陈普注《朱文公武夷棹歌》时说:"朱文公九曲,纯是一修道次序。"陈普是理学家,从理学眼光观诗,但觉处处是言理修道,他不能理解理学家朱文公作诗也有爱山水而重情感之时。倒不如陈衍评《棹歌》时看得透:"晦翁登山临水,处处有诗,盖道学中之最活泼者。"[3]

朱熹喜爱自然山水,登高必赋诗。有两方面原因:一是"知者乐水,仁者乐山"有古训。孔子尝赞扬曾点"浴乎沂,风乎舞雩"的情怀和志趣。山水之趣成了儒家学者涵泳性情的途径。朱熹有诗云:"尽彼岩壑胜,满兹仁知心。"(《山北纪行十二章》)二是格物穷理、比德修身的学术思想。认为山中蕴有物之理,大道也在其中,游的过程也即悟理的过程。儒者欲达到天人合一,就要与生生不已的大自然合为一体。诚如所云:"此心元自通天地,可笑灵宫枉炷香。"(《马上举韩退之话口占》)"霁色登临寒夜月,行藏只此验天心。"(《登山有作次敬夫韵》)言其立身处世可验证天意。他认为,大自然生生不已的道,体现了"道"的普遍性,因此,他要在对自然山水的观照过程中,领悟客观物体的理性,从而动情惬趣,涵泳其道学精神。他在不少诗中都表达了这个思想:

> 境空乘化往,理妙触目存。(《寄题咸清精舍清晖堂》)
> 起望一舒情,退眺豁烦襟。(《即事偶赋》)
> 赏惬虑方融,理会心自闲。(《忆斋中》)
> 闲栖众累远,览物共关情。(《春日即事》)

白昼晨昏优美多变的自然景象,不仅以其"物变"而启示某种颖悟的"妙理",更以其自身的芳菲色彩、朦胧境界,赋于主体直观的感受,使人悠然心会,荡涤烦襟,舒情静虑,悦目赏心。这既体现了诗人与自然之间感物而动情的共性特征,又体现出理学家诗人览物会理、抚节陈诗的个性特征。

朱熹在八闽的山水诗以游芦峰、百丈山、云谷、武夷山等地为主,均在其隐居之地。

绍兴二十七年(1157),朱熹自同安主簿任上辞职,有隐居山林之意。次年秋八月,与妹夫刘彦集同游建阳县芦峰下的瑞岩,其地有刘子翚题诗刻壁。朱熹用其韵赋《奉陪彦集充父同游瑞岩谨次莆田使君留题之韵》云:

> 踏破千林黄叶堆,林间台殿郁崔嵬。
> 谷泉喷薄秋逾响,山翠空濛昼不开。
> 一壑只今藏胜概,三生畴昔记曾来。
> 解衣正作留连计,未许山灵便却回。

诗题中的"莆田使君"指的是刘子翚,因其在绍兴间通判兴化军(辖莆田等县)。使君是对知州、知府、知军的敬称。首联写一行人寻幽访胜,踏破千林,见此地之深远,来此之不易,终于见到林间台殿突兀而起。"郁"言台殿之苍郁色,"崔嵬"言台殿之高貌。次联言具体写山间林泉胜景:秋日山谷中的泉瀑本应瘦,而喷薄之声更响,是一奇也。山中翠色空濛濛的,有如阴雨天,连白昼也见不到晴光,是二奇也。

后四句转为议论,言此间有胜概,往日曾来游,不免有跨越今昔时间的感怆。此亦诗人在此景点跨越今昔时间的感怆。一行人正打算在此解脱衣裳,多留连一些时间,但未得到山灵准许,便回来了。风趣中有惋惜之情。

芦峰在建阳县西北 70 里,跨福建建阳、崇安二县境。峰顶有谷地,地高气寒,上多飞云,朱熹取名云谷。乾道六年(1170),朱熹在山间建草堂三间,名之曰晦庵。此年夏,来游而作《游芦峰分韵得尽字》诗云:

> 芦山一何高,上上不可尽。
> 我行独忘疲,泉石有招引。
> 须臾出蒙密,矫首眺无畛。
> 已谓极峥嵘,仰视犹隐嶙。
> 新斋小休憩,余力更勉黾。
> 东峰切霄汉,首夏正凄紧。
> 杖策同攀跻,极目散幽窘。
> 万里俯连环,千重瞰孤隼。
> 因知平生怀,未与尘虑泯。
> 归途采薇蕨,晚饷杂蔬笋。
> 笑谓同来人,此愿天所允。
> 独往会淹留,寒栖甘菌蠢。
> 山阿子慕予,无忧勒回轸。

初夏之行,攀登之艰难,乃在此山之高峻,上上不可穷尽,幸好泉石招引而忘疲。穿过蒙密的丛林,因仰望角度不同,而感到"已谓极峥嵘,仰视犹隐嶙"。在新斋休憩后再鼓余勇,始登上顶峰,俯视万里,方悟到平生襟怀,仍杂有尘虑。"新斋"即晦庵,"此愿""独往"即独自来此隐居的心愿。朱熹《云谷记》中见其长期经营之计划:"然予常自念,自今以往,十年之外,嫁娶亦当初毕,即断事,灭景此山。是时山之林薄当益深茂,水石当益幽胜,馆宇当益完美,耕山钓水,养性读书,弹琴鼓缶,以咏先王之风,亦足以乐而忘死矣,顾今诚有所未暇。"[4] 在此不求闻达,如"菌蠢"默默生于僻处。"菌蠢",菌之矮小状。张衡《南都赋》:"芝房菌蠢生其隈。"最后两句，言山灵将迎他在此，无须担心勒马回车。"山阿子慕予"，用《楚辞·山鬼》故事："若有人兮山之阿，被薜荔兮带女萝。既含睇兮又宜笑，子慕予兮善窈窕。"此诗既写出山之峻茂，也将其心迹剖白无遗。

随后所作《同丘子服游芦峰以岭上多白云分韵赋诗得白字》一诗，也写芦峰之游，则着力写极顶所眺奇景："浮野众麓青，萦云两川白。须臾互吞吐，变化已今昔。"山麓浮动于大野，白云萦绕于两川。顷刻间，云烟之吞吐变化，与昨日又不同。由此而产生"旷然尘虑尽，悲哉人境窄。平生有孤念，万里思矫翮"的感叹，欲寄身物外，"胡为尚形役"。精神为形体所拘束，为功迹所累。正如陶渊明《归去来兮辞》中所说："既自以心为形役，奚惆怅而独悲。"

同时所作还有《登芦峰》《将游云谷约同行者》《云谷杂诗》等。

淳熙二年（1175）七月二十五日，朱熹自崇安五夫里至潭溪，再从那里出发，至夜方至云谷。赋《九月六日早发潭溪夜登云谷翌旦赋此》一诗云：

> 怀山不能寐，中宵命行轩。
> 亭午息畏景，薄暮登危峦。
> 峻极逾百磴，萦纡欲千盘。
> 行行遂曛黑，月落天风寒。
> 羽人候中途，良朋亦林端。
> 问我何所迫，而尝兹险艰。
> 疲劳既云极，饥渴不能言。
> 投装卧中丘，幸此一室宽。
> 怒号竟永夕，客枕无时安。
> 旦起辟幽户，竹树青檀栾。
> 惊喜非昔睹，披寻得新观。
> 淹留十日期，俯仰有余欢。
> 寄语后来子，勿辞行路难。

怀念云谷而不能入眠，可见眷恋之深。准备好行装，却因中午天气炎热，至傍晚才出发。峰峦高峻，登山的石磴小道萦纡弯曲近千盘，走了又走，直至月落西天，寒风飕飕。幸好有道士在中途等候，好友也在林边接应。羽人即道士，他们问"我"，为何事这么急迫，要历此艰险。却因极端疲劳，又饥又渴，连话也说不出来。

当夜休息，放下行装，在山丘小室中睡觉，彻夜大风怒号，卧枕无一时得到安宁。晨起推开门户，门前竹树檀树栾树翠绿，环境幽静。诗人惊喜极了，过去哪能见到这般美景，是因为开路寻幽觅胜，才得以一睹新奇景观。

诗中通过登山途中的经历，夜睡一室周围的环境等方面进行烘托渲染，最后四句是逗留此地十日的感想，俯观仰察，欢乐之后犹有余兴不绝。所以告诉后来人，不要畏惧行路之艰。言外之意，能历艰险，方得胜境。诗中所写，重点不在山中胜景的描绘，而是写出不畏攀登艰险、忍受居室之不安，方能有所获的感受，其意和王安石的《游褒禅山记》相同。但朱熹没有像王安石那样就此大发议论，而是寓议论于抒情状物之中。

淳熙二年(1175)，朱熹还作有《云谷二十六咏》，遍咏各处景点，其中如《云谷》云：

> 寒云无四时，散漫此山谷。
> 幸乏霖雨姿，何妨媚幽独。

前二句写寒云之态，散漫随意。后二句言此云轻，不能化为霖雨，润泽天下，只能留此山谷中，取媚于幽独者。这一首诗为组诗之总冒。第二首《南涧》云：

> 危石下峥嵘，高林上苍翠。
> 中有横飞泉，崩奔杂奇丽。

先着笔南涧周围，峰岩峻危峥嵘，深涧旁长满一片苍翠的高高树林。转写涧中泉流横飞，如雪崩奔腾不已，在日光映照下，斑驳奇丽。其四《云关》云：

> 白云去复还，黄尘到难入。
> 只有涧水声，出关流更急。

白云去来自由，而黄尘到此难以进入。可见云关之紧锁人世。"黄尘"喻世间俗尘。后两句转写涧中流水，在云谷间悠然潆洄，出山则迅疾而逝。后忽一转，反点"关"字。第十九首《桃蹊》云：

> 涧里春泉响，种桃泉上头。
> 烂红纷委地，未肯出山流。

涧中春泉潺潺作响，种桃于涧泉之上方。后两句感慨桃花即便纷纷萎谢落地，仍不肯乱随流水出山，分明在桃花身上寄托了高人的傲世情怀。

《云谷二十六咏》写山水之胜概佳致，充满对世外桃源的向往。虽写各个不同景致，但其主题一致，那就是隐士情怀。

密庵在芦峰山腰，为僧道谦所建。仙洲为芦峰主峰，淳熙末年，朱熹屡次往游。其《游密庵分韵赋诗得还字》一诗详细描述了攀游过程：

> 我行得佳友，胜日寻名山。
> 春山既妍秀，清溪亦潺湲。
> 行行造禅扉，小憩腰脚顽。
> 穷探意未已，理策重跻攀。
> 入谷翳蒙密，俯涧随泓湾。
> 谁将百尺绡，挂此长林间？
> 雄声殷地厚，洪源泻天悭。
> 伟哉奇特观，偿此一日闲。
> 所恨境遇清，悄怆暮当还。
> 顾步三叹息，人生何苦艰！

此行携友择日前往，一路上，既揽春山之妍秀，亦掬清溪之潺湲。经过一禅寺门前稍事憩息，"穷探"到底之意未已，杖策重又跻攀。进入山谷中，树林蒙密。俯瞰一涧，忽又见百尺瀑布。诗人故意用一问句："谁将百尺绡，挂此长林间？"瀑声动地，泻流之雄观，真天下少有。诗人赞叹此乃"伟哉奇特观，偿此一日闲"。遗憾的是，其境过于清寂。行走间叹息，与游山玩水的乐趣相比，"人生何苦艰！"

此诗将游程交待得十分清楚，既描绘了奇山异水，又夹叙夹议，参插作者心态、情趣，所乐所叹，俨然一篇小游记。与之相比较，《游密庵分韵赋诗得绝字》

的写作手法全然不同：

> 闽乡饶奇山，仙洲故称杰。
> 巍然一峰高，复与众山绝。
> 传闻极目处，天水远明灭。
> 万里倏往还，三光下罗列。
> 我来发孤兴，径欲跻嵂嵷。
> 病骨竟支离，何当攀去辙。

朱熹行至密庵，但因身体健康不佳，未能随众人登览芦峰极顶，抱憾而作。前二突兀而起，总括全篇，总叙福建多奇山，而此仙洲尤为奇特。中有一峰巍然高耸，而不与众山同。然后转述同行者告知仙洲情况。极目处即是仙洲"天水"，忽明忽暗。在那里，可以俯瞰万里，星光罗列。"传闻"两字可知作者未必登顶。九至十二句，点破谜底，前面只是虚写，作者是写想象之景，这里才说明，"我"有登临之兴，直欲登攀高峻"嵂嵷"之山。可怜自己患病初愈之身衰弱，未能攀上前行的车辙，流露出作者有兴游彼而身不能行的怅惜之情。

洪力行说："密庵虽在芦峰，兹不言游芦峰而言游密庵者，盖芦峰跨建阳、崇安诸境，所包广远，而密庵仅游息之近处耳，然诗乃是赋芦峰，欲于'极目'说其高，却借'传闻'表其高，不就仰望状其高，反从俯视形其高。笔花墨阵，俱在空际飞舞。末言心欲登芦峰极处而力不能，正七绝所谓'几回振策又还休'也。"[5] 其善于以实写与想象相结合的手法来写登山。"笔花墨阵，俱在空际飞舞"点出其手法神行一片的妙境。

此后，朱熹还写有多首游密庵诗，如五古《游密庵》，以少年、中年与近来三个不同时间进行比较。少年时屡游而欢快："弱龄慕丘壑，兹山屡游盘。朝济青冥外，暮陟浮云端。晴岚染襟裾，水石清肺肝。"中年因忙于琐务未能前往，渴想登临已久，引颈长叹："中年尘雾牵，引脰空长叹。"此番与亲友集合来游，笑谈而上："矧此亲友集，笑谈有余欢。结架迫弯碕，徙倚临奔湍。"但见"落景丽云木，回风馥秋兰。林昏景益佳，怅然抚归鞍"。傍晚景色更佳，以致不舍归去，"抚"正写出留恋动作与神情。

还有《游昼寒以茂林修竹清流激湍分韵赋诗得竹字》更是长篇巨制，共 26韵，追忆仙洲密庵的历史，怀念高僧道谦；后半写游历过程，写到此地"云泉增旧观"；最后写同行者赋诗"从容出妙句"，感慨自己"吾缨不复洗，已失尘万斛"。手法与前二首相比却不雷同。

五律《游密庵得空字》则重在抒情而不在其游的过程，其诗云：

> 欲觅仙洲路，须乘万里风。
> 饮泉云出岫，卧岭月流空。
> 永夜浑无寐，悲歌莫与同。
> 起来残树影，清绝小楼东。

此诗作于淳熙九年（1182）自浙东任上归来后。描写月夜间作者与友人同游情景。首联便用流水对，要寻找登上仙洲高处的道路，须次日乘风而来，气雄辞壮；次联在密庵泉潭饮水时，但见云从容而出岫，化自陶渊明"云无心以出岫"（《归去来辞》）。躺卧在山岭上，眼见得月光流漾于空中。上下两句，人的活动与景态相融，精炼含蓄。后四句，悲慨之情在无寐中透露出来，大概是有感于国事不振。洪力行说："仙洲即芦山，密庵约在山之半。先生古诗'芦山一何高，新斋小休憩'，即此也。此诗言欲上芦山高处，须待明朝乘万里风。是时饮泉卧岭，但向密庵一宿。云出岫，月流空，永夜无人，已不觉其境之清绝矣。"[6]

40岁以后，朱熹往游处主要为百丈山。山在建阳县东北，与崇安县相邻。淳熙元年（1174）夏，作《游百丈山以徒倚弄云泉分韵赋诗得云字》诗云：

> 执热倦烦蹐，驾言起宵分。
> 随川踏晓月，度岭披朝云。
> 攀缘白石梯，拂拭苍藓纹。
> 喷薄惊快觌，琤琤喜先闻。
> 奇哉此精庐，眇然隔尘氛。
> 诸公肯同来，定非俗子群。
> 永日坐清樾，短章策奇勋。
> 慨然念畴昔，联裾已荒坟。
> 中路忘馨折，寸心谩丝棼。
> 惟应泉石愿，三生有余薰。
> 兹游获重寻，十载心氲氲。

他年访旧躅，山灵莫移文。

此诗写出夏日之烦热，往游之过程。用了一连串的动词"随""踏""度""披""攀缘""拂拭"，记叙了行踪，然后描写瀑泉的形态与声响："喷薄惊快觌，琮琤喜先闻。"一视觉，一听觉。同时这里又是用了三组骈偶句，然后转入议论抒情，到达目的地"精庐"而惊喜，欣慰此地"眇然隔尘氛"，感喟同来诸公"定非俗子群"。"慨然念畴昔"插入怀念当年同游的吴公济已逝而成为荒坟。感到世事纷乱，只有在此泉石间，三生犹有余薰。只希望他年来此，山灵不要以移文拒绝。南朝时周颙隐钟山，后做官，孔稚圭作《北山移文》，借山灵之口禁其人不得再入钟山。此用其典故，并为自己一度为官而惭愧。

此诗以游踪为线索，采取叙、写、议相结合的方法。同时所作《百丈山六咏》则分别描写行程中所见的六处景点，补充前所未详之景，未尽之意。朱熹另还写有《百丈山记》，其中记载说："余与刘充父、平父、吕叔敬、表弟徐周宾赓游之，既皆赋诗以纪其胜，余又叙次其详如此，而最其可观者，石磴、小涧、山门、石台、西合、瀑布也，因各别为小诗，以识其处。"[7] 有助于了解此诗写作的缘起。《百丈山六咏》其一《石磴》云：

层崖俯深幽，微径忽中断。
努力一跻攀，前行有奇观。

此诗所咏恰为《游百丈山》诗中的"白石梯"。朱熹《百丈山记》云："登百丈山三里许，右俯绝壑，左控垂崖，叠石为磴，十余级乃得度，山之胜盖自此始。"前二句，在层崖上俯窥幽深壑谷，小径中断。后二句转为议论，努力跻攀，前有奇观。引申开来，世上万事，乃至研究学问，莫不如此。朱熹因跻攀而欣然有悟。洪力行说："此诗直透下五咏，精神在'努力'二字。"[8] 其二《小涧》云：

两崖交翠阴，一水自清泻。
俯仰契幽情，神襟顿飘洒。

两崖翠阴参差交合，中有瀑泉喷薄而泻。在此俯观仰望，幽情与山水相契，心清眼旷，胸襟顿觉飘洒。其三《山门》云：

> 置屋两山间,巧当奇绝处。
> 峡束百泉倾,涧激回风度。

此诗先议后景。赞叹山门在两山之间,如此巧妙处于奇绝之处。山峡紧紧束住百道泉流,汇在一处,水流奔涌,深涧激风回旋而来。所咏"百泉倾",恰《游百丈山》诗中的"喷薄惊快观,琮琤喜先闻"。其四《石台》云:

> 出谷转石棱,俯身窥木末。
> 夕眺岚翠分,朝跻云海阔。

写游人历览观赏的四个动作,用了二组对仗句:从山谷中出来,又转向石棱,俯下身来,下窥丛林树梢。傍晚,远眺岚翠分合聚散;清晨,跻登高处,下窥云海之浩阔。这恰是《游百丈山》诗中的"永日坐清樾"之义。其五《西阁》云:

> 借此云窗眠,静夜心独苦。
> 安得枕下泉,去作人间雨。

东谷与西谷水汇注池中,西阁据其上。按诗中"云窗"与"枕下",宿房当在高山谷间。作者在山中借宿西阁之夜,听枕旁泉声,心有所感,希望身旁的山泉,能够化为雨水,浇灌大地,表现出他渴望济世及物的心愿。诚如洪力行说:"辋川诗:'不知栋里云,去作人间雨',是高人闲致。此诗'安得枕下泉,去作人间雨',是圣贤心肠。"[9]其六《瀑布》云:

> 巅崖出飞泉,百尺散风雨。
> 空质丽晴晖,龙鸾共掀舞。

巅崖即岩顶,有瀑布自其上喷涌而出,散沫喷雾,而风吹雨泼。后两句写瀑水之色泽与其动态。"空质",指瀑布之水晶莹明澈,在晴日阳光照耀下,显得鲜丽非常。"龙鸾",言瀑布在日光照耀下,如龙鸾掀翻飞舞。此即其《百丈山记》所谓"日光烛之,璀璨夺目",写日照下的瀑泉之奇,此诗能写出其状如龙鸾掀舞尤其奇。

这一组《百丈山六咏》小诗,与五古形式的《游百丈山》相比,语言简练,重在写景,更见活泼生动,但抒发诗人复杂错综的心态情感,则又不如《游百丈山》的包容量大。

武夷山在福建崇安县西南,相传古武夷君居此,故名。其山绵亘120里,九曲溪发源于三保山,经星村入武夷山,折为九曲,至武夷宫前汇于崇溪,盘绕山中约15里。自此溯流而上,但见千峰竞秀,万壑争流,水光山色,交相辉映。

朱熹最早来武夷山所作诗,为绍兴二十三年(1153)初夏《过武夷作》,乘舟而往,"弄舟缘碧涧,栖集灵峰阿",谓之为"灵峰"。"云阙启苍茫,高城郁嵯峨",将山壁谓之为高城。

乾道五年(1169),朱熹携友来游武夷山,作《游武夷以相期拾瑶草分韵赋诗得瑶字》一诗,写到来游时的愉悦以及对此山的眷恋:"起趁汗漫游,两袂天风飘。眷焉此家山,名号列九霄。相与一来集,旷然心朗寥。"描绘了武夷奇境:"一水屡萦回,千峰郁岧峣。苍然大隐屏,林端耸孤标。"前二句是总的形势面貌,后二句是特写镜头,更写其神奇:"下有云一壑,仙人久相招。授我黄素书,赠我英琼瑶。"仙人疑指武夷道观道人。而因此游,他已萌生在此结庐隐居之意:"茅茨几时见,自此遗纷嚣。"

淳熙五年(1178),朱熹来游武夷山,在那里找到了"仁山智水"的乐园,作《武夷七咏》,分别咏天柱峰、洞天、画鹤、仰高堂、趋真亭、大小藏岩、丹灶。其中《天柱峰》一诗云:

> 屹然天一柱,雄镇斡维东。
> 只说乾坤大,谁知立极功。

天柱峰今称大王峰,天东一柱雄镇地维,人们只知道乾坤之大,却不知有此天柱,立于地极之东,对其壮观与重镇力量,充满了敬仰之情。然洪力行说:"兹特就天柱发挥,犹《山北纪行》中所云:'东西妄采获''乾坤有真心',正以乾坤压倒大王也。"[10]"东西妄采获"与此天柱不相关,"乾坤压倒大王"一语,殊为难解。

李吕《跋晦翁游大隐屏诗》中记载了朱熹在南康军的一则轶事。一次冬日宴请来客,李吕与武宁丞杨子直、签判杨子美操持其事:"郡斋客退,公书此诗遣人走送坐上。子美为筹,祝而扬之。一筹跃来,徐取而视,乃得字,二君不能夺也。私窃喜焉,因成一绝以谢曰:'晦公词翰妙天下,可见元无一点尘。为问争珠谁得者,须还真心跃倒净瓶人。'归而刻之澹轩,以无忘角弓,且知晦公雅志未尝不在泉石间,其视富贵,真若浮云。彼世之患得患失者,睹公之诗,能无愧乎?"从朱熹爱书己作武夷山诗,部下僚吏从而得知朱熹之志趣在泉石而鄙薄富贵。但不知所跋游大隐屏诗是指朱熹武夷山诗哪一首。

淳熙九年(1182)自浙东离任后,开始在五曲隐屏峰下筑武夷精舍。淳熙十年初,他前来观看其精舍建筑情况,赋五古《行视武夷精舍作》,具体入微地描绘了武夷胜境与其精舍的草创:

神山九折溪,沿溯此中半。

水深波浪阔,浮绿春涣涣。

上有苍石屏,百仞耸雄观。

崭岩露垠堮,突兀倚霄汉。

浅麓下萦回,深林久丛灌。

胡然闷千载,逮此开一旦。

我乘新村船,辍棹青草岸。

榛莽喜诛锄,面势穷考按。

居然一环堵,妙处岂轮奂。

左右矗奇峰,踌躇极佳玩。

是时芳节阑,红绿纷有烂。

好鸟时一鸣,王孙远相唤。

暂游意已惬,独往身犹绊。

珍重舍瑟人,重来足幽伴。

九曲溪急流至第五曲,水转深阔平缓,绿漪可爱。再写苍石屏之高峻,崭岩百仞,突兀倚天,正是前一诗中的"苍然天隐屏"(《游武夷》)。至"浅麓下萦回",写到正在新建的精舍工地处。此句自注云:"峰下小山重复,中有平地数十丈,乔木长藤、茂林修竹,交相蔽隐。旧无人迹,乾道己丑,予舟过而乐之。及今始能卜筑,以酬曩志。"正是此诗所云:"榛莽喜诛锄,面势穷考按。"诛锄榛莽,考察地形,选地卜筑,终于环堵初有规模,美轮美奂,左右奇峰耸立。此时春季将结束,纷红间绿,好鸟时鸣,隐者相唤。最后四句言暂时得游,已觉惬意,独往则有羁绊。"舍瑟人"指好游山水者,出自《论语·先进》,孔子问子路、曾皙、冉有、公西华各人志趣,问到曾皙,皙"舍瑟而作",自言其志:"莫春者,春服既成。冠者五六人,童子六七人,浴乎沂,风乎舞雩,咏而归。"末言重游时仍与"舍瑟人"结伴前往。可见朱熹对同行者的珍重。

此诗由远及近,不仅生动写出武夷山之奇特、水容之变化,山麓萦回,深林丛灌,无不历历在目,重点写精舍建筑面貌与周围形势,花树之烂漫、鸟猴之啼唤,层层铺垫,点染有趣。洪力行说:"武夷九曲虽奇,精舍亭馆未备,尚待后此《杂作》《棹歌》诸篇以赞美之。而兹曰'行视'者,但前段先行视其水如是,视其山如是,视其林麓如是,中段转出正位,行视其精舍如是,皆不过草创之初耳。后幅略点时物生色,'暂游''独往''重来'收足行字,章法复密。"[11]

暮春四月,精舍终于竣工。"结庐于武夷之五曲,正月经始,至四月落成,始来居之,四方士友来者甚从。"[12]朱熹欣然写下了著名的《武夷棹歌》七绝十首,诗题全称为《淳熙甲辰中春精舍闲居戏作武夷棹诸同游相与歌十首一笑》。组诗富有民歌风味,第一首总提,以下九首,每首写一曲风光,而于每一曲,又拈出一胜,着力描绘,并以这些胜景的地理位置为点,以作者的游程为线,溯溪而上,一重入一重,将它们串连起来,十首相对独立,又相映成趣。诗中的描述充满了流动感,故又可以作为九曲导游看。

除了福建西北部的百丈山、芦峰、武夷山,闽南、闽东南一带的罗汉峰、九日山、闽江也是朱熹曾游历之处。

绍兴二十四年(1154),朱熹往漳州龙溪县游罗汉峰,作《登罗汉峰》诗云:

> 休暇曹事简,登高恣窥临。
> 徜徉偶此地,旷望披尘襟。
> 落日瞰远郊,暮色生寒阴。
> 欢娱未云已,更欲穷幽寻。
> 行披茂树尽,豁见沧溟深。
> 恨无双飞翼,往诣蓬山岑。

起句交待登山起因,乃因休浴假日,且公家事不多,故能放心来游,登高恣意。徜徉此地,远望开旷之境,大开尘襟。日落时分,下瞰远方郊原,忽然生出寒阴暮色。我辈欢娱之兴未毕,更要穷探幽境。继续行进,穿过茂密丛林,豁然而见大海。恨不能添上双飞的翅膀,飞到海上仙山之巅。"蓬山"即蓬莱山,传说海中三座仙山之一。极望不见,而悠然神往,化实为虚。诗至此,渐行渐远,身在此山而憾无双翼飞往蓬山。用笔高妙,令人神思飞越。洪力行说:"'恣窥临'发题,'登'字是一篇主意。下文曰'旷望',曰'远瞰',曰'更穷''豁见',皆是极力形容'恣窥临'。至末忽转一'恨'字作结,尤出意外。'更登奇尽处,天际一仙家。'句与意俱未尽,唐人论诗尾之最超格也。而此结神妙过之。"[13]

淳熙十年(1183),朱熹为吊傅自得之丧至泉州,期间与陈休斋游览九日山。陈休斋即陈知柔,字体仁,自号休斋居士,福建晋江人。朱熹年轻时,曾从他学。此次来游,陈休斋先作,朱熹步韵有《次韵陈休斋莲华峰之作》云:

> 八石天开势绝攀,算来未似此心顽。
>
> 已吞缭白萦青外,依旧个中云梦宽。

莲华峰顶的八块巨石,朝天耸立,难以攀登。即便如此,却不如作者执意登顶的心情顽固。山顶上,云白林青。"缭白萦青"语出自柳宗元《始得西山宴游记》:"萦青缭白,外与天际。四望如一,然后知是山之特出。"俯瞰山下,故眼前之景若可吞下,语本司马相如《子虚赋》中。乌有先生说:"口吞若云梦者八九于其胸中,曾不蒂芥。"末言此地依然宽如云梦泽。个中、此中,指登高者的心中。云梦,泽名。上古的云梦泽,大致在今湖南北部、湖北西南部。

此诗写眼前景象开阔,更上一层,突出了诗的阔大胸襟,气概不凡。

此年十二月朱熹在福州,自怀安乘船溯闽江返建阳,作《腊月九日晚发怀安公父教授寿翁知丞载酒为别而元礼景嵩子木择之廷老考叔舜民诸贤相与同舟乘便风顷刻数十里江空月明饮酒乐甚因以星垂平野阔月涌大江流分韵熹得星字醉中别去乃得数语略纪一时之胜云》五古,其题目记叙其过程非常清楚,诗云:

> 挂帆望烟渚,整棹别津亭。
>
> 风水已云便,我行安得停?
>
> 离樽枉群贤,浊醪愧先倾。
>
> 谈笑不知远,但觉江流清。
>
> 猎猎甘蔗洲,茫茫白沙汀。

斯须复回首，只有遥山青。

野色一以暝，川光晶孤明。

中流漾华月，极浦涵疏星。

酒酣客散归，茫然独宵征。

起视天宇阔，此身一浮萍。

难追五湖游，未愿三闾醒。

且咏招隐作，孤舟转泠瀮。

起二句写送行出发后时情景。扬帆摇桨，告别烟霭中的江渚津亭，两句互文见义。然后在船上宴酒话别场景。中段写江湖之景，月夜孤舟独行之景，寄托身老沧洲的浩然愁思。用了两组叠音词，"猎猎"，劲风声，象声词。鲍照《上浔阳还都道中》："鳞鳞夕云起，猎猎晚风遒。""晶"，皎洁光亮。语或本陶渊明《辛丑岁七月赴假还江陵夜行途中》诗中的"晶晶川上平"。"中流"漾月，"极浦"涵星，星月交辉，亦互文见义。

最后八句写船上饮酒乐甚，船泊而客（诗题中的元礼、景嵩等人）散离去。然后继续启碇航行，起观江天，天宇阔而愈觉身如浮萍，油然而思隐居。惭不能如范蠡之游五湖，屈原之醒眼。"五湖游"，用范蠡在越国灭吴后辞官游五湖故事。"三闾醒"，屈原曾为三闾大夫，《楚辞·渔父》："众人皆醉吾独醒。"最后还是高咏淮南小山的"招隐"之作吧，此时孤舟转入泠瀮之境。

这首五古写江景之空明、友人之热情、心境之幽独，语言华畅而峻洁。其中参插多组对仗句，如"挂帆"二句，"离樽"二句，"猎猎"二句，"中流"二句，"难追"二句，是一首颇佳的江上游览诗。

最后，略加分析朱熹八闽山水诗的艺术手法：

其一，采取不同的叙写方式。大多先叙后议，或从山麓登攀写起，或先议后叙。如《淳熙戊戌七月二十九日与子晦、纯叟、伯休同发屏山西登云谷越夕乃至而季通、德功亦自山北来会、赋诗纪事》诗，此诗先议论大发感慨后，至篇中才写登山，然寥寥数语又转入议论。

其二，从不同角度或时期写出观赏山水的变换之美。《登罗汉峰》一诗，登高旷望，然后"更欲穷幽寻"，穿过茂林，"豁见沧溟深"，又转入想象："恨无双飞翼，往诣蓬山岑。"《游密庵》写少年来游如何，中年忙而未遂又如何，而今来游又如何，以三个时期的游历心境之不同作对比。

其三，抓住山水特征，随物赋形，加以渲染、夸张，以状山水之奇。言百丈山决不同于武夷山，言南岳决不同于庐山。长泰面山亭处："众嶂互攒列，连冈莽萦环"（《寄题金元鼎同年长泰面山亭》）。武夷山则为"嵚岩露垠堮，突兀倚霄汉"（《行视武夷精舍作》）。

其四，融入想象以写山水奇丽。他曾有诗说："跻攀力虽倦，想象意遣骋。"（《淳熙戊戌七月二十七日……》）可见他对想象在创作中的作用与认识是很清楚的。《登罗汉岭》诗后半忽然冒出妙想："行披茂树尽，豁见沧溟深。恨无双飞翼，往诣蓬山岑。"身在此山而憾无双翼飞往蓬山。神思飞越，用笔高妙。《游密庵分韵赋诗得绝字》一诗则以传闻带出想象往游之景。

其五，写出山与云相为氤氲，山与水相济之妙。画亦如此，宋代大画家郭熙在《山水训》中说得好："山以水为血脉，以草木为毛发，以烟云为神采。故山得水而活。"[14]山得烟云之掩映，则有秀媚之美；云霭因有山势，而生万千变幻之态。朱熹深明画理，故写山与云、与水相济相衬之妙。如《过武夷作》中："弄舟缘碧涧，栖集灵峰阿。"涧水在峰阿前。又《行视武夷精舍》一诗写山势与九曲溪："神山九折溪，沿溯此中半。水深波浪阔，浮绿春涣涣。上有苍石屏，百仞耸雄观。浅麓下萦回，深林久丛灌。"山静水动，山坚水柔，山拔高而得峻伟之势，水就低而呈奔泻之态。两者相反相成，写入诗中，相得益彰。

注 释

［1］〔宋〕朱熹：《朱子语类辑略》，〔清〕张伯行辑订，正谊堂全书本。

［2］《朱文公文集·自序》，钱仲联：《历代别集序跋涉综录·汉宋卷》，南京：江苏教育出版社，2005年，第478页。

［3］陈衍：《宋诗精华录》卷三，南昌：百花洲文艺出版社，1993年。

［4］［5］［6］［8］［9］［10］［11］［13］〔宋〕朱熹：《朱熹诗词编年笺注》，郭齐笺注，成都：巴蜀书社，2000年，第595页、卷二、卷三、卷四、卷一。

［7］胡迎建：《江西古文精华·游记卷》，南昌：江西人民出版社，1995年，第50页。

［12］王懋竑：《朱子年谱》卷三，北京：中华书局，2006年，第143页。

［14］郭熙：《林泉高致》，《书画同源》，武汉：武汉测绘科技大学出版社，1997年，第280页。

山林别响　闽派先声
——元明之际蓝仁、蓝智诗歌创作论

陈广宏

　　蓝仁(1315—1386 后)[1],字静之,崇安人。早年与弟蓝智同往武夷山师事杜本,遂谢科举,一意为诗。后辟武夷书院山长,迁邵武尉,不赴。明初内附,例徙濠梁,数月放归,自此隐于闾里林泉之间,以老寿终,著有《蓝山集》六卷。《明史·文苑传》附载陶宗仪传末。蓝智(1321?—1373)[2],字性之,一作明之,仁叔弟。元季尝习举子业,与兄俱有诗名。至正二十二年(1362),户部尚书西夏张昶已为其序诗。《明史·文苑传》载其洪武十年(1377)起家广西佥事,误。智以才贤荐,授广西佥宪,当在洪武三年(1370)秋。[3] 在任三年,著廉声,客殁他乡。[4] 著有《蓝涧集》六卷。作为元明易代之际的闽北山地诗人,蓝氏兄弟原本"浮湛闾里,傲睨林泉",虽一意寄情于诗,在当时更大区域内却未必有多少影响。然而自明嘉、隆以来,随着区域性城市经济的日益增长,导致地域社会的重建,闽地文人开始自觉建构本地域文学,作为入明的开山作者之一,很自然进入了乡邦文学史视野。先是在嘉靖丙戌(1526),二蓝始刻于永乐初的《蓝山集》《蓝涧集》得以重刊;而万历后期如陈鸣鹤《东越文苑》、曹学佺《石仓历代诗选》之《明诗选初集》,于蓝氏兄弟皆有收录,徐𤊹于其《笔精》中,除称引二蓝之诗外,更鉴评曰:"诗词俊逸,雅有唐风。"[5] 于是,二蓝声名渐为人知。不过,其时所谓的闽派文人以规摹唐调为宗旨所建立的系谱,于明初专奉福州本地林鸿、高棅为领袖的"十子"一派为闽诗之宗,故如上述陈鸣鹤、曹学佺所纂文献,皆将二蓝置于"十子"之后。直至清人,在试图重新梳理闽中承递宗唐诗学观念与诗风之传统时,才将蓝氏昆季开闽派之先的地位、作用特别予以标举,如朱彝尊揭示说:"其体格专法唐人,间入中晚,盖十子之先。闽中诗派,实其昆友倡之。"[6] 四库馆臣亦承其说,谓:"闽中诗派,明一代皆祖十子,而不知仁兄弟为之开先,遂没其创始之功,非公论也。"[7]

　　虽然二蓝的这种地位、作用为清人所赋予,但衡之以他们现实的诗学宗尚及创作实践,却未必没有道理。根据他们业诗之师承,我们知道系出自清江杜本,而杜本所授之四明任士林之诗法及范梈、杨载诸大家之机轴,皆力摹唐人,其本人尤以杜甫为宗,所传递的是元代中后期中心文坛的时尚风习,这至少对于廓清福建地区原有的晚宋之习是有意义的。[8]当然,此中更为关键的应是他们自身的创作实绩,而这除了他们的诗学宗尚,又与其所处时代及经历有很大关系。可以说,他们比所谓"闽中十子"一派更早感受到政治社会变迁给予士人心灵的震荡,而适时地在文学上表现出来,他们的经验及精神与"闽中十子"无疑有共通之处。本文即拟通过对二蓝诗歌创作的进一步解析,重新体认他们的成就及其在文学史上的意义。

从大的社会背景来说,蓝氏兄弟的身世遭际大抵相似,二人又尝同师从杜本学诗,彼此至少在元末有过一段张榘《蓝山集序》所谓"更相切磋林壑之间"[9]的经历,因而诗歌风格颇为接近,且不说导致后来如四库馆臣从《永乐大典》中辑出《蓝山集》《蓝涧集》时,二人诗作多有混淆;他们生前的同门师友评价其创作成就,已往往将二人并置而论,如蒋易《蓝山集序》,即谓:

> 及既定交,则知昆仲切磨,埙篪迭奏,和平雅淡,词意融洽,语不彫镂,气无脂粉,出乎性情之正,而有太平之风。[10]

显然是就他们的共性特征著论的。故后人如林昌彝干脆下断言说:"崇安蓝明之涧,诗与其兄静之同出一源。"[11]"天资学问,二人不相高下。"[12]不过,从另外一个角度来看,即便是在同一环境下成长的兄弟同学,他们的禀赋个性亦应有所不同,表达情感的方式亦不会全然一致,更何况"二蓝"毕竟还是有各异的生活道路,因而其诗歌表现风格自然会有不同的特点。

相比较而言,蓝仁的生活经历更多坎壈,如张榘《蓝山集序》所述,在元末,"及乱作兵兴,静之累经险阻";明兴,"而静之有远行之役,随群逐队,出闽关,历吴楚,入淮泗,止于琅琊者,数月始得放还"。诸如此类的遭遇,在他感觉的世界里当然会留下十分深重的刻痕,或者说是一种铅灰的底色,因而"凡时事之乖离,景物之变迁,每惯怆感激,发于歌咏","山水之美恶,城郭之是非,丘墟榛莽,苍烟夕曛,虎啸猿啼,悲笳戍鼓,触目感怀,形于声嗟气叹者不少矣"。试举《石村除夕》为例:

除夕如寒食，人烟禁不炊。袁安谁问死，方朔自啼饥。野火焦良玉，寒机弃乱丝。白头将暗眼，更望太平时。（其一）

风尘惊老眼，丘壑保余生。闭户交游绝，开园种树成。野阴长似雨，雪意又非晴。闻说朝京路，泥深哭远行。（其二）[13]

诗中所述，当元季战乱之景象，虽新年将至，却无丝毫生机流行天下之象，相反则是满目萧条，民不聊生，诗人处身其间，亦唯有如杜甫《北征》之叹："乾坤含疮痍，忧虞何时毕"，因而诗写得相当沉郁苍凉。又如《秋兴三首》：

满目烟尘战伐多，束书投老卧岩阿。盘餐晓日登薇蕨，衣服秋风制芰荷。闾巷总传空杼轴，边陲未报息兵戈。唐虞俭德苗民化，愿见风云气象和。（其一）[14]

此用少陵诗题所抒写的，也是动荡时局下的忧患意识，诗人在这样的乱世面前，强烈感受到一种时不可为的沉痛，故隐迹山林，以高洁之志自期，实则有更多个人身世的感叹。如果说，这时的愁怀中尚未泯灭对太平治世的一份期待，那么，在入明之后，当被迫远徙临濠，历经磨难与屈辱，蓝仁心中实际上已经彻底失望了。如下一首《滁州书怀》，即其"止于琅琊"期间所作：

自笑虚名欲避难，病容羁思厌儒冠。笼中药石藏何用，囊里诗书懒更看。莫怪楚囚终日泣，须知汉法有时宽。秋山满目悲摇落，只有松筠傲岁寒。[15]

现实社会的真实处境，给作者带来的已非仅仅是人生价值方面的精神困惑，而几乎是一种存在的绝望，从颔联中反映出来的对于养生、修身虚妄之认识，可以看到蓝仁的凉薄心境，一切都已毫无意义。值得注意的是诗中所使用的"楚囚"意象，那是他对自己此际遭遇的形象说明，恐怕只有这种悲惨遭遇及其带来的极度压抑是真实的，下句宽慰的话不过是一种违心的装点，连他自己也不会相信。尽管如此，尾联在满怀悲秋的哀伤慨叹下，仍强调对自己道德人格与情操的执著，那当然令整首诗更具有愤激傲介的精神内蕴，似乎表明自己将对现实之浊世采取不合作态度，然却因此而更具悲剧色彩。

在这种情形之下,蓝仁所感知的周遭世界始终是逼仄而叵测的,如"天地为罗网,枭鸾一死生"(《寄周子冶》),"怜余空白首,龌龊处人间"(《寄牛自牧》),"日月穷愁哭,乾坤测海难"(《次韵秋夜二首》其二),"从来祸福分淫善,天道如何转渺茫"(《寄文明病中》);他因而羡慕逃离樊笼的避世之举,"鸿飞正冥冥,不受樊笼驹"(《次云松述怀韵二首》其一),"日斜酒醒频搔首,唯有山翁得自由"(《述怀》),其《绝句四首滁州作》更是反复出现飞鸟的意象,以表现这种对世网之危险的清醒认识与远祸避害的强烈要求:

> 山林面面罗网高,千里长空绝羽毛。独羡檐头飞燕子,不随椒蘟入君庖。(其二)
> 笼槛先判鼎俎危,江湖休恨稻粱微。沙鸥最是知机早,才近渔舟又远飞。(其四)[16]

他的这种恐惧与不安,可以说是相伴一生、至老弥深,如《述怀》诗曰:

> 平生百感复千忧,老景如登海上舟。毒雾不知何处尽,飓风空说有时休。艰难徐市仍求药,错愕任公畏下钩。悔不把茅同野衲,万山深处自遮头。[17]

在这首诗中,诗人对自己处境的体认,是如同搭乘在汪洋中的一叶小舟之上,危机四伏而又孤弱无援,余生随时有被毒雾、飓风吞噬的可能,因而时时有如履薄冰之感。他是那么的敏感,又是那么的悲观,觉得在如此险恶的世道面前,自己所应做的,恐亦只有叹衰守拙而已。其叹衰之作又可举《书怀》为例:

> 世事春冰渐渐消,不知今日有明朝。留连老景寻诗卷,料理衰颜种药苗。(其一)
> 风雨萧萧暮景催,尘埃汩汩壮心灰。尊中明月能长满,镜里青春不再来。(其二)[18]

如同自叹老病、潦倒的杜甫,诗中有无限悲凉之意溢于言外,只是对于这个时代的诗人来说,现实政治的高压,让他们有一种更为深重的幻灭感,因而表现出来的,是一种彻心彻骨的百念俱灰;除此之外,我们还能从他的诗中感受到相当浓烈的伤逝情怀,年岁老去,而生命依然无着,难道真的就这样在虚妄中了此一生吗?总该让自己的心灵有可以据守的一丝安慰吧。其《拙者自号》一诗,正表示了这样一种挣扎:诗人从自己的眼耳之拙、手足之拙一直写到心拙、学拙、道拙,真正所要表白的,是"我拙不有命,我拙自有诚。宁甘抱枯拙,不作背拙荣。传拙与子孙,用拙尽平生"[19],以此表示自己的有所坚持,有所超越,故晚年自名拙者,实又有向虚妄抗争的心志。不过,在他所意识到的深重压迫面前,即便要表现自己的贞介高洁之怀抱,他也还是采取一种比较低调的方式,而非那种肆张狂诞之姿,如其《九月晦日见菊》一诗所表现的:

> 一夜秋香未必衰,两旬冷蕊苦开迟。非关独立超流俗,自是孤芳不入时。岁暮结交松柏友,天寒谢绝蝶蜂知。无心更待陶潜酒,有感唯吟郑谷诗。[20]

所强调的是孤芳自赏,清白自守,有陶潜之素心,有郑谷《菊》诗"由来不羡瓦松高"之气度。蓝仁集中颇有一些以咏菊之传统题材明志的诗篇,皆不外乎表现这样一种意旨。对于蓝仁的诗歌创作,张榘《蓝山集序》有一总评,曰:

> 静之之诗,居平时则优柔而冲淡,处患难则愤激而忧思,交朋友则眷恋而情深,箴规而意笃;不怒骂,不诔谣,不蹈袭以掠美,不险怪以求奇,丽则而不苟,隽永而有余,深得诗史之遗意,而时人岂能尽识之耶!

作为多年知交,论者从当时的标准出发,当然有替诗人修饰的成分,但细细品味其措辞与用意,其实还是相当有分寸的。由上面对蓝仁诗歌创作的分析,我们也可以看到,其诗风特点恰恰在于忧思沉郁而表达内敛,饱经沧桑的一颗凉心,虽着力追求冲淡的境界,然萧散中尚有气骨,落寞中尚有深情,这种种复杂的内蕴表现恰好令其诗有一种耐人寻味的情韵。从结论上来说,张榘重在对作者深沉的忧患意识一面的解读,表彰他得少陵诗史之遗意,不可谓不得其主旨,而四库馆臣评价蓝仁诗曰:"规摹唐调,而时时流入中晚。"[21]或许赋予了他风格上可相印证的更大一些空间,毕竟他所表现的是对于那个时代的体认,承载有更多的内涵。

　　蓝智的个性一向很强,为人有英迈之气,年少时已显露出远大之志,所谓"少年自许万人雄,肯念林居野兴同"(《答陈道原见寄山居诗韵》),故潜心向学,刻苦磨砺,希望日后有一番作为。张槃《蓝涧集序》记其"又以廛市纷冗,乃往西山庵,端坐读诵者终岁。犹以为未得名师友,遂下三山习举子业,业成而归"[22],实皆非常人之举,可以看出其意志的坚定与执著。又由其《述怀一章赠李孟和文学》所述:"古道日沦丧,漓风何由淳。六籍已不完,谁能究三坟。仲尼去我久,科斗亦失真。区区专门徒,掇拾灰与尘。幸因未丧者,犹足见古人。束发求至道,老大无所闻。我行不自逮,我力亦已勤。愿守松柏坚,耻为桃李新……"[23]可以看出他为学傲睨古今的气概和立志求道用世的自我期许。不幸的是,他的青壮之年恰逢元之末世,干戈四起,百业凋弊,在这样的动荡年代下,当然是有志不得逞,如其《述怀》诗自谓"迩来迫丧乱,已被尘网婴",因而只能栖迟山林,转而刻意于诗。

　　与其伯兄蓝仁一样,他在元末已有诗名,户部尚书西夏张昶在至正二十二年(1362)为其诗所作的序中评价说:

　　　　其古仿佛魏晋,其律似盛唐,长句则豪健,五言则温雅,拟杜似杜,效韦似韦,何其一手兼备众体。[24]

　　表明他在诗歌创作上不仅有良好的训练,而且风格纯熟,诸体皆已有一定的成就。不过,同样是表现元末这一阶段的遭遇,他与蓝仁的诗风还是颇显不同。在他集中也有不少悲叹乱离之作,如《兵后窥小园》:

　　　　已无篱落护莓苔,时有邻人共往来。桑柘总因斤斧废,菊花空对草堂开。云横关塞余兵气,水落城池尽劫灰。况是荒郊多白骨,天阴鬼哭转堪哀。[25]

　　同样表现家园破败、满目疮痍的战乱残迹,同样的沉痛、凄凉,却比蓝仁更敢于直写战争的残酷,令诗歌冲荡着一种愤激奇崛之气。而同样欲表现对太平治世的一份期待,在蓝智亦往往是"呜呼安得黄河水,清洗兵甲再见至元中统时"(《闻浙西贼退有感》),显得豪气逼人。如果说,蓝仁这类表现忧患意识的战乱诗,更多地抒写对无辜百姓悲惨人生的同情与身处艰难时世无奈的哀愁,如其著名的《悲流人》《问流人》等作所呈现的,那么,蓝智的忧患意识则更多地体现在一种担当精神以及感叹这种担当无法实现的悲壮情怀上。我们先看其《山中漫题·其六》一诗:

> 风雨鸡声乱,云山鹤梦清。自非诸葛卧,谁有鲁连名。碧海堪垂钓,黄河未洗兵。镜中看短发,种种负平生。[26]

诗人描写的,是自己以隐逸自处的山林生活,却显不出有多少闲适、恬淡的情致,相反,我们却强烈感受到作者于乱世中无力实现大济苍生之志的焦虑,诉诸形象,是一个检视自己越搔越短之花发的中年人在镜前扼腕叹息的样子,他在为自己的有为之年即将逝去、种种抱负仍不得伸展而痛心不已。又如其《时事》一诗:

> 大府城隍废,疲民井邑空。舞干非舜日,斩木有秦风。烽火苍茫外,江山感慨中。悲歌看古剑,激烈想英雄。(其三)[27]

诗中当然有对战争的非正义性的谴责,也有对城市毁败、人民流离失所的悲悯,然而,真正令诗人慷慨激昂、感慨万千的,还是对济世英雄的呼唤,整首诗的感情基调便显得豪宕而激越。因此,这一段将近十载的山林隐居生活,对蓝智来说,虽然不乏野鹤行云、松溪竹月之雅兴,却始终有一种英雄失路之感挥之不去:

> 寂寞扬雄宅,荒芜董子园。生涯谋转拙,儒术道空存。野竹钞书尽,清池洗墨浑。唯应门外水,花发似桃源。(《蓝涧杂诗五首·其四》)
>
> 独夜愁无寐,四更风露寒。茆亭下残月,松子落空山。世乱英雄隐,途穷跋涉难。欲寻巢绮辈,长啸白云间。(《宿灵峰馆》)[28]

毫无疑问,作者在诗中表现了自己走上归隐之路的心志与隐逸的生存状态,但对于这种道路的选择,尚不是因为意识到人生价值的虚无而自愿终止价值关怀,如陶渊明那样,通过"迎清风以祛累"(《闲情赋》)获得灵魂的安慰,而是明显因为受到外在力量压迫的一种无奈之举,有着强烈的不甘与愤懑。他在这时的焦灼心态,甚至可以"济世须豪杰,斯人老涧阿"(《寄云松先生隐居五首》其二)这样一种极端矛盾而又显豁的对比来展示,那是他对老友张榘处境的一种描写,却又何尝不可以看作是他自己胸怀济世壮志与"行路难如此,生涯未敢论"(《建溪》)之冲突的写照。如下一首七律《春日怀萧抱灌》,将蓝智的这样一种心态揭示得更为淋漓尽致:

牢落空悲北士心,凄凉犹忆草堂吟。西山夜雨怀人远,南浦春波战血深。紫燕青云多适意,朱弦白雪少知音。干戈满地风尘暗,抱瓮惟堪老汉阴。[29]

在如此血腥的乱世面前,诗人因空负怀抱而倍感悲凄;时世愈是艰险,愈是令人有孤寂落寞之感,亦愈是渴求知己的理解与慰藉。末句用汉阴丈人抱瓮灌畦之典,看上去是为友人述隐志,然而诗中的真实意蕴,恰又可用他另外一首《山中答友人》的"壮志消磨知己少,剑光长望斗牛津"来表达,那是在英雄失路的倾诉中寻求一种相互激勉,在怀友的温情中,洋溢着的是一种郁勃之气。

明王朝建立之初,蓝智得以才贤荐,授官广西,久郁之志终得一展,自然会有某种时至之感,所谓"共向天涯各回首,莫将勋业负平生"(《送陈孟瑶金宪广东》),其感慨其实亦是相当复杂的。张榘、蒋易皆特别记叙了他入京、赴职沿途游历有感于心、发而为诗的一段创作经历,以示其诗进入了一个新的时期,达到了一种新的境界。如张榘《蓝涧集序》谓:"于是溯大江,泛湘湖,望九嶷,度桂岭,历诸管凡山川之奇崛,城郭之壮丽,今昔之兴废,圣贤之遗迹,时事之变迁,可喜可叹,可惊可愕,悲忧慷慨,发为长篇大章、清词丽句,始大快其平生之愿,尽吐其胸中之蕴,而诗道之踊跃,不可以寻尺计矣。"意即此际大量创作的诗方才足以展其英迈;蒋易《蓝涧集序》则更将之比作"少陵入蜀、秦中之行"[30],慷慨悲歌,有浩然之气。确实,就这一时期的创作而言,他的游历、怀古之诗最堪称代表作。如:

苍山斜枕汉江流,自古东南重上游。巫峡秋声连戍角,洞庭月色在渔舟。白云黄鹤悠悠思,落木啼乌渺渺愁。独夜悲歌形胜地,灯前呼酒看吴钩。(《夜泊武昌城下》)[31]

孤城流水落花新,今日登临忆古人。柳子祠荒余瓦砾,刘黄墓近老松

筠。江山沦落俱陈迹,风雨凄凉又莫林。独有文章传不朽,夜虹长贯斗牛津。(《柳州怀古》)[32]

　　面对江山形胜、历史陈迹,诗人抒发的是千年兴亡之慨、英雄寥落之悲,这种感怀,与蓝仁差不多同时迁临濠的沿途之作有所不同,后者感时事之乖离,叹景物之变迁,皆以抒写社会与人生的苦难为底蕴,饱含一种凄寒之情韵;而前者写来,不仅有深沉的历史思考,有雄深宏阔之境界,而且时时有一种壮士不平之鸣,胸中激荡着风云之气。后一首诗通过对柳宗元、刘蕡等前贤出处遭际及身前身后功名的反省,在苍凉中仍坚执价值真实的一腔热肠,是很体现一种豪宕悲壮之思的。这样的气概与气势,在他的五言近体中也同样能得到比较充分的表现,如《过诸葛古城(在河池县东五里)》:

　　诸葛旧屯兵,东郊尚古城。山余驻马迹,江有卧龙名。怪石疑戈甲,高云想旆旌。秋风吹大树,萧瑟独含情。[33]

　　诗人的思绪在历史的疆场上纵横驰骋,遥想着诸葛亮当年指挥若定的赫赫功绩与勃勃英姿,因而诗的气象阔大、峥嵘,然而,当回思英雄的事业成败,以及在无情的历史面前,似乎一切终将归于沉寂,作者又不胜苍茫萧瑟之悲,正如杜甫亦曾感慨的,"卧龙跃马终黄土,人事音书漫寂寥"(《阁夜》),其对人生功业自然是有了一种更为深沉而复杂的认识,但诗中呈现的基调仍是激越悲壮的。如下一首是他在赴任广西途中表现自己复杂心情的述怀之作:

　　惨淡西门别,苍茫广海行。微风孤棹远,落日大江清。雁带还家梦,云留恋阙情。悲歌一回首,出处念浮生。(《浮大江之广西途中作》其二)[34]

　　我们看到,诗中有离家远行的孤凄悲情,有恋阙报主的赤诚丹心,有"良时忽已晚,出处俱无成"(《述怀》)的万千感慨,虽然不是借历史人物与事件发英雄之悲忧慷慨,却依然写得雄浑壮大,在一种苍茫的情景中抒写自己悲凉之沉思。这种感受与表现,是进入诗歌创作晚期的蓝智种种人生阅历所赋予的"少小读书时,立身必名扬。中岁涉忧患,始知少年狂"(《书怀十首寄示小儿泽》其十),它已不同于少年时代的英气勃发,当然也不同于处乱世而隐逸山林的英雄失路之感。当他在寂寞三十年之后,以微宦而极南荒之地,对于自己的出处祸福、功名追求其实已经有了一种相当洞达的体认,因而会生历史沧桑之慨,有老年杜甫的悲凉。也正因为如此,他在广西任上的三年间,会一再梦到自己当年隐居的草堂:

> 最忆草堂云水闲,别来几度梦凭阑。秋风蟋蟀蘼芜晚,夜月芙蓉翡翠寒。白发渐多惭远客,黄金虽贵笑微官。何时自剪阶前竹,遍写仙经静处看。(《怀草堂二首》其二)[35]

那与其说是为自己重新安排归隐之途,不如说是寻找失落的理想家园。即便是有翛然尘外之想,也还是不同于蓝仁的叹衰守拙,他在显示由自我安置个体存在的努力,下面这首同期之作或许表达得更为明晰:

> 天涯留滞孤舟日,云壑号呼万木风。江上雨声春作雪,斗间剑气夜成虹。乾坤浩荡看千古,岭海澄清倚数公。明日蓬莱望云气,朝阳鸣凤在梧桐。(《昭泽雨中作寄同志》)[36]

尽管这当中的游仙恐怕也不过是抗衡人生无常的一种理想的象征,但蓝智在抒发胸中激荡的风云之气之余,还是乐观地将之作为人生追求的一抹亮色,大大地呈现在了诗末,我们从这首诗中可以感受到作者的豪情不减。

二蓝是以学杜起家的,而时代遭际的磨砺又令他们终于都能够深得"杜骨",尽管说起来,由于个性与人生经历的差异,蓝仁更多地继承了杜甫表现社会与人生的苦难与忧患这一方面,蓝智则更多地发扬了杜甫担当济世的英雄情怀,或许二人合起来,方算是得杜甫之全璧。不过不管怎么说,那也称不上是"太平之风"。他们的诗歌创作的意义与价值,恰恰在于通过对唐人审美理想的实践,真切地表现了这个特殊时代个人的悲剧性命运以及激荡其怀的情感、意志,并与稍早的张以宁、稍晚的"十子"一派等,共同为奠定明代闽诗宗唐格局与走向作出了贡献,这是我们今天在重新梳理明代福建诗学传统中所不应忽视的。

注　释

［1］据蓝仁《戊午自寿》诗"卦满周天蓍再揲"，知洪武十一年(1378)六十四岁，则当生于元仁宗延祐二年(1315)。又据蓝仁《丙寅正月三日作二首》，知洪武十九年(1386)尚在世；其《用韵自述》有"生年七十又周余"句，亦可证其年寿在七十一岁以上。

［2］蓝智《蓝涧集》卷四有《书怀十首寄示小儿泽》，当作于其赴广西佥宪任初，诗后有张榘壬子(1372)季冬跋。其二曰："我生本贫儒，家无担石储。寂寞三十年，徒有数卷书。"(智膺广西之命在洪武庚戌(1370)八月(详下)。此处所言"寂寞"，当指未获功名。若以成人后三十年未获功名计，则或可推知其生年约在1321年前后。

［3］上引《书怀十首寄示小儿泽》张榘跋，谓蓝智"庚戌(1370)秋，以才贤荐，授广西佥宪"。其具体授职日期，参见蓝智《八月十三日早上御奉天门选注儒士是日膺广西之命》。

［4］见《蓝涧集》卷首张榘序。又倪伯文洪武三十三年(1400)所作《蓝山诗集序》，谓智"富儒声而终于广西佥宪"，知卒于任。其在任三年，见蓝仁《次彦炳追怀蓝涧韵》，有"五岭三年肃宪纲，平生自倚铁心肠"句。又蓝智有《癸丑元夕柳州见梅忆泽》，知其洪武六年(1373)初尚在广西，或即卒于归途，故刘昺《挽蓝氏昆弟》诗有"桂林持节还，高风振林谷"句。

［5］〔明〕徐㶿：《徐氏笔精》，文渊阁《四库全书》卷四，上海：上海古籍出版社，1986年。

［6］〔清〕朱彝尊：《静志居诗话》，北京：人民文学出版社，1990年，第90页。

［7］［21］〔清〕永瑢：《四库全书总目》，北京：中华书局，1983年，第1 471、1 417页。

［8］关于二蓝之诗学渊源及其意义，可参看拙作《元明之际宗唐诗风传播的一个侧面——以二蓝诗法渊源为中心》，刊载于《中华文史论丛》2006年第2期。

［9］［10］［13］［14］［15］［16］［17］［18］［19］［20］〔明〕蓝仁：《蓝山集》卷首，卷首，卷一，卷五，卷五，卷三，卷五，卷三，卷二，卷三，明嘉靖刻本。

［11］［12］〔清〕林昌彝：《海天琴思录》，上海：上海古籍出版社，1988年，第134、183页。

［22］［23］［24］［25］［26］［27］［28］［29］［30］［31］［32］［33］［34］［35］［36］〔明〕蓝智：《蓝涧集》，卷首，卷四，卷首，卷三，卷一，卷一，卷一，卷三，卷首，卷三，卷三，卷一，卷一，卷三，卷三，明嘉靖刻本。

闽中诗派对明代翰林诗歌创作的影响

郑礼炬

元代末年以及明初的诗坛,出现了闽中派、越中派(包含在"浙东文派"中)[1]、岭南派、吴中派、江右派(或称西江派)等五个以地域分野命名的创作群体。在这五个流派中,越中派的刘基等作家,对建设明朝翰林院馆阁文学提出了理论纲领,规划了明朝翰林馆阁文学的发展方向;闽中派、西江派的作家,或以师生授受渊源,或以理论和创作实绩,对明朝的翰林文学发展有着重要的作用,尤以闽中派影响明初馆阁文学甚著,时间长达 60 余年。

一、元末明初:闽中诗派崛起

闽中的诗歌创作在元末以来自成流派,改变沿袭宋元之故径,而以唐人为宗,最终以高棅等人进入明代翰林院和高棅所编选的《唐诗品汇》为机缘,对明代翰林院作家的诗歌创作影响甚巨:

> 《明史·文苑传》谓:"终明之世,馆阁以此书为宗。"厥后,李梦阳、何景明等摹拟盛唐,名为崛起,其胚胎实兆于此。平心而论,唐音之流为肤廓者,此书实启其弊;唐音之不绝于后世者,亦此书实衍其传。功过并存,不能互掩。后来过毁、过誉,皆门户之见,非公论也。[2]

高棅所编选的《唐诗品汇》不仅成为明代馆阁文学创作的圭臬,而且启发了前七子模拟盛唐的复古运动,影响了有明一代的诗歌创作。

元末至明初,闽中有古田(今古田县)张以宁、崇安(今武夷山市)蓝仁、蓝智兄弟、龙溪(今漳州市)林弼,在不同程度上推崇唐风。张以宁的部分诗歌稍乏浑涵深厚之气,近体间涉纤仄之习,但其中清婉俊逸者足配盛唐。二蓝兄弟祖唐风,在元末至正壬寅(1362)时已经名重一时[3],与林弼共导闽中十子派之先路。

明代洪武至永乐间,以福清林鸿为首,形成闽中十子派。团聚在他们周围的诗人以闽地人士为多,但也有如无锡(今江苏无锡)浦源以诗合于林鸿所倡之诗风而被邀请入社者,所以该派并非一个专以地域自限的作家流派。林鸿所作,陈衍《槎上老舍子》评谓:"羽诗文一洗元人纤弱之习,为开国宗派第一。"[4]他的诗论汉魏骨气虽雄而菁华不足力主唐风,尤主盛唐,以开元、天宝间声律为宗[5],闽人言诗者率本其论。诗人林敏、陈仲宏、郑关、林伯璟、张友谦、周玄、黄玄等,皆其弟子。

在林鸿周围形成了以闽中十子(林鸿、郑定、王褒、唐泰、高棅、王恭、陈亮、王偁、周玄、黄玄)为主要成员的十子派,成员众多,非仅限于十人。陈庆元先生已列举出闽诗派中郑定、黄玄、周玄、林敏、王恭、王褒、王偁、林伯璟、陈仲完、郑迪、张友谦、赵迪、郑关、郑阎、郭廑、林枝、林绍、郑文霖、陈本、林慈、陈登、马英、林志、陈垶、郑旭、陈仲宏、高棅[6]等诗人。据《明诗纪事》另有林长懋、陈全、黄旸、林实、马铎、余文、黄泽、黄寿生、陈辉、林环、郑瑛、郑璐、陈继之、黄守等人。与林鸿赠答者,更有东白上人、明远上人、龙秀才、林钦、殷秀才、肃上人、理上人、张筹、蔡原、韩玄等人,由此可见这个诗人群体的旺盛。

十子诗派这个诗人群体呈现出以下三个特征:首先,它的诗人来自全闽,地域极广,甚至有些诗人来自外省;其次,它的论诗宗旨从宋严羽《沧浪诗话》而来[7],经由林鸿《鸣盛集》而确定为规摹盛唐,再因高棅所选《唐诗品汇》被明代翰林院作家极度推崇而成为有明一代诗歌创作宗尚的对象;再次,它的形成、存在和产生影响的时间都比较长,这是一个有别于明初其他诗派的显著特征。

自元末以来,经过有着共同宗尚的闽地诗人的创作和努力,终于在林鸿主闽中诗坛之时正式形成十子诗派,又经过永乐年间十子中的王恭、王褒、王偁和高棅等人进入翰林院的机缘,闽中诗派影响力扩展到了全国。它与刘崧为首的西江诗派融合,汇合成明代翰林院诗歌创作的正宗;尔后,闽地经过科举出身的翰林士人如陈完、杨荣、林环、林志、马铎等人参加进来,遂使闽中派主宰当时诗坛,盛行于永(乐)天(顺)之际,泽被诗人,前后绵延60余年。

二、闽中诗派融入明代翰林创作群体

闽中诗派很早就与以刘崧为代表的江西之西江诗派有所交往。洪武三年(1370),林鸿以人才进荐朝廷,授将乐儒学训导,居七年,拜膳部员外郎。因明太祖临轩试《龙池春晓》《孤雁》二诗,名动京师。洪武十三年(1380),太祖手敕召刘崧为礼部侍郎,署吏部尚书。十四年(1381),刘崧被召为国子监司业,刘、林两人往来甚密,刘崧为《鸣盛集》作序,序文提倡唐诗,过抑宋诗,与闽中诗派的理论纲领相近。不久,林鸿因天性脱略不善仕,遂自免而归三山,所以在洪武朝30余年间,闽中派诗歌的影响逊于西江派。到了永乐初年,高棅、王恭、王褒、王偁等四子进入朝廷,闽派诗歌的影响逐渐扩大开来。

王偁在翰林国史院任国史院检讨,充《永乐大典》副总裁,为人眼空四海,视余子琐琐然,不啻卧之地下。其辞章超卓凌轹,雄深雅健,跌宕不羁,学博而思深。他的才力、器蕴与解缙略相类,两人最相得,交相推许。解缙每拟以自代,王偁亦竟受到解缙牵连而罹难。陈田撰《明诗纪事》引刘昌《悬笥琐探》一则记载,备述王偁与他的好友在当时的名望:

> 时杭有王洪希范、吴有王璲汝玉、闽有王偁孟扬、常有王达达善,皆官翰林,四人者词翰流丽,孟扬常谓希范:"解学士名闻海内,吾四人者足以撑柱东南半壁。"[8]

陈田所谓的"翰林四王"[9]与解缙为当时天下才子,在翰林文学创作中掀起一股劲飚之风。王偁典雅清拔,气节高劲,议论英发,文章伟博;王璲才情杰出,应制赋撰《神龟赋》出解缙之上,亦与解缙、王偁等互相矜许;王洪为孟扬所推重,才情亦类之;解缙才气放逸,为文雄劲奇古,新意叠出,下笔不能自休,诗歌豪宕丰赡。然而翰林四王命运不济:王璲、王偁坐解缙累,下狱而死,王洪不为进用,王达卒于永乐五年(1407)。待解缙诸人卒,翰林院中的这种劲飚之文风随之消失,以杨士奇、杨荣、杨溥(时称"三杨")等人所代表的从容雍熙文风才取而代之成为明代翰林院馆阁文学的主流。

王偁与其他江西翰林作家有很多诗篇往来,如《元夕黄庶子淮宅咏莲花灯和胡学士广韵》《送曾侍讲棨从幸北京》《投胡学士》等。他还因解缙、胡广二人亲密的关系而与胡广交好,和胡广多有和作。解缙和胡广的交情非同一般,其《答胡光大》诗有句"去年雪中寄我词,一读一回心转悲。结交谁似金兰契……一诺千金永相保。"[10]可以看出他们的交情。据此可以推断,在解缙的周围因此形成了一个稳定的创作圈子。

十子中对明代翰林院诗歌创作产生最重要影响的是高棅。高棅(1350—

1423),字彦恢,仕名廷礼,别号漫士,福建长乐人。永乐初,高棅以布衣召入翰林为待诏,九年始升典籍,永乐二十一年(1423)卒于官,居翰林二十年。高棅在翰林日,议者服其精博,书得汉隶笔法,画出米南宫父子,时称为三绝。尤以选《唐诗品汇》九十卷、《拾遗》十卷对明代诗歌创作厥功甚伟。高棅对宋以来的诗歌创作进行总结,发展了林鸿的主张。明清之际的钱谦益论述了高棅的贡献:

> 门人林志志其墓曰:"诗至唐为极盛。宋失之理趣,元滞于学识而不知由悟以入。自襄城杨士弘始编《唐音正始遗响》,然知之者尚鲜。闽三山林膳部鸿,独唱鸣唐诗,其徒黄玄、周玄继之。先生与皆山王恭起长乐,颉颃齐名,至今闽中诗人推五人,而残膏剩馥,沾溉者多。"林之论闽诗派,可谓悉矣。推闽之诗派,祢三唐而祧宋元,若西江之宗杜陵也,然与否耶?膳部之学唐诗,摹其色象,按其音节,庶几似之矣。其所以不及唐人者,正以其摹仿形似,而不知由悟以入也。[11]

林志认为宋诗失之理趣,元诗失之学识,虽学唐而不知悟。钱谦益在此基础上指出,林鸿开创闽诗派,"祢三唐而祧宋元",见识超迈,但是林鸿的诗歌创作在色象、音节上肖似唐诗,仅为摹仿形似而已,犯上元人不知悟入的毛病。而高棅分唐诗为正始、正宗、大家、名家、羽翼、接武、正变、余响、旁流九格,世称精鉴,本诸严羽《沧浪诗话》悟入之路径,提供了诗歌创作的榜样,昭示诗歌创作的境界,最终影响了明代的翰林诗学理论和创作实践。明代的前后七子也隐约宗之,如上引四库馆臣所论。清末陈田赞同四库馆臣所论,他引而申之:

> 田按:漫士选唐诗,自是雅裁,明时如杨升庵、谢在杭已有异议,要是小疵,不害其为佳选也。诗断自唐以上,前后七子亦隐宗之,其所异者,七子探源汉魏,十子株守唐一代耳。[12]

陈田在四库馆臣论述的基础上详细区分前后七子派与闽中十子派的不同之处,指出他们的共同点在于都宗唐诗。这样,高棅的唐诗选确实影响了整个明代诗坛,推动了明代诗歌理论的发展。

明代洪武年间,翰林院待制王祎(1321—1381)撰《练伯上诗序》,对明代以前的诗歌发展、演变史作了论述,主张以"圆粹而高妙""严峻而雅赡""典雅而敦实"的诗风来重建诗学[13]，在《浦阳戴先生诗序》一文中主张取法盛唐。在这样的理论前提下，高棅的《唐诗品汇》为明翰林院作家和前后七子派所宗，是历史的必然选择。高棅的《唐诗品汇》在明诗的发展史上的地位显得非常重要，简言之，它对唐代诗歌的艺术成就和本朝诗歌宗尚对象的认定为明代翰林院诗歌创作和前后七子派诗歌创作所共同遵守。二者之间不同的是：明代的翰林诗歌创作不仅宗唐，而且还宗宋元；在宗唐之时，对初、盛、中、晚四期唐代诗人都有所学习，而明代前后七子派的宗旨为上溯诗歌渊源，主汉魏之诗及盛唐诗，对中、晚唐作家作品不甚提倡，也就是说，前后七子的学习对象较之明代翰林院作家的学习对象，稍稍前移到汉魏至盛唐一段，产生既有重叠，也有错开的诗歌理论景观。

高棅的弟子林志(1368—1427)也是一个诗论家，他在为高棅所作墓志中阐述闽派诗学，又于《律诗类编序》再论律诗，发展了乃师的观点：

> 近代言诗者，率喜唐律五、七，而唐律之名家者，毋虑数十人。以予观之，大都有四变：其始也，以稍变古体而就声病，宜立于辞焉尔；其次也，则风气渐完，而音响亦以之盛，其于辞焉弗论也固宜；又其次也，作者踵继之，音响寝微，然犹以其出之兴致者，成之寄寓也，虽不皆如向之所谓盛者，而犹不专于其辞也；又其次也，则辞日趋工，而音响日益以下也又宜。况于宋氏徒以学识而声律之，元人徒以意气而韵调之，则夫其变愈宜其未已也。[14]

这是林志于永乐十三年(1415)作的诗论，和其所撰高棅墓志(按，高棅于1423年卒)对照，基本上可以看出高棅师徒形成了自己的诗歌理论体系，即不专于立辞、学识、声律、意气、韵调言诗，而要由悟以入，示后人以路径。林志的诗时有警音，与江西馆阁作家余学夔、曾鹤龄、刘子钦等交往，推进了闽中诗派与西江派的融合。

其他闽地翰林作家如林志、林环、杨寿夫、马铎等与杨士奇等俱有交游，杨士奇俱为文以识。永乐中，长乐诗人陈完为东宫赞善二十年，与杨士奇有交往；卒后，杨为传甚惜之，凡此都反映出闽诗人与江西诗人的交情。

杨荣作为馆阁大臣，他对闽中作家在翰林的壮大也有贡献。杨荣本人与闽地的翰林作家，也有来往、酬唱，如他曾为林志作《故奉训大夫右春坊右谕德兼翰林侍读林君墓志铭》；更为重要的是他身为内阁大学士对闽人进入翰林院所起的作用。《翰林记》卷十九《文运》：

> 丘濬曰："国朝文运盛于江西。开国之四年，策士以文，即得伦魁于金溪；又十余年，始定今制，会试天下士，褒然举首者，分宜人也；永乐甲申，选庶吉士，读书中秘，以应二十八宿，其中十二人出江西，而官翰林者七人；宣德甲寅，合丁未、庚戌、癸丑三科选之，亦如甲申之数，出江西者七人，留翰林者四人。奉敕教之者，前则吉水解公大绅，后则西昌王公行俭，是又皆江西人也。"盖当时有"翰林多吉安"之谣，首甲三人，或纯出江西者凡数科，间亦有连出福建者，士论或以为杨士奇、荣互相植党，岂其然耶？[15]

文中所引的文字大致同于丘（邱）濬《拙庵李先生（绍）文集序》。丘（邱）濬的原义在于否定杨士奇植党的传言，为之辩驳，但客观上有力地说明了江西翰林作家的兴盛。在江南数省之中，独江西文人为盛，翰林院的江西馆阁重臣对此所起的作用为决定性因素，也决定着闽地文人在翰林院中的地位和创作实绩。永乐甲申（1404 年）会试，解缙不满会元刘子钦（亦江西人）对他的不敬，预先把殿试的题目告诉曾棨，曾棨因此被点为第一人[16]，曾棨与解缙在及第前已是旧识[17]。成祖又命解缙选本科庶吉士，二十八人中，江西进士十二人。《明阁学记》说"曾棨等二十八人俱所奖进"[18]（附录），解缙个人对江西籍翰林作家成长的作用，可谓不小。从永乐到正统年间，闽地的举子在科举考试中，也出现首甲数科连出的现象，所以"士论或以为杨士奇、荣互相植党"有一定的可能性。但是福建的翰林作家群并不旺盛，或任职不显要，或虽受皇帝眷注而短寿（如林环），因此在举目皆是江西士子的翰林院中，其力量显得单薄。

王褒是闽人对明朝翰林文学影响较大的作家之一。钱谦益《列朝诗集》说："《闽中十子》称翰林修撰，殊不详也。"[19]钱谦益不察时人杨士奇在《陈仲完传》所说的"翰林修撰王褒举仲完学行"[20]这句话，杨士奇与王褒同时，所言当可信。王褒的诗文已具台阁的气象和题材。蔡翔《王养静先生文集序》：

> 惟六经之文浑浑灏灏，言精辞奥，不可尚矣。下迨汉唐，若扬雄、司马相如、韩退之、柳子厚、欧阳修、苏子瞻诸君子出始工于文，千百载犹一日也。今先生之文，祖六经，述诸子，积中发外，根据理义，不袭陈腐语。其言和平温厚，宛有台阁之风而无山林之气，是盖深于文者，宜为录出以与四方

学者观览。……[21]

这里指出了王褒的散文创作具有台阁的气象,他的诗歌中也有台阁体的题材,如《中秋文闱燕集得蓬字》:

> 盛时属文运,俊乂期登庸。三载荐多士,四方罗文纬。眷兹九秋半,气候何空濛。婵娟出东岭,浮云敛层空。闱棘今夕会,折桂此时同。华堂入夜开,展席来相从。流辉照尊俎,微寒薄帘栊。柏台共济济,薇垣独雍雍。主醉乐且多,宾回兴未穷。揽衣望霄汉,炯炯明光宫。人坐半天上,鸟飞疑镜中。合并不尽欢,佳期谅难逢。洗杯濯清沼,移榻当修桐。倒倾殊未已,所思悟其终。徘徊一分手,千里入飞蓬。飘飘望南陌,别过东城钟。[22]

诗中已经有了后来台阁体诗歌经常写的夸颂文运、朝廷多士、朋友相聚等内容,写得雍容典雅,风格清轻淡雅,结句有唐诗之响。另如《圣孝瑞应》《贺春有作》《正旦早朝》《元夕观灯应制》等诗则是典型的馆阁体。

王褒与江西诗人的唱和篇什也很多,如《赋得投砚峡送曾侍读使安南》《元夕黄庶子宅观红白莲花》《元夕黄庶子宅观百花灯虪》《正月十五夜进诗,赐宴有作和馆阁诸公》等。

他创作的散文多申发儒家道学的思想,阐发孟子的思想,如《思养堂记》引孟子论父子之养亲,《味书楼记》引孟子论人生嗜好,这是明代文学"本经"思想之表现。蔡翔所云之"台阁之风",大概指的是他的记类作品中有大量的宣扬儒家伦理道德的文章,如《好问斋记》《春晖堂记》《思养堂记》《怡亲堂记》《忠节堂记》《积善堂记》《戏绿堂记》《余庆堂记》《椿萱堂记》《北堂春意记》《致乐轩记》等,这类散文创作已经提供了后来台阁体一直沿用的主题。

注 释

[1]参看廖可斌:《复古派与明代文学思潮》,台北:文津出版社,1994年,第64—71页。

[2]〔清〕永瑢:《四库全书总目》,北京:中华书局,1965年,卷一八九。

[3]据清陈田《明诗纪事》(清贵阳陈氏听诗斋刻本)甲签卷一五引元张昶至正壬寅序考得。

[4][8][12]〔清〕陈田:《明诗纪事》,清光绪贵阳陈氏听诗斋刻本,甲签卷十,甲签卷十,甲签卷十。

［5］〔清〕朱彝尊：《曝书亭集》，文渊阁《四库全书》影印本，上海：上海古籍出版社，1986 年，卷六三。

［6］陈庆元：《明初闽中十子诗派兴起之考察》，《扬州师范学院学报》1995 年第 4 期。

［7］蔡一鹏：《论闽中诗派》，《文史哲》1991 年第 2 期。

［9］钱谦益对"四王"亦有一解，指王傅、王恭、王褒、王洪（见《列朝诗集》乙集第二"王侍讲洪"条）但不冠以"翰林"二字。

［10］［17］［18］〔明〕解缙：《文毅集》，文渊阁《四库全书》影印本，上海：上海古籍出版社，1986 年，卷四，卷十，附录。

［11］〔清〕钱谦益：《列朝诗集小传》，上海：上海古籍出版社，1983 年，第 181 页。

［13］〔明〕王祎：《王忠文集》，文渊阁《四库全书》影印本，上海：上海古籍出版社，1986 年，卷五。

［14］〔明〕叶盛：《水东日记》，北京：中华书局，1980 年，第 254 页。

［15］〔明〕黄佐：《翰林记》，文渊阁《四库全书》影印本，上海：上海古籍出版社，1986 年，卷一九第 1 072 页。

［16］〔明〕李贤：《古穰集》，文渊阁《四库全书》影印本，上海：上海古籍出版社，1986 年，卷二九。

［19］〔清〕钱谦益：《列朝诗集》，清顺治年间绛云楼刻本，册一八第 21 页。

［20］〔明〕杨士奇：《东里续集》，文渊阁《四库全书》影印本，上海：上海古籍出版社，1986 年，卷四三。

［21］［22］〔明〕王褒：《三山王养静先生集》，明成化十二年谢光刻本，第 2—3 页。

理学视野下的蔡清诗文研究

肖满省

蔡清(1453—1508),字介夫,号虚斋,明代著名的理学家、经学家、教育学家,主要著作有《四书蒙引》《易经蒙引》《河洛私见》《太极图说》《通鉴纲目随笔》《虚斋集》等。其中,《易经蒙引》《四书蒙引》二书影响最大,是明清士子研究程朱理学、应对科举考试的必备书籍。沈佳在《明儒言行录》中说:"(蔡清)先生著《四书蒙引》《易蒙引》诸书以翼考亭,守先人之轨范,启我后学,厥功最巨。"[1]清初大思想家黄宗羲在《名儒学案》中引张恒《儒林录》说:"清所著,至今人奉之如金科玉律。"[2]蔡清也因此被誉为"有明一代经师之首"[3]。尤其在易学研究领域,他的成就及影响更是巨大,在当时就有了"今天下言《易》者首推晋江;成、宏间,士大夫谈理学,惟清尤为精诣"[4]的称誉。蔡清是程朱理学的忠实拥护者,他的理学成就,同样得到了学者们的一致肯定,"文庄蔡先生者,以理学为海内宗"[5]。因此,蔡清的经学成就、理学思想等一直是学者们关注的重要课题。

与经学和理学的巨大影响相比,蔡清的诗文成就并不突出,也因此被多数研究者忽略。但是,如果我们留心去考察就可以发现,蔡清的诗文理论和诗文创作,典型地代表了理学视阈下的诗文共性,值得我们深入研究。

一、理学视野下的蔡清诗文理论

明代初期的文学是以台阁体为主流,而到了明代中期,前后七子掀起了复古思潮,蔡清正是生活于这样一个文风转变的时期。但是与主流文学思潮不同,蔡清既没有台阁体的习气,也没有复古的论调。作为理学家的蔡清,他的诗文理论和诗歌创作表现出自己独有的特色。

对于诗歌的定位与认知,蔡清着力强调"诗以道情志"[6]的诗歌理念。他说:

夫诗以言志耳,岂必用平侧对偶而后成其言哉?既拘对偶,则有当言者以不谐声律而已之,又有不必言者姑以凑押声律矣。是何趣味?是何道理?其始创为律诗者,决非有大人之志、有不俗之见者也,不可复以导士。[7]

蔡清说,诗歌是用来"言志"的,而讲求平仄对偶的律诗形式,可能外在地束缚"志"的表达。因此,蔡清尖锐地批评始创格律诗的人志见不高,并告诫世人,不能引导读书人把心思花在学习格律诗上。他甚至反对创作形式严整的格律诗,他说:"诗学在程朱当为后世主张了,奈何亦混众人作律诗。"[8]蔡清是程朱理学的忠实拥护者,但对程、朱创作格律诗的做法却提出了批评。由此可以看出蔡清对"诗以道情志"的诗歌理论的重视。蔡清强调"诗以道情志"的这一主张乃是对儒家传统诗学理论的遵从。《尚书·尧典》说:"诗言志,歌永言。""诗言志"的意思是指诗用来表达人的情志。"志"指志向,侧重于人的思想观念,当然也包括感情在内。但对于情感的推崇以及对诗歌抒情作用的自觉认知,主要还是在魏晋南北朝时期,刘勰《文心雕龙·情采》曰:"昔诗人什篇,为情而造文。"又曰:"盖风雅之兴,志思蓄愤,而吟咏性情,以讽其上,此为情而造文也。""志思蓄愤"指内心蕴藏的思想、情感及怨愤之情;"为情而造文"的意思是,因为内心积聚感情,因而通过文字抒发出来。可以看出,蔡清的诗歌主张深受"诗言志""诗缘情"的影响。

虽然,蔡清对程朱与众人一样创作格律诗表示惋惜,但是如果我们往前追溯的话,就会发现,其实蔡清"诗以道情志"的诗歌理论还是与程朱一脉相承的。朱熹《答杨宋卿》云:"熹闻'诗者,志之所之,在心为志,发言为诗。'然则诗者,岂复有工拙哉?亦视其志之所向者高下如何耳。是以古之君子:德足以求其志,必出于高明纯一之地,其于诗固不学而能之。至于格律之精粗,用韵、属对、比事、遣辞之善否,今以魏晋以前诸贤之作考之,盖未有用意于其间者,而况于古诗之流乎?近世作者,乃始留情于此,故诗有工拙之论,而蕴藻之词胜、言志之功隐矣。"[9]由此可以看出,朱熹也是强调诗歌的"言志之功"而反对一心去追求形式而忽视内容的。蔡清作为程朱理学的忠实拥护者,继承朱子的诗学理论是可以理解的。

在散体文方面,蔡清也提出自己的看法。他说:

文章在宇宙间,支流日益衍矣。三代无文士,六经无文法者,不以文为事也。韩柳之徒,天才本自挺出,可以大有所立,终不免于以文立家者,枝叶胜也。诸葛公学不事章句,当出师倥偬之际,援笔上言,乃得与《伊训》《说命》相表里,而其《梁甫》一吟,亦《春秋》笔也,此其根本所在,为何如哉?嗟夫!大《易》之序,《贲》极而《剥》来,《中庸》之至德,则尚䌹为之阶,吾夫子是以乘除世道而有"从先进"之思也。[10]

在这里,蔡清提出了一对评论文章的概念——根本与枝叶。所谓"根本"与"枝叶",用我们今天的文学理论的话语来解读,"根本"可以理解为文章的内容、思想、志趣、道理等,"枝叶"则是文章外在的表现形式,如修辞、章句、词语等。在蔡清看来,文章一定要强其根本而弱其枝叶。蔡清分析说,从其最初的起源来说,文的功用必定是记事的,那时的文章也是质朴无华的,所以蔡清说:"三代无文士,六经无文法者,不以文为事也。"随着时代的发展,文学的手法也日渐丰富,特别到了六朝时期,有了所谓的四声八病,又有对偶骈俪等讲究,使得文学的形式淹没了所要表达的内容。这一弊端虽然在唐朝得到了较大程度上的纠正,但其追求形式轻视内容的弊端还是部分遗留下来。在蔡清看来,唐宋八大家之首的韩愈、柳宗元本具有天挺之质,可以大有所为,却仅仅以文学盛名,那就是因为"枝叶胜也"。而诸葛亮则与此相反,他不从事于文学创作,一心匡扶汉室,鞠躬尽瘁,建立功业,因此其前后《出师表》虽是于"倥偬之际,援笔上言,"却与《尚书》中《伊训》《说命》等篇章有同样的价值。诸葛亮不事雕琢章句,而文章流传千古,这是因为其文有"根本"。

蔡清进一步分析说,他的这一思想与经典一脉相承。他举例说,在《周易》中有一个《贲》卦(☲☶),这个卦是由下离(☲)上艮(☶)组成,在《周易》的象征体系中,离(☲)象征火,象征光明,艮(☶)象征山,这个卦从卦象来说就是山下燃烧着耀眼的火焰,把山体映照得光彩焕然,所以《贲》卦(☲☶)就是象征着"文饰""修饰"。而在六十四卦的排序中,《贲》卦紧接着的下一卦就是象征着"剥落"的《剥》卦,在蔡清看来,这实际是蕴含了作《易》者削弱"文饰"的思想内涵的,即所谓"大《易》之序,《贲》极而《剥》来"也。蔡清又举《中庸》为例,《中庸》最后一章说:"《诗》曰:'衣锦尚䌹。'恶其文之著也。故君子之道,暗然而日章;小人之道,的然而日亡。君子之道,淡而不厌,简而文,温而理,知远之近,知风之自,知微之显,可与入德矣。"所谓"衣锦尚䌹",说的是内穿锦缎,外罩布衣。《中庸》引用此句,是在告诫人们,做君子要务本,要有真才实学,而不能追求外在的虚浮繁华,才能经得起时间的考验,才能"入德"。这就是所谓"《中庸》之至德则尚䌹为之阶"也,这也是蔡清所强调的强其根本,弱其枝叶。又比如《论语·先进》记载孔子的话说:"先进于礼乐,野人也。后进于礼乐,君子也。如用之,则吾从先进。"对于这一句话,程子这样解释道:"先进于礼乐,文质得宜,今反谓之质朴而以为野人。后进之于礼乐,文过其质,今反谓之彬彬而以为君子。盖周末文胜,故时人之言如此,不自知其过于文也。"朱子说:"孔子既述时人之言如此,又自言其如此,盖欲损过而就中也。"[11]也就是说,在孔子生活的时代,已经有不少人过于追求外在的"文"而忽略了内在的"质"了,孔子反对这种"文过其质"的做法,所以说"如用之,则吾从先进"。这就是蔡清所谓"吾夫子是以乘除世道而有从先进之思也"。从以上有关论述可以看出,蔡清对于诗文持与当时学者不同的看法。他重视文章的思想内容,将其视为大本大根,而对于诗文的外在形式,蔡清并不重视,并视之为枝叶。

正如前文所述,蔡清既是程朱理学的忠实拥护者,他的文章理论也是与程朱思想一脉相承的。关于"根本"与"枝叶"的关系,其实朱熹也早有论及。朱子明确地说:"道者文之根本,文者道之枝叶。惟其根本乎道,所以发之于文皆道也。三代圣贤文章,皆从此心写出,文便是道。"[12]又说:"今人作文,皆不足为文,大抵专务节字,更易新好生面辞语,至说义理处,又不肯分晓。"[13]明确反对只顾追求文章形式而忽略文章内容的做法。朱熹的这一理念,又是继承周敦颐、二程的主张而引申发挥的。郭绍虞《中国文学批评史》说:"濂溪言文以载道,而朱子即阐载道之旨;伊川言作文害道,而朱子亦言逐末之弊。"[14]从周敦颐、二程到朱子又到蔡清,我们可以非常明确地勾勒出程朱理学思想流派关于文章的立场和观点。

综上所言,受程朱理学思想的影响,蔡清在诗歌方面主张"诗以道情志",在文章方面则主张"根本"胜于"枝叶"。蔡清重视的是诗文的思想内容,而对于外在形式的追求则是他所忽略甚至有时候是反对的。因为在蔡清看来,形式是为内容服务的,内容充实了,形式就自然而然地形成了。正如林希元《虚斋蔡先生行略》中所说:"(蔡清)教人以看书思索义理为先,其言曰,今之人看书皆为文辞计,不知看到道理透澈后,词气自昌畅,虽欲不文,不可得已。"[15]这种思想与所谓"气盛则言宜"相类似又不尽相同。气盛蹈虚容易使后学不得其要;"看到道理透澈"则务实,容易引导学生多读书、多思考而有所得。更为重要的是,把

"气"的理念转变为"义理""道理",正是其理学思想在诗文领域的折射。

二、蔡清诗文的特征

基于前述的诗文理念,使得蔡清不仅不重视诗文的章句辞彩等外在形式,甚至对纯粹的诗文创作也缺乏热情。在五卷的《虚斋集》中,诗歌所占的比重还不到半卷,所收录之文章主要也是书信、赠序、题跋、碑记、祭文、论赞、箴铭等应用性的文体,纯粹文学意味的诗文作品是少之又少。在诗文创作方面,蔡清的成就也不是十分突出。他自己曾说"我非善鸣"[16]"予素不能诗文"[17],虽是自谦,恐怕也是实情。

蔡清所创作的诗歌是比较缺乏诗性的。他说自己:"兴动时亦尝试吟一二诗,第清于此段工夫甚缺。"[18]蔡清在江西任提学副使的时候,因与藩王宁王不和。宁王还故意在宴会上设置圈套,讥讽蔡清不会作诗,蔡清针锋相对地说:"某平生于人无私。"原来"私"与"诗"谐音,宁王反而受辱。这一件事情虽然展示了蔡清刚直不阿的气节,却也从另一个侧面说明了蔡清不善作诗的事实。

蔡清的诗歌大多是言志说理的,如《题扇》:

> 风本造化权,却从手中得。因思天下事,也须著人力。(《蔡文庄公集》卷一)

这是一首咏物言理的诗歌。蔡清通过扇子这样一件日常生活中再常见不过的"物",阐发了天地造化的机关,又由此思考到了天下世事,也需要人力的介入。这与蔡清重视实践、精进刻苦的精神是相通的。

又如《在京夜窗谕虫(有引)》:

> 六月初二夜,青灯独对,纸窗外有虫款,扣欲入者久之,颇冈其徒劳而不得其门也,然苟纳之,则彼决然赴死地矣,不忍也,口号以谕遣之云:
> 尔虫勿怆忙,是乃灯灼光。迷途殆尔福,得路将自殃。去去效尺蠖,朝来朝太阳。(《蔡文庄公集》卷一)

蔡清寓居京城的某一个夏夜,他点着灯在看书,这时窗外有飞蛾一直往窗户上撞,想要飞到灯火这边来。蔡清看了良久,为飞蛾的徒劳无功感到伤神,可如果把窗户打开让飞蛾进来，飞蛾扑火，则又一命呜呼，于心又不忍。这样的矛盾心态，激发了蔡清对于人生道路的思考，所谓"迷途殆尔福，得路将自殃"，对于世人来说，又何尝不是如此呢？

从普通的一把扇子，体悟出天地造化之玄妙；从飞蛾扑窗的生活琐事，思考人生处世的哲理。这正是他"诗以道情志"诗歌理念的产物。

与"文以载道"的文章理论相呼应，蔡清创作的文章不太注重讲求写作笔法等技巧性的问题，而是突出文章的义理内涵，彰显文章的道德意义。如他的《赠节推葛侯报政之京序》，这是一篇赠序，当时，葛侯在泉州任推官满三年，欲回京述职，泉州的士大夫和老百姓感念葛侯在泉州任职期间的善政，就恳请蔡清写一篇序言相赠。在这篇赠序中，蔡清除了竭力颂扬葛侯在泉州的政绩外，更重要的是还发表了一通相互劝勉的言论。他说：

> 清惟赠言仁者事也，顾不肖何言之足为侯赠哉？无已则有一焉，盖侯于政暇尝与清论学而有味于"畏"之一字，请得而绎之。夫畏者，心之防也，惟大贤以上无所用其防，其次概不能无赖于此，曾子之所以战战兢兢至于启手足而后知免者也。自侯言之，三载之前所以能成其令名者，殆由此畏心也；三载之后所以图全此名者，庸非此畏心乎？近而用之一郡者，此畏心也；他日或进而用于一方以至用于天下者，又非此畏心乎？夫才行既出人数等，而又能守之以畏心焉，斯无遗憾矣！清故绎侯之言还以赠之行，盖所致意者，乃终身事业所系，非止为此一行而已也。然是行也，山川万里，寒暄异宜，保重之术亦无出于"畏"之一字者，斯又吾泉人士闻侯车马之音而愿侯庶几无疾病之心也。况畏之为用，无适不宜，因并以赠。[19]

蔡清的这一段议论，紧扣一个"畏"字展开。"畏"就是敬畏，要求执政者要有所敬畏，要有一颗敬畏之心，这是儒家传统思想中很重要的内容之一。《论语·季氏》记载孔子的话说："君子有三畏，畏天命，畏大人，畏圣人之言。小人不知天命而不畏也，狎大人，侮圣人之言。"着力强调君子要心存畏惧。在《易经》《震》卦《大象传》中，孔子又说："洊雷震，君子以恐惧修省。"在该卦《彖传》中说："震亨。震来虩虩，恐致福也。笑言哑哑，后有则也。震惊百里，惊远而惧迩也"。在《周易》的象征体系中，震象征雷，代表着天威，因此孔子认为，君子观洊雷威震之象，当怀警惧忧患之心反身检省，以去恶从善，这样才能远祸避害、趋吉致福。孔子的论述精深透辟地推演了这样一种心理行为规律：一个人惊惧于发生于他人、他处的灾患，担忧更大的灾患降临自身，"惊远而惧迩"，防患于未然，"恐惧修省"，"反身修德"，才会因"恐致福"，由惧得亨，避凶趋吉。正因为"惊远惧迩"的"恐惧修省"是一条异常重要的防患避祸原则和方法，北宋诗人林逋在《省心录》中说："君子恐惧而畏，小人侥幸而忽。畏其祸则福生，忽其福则祸至"，"恐惧者修身之本，事前而恐惧则畏，畏可以免祸；事后而恐惧则悔，悔可以改过。夫知者以畏消悔，愚者无所畏而不知悔。故知者保身，愚者杀身，大哉，所谓恐惧也"[20]。可以看出，儒家传统思想都极力强调"畏惧"之心在提高人生修养中的重要作用。正如《中庸》所说："是故君子戒慎乎其所不睹，恐惧乎其所不闻。莫见乎隐，莫显乎微，故君子慎其独也。"南宋大学者朱熹在《中庸注》中说："君子之心，常存敬畏。"个体的修身养性要心存敬畏，治理国家更是如此。正如《尚书·五子之歌》说："予临兆民，懔乎若朽索之驭六马。"这是说，治理国家就好像用腐烂的绳索驾驭奔驰的马车，随时都有倾覆的危险。《诗经·小雅·小旻》说："战战兢兢，如临深渊，如履薄冰。"类似的这些言论，都是告诫执政者，治理国家要小心谨慎，心存敬畏。因此，对敬畏之心的呼吁，是宋明理学家提升自我德性修养的重要途径之一，同时也是对执政者的一贯要求。蔡清用"畏"字作为赠言，正是他作为一代理学宗师思想理念的集中体现。

以上选取了蔡清《虚斋集》中的诗文个例进行介绍。从中可以看出，言志说理是蔡清诗文的主要特色，正如蔡廷魁《蔡文庄公集·序》所说：

> 观此则公于诗，惟不肯为周沈八病诸格所绳束，于文惟不肯为骈四骊六雕章琢句之巧耳……读之无奇字亦无难字，格言至论，朝夕涵泳，直令人性体光明，会心有得。[21]

蔡清诗文的这些特点，正是他诗文理论指导下的产物。林俊在《虚斋蔡先生文集序》说得更加彻底明白："（虚斋）经义趣深理到，论策诸作畅达疏爽，诗文别出体格，披人心而系名教，卒泽于仁义道德，粹如也。"[22]这正是和他的诗文理论相互呼应的。

三、蔡清诗文的成就

对于蔡清诗文的成就，林希元《虚斋蔡先生行略》说其："为文惟尚理致，皆溢中肆外之语,不待雕琢而成,醇雅平正,如良金美玉,无瑕可指,如布帛菽粟,民生日用之不厌也。"[23]《四库提要》也说:"故其文章亦淳厚朴直,言皆有物。虽不以藻采见长,而布帛菽粟之言,殊非雕文刻镂者所可几及也。"[24]这些评价是客观公正的。林俊《虚斋蔡先生文集序》又说:

> 夫有造道之文,有述事之文。杨子云曰:"商书灏灏尔,周书噩噩尔。"后世有作,其雄视前人亦不为少矣,卒之无足嗣往徽而歆来听,又况移情役物,越礼分而为者。呜呼!邪说也?赘言也?雅论也?知斯三者,可以定是文矣,其不然,文华作气,质雅收声而去道远而(矣)。昔后村序艾轩之文曰:"以言语文字行世,非先生意也。"介夫言语文字间哉。[25]

林俊肯定了虚斋诗文的雅、质特征,同时也说明了蔡清不欲以言语文字行世的思想境界。清乾隆时揭阳学者吴日炎说:"即先生语言文字求之,先生之学已在于是。后之读先生集者,于此深造而有得焉,以几乎圣贤之道无甚难者,慎勿以先生文集作语言文字观。"[26]这样的评价是客观而公正的。四库馆臣对此有较为中肯的论述:

> 集中有《与孙九峰书》,述宁王宸濠讥其不能诗文。《廷魁序》中因反覆辨论,历诋古来文士,而以清之诗文为著作之极轨。夫文以载道,不易之论也。然自战国以下,即已岐为二途,或以义理传,或以词藻见,如珍错之于菽粟、锦绣之于布帛,势不能偏废其一。故谓清之著作,主于讲学明道,不必以声偶为诗,以雕绘为文,此公论也。谓文章必以清为正轨,而汉以来作者皆不足以为诗文,则主持太过矣。[27]

四库馆臣既不同意蔡廷魁刻意拔高蔡清的做法,又公正地指出:"清之著作,主于讲学明道,不必以声偶为诗,以雕绘为文,此公论也。"可以看出,四库馆臣对蔡清诗文的评价是较为中肯全面客观的。

综上所述,作为一代理学宗师,蔡清的诗文成就虽然不是很高,却典型地在诗文中践行了理学的精神,不注重诗文的外在形式而重视其内在情感的抒发表达;更为重要的是,他的诗文中处处体现着理学思想,将其学术修养贯诸于诗文之中。这是蔡清诗文创作的特色,而这一特色得益于当时理学盛行的背景及蔡清个人的理学修养,也是当时文学界的一支清流,质朴无华却闪烁着思想的光芒。

注　释

[1]〔清〕沈佳:《明儒言行录》卷六,台北:明文书局,1991 年影印本,第 840 页。

[2]〔清〕黄宗羲:《明儒学案》卷四十六《诸儒学案上四》,北京:中华书局,1985 年,第 835 页。

[3]〔清〕李清馥:《闽中理学渊源考》卷四十三,影印文渊阁四库全书第 460 册,台湾:商务印书馆,1986 年,第 423 页。

[4]〔清〕怀荫布修:(乾隆)《泉州府志·列传·蔡清》,《蔡文庄公集》卷八,四库全书存目丛书集部第 43 册,济南:齐鲁书社,1997 年,第 56 页。

[5]〔清〕王命岳:《重修名贤里坊跋》,《蔡文庄公集》卷七,四库全书存目丛书集部第 43 册,济南:齐鲁书社,1997 年,第 16—17 页。

[6][16]〔明〕蔡清:《题严陵送别卷》,《蔡文庄公集》卷一,四库全书存目丛书集部第 42 册,济南:齐鲁书社,1997 年,第 609、609 页。

[7][8]〔明〕蔡清:《论诗》,《蔡文庄公集》卷四,四库全书存目丛书集部第 42 册,济南:齐鲁书社,1997 年,第 707 页。

[9]〔宋〕朱熹:《答杨宋卿》,《晦庵先生朱文公文集》卷三十九,《朱子全书》第 22 册,上海:海古籍出版社,2002 年,第 1742 页。

[10]〔明〕蔡清:《与徐方伯书》,《蔡文庄公集》卷二,四库全书存目丛书集部第 42 册,济南:齐鲁书社,1997 年,第 640 页。

[11]〔宋〕朱熹:《四书章句集注》,北京:中华书局,1983 年,第 123 页。

[12][13]〔宋〕黎靖德:《朱子语类》卷一百三十九,北京:中华书局,1986 年,第 3318、3318 页。

[14]郭绍虞:《中国文学批评史》(下卷),天津:百花文艺出版社,1999 年,第 16 页。

[15][23]〔明〕林希元:《虚斋蔡先生行略》,《蔡文庄公集》卷七,四库全书存目丛书集部第 43 册,济南:齐鲁书社,1997 年,第 6、5 页。

[17]〔明〕蔡清:《四哀诗·序》,《蔡文庄公集》卷一,四库全书存目丛书集部第 42 册,济南:齐鲁书社,1997 年,第 606 页。

[18]〔明〕蔡清:《又和滕古甫见寄》,《蔡文庄公集》卷一,四库全书存目丛书集部第 42 册,济南:齐鲁书社,1997 年,第 612 页。

[19]〔明〕蔡清:《赠节推葛侯报政之京序》,《蔡文庄公集》卷三,四库全书存目丛书集部第 42 册,济南:齐鲁书社,1997 年,第 666 页。

［20］〔宋〕林逋:《省心录》,长沙:岳麓书社,2002 年,第 7 页。

［21］〔清〕蔡廷槐:《蔡文庄公集·序》,《蔡文庄公集》卷首,四库全书存目丛书集部第 42 册,济南:齐鲁书社,1997 年,第 588 页。

［22］［25］〔明〕林俊:《虚斋蔡先生文集·序》,《蔡文庄公集》卷首,四库全书存目丛书集部第 42 册,济南:齐鲁书社,1997 年,第 583、582 页。

［24］〔清〕纪昀等纂:《四库全书总目》卷一百七十一《虚斋集提要》,北京:中华书局,1997 年,第2305页。

［26］〔清〕吴日炎:《蔡文庄公集·序》,《蔡文庄公集》卷首,四库全书存目丛书集部第 42 册,济南:齐鲁书社,1997 年,第 586 页。

［27］〔清〕纪昀等纂:《四库全书总目》卷一百七十五《蔡文庄集提要》,北京:中华书局,1997 年,第2405页。

谢肇淛诗论与地域关系浅析

孙文秀

  谢肇淛是晚明较活跃的学者、诗人,和曹学佺、徐𤊒等人同为晚明闽诗派代表人物之一,颇有时名。谢肇淛主要生活在万历一朝,其步入诗坛的时间正处于后七子复古派式微,公安派与竟陵派风行之际。而谢肇淛既与后七子派阵营中人,如王世懋、李维桢、屠隆等交游密切,同时也与公安派之袁氏兄弟,江盈科,竟陵派之钟惺等人关系融洽。

  后人对谢肇淛的评论,也主要集中在两个方面:一方面认为其服膺王、李之学,醉心前后七子;另一方面则又指出其有不受当时公安、竟陵之时风沾概之特色。这两方面的评论,以钱谦益与朱彝尊的评论最有代表性。钱谦益《列朝诗集小传》丁集下之"谢布政肇淛"条云:"在杭近日闽派之眉目也,在杭故服膺王李,已而醉心于王伯谷,风调谐合,不染叫嚣之习,盖得之伯谷者为多。"[1]钱氏的评论,虽未明言所谓"叫嚣之习"具体所指,但从谢肇淛主要生活在万历一朝的事实来看,"叫嚣之习"的时风应指万历一朝先后风行的公安派和竟陵派。朱彝尊《静志居诗话》卷十六"谢肇淛"条云:"在杭格不耸高而诗律极细,其持论亦平,如于鳞、元美、敬美、子与、伯玉皆所倾心。《漫兴》诗云:'徐陈里闬久相亲,钟李湖湘非吾邻,丸泥久已封函谷,怕见江东一片尘。'徐指孝廉惟和、山人兴公,陈谓文学汝大、孝廉幼孺、山人振狂。是时竟陵派已盛行,而在杭能距之。"[2]

  我们从谢肇淛生平交游与诗学持论来看,钱、朱二人的评论似乎也属于有迹可循。谢肇淛从万历十三年(1585)受知于王世懋开始,此后数十年的文坛交游中,也颇多是属于后七子阵营中的人物,如张献翼、李维桢、屠隆、胡应麟、邢子愿等人。谢肇淛论诗也会提及法度、气格等常见于前后七子格调论范畴的内容。因此,得出钱、朱二氏那样的结论也在情理之中。但通过两个人的评论,也会让人产生这样一种感觉:谢肇淛也许只是晚明诗坛中,一个在前后七子笼罩下人云亦云、还有些妄自尊大的边缘性小人物。在前仆后继、声势浩大的七子复古派阵营中，就是可有可无的。但是，如果我们仔细阅读谢肇淛本人的著述就会发现，钱、朱二人的评论实在有些过于表面化了，谢肇淛之诗论，虽然有受时风沾概的一面，但亦有自己独特的一面，即努力从地域诗学和文化传统中寻找变革现实诗坛的资源和养料，从而使其诗论从总体上来看，带有鲜明而浓厚的地域色彩。下面我们就通过分析谢肇淛的诗学思想，来看谢肇淛诗论的地域性特征。

一、批评七子，诗尊性情

谢肇淛论诗，最早并不是从崇尚王、李之学开始的，反而是以大力抨击王、李之学开始的。万历二十一年（1593），是谢肇淛入仕第二年，亦是其正式走出闽中诗坛的第二年，此年他为莆田隐士周如坁的诗集作了一篇序文《周所谐诗序》。在这篇序文中，谢肇淛对明代前后七子进行了一个总体评价，其言云："唐以后无诗，非诗亡也，操觚之士不得其情性而跳号怒骂，又其下者，刻画四声之似以剽掠时名，于是去之愈远。国朝作者具在，迪功希纵汉魏，北地摹刻少陵，郑吏部超然远诣，犹多质胜，降而中原七子，以夸诩为宗，绘事为工，虽然中兴，实一厄矣。"[3] 从引文我们可以清楚看出，在尊尚"情性"的原则下，谢肇淛对前后七子的评价并未体现出多少褒义，甚至对后七子，即所谓的"中原七子"是严厉的抨击，直接斥其为"诗坛一厄"。此种对七子的评语用语和批评的严厉程度，已经和公安派、竟陵派中人极为相像了。不过，从这篇序文写作的时间看，当时公安派性灵说尚未盛行，且谢肇淛是在五年之后，即万历二十六年（1598），才与袁宏道、江盈科等人定交，所以谢肇淛对七子的这种批评思想应该与公安派关系不大。又因为是对王、李的严厉批评，所以这种批评的思想自然不可能再是来自王、李之学。如果从师承渊源寻找的话，谢肇淛的这种观念，很有可能和游离于后七子阵营左右的王世懋的影响有关。上文提及万历十三年，谢肇淛受知于王世懋一事。[4] 谢肇淛在后来的诗文中也数次提到过此事，如《怀师篇二首》之《王奉常敬美先生》一诗有云："小子方怅怅，管中时一窥，何意轮囷质，作宾黄金墀，因师发吾覆，始获观二仪。"[5] 谢肇淛在诗歌方面的确曾得到过王世懋的指导和启发是事实，不过对于王世懋究竟做过什么样的具体理论指导，谢肇淛在后来的著述中没有任何记载。我们只能从王世懋本人一贯的诗论主张进行学理推测。王世懋论诗主张，"诗必自运，而后可以辨体，诗必成家，而后可以言格",诗人要有"真才实学,本性求情,且莫理论格调"[6]。在上文所引述的序文中,谢肇淛对前后七子评判的一个基本原则,也恰恰突出了重视"情性"的特点,由此我们推断,谢肇淛论诗或许就是受到了王世懋那些不同于七子复古派言论的理论影响,从而使其在面对前后七子时,并非像一般的后学小辈那样盲目信奉,而能站在一定的距离之外,对其进行相对独立自觉的判断和取舍。

虽然谢肇淛对前后七子的批评思想有可能是受到了王世懋的影响,但在这篇序文中,谢肇淛对前后七子进行批评的主要目的,却并非是为了继承或张扬师说,而是为了彰显和标举闽地诗学。在上文所引的序文的前半部分内容中我们可以看出,谢肇淛在批评前后七子的同时,已经流露出较为明显的地域诗学意识。首先在对以李梦阳等为代表的前七子进行批评时,没用弘、正间人们熟悉的七子名目,而是将闽人郑善夫与李梦阳、徐祯卿并列为代表,已隐含有抬高乡人郑善夫地位的意思。另外,在对三人所作的评语中,郑善夫是唯一一个受到褒扬的人,为乡贤者讳的意味愈发明显。在《周所谐诗序》的后半部分,谢肇淛又主要从地域的角度,将"中原人士"与闽地诗人并举而论,旗帜鲜明地表达了对闽地文人和文望的推举,其言谓:"中原人士,舌本犀利,喜相标以名,相托以华,《论衡》鄙秽,中郎谬称,子迁短才,敬之缓颊,故朴樕碔砆,皆得籍齿牙以侥不朽于万一。吾闽处乱山穷谷之中,自非握三寸管如青萍,安能上干气象,即夜光之质,犹或按剑矣,其间衣褐怀玉,鹄伏而待沽者,不知其几也。"[7]

在谢肇淛看来,"中原人士"一个最大的特点是舌尖"犀利",喜"相标以名,相诋以华"。然后分别举出东汉蔡邕传播《论衡》和中唐杨敬之称许项斯的典故。《论衡》一书对汉代儒家经学提出尖锐批评,有很多怀疑古经、非难孔孟之言论,王充因此甚至还被后世一些儒士视为名教罪人。谢肇淛一直以儒士自居,崇尚儒学经典,因此才称"《论衡》鄙秽",对蔡邕传播《论衡》一事也不以为然。中唐诗人项斯在未参加科举考试前,其诗文受到当时国子监祭酒杨敬之的称赏,杨氏到处向别人极力称赞项斯,项斯文名遂得彰显,后科考中榜眼。谢肇淛论诗重盛唐兴趣,因此项斯之诗在其看来亦非最佳。谢肇淛运用这两个典故,其用意并非只是为了批评《论衡》和项斯。我们从《周所谐诗序》整篇文章的布局结构来看,文章前半部分批评前后七子,且用"中原七子"一词来代指后七子,文章后半部分则开始批评"中原人士",然后以《论衡》和项斯的典故加以论证,很明显,谢肇淛是采用类比的行文方式,从地域的角度将明代前后七子与《论衡》和项斯归为一类,认为都属于名不副实而又被大力推举的一类,其批判的力度又推进了一步。然后将闽人与中原人士相对举，一褒一贬，一扬一抑，在将闽人划出七子行列的同时，也顺理成章地达到了标举闽地文人与文望的目的。

当然，谢肇淛这种把前后七子笼统归为"中原人士"的说法，细论起来是不够恰当的，如前七子中徐祯卿是吴中人士，后七子中两位主要领袖之一的王世贞也是吴中人士。谢肇淛之所以作出上述归类，应该和延续了约一个半世纪的前后七子文学复古运动给人留下的总体印象有关。前后七子的文学复古运动，虽然都是全国性的文学运动，但在地域方面的侧重还是较为突出的。比如前七子派中，除徐祯卿外，其余六位领袖人物皆为北人，而运动的重心也基本以北方文坛为主。后七子派中南北文人相当，前期仍然集中在北方，后期随着王世贞、汪道昆成为文坛领袖，文学运动的重心才开始发生转变，后来基本以东南文人为主。但总体上来看，以北人为中心的时期要远远长于以南方文人为中心的时期。人们习惯将后七子称作"中原七子"，也体现了对这种地域概念的认同。

通过上面我们对整篇序文布局结构的简单分析可以看出，这种划分方式的目的很大程度上是为了满足行文论证的需要，而非为了史实论证。在谢肇淛的诗学话语系统中，对前后七子的批评，已经变成了其标举闽地诗学的一种手段。其在万历四十二年（1614）所作的《邓汝高传》中，仍然采用了这种方式，在叙述传主邓汝高的学诗经历时，将邓前期"学郑吏部，已又学七子"看成是误入歧途，直到邓"从余辈游，始幡然悟，尽焚弃其宿业，每一诗出示人，人惊诧非汝高笔也"。所谓"从余辈游"，即是谢肇淛在传文开篇所叙述的闽派之诗统，即：明初林鸿、高棅等闽中十子，继而郑善夫，后为谢肇淛等"二三子"[8]。

那么，谢肇淛为什么要采用从地域比较的角度来对七子进行批评这种方式呢？其实这也是一种"文士苦心"。万历十八年（1590），王世贞卒，万历二十一年（1593），汪道昆、吴国伦卒，后七子文学复古运动衰落之势亦如江河日下，万历文坛也陷入无大家盟主的局面。尽管如此，因为以公安派为代表的新思潮，此时还处于酝酿和发展期，尚未进入诗坛中央，诗坛的主流观念仍是前后七子笼罩下的复古诗学。或者也可以说，在大多数普通文人士子的心目中，前后七子仍具有领袖般的崇高地位。谢肇淛如果想在诗坛中央争一席之地，甚或主盟坛坫，他所面临的主要问题就是如何处理前后七子的诗坛地位问题，是为其歌功颂德，以后继者自居？还是拨开其光环，将其拉下神坛，重新审视？谢肇淛选择的是后者，其方法是从闽地诗学内部寻找立根处，选择从地域的角度对七子进行批评。从地域的角度来关照，从自我所处的地域来看，二者的地位便是平等的。例如，谢肇淛对后七子领袖李于鳞的批评，也是采用了这种方式，其《刘五云诗序》云："三齐之地包险阻原隰，其音傲僻骄志，邻于溱洧，至以其方之声为四声，以故不谐婉于大雅，君子难言之。于鳞天造草昧，立汉赤帜，至今执橐鞬者什九北面，然其滥觞也，务气格而寡性情，刻音调而乏神理，顿令本来面目无复觅处，则英雄欺人，济南不无惭德焉。"[9]而谢肇淛略显偏激的抨击态度，对于地处"乱山之中"，偏安东南一隅的闽地诗人们来说，无疑又会产生一种类似革命的振奋和鼓舞力量。

二、重学力与师承渊源

强调学力和师承渊源是谢肇淛诗论中一个非常突出的特点，他在自己的著述中反复提到这一点。谢肇淛之所以强调诗人必须要具备深厚的学力和师承渊源，主要是针对当时诗坛中所存在的弊病而发。谢肇淛所指出的诗坛弊病，主要从三个方面寻找原因：首先是明代科举制度。中国历史上真正可以称之为科举制度的只有明朝，挤到独木桥上的也只有明朝，所以科举制度对当时人们思想的影响，无处不在。谢肇淛《小草斋诗话》卷一内篇第二条云："今之士子，幼习制义，与诗为仇，程课之外，父母师友禁约不得入目，及至掇高第，玷清华，犹不知四声为何物，苏李为何人者。"[10]明中后期以来，士子以诗为诫成为风气，"间有谈说古文词者，则群聚而讳之，目为怪物，漫不省视"[11]。譬如袁宗道一日偶有感兴，赋小诗题于斋壁，立即招来塾师大骂："尔欲成七洲耶？"因当时公安一县，只有七洲此人能诗，人争忌之，故特举为诫。[12]谢肇淛少年笃好诗文词，亦招来父亲之训斥。在这种"与诗歌为仇"的时风影响下，诗歌的命运可想而知。其次，是明代中后期兴起前后七子派，我们可将其称为复古派。另外还有嘉靖初年兴起的以顾璘、朱应登、刘麟、杨慎为代表的宗六朝初唐派，谢肇淛在《重与李本宁论诗书》中也提及此派，称其"江左诸君"[13]。此一派虽是为变七子弊病而兴，但亦可归为复古派，只不过是所取法学习对象不同而已。对复古派而言，重学力与师承渊源本为题中应有之义，但要之明代前后七子所倡之复古，乃是严羽所谓的"第一义"之复古，将学习范围圈于属于"第一义"的高格古调，不睹格调以外文字，遂致学之空疏，其末流甚至出现了剽窃摹拟之恶习。第三方面，即是万历中后期兴起的公安派。公安派之性灵说，虽然使"王、李之云雾一扫"，"涤荡摹拟涂泽之病"，但因为过分强调任情而发，宁今宁俗，不肯拾人一字，将批判复古在某种程度上贯彻为完全弃古,忽视了文学与传统的联系,影响所及,便成为谢肇淛所批评的"师心妄行"[14],学力与师承渊源一说自然也无从谈起。谢肇淛在晚年完成的《小草斋诗话》中,将当时诗坛存在的种种不良风气归结为"七厄"。这"七厄"向我们真切展现了在科举制度、复古派与性灵派末流影响下,晚明诗坛之弊究竟达到了一种什么样的状态。通过谢肇淛的"分析","七厄"中除最后"一厄"是文人相轻的积习所引起的之外,其余"六厄"都与乏学力与师承渊源有深刻的关系。因此,通过以上简单的分析可以见出,谢肇淛对学力和师承渊源的强调有着极强的现实针对性,亦可谓有感而发。

谢肇淛重学力和师承渊源之论,最直接的理论渊源,根据谢肇淛自己的叙述,可追溯至闽人严羽的《沧浪诗话》。谢肇淛论诗自称最服膺严沧浪和徐祯卿两家,其言云:"古今谈诗如林,然发皆破的,深得诗家三昧者,昔惟沧浪,近有昌谷而已"[15]。严羽《沧浪诗话·诗辨》云:"夫诗有别才,非关书也,诗有别趣,非关理也,然非多读书,多穷理,不能极其致。"[16]后世非严沧浪者,则仅取前四句,责其不重学力之失。为严沧浪鸣不平者,则拈出后三句,谓严沧浪何曾教人废学。谢肇淛属于后者。他在《小草斋诗话》卷一《内篇第七条》中有云:"严仪卿曰:'诗有别才,非关学也。诗有别趣,非关理也。'此言矫宋人之失也耳。要之天下岂有无理之文,又岂有不学之诗人哉?"[17]谢肇淛此论,亦算能体察出严羽倡"别才""别趣"之苦心,只是没有进一步深入辨析。或许正因为谢肇淛没有进一步为严沧浪"不废学"之意做辩解,我们也很难进一步看出其重学力和师承渊源之论,与严沧浪"非多读书,多穷理"之言的更明晰的继承脉络了。

追溯谢肇淛重学力与师承渊源之论的思想来源,将目光投放至谢肇淛生长的闽地文化环境中,能找到更令人满意的答案。闽地是朱熹理学发源地,故朱子之学又被称为闽学。在朱子之学中,读书的角色占有极为重要的地位,正如余英时所言:"在宋代道学家中,唯有朱熹十分强调读书对于明道的重要性,并且建立起一整套成体系的方法。他思想的这一方面导致了17世纪一位学者的批评:朱子的学说完全由读书构成,而无其他。"[18]余英时文中所提到的批评朱子重读书的学者,即是明末清初之颜元。颜元素喜陆、王之学,26岁时始接触朱子学,且毕生的为学精微之处即在于批判和反思朱子之学,所以颜元之论有些夸大其词,不过也恰恰说明了朱子之学对于读书的重视。后世学人在归结朱子之学的大义时,甚至特别将读书穷理独列为一宗,即顾炎武《日知录》中所言及的"读书穷理,以致其知"[19]。朱子之学在明代取得官学地位以后,其读书穷理之学风在其发源地闽地得到进一步倡导,晚明闽派中人诗学审美倾向于王、孟清空一路,但在论诗时又不约而同地都大力倡导学力和师承渊源,如曹学佺、徐燉、谢肇淛、谢兆申等人,他们不但嗜书好学,而且都是当时名闻海内的藏书家。这种现象提醒我们,朱子之学所提倡的"读书穷理,以致其知"的学风对闽地文人的沾概,不可谓不深。谢肇淛本人应该也是受这种风气的影响。谢肇淛虽然出生在浙江,但在13岁那年便因父亲致仕而回到了闽中。谢肇淛父亲谢汝韶,一生喜好读书,学问淹贯,虽功名不达,但善课制义,为有名的儒生,里中名士近百人曾执经门下。[20]谢肇淛本人自幼便是由父亲亲自督课,不假师傅,所受为较传统的儒士教育。成年之后,谢肇淛也每每以儒士自居,且宣称"吾儒高于二氏"[21]。谢肇淛曾在一首诗中说到自己的学术路向,即"不学空王不学仙,不求成佛不升天,凭将一点光明眼,参破人间万种缘"[22]。由此可见,谢肇淛之学术与佛教、道教,甚至风靡晚明的王阳明之心学都保持自觉的疏离。

谢肇淛谈学力内容时云:"吾教世之学诗者,先须读《五经》,不然无本源也;次须读《二十一史》,不然不知古今治乱之略也;次须读诸子百家,不然无异闻异见也。三者皆于诗无预,而无三者必不能为诗。譬之种林田汲泉水而后可以谋曲蘖也。噫,今之啜糟哺醨而不知有水米者多矣。"[23]由此条论述我们可以看出,谢肇淛所倡导学力与宋人以"学问为诗,以文字为诗",追求诗歌之雅化有很大不同,谢肇淛要求学诗者需先从经、史、子入手,认为"三者皆于诗无预",即不能像宋人那样直接以"文字为诗","以学问为诗","而无三者必不能为诗",这实际上指出了学力之目的,即为了提高诗人自身的学养素质,就像"谋曲蘖"需要先"种林田汲泉水"一样,是一项看似无涉却又必不可少的、进一步学诗的基础工作。我们从谢肇淛论教人学诗的内容步骤与目的来看,与朱熹教人读书的顺序及目的十分相似。朱熹在教学时,一般采取的步骤是:《四书》、六经以及史书,间或也有提及秦汉以后之文学艺术。而读书在朱熹的思想体系中,是以道德为导向的,道德心性属于一个人内在的修为,亦即个体内在的修身养性一系。读书是为了明德性,见义理,是进一步学习的基础,而非是为彰显学问或其他别的目的。[24]另外,谢肇淛在《五杂俎》卷十三中所批评时人为科举而读书的态度,认为读书之目的,应该是"立言以传后""修身行己""名义理"以及"资学问"等等。进一步说明,谢肇淛所倡导的重学力之思想,与闽地兴盛的源于朱子之学的读书风气有较为明显的继承脉络。

三、重"悟"与"风韵婉逸"

论诗重"悟"和"风韵婉逸",是谢肇淛诗论的又一主要内容。谢肇淛论诗力求在前后七子及公安、竟陵之外另辟蹊径,因此从乡人严羽《沧浪诗话》中引入一"悟"字。他在晚年于《重与李本宁论诗书》一文中称:"贱子之诗,上不敢沿六朝,而下不敢宗七子,初循彀率之中而渐求筌蹄之外,庶几于严氏之所谓悟者。"[25]

谢肇淛所谓的"悟",主要是由积学力而来的"渐悟"。他在《小草斋诗话》卷一内篇第九、十条中有言:"悟之一字从何着手?从何置念?顿悟不可得矣。即渐悟者,穷精殚神,上下古今,发愤苦思,不寝不食,一旦豁然贯通,一彻百彻,虽渐而亦顿也……若不思不学而坐以待悟,终无悟日。"[26]谢肇淛并不否定"顿悟",只是因为禅宗之顿悟,讲究明心见性,不立文字,悟得与否,全在慧根一念之间,无轨可执。尤其是六祖慧能,不识文字,却创立了南宗,不缘文字即心即佛,对后世影响极大。谢氏认为像南宗慧能那样"不识文字,声下顿悟"的情况,乃是"天纵之圣,千万年中,容有几人"[27]?所以对于绝大多数普通人来讲,还是由积学力而来的渐悟更为实在一些。晚明禅宗思想盛行,诗坛中已经存在"藉口于悟,动举古人法度而屑越之"的现象。[28]因此,谢肇淛不是否定顿悟,而是有些怕言顿悟了。所谓渐悟,"一旦豁然贯通,一彻百彻,虽渐而亦顿也"。但如果不和思与学相联系,只是"坐以待悟",则"终无悟日"[29]。这种强调由积学力、用苦思而得悟的方法,和谢肇淛重视学力和师承渊源的思想是一致的。

不过,虽然谢肇淛强调渐悟,但最终目的还是为了能达到"顿悟"境界,所以我们又可以说,谢氏所谓的"渐悟",实际上指"顿悟"境界到来之前的渐修过程。真正能称得上诗中之"悟性"的,谢肇淛还是认为是"顿悟"的境界,所以他才认为真正的诗之"悟性",不是像北宗神秀那样的"渐悟",与南宗"獦獠""尚隔数尘"。谢肇淛论"悟"之特点,我们可以借用钱锺书一句话来更好的理解:"论其工夫即是学,言其境地即是修悟。"[30]

关于"悟"后之境界,谢肇淛在《余仪古诗序》一文中曾谈及,其言云:"至于形不蔽神,距不螯意,丰不掩妍,约不损度,奇正互出,浓淡以时,若离若合,若远若近,若方若圆,若无若有,神而明之,存乎其人,法之所不载也。善夫,仪卿先生之言曰:禅道在悟,诗道亦在妙悟。"[31]此处谢肇淛所描述的悟后境界,和严羽《沧浪诗话》中对"妙悟"境界的描述极为相似。严羽的"妙悟",以"谢灵运至盛唐诸公"等人的诗为代表,其妙处在于"透彻玲珑,不可凑泊,如空中之音,相中之色,水中之月,镜中之像,言有尽而意无穷"[32]。谢肇淛一直以儒士自居,对释道二家颇有微辞,自称"向口不言禅"。所以,即使他承认自己之"悟"论来自严羽之《沧浪诗话》,但在落实到自己的诗论系统中进行表述时,又极力避开严羽所运用到的禅家用语,而用"奇正互出,浓淡以时,若离若合,若远若近,若方若圆,若无若有"等话语表示。他所要表达的意思和严羽较为接近,只是避开了禅家话头而已。

谢肇淛论诗还经常提到"风韵婉逸"之诗境,其在《重与李本宁论诗书》中有言:"故论诗者,当以风韵婉逸,使人感发兴起为第一义。而法度、气格、才力、体裁兼而佐之,不可废也。"[32]在谢肇淛的诗论系统中,作为诗之"第一义"的不再是格调派所津津乐道的法度格调等因素,而是诗之"风韵婉逸"和诗人之起兴。因此可以说,谢肇淛论诗虽然也讲格调,但只是将它们作为诗之第二义或更次之的辅助因素,基本上跳出了格调说的束缚。而对"风韵婉逸"的强调,又表现出其向清初王士禛等所提倡的神韵说渐近的特点。谢肇淛之"风韵婉逸"论,从审美要求上说,要求诗歌具有含蓄蕴藉的特点,即要有"象外之意,言外之旨"。如他评五言古诗云:"五言古须有澹然之色,苍然之音,象外之意,言外之旨,虽不尽袭汉魏语法,亦不当齐梁以后色相。"又论咏物诗:"咏物一体,而赋、比、兴兼焉。既欲曲尽体物之妙,而又有意外之象,象外之语,浓淡离即,各合其宜。"[33]

对于"风韵婉逸"的状态,谢肇淛还曾有一个比喻:"作诗如美人,风神体态,骨肉色泽,件件匀称,铅华装饰亦岂尽卸不卸,至于一种绰约流转,天然主机,有传神人所不能到者。今人赞画像动曰形神酷肖,只少一口气耳。不知政这一口气,千难万难。"[34]诗歌中那种"绰约流传,天然主机"的状态,"若纳水辐,如转丸珠",体现出具有生命力的动态美。这样一种状态被谢肇淛称为是承载诗歌生命力的"一口气"。正是这样"一口气",才能使诗歌真正活起来,也"正是这一口气",又是"千难万难"。如何解决这一"千难万难"的问题,谢肇淛寻找的仍是来自严羽《沧浪诗话》的"妙悟"之法。

对于诗歌的"象外之意,言外之旨",前人已多有论述,这也是人们谈意境论时常要涉及的问题。但究竟怎样才能达到这种诗歌的极致境界,直到宋代严羽的《沧浪诗话》,才提出了一个解决办法,那就是"妙悟","大抵禅道惟在妙悟,诗道亦在妙悟","惟悟乃为当行,乃为本色"[35]。以禅家的思维方式来解决诗家问题,从理论上看似乎有了解决的办法。但严羽对"妙悟"境界的描述,又是以盛唐诗之"兴趣"为标准的,其特点是"羚羊挂角,无迹可求",其妙处是"透彻玲珑,不可凑泊,如空中之音,相中之色,水中之月,镜中之像,言有尽而意无穷",给人的感觉仍然是朦胧而无法把握,所以后人批评严羽之"妙悟"说有空寂之嫌。不过,严羽"妙悟"之创见也许正在这无可把握之处,正因为朦胧而无可把握,才正是诗"不涉理路,不落言筌"之境界,也才是和才学、议论、格调无关的"入神"境界。谢肇淛引用严羽之"妙悟",论诗之极致境界,亦不失为一高明选择。

通过上述分析,我们可以清楚看出谢肇淛诗论的主要理论来源是闽地诗学传统和文化传统。这种对地域传统进行自觉关注和应用的方式,在流派纷呈、争衡文苑的晚明诗坛,并非谢肇淛一家,像王世贞晚年将吴中诗风引入七子之复古论,又如公安三袁标举"楚风"等,都说明这种对地域诗学的推举和彰显,是晚明诗坛不可忽视的一个现象。实践证明,这种方式亦不失一可行而有效的途径。所以,闽派主要代表人物如谢肇淛、曹学佺及徐熥等人,引领了闽诗派兴盛,也得到后世朱彝尊、王士禛等人的称赏。

注 释

[1]〔清〕钱谦益:《列朝诗集小传》,上海:上海古籍出版社,1983 年,第 649 页。

[2]〔清〕朱彝尊:《静志居诗话》,北京:人民文学出版社,1998 年,第 478 页。

[3][7][9][31]〔明〕谢肇淛:《小草斋文集》,《四库全书存目丛书》集部 175 册,济南:齐鲁书社,1997 年,第 654、654、657、663 页。

[4][8][13][20][25][27][32]谢肇淛:《小草斋文集》,《四库全书存目丛书》集部 176 册,济南:齐鲁书社,1997 年,第 312、72、249、152、72、72、249 页。

[5]〔明〕谢肇淛:《谢肇淛集》,南京:江苏古籍出版社,2003 年,第 587 页。

[6]〔明〕王世懋:《艺圃撷余》,何文焕辑:《历代诗话》(下册),北京:中华书局,1997 年,第 780 页。

[10][14][15][17][23][26][28][29][33][34]〔明〕谢肇淛:《小草斋诗话》,吴文治:《明诗话全编》第六册,上海:上海古籍出版社,1997 年,第 6 664、6 664、6 681、6 668、6 670、6 668、6 667、6 668、6 680、6 668 页。

[11]陈尧:《梧纲文正续两集合编》卷二《江怡泉文集序》,《四库全书存目丛书》集部一〇一册,济南:齐鲁书社,1997 年,第 256 页。

[12]〔明〕袁宗道:《白苏斋类集》卷十《送夹山母舅之任太原序》,上海:上海古籍出版社,1989 年,第 312 页。

［16］［32］［35］郭绍虞：《沧浪诗话校释》，北京：人民文学出版社，1998 年，第 26、26、12 页。

［18］［24］余英时：《宋明理学与政治文化》，桂林：广西师范大学出版社，2006 年，第 65、66—69 页。

［19］〔明〕顾炎武：《日知录》卷一八，上海：商务印书馆，1929 年，第 118 页。

［21］〔明〕谢肇淛：《文海披沙》卷四，《续修四库全书》子部第 108 册，上海：上海古籍出版社，1995 年，第 195 页。

［22］〔明〕谢肇淛：《谢肇淛集》，南京：江苏古籍出版社，2003 年，第 1 977 页。

［30］钱锺书：《谈艺录》，北京：中华书局，1999 年，第 101 页。

徐㶿生平分期研究

陈庆元

徐㶿(1570—1642),字惟起,号兴公,明闽县(今福州)人,诗人、作家、藏书家。一生著述甚富。或由于文献资料的原因,此前对其生平的研究均是若明若暗,语焉不详。我们多方搜集与徐㶿相关的文献,依据刻本《鳌峰集》、钞本《鳌峰集》、稿本《红雨楼集·鳌峰文集》及徐㶿其他著作,以及徐㶿友人曹学佺等的诗文集、方志等资料,对徐㶿的生平作初步研究,并将徐㶿的一生分为三个时期。

如何介绍徐㶿的生平,我们觉得有点困难。徐㶿没有科考,没有功名,没有传奇逸事,只是一个读书人,藏书人,写书人,讲什么? 其实,徐㶿的一生还是有某些关节点,某些重要或者比较重要的经历需要提出来讨论的。为了便于叙述,我们把徐㶿的一生分为三个时期。30 岁之前为第一个时期,从隆庆四年(1570)出生,至万历二十七年(1599);万历二十七年,徐熥去世。31 岁至 57 岁为第二个时期,从万历二十八年(1600),至天启六年(1626);天启六年,《鳌峰集》二十八卷刻成,友人曹学佺在广西右参议任上罹难;58 岁至 72 岁为第三个时期,从天启七年(1627),至崇祯十五年(1642)去世;天启七年,曹学佺被遣归家,不再出仕,徐㶿与曹学佺主闽中文坛。

一、第一个时期(1571—1599)

徐㶿出生于江西南安府,父徐㭿时为府训导,已经 58 岁,兄熥 9 岁。万历六年(1578),徐㭿辞官归家,徐㶿时 9 岁。据徐熥、徐㶿兄弟说,徐㭿为官清廉,积蓄无多,但是徐㭿归家之后,仍然有能力置些家产,家人生活,子弟读书,也没有太大问题。徐熥中举之后,屡上春官,不第,39 岁病逝。弟熛始终忙于举子业,然而亦无所成。徐㶿就童子试,见唱名拥挤,遂弃举业,一生读书、积书、作文。徐㶿的文章,我们见到最早的一篇是万历十三年(1585)作的《石鼓文墨本》题跋,这一年 16 岁。徐𤈶所著书,我们知道的最早一部是万历二十二年(1594)其兄徐熥在金陵为他刻的《红雨楼稿》,这一年徐𤈶 25 岁。徐𤈶对其兄为他刻的这部文稿并不满意,徐𤈶《答王元祯》云:"《红雨楼稿》,是甲午岁先伯兄梓之白门。皆弱冠时所作,十分乳臭。门下何从得之乎?子云悔少作,即此稿之谓也。"[1]徐𤈶颇悔其少作。这一时期,徐𤈶所著书还有《闽中海错疏》三卷(屠本畯撰,徐𤈶补疏)、《蔡忠惠公年谱》一卷、《田园雅兴》一帙、《闽画记》十卷、《荔枝通谱》八卷(蔡襄一卷,徐𤈶七卷,徐𤈶编)。徐𤈶的诗,检《鳌峰集》,最早的是《出塞曲》、《出塞临边》(卷十)、《庚寅元日岭南曾人倩集小斋分韵》、《江行即事》(卷十三)等,作于万历十八年(1590),徐𤈶时年二十。《幔亭集》是徐熥卒后徐𤈶为之编选的,十去其四,编年可考者集中在万历十六年(1588),徐熥年二十八,这一年徐熥中举并动身赴京考。此前唯一可考作年的是《重宿灵源洞怀珠上人》(卷五)一诗,黄任《鼓山志》此题下有注:"丁亥岁"[2],即万历十五年,徐熥年二十七。徐𤈶一方面不满兄徐熥为他刻 25 岁之前所作为《红雨楼稿》,一方面在《鳌峰集》中,又收录自己较多的 25 岁之前的作品,这或许可以说明他对自己 25 岁之前所写的诗还是颇为自负的。

万历十六年(1588),徐𤈶下第,徐熥、徐𤈶兄弟俩在红雨楼之南建了一座绿玉斋,徐熥作《绿玉斋记》,徐𤈶作《题绿玉斋》,《绿玉斋记》前半云:

> 余家九仙山之麓,寝室后有楼三楹,颜曰:"红雨"。楼之南有园半亩,园中有小阜,家大人旧结茅于上,仅遮雨露而苦于不便卧起,且无以置笔砚书画之属。岁己丑,余下第还山,乃易构小斋于山之坪。由园入斋,石磴数十级,曲折逶迤。列种筠竹,斋前隙地,护以短墙,翳以萝蔓。墙下艺兰数本,置石数片。斋旁灌木环匝,下置石几一,石榻二。夏日坐阴中,鸟语间关,蝉声上下,足当诗肠鼓吹。斋只三楹,以前后为向背,中以延客,左右二楹,差可容膝。余兄弟读书其中。无长物,但贮所蓄书数千卷而已。山中树木虽富,惟竹最繁,素笋彤竿,扶疏掩映。窗扉不扃,枕簟皆绿;清风时至,天籁自鸣,故名以"绿玉斋"云。[3]

绿玉斋占地只有半亩,斋前种竹,曹学佺又称此斋为"竹林";灌木匝墙,置石几、石榻。斋仅三楹,贮书数千卷而已,中可延客;左右二楹,兄弟读书其中。窗扉不扃,枕簟皆绿,故名绿玉斋。徐氏兄弟斋楼有多处,而以此斋最为著名。

徐燉称自己为"绿玉斋主人",他的很多作品写于此,其子延寿、孙钟震也在这里读书成长。徐熥、徐燉经常在绿玉斋值社作诗,据徐熥《寒食日熙吉玉生惟秦振狂伯孺少文集绿玉斋》[4],寒食日雅集,参加者有林应献(字熙吉)、王崑仲(字玉生)、陈仲溱(字惟秦)、陈宏己(字振狂)、陈价夫(字伯孺)、王叔鲁(字少文);徐燉《秋日陈汝大邓汝高陈振狂陈子卿陈幼孺袁无竞惟兄集绿玉斋时子卿幼孺惟和下第归自燕都汝高将奉使入浙余亦吴越之游》[5],秋日雅集,兼送邓原岳,参加者有陈椿(字汝大)、邓原岳(字汝高)、陈振狂、陈翰臣(字子卿)、陈荐夫(字幼孺)、袁敬烈(字无竞),还有主人徐氏兄弟。这样的例子很多。徐熥过世之后,绿玉斋的这类活动仍然没有停止过。

万历二十年(1592),父徐棉卒后的次年,六月十三日,徐燉出福州洪江,北行吴中,为父徐棉乞《墓志铭》,九月十二日,抵家,正好是三个月的时间,归家后作《吴中记》。[6]徐燉没有到过北京参加过科考,此行虽然也只到吴中,但是,他出行的这一段的路线恰好也是多数闽中士子入京考试的路线之一。徐燉走崇安的分水关出福建,进入江西铅山县;由浙江过仙霞关进入浦城县回福建。沿途有建溪、武夷、鹅湖、子陵滩、武林吴山西湖、乌镇及吴中诸名胜,回途在浙江还可以看到江郎山。徐燉此行,便道经邵武,登熙春台、西塔寺。作为孝子,乞铭是此行的目的;作为一个文学家和诗人,闽赣浙苏的旅行,遍观名胜古迹,丰富阅历,又有许多的诗料可以入诗,这是非常重要的,此一。其次,在旅行的途中,结识了不少的文坛朋友,诗艺的切磋交流,对提高创作水平意义也很大。闽中偏在海隅,交通颇为不便,急流险滩,崇山峻岭,从福州到浙赣,通常得有十天半个月的时间,与外界交流机会较少。[7]此行访问前辈和同辈的诗人文友有王雅登、张献翼、顾大典等,不下20人。后来,张献翼、顾大典还为《鳌峰集》作了序。

走出闽省,交结天下文友,是文学家扩大视野、博取众长的好机会;外省的文人雅士游某地区,特别是那些文名较大的文士,对一地区的文学创作和文教也可能有一定的促进作用。顾大典就曾以副使的身份提学福建,颇受福建学子的敬重。万历二十四年(1596),车子仁、屠本畯先后来任福州郡守和福建转运使。车子仁,字大任,邵阳人,有《车参政集》;屠本畯,字田叔,鄞县人。屠本畯与闽中士子、特别是徐氏兄弟交往甚密,所著《闽中海错疏》,徐燉补疏(详前);徐燉《荔枝通谱》八卷,屠本畯为之作序并为之梓。万历二十六年(1598)屠本畯与徐熥倡建的高贤祠落成,清郭柏苍《柳湄诗传》:"万历二十六年,盐运同知屠本畯与熥倡建高贤祠于福州郡治乌石山西,祀自唐至万历间闽中乡先生善诗者六十余人。"[8]徐熥有《高贤祠成答屠使君四首》《高贤祠落成屠田叔以诗见贻答赠一首》[9]纪其事,祠落成后的第二年,陈椿与徐熥病卒,入祀,虽然享受荣耀,却让人悲痛不已。这一年十一月,屠本畯之官沅陵,徐燉自侯官芋江登舟至困关(在今福建古田)。有《渊溪十里桥与屠田叔泣别》诗:

> 数月愁相别,今朝别是真。从来知己泪,此际陪沾巾。味亦如中酒,肠应似茹辛。却嫌山路转,顷刻蔽车尘。[10]

徐燉又作《送屠使君至芋原驿是夕留饮驿亭以梨园佐觞使君首唱依韵奉答》《至水口驿屠使君以诗留别次韵赠答》《仲冬十八日同王玉生陈伯孺幼孺兴公弟送屠田叔使君自芋江登舟至渊关时积雨初收川原竞爽促膝翻书扣舷觅句香绕笔床烟笼茶鼎情景清绝偶忆少陵野航恰受两三人之句因令玉生绘图共折杜句为韵各赋一体以纪胜游余拈得三字》。[11]临歧泣别,反复赠答,又是唱戏,又是作画,闽中的诗人们和即将离去的屠使君,深情依依,溢于言表。

二、第二个时期(1600—1626)

徐㮮过世,徐氏兄弟似未分爨,徐熥应是这个家族的主心骨,徐熥过世,一家人生活的担子突然压在徐燉的身上。陈鸣鹤的《徐燉传》云:"燉好客,自喜所居户外履常满。客以急者,亡问知与不知,皆绝甘振之,用是家困如罄,终以懋蒁,即假贷所得,随手即尽如故。"[12]故人诮之,有"穷孟尝"之称。[13]誉之也好,诮之也好,逝者已矣,留下来的一切,就得生者来收拾。徐燉在致友人书信中反复说到自己的苦衷:"先兄见背之后,拙于居贫,饥无粟,寒无衣。"[14]"先兄举孝廉十有二载,粥衣结客,卖田买书,不惟不问家人产,即凉薄先业,就且废尽。一旦弃捐,万事瓦解。白头在堂,黄口在抱。死者已矣,生者能无累乎?"[15]"伯兄见背,忽尔逾期,门户零丁,八口不给。犹子戋戋,十分驽钝,不堪鞭策。天既不假以年,而复不昌其后,天道茫昧,岂忍为知己道哉!"[16]这三则材料说明:其一,家贫,无衣无粟。文学语言固有所夸饰,但至少可以说明徐燉一家有时到了难于度日的地步。其二,徐㮮留下的薄产,几乎被徐熥散尽,因此拖累生者,特别是徐燉。其三,徐熥子徐庄驽钝,不堪鞭策。其实,徐庄岂止驽钝,简直就是恶劣和无赖。徐氏家有祠宅,万历三十七年(1609),被徐庄拆卖:"府君殁,先兄迁置红雨楼,新创一龛,稍敞;髹漆丹垩,稍精。以为可妥先灵于永久,不虞一旦迁移变置耳。岁已酉之冬,兄子不类,既荡失恒产,复折以卖钱,余自越归,凄然伤之"[17]。继尔,徐庄又恶人先告状。徐㶿说道:"所可叹惋者,逆侄迩年尤恣睢凶暴,累欲讼我兄弟二人。日前扶嫂氏具告提学,道批府,尚未问审。妇人生不肖子,反为护,玷我亡兄,此家门不幸,人伦大变,日惟仰天太息,继之以泣而已。"[18]精神上对徐㶿造成了很大的伤害。幸好兄弟之间情谊甚笃,徐熥去世数十年之间,徐㶿对兄长仍旧一往情深,不断有诗文怀思,也不断搜集徐熥的遗墨佚作。

徐㶿买书,是导致家庭贫困的原因之一,徐㶿有些无奈,然而到头来却是兄弟同嗜,"拮据劳瘁,书愈富而囊愈空,不几成于癖,成于淫"[19],难兄难弟,甚至变本加厉。徐㶿不断四处觅书,积书越来越多,精品也越来越多。他不是坐等书商上门,或者仅在本地采购而已,还外出觅书。专门为觅书出行,徐㶿称之为"书林之役":

> 会壬辰、乙未、辛丑三为吴越之游,庚子又有书林之役,乃撮其要者购之,因其未备者补之,更有罕睹难得之书,或即类以求,或因人而乞,或有朋旧见贻,或借故家钞录,积之十年,合先君子、伯兄所储,可盈五万三千余卷,存之小楼,堆床充栋,颇有甲乙次第,铅椠暇日,遂仿郑氏《艺文略》、马氏《经籍考》之例,分经史子集四部,部分众类,着为书目四卷,以备稽览。[20]

万历二十九年(1601),吴越之游,趁便买书;而二十八年庚子(1600),则是专门为了购书前往建州(治今福建建瓯)。建州,是明初台阁体代表诗人之一杨荣的故乡,杨荣有很多图书传给子孙后代,或散落民间。建阳县,属建州,宋代起就有许多公私刻书处,还是朱子之葬地,旧本亦多;建阳以北,崇安、浦城,宋以来名家辈出,崇安有朱熹的紫阳书院和刘子翚的屏山书院,浦城出过杨亿、真德秀。与建州毗邻的邵武,也是文化积淀很深的名区,宋代出过严羽等"三严",元代有黄镇城。到了万历三十年(1602),徐㶿已经蓄书五万多卷,这么多的图书,一是来源于父兄的积累,二是徐㶿本人的购置,三是友人相赠,四是"即类以求",不得已而乞于他人,五是抄录。徐㶿不仅蓄书,而且给自己的藏书编书目,也是在这一年,他编了一个《红雨楼藏书目》。当然,藏书的目的是为了利用。徐㶿是一个文学家、诗人,还是一个博物家,博物家需要有更为丰富的图书资料。这期间,徐𤊹编著的书就有《蜂经疏》《榕阴新检》《榕阴诗话》《竹窗杂录》《客惠纪闻》《蔡端明别记》《隐居放言》《古文短篇》,校《文心雕龙》等书,并协助吴雨编《鸟兽草木考》,协助谢肇淛修《鼓山志》《永阳县志》,协助喻政编《茶叶全书》等。

万历年间,明朝政府热衷于修地方志。参加方志的编纂,对于家境困难的徐𤊹来说,既能发挥其才学,又有一定的收入。喻政主修《福州府志》,卷首《修志姓氏·分纂》:"布衣王毓德、徐𤊹。"此志卷首有万历四十一年(1613)三月林材跋。除了分纂《福州府志》、协助谢肇淛修《永阳县志》,徐𤊹还远至建阳,修《建阳志》(1600),至福安修《福安志》(1620)。其题《游定夫集》云:"庚子岁,建阳令魏公命修县志,将以游、刘、朱、蔡、熊作五世家,游氏子孙抄录祖先事实,送余采择。"[21]在编志的过程中,徐𤊹接触很多著作,也是一种收获。《修建志答田公雨丈见示》:"藜光独夜吹灯火,竹榻终朝藉简编。自笑年来才已尽,不堪重梦笔如椽。"[22]不过,徐𤊹有时不免有江郎才尽的自我解嘲。"岁残独客怀归切"[23],背井离乡,岁暮不免有点凄凉。

万历四十七年(1619),徐𤊹有一次没有成功的滇南之行。前此一年,谢肇淛河臣秩满,擢云南布政使司左参政兼佥事分巡金沧道。谢肇淛到达任所,邀徐𤊹入滇。徐𤊹遂于这一年十月动身前往。谢肇淛比徐𤊹年长三岁,而徐𤊹则为其舅氏。年纪相近,又同为诗家,谢肇淛每次回乡省亲,与徐𤊹游乐欢洽。万历三十六年(1608),谢肇淛与徐𤊹组织红云社;万历三十九年(1611),谢肇淛组织泊台社,亦闽中诗坛一时之盛事。谢肇淛为人,有种种优点和长处,"但与睦族、结客、布施三事,锱铢未能割舍"[24],布施和经济利益有关,其余二事,也不可能离开金钱和经济。徐氏对谢肇淛来说,是外家。曹学佺的宦途似乎比谢肇淛坎坷,最后的官位也比不上谢肇淛,曹对徐𤊹关照要多于谢,甚至还为徐𤊹建造了一座藏书楼(详下)。谢肇淛招徐𤊹入滇,在幕府中做事,或许也是一种关照。《之滇别家》:"漂泊频为客,兹游今始长。一枝携冶剑,万里人蛮荒。马足宵驰月,鸡声晓咽霜。孤孙将稚子,临别屡牵裳。"[25]万历四十四年(1616),徐𤊹长子徐陆病亡,年二十七。徐陆卒后已有三四年,徐𤊹伤痛还未治愈,却要出远门,这时,长孙钟震刚刚10岁,幼子存永方才6岁,如果不是为了生计,谁愿意作此万里之行?"渭阳情更切,岂但为依刘。"[26]曹学佺安慰他,说此行还有一层甥舅之谊,不能仅仅看成是一种依附。残岁,行至湖南辰阳,得谢肇淛信,说滇南、黔中疾疫盛行。徐𤊹遂折回,作《至辰阳得谢在杭书知黔中疾疫盛行苗蛮阻道因不果入滇却寄在杭二首》，其二后半云："远别皆从妄想生，畏途谁道不堪行。怀铅已失依人计，解佩应知念母情。"[27]冷静一想，对此行寄予太高的期望，不过只是"妄想"而已，寄人篱下之举，还是一种失策之计。依谢未果，此后数年，"生计无聊，贫日益甚。近鬻《廿一史》为饔飧之计费。书为吾所爱，肯割舍而换阿堵？景况不足问矣"[28]。甚至得靠卖书度日。读书人卖书，无疑是在割自己身上的肉。

天启五年（1625），福建巡抚南居益迁工部右侍郎，总督河道，拟在离闽之前，经建州之时为徐𤊶刻《鳌峰集》。这一年，徐𤊶已经 56 岁，是到了应该结集的时候了。七、八月间，徐𤊶送南中丞至建州、武夷。南居益为集作了序，见《鳌峰集》卷首。实际上，此序出自漳州龙溪（今福建龙海）张燮之手。南居益致张燮《答书》云："兴公《鳌峰集》若干卷，付来草本，多讹字，似未经校阅者。款制亦复不佳，今付郑别驾使散刻坊间，敢烦名笔代摛一序，以文貌质，以仁义重兴公，不难诺不肖也。其刻款、校阅，尝托之詹先生耳。"[29]"《鳌峰集》诗，南巡抚居益为之授梓，未几，南公去位，以属同知摄建安令郑某，仅刻四卷而辍。"[30]此次所刻，只有四册而已。次年，徐𤊶鬻田数亩，续成十册，这就是我们今天看到的天启本《鳌峰集》共二十八卷。

三、第三个时期（1627—1642）

《鳌峰集》所收诗词，止于泰昌元年（1620），天启以后的诗未刻。虽然徐𤊶的稿本《红雨楼集·鳌峰文集》十册流传至今，但是这部稿本十之八九是书信，很难反映徐𤊶天启、崇祯时期的创作和生活的全貌。今存曹学佺《石仓全集》一百又九卷，我们了解徐𤊶晚年的生活，更多的只能依靠曹集。天启六年（1626），曹学佺在广西右参议任上，被劾私撰国史，淆乱是非，遂削籍，几遭不测，被释，于次年二月归家。曹学佺比徐𤊶小四岁，万历二十三年（1595）进士，与徐氏兄弟关系甚密。曹学佺回闽之后，不再出山，潜心撰述，与徐𤊶时时过从，往来甚密。早年的社友，健在者个个都已经进入晚境，"转眼皆成五六旬"[31]。这一时期，徐𤊶与曹学佺以其年资和诗歌的成绩，主持闽中文坛是理所当然的。社集之外，曹学佺与徐𤊶诗书往返不断。崇祯八九年（1634、1635）间，往游建州，岁尽归家，无以卒岁，幸得曹氏关照："客建将一载，荷盛情有加，肝胆相照，即至亲骨肉，莫啻过也。濒行，复承馈赆，愧谢愧谢！廿三日抵舍，百务丛脞，空橐莫支，承曹尊老为弟设虑百金，方能卒岁。"[32]

曹学佺与徐𤊳的情谊,在晚明文坛中被传为佳话的是曹为徐建造了一座新的藏书楼——宛羽楼。崇祯七年(1634),宛羽楼落成。万历三十年(1602),徐𤊳编《红雨楼藏书目》,藏书已经五万多卷,这些书相当部分是父兄所积书。三十多年过去了,尽管徐𤊳日子过得艰难,但是觅书不辍,其致友人书云:"不肖世居鳌峰之麓,积书颇多,无处堪藏,近曹能始捐赀为弟构一危楼。"[33]到底此书楼藏书多少卷,此时,徐𤊳总藏书量有多少,没有文献依据,很难估量。但是,明嘉靖以还,闽中藏书家的藏书,无论数量还是书品的总评价,不会有人可以超过徐𤊳。徐𤊳也非常自信:"吾乡前辈藏书富者,马恭敏公森、陈方伯公暹。马公季子能读能守,陈公后昆寝微,则散如烟矣。又林方伯公懋和、王太史公应钟,亦喜聚书,捐馆未几,书尽亡失。然四公子之书,咸有朱黄批点句读,余间得之,不啻拱璧也。予友邓参知原岳、谢方伯肇淛、曹观察学佺,皆有书嗜。邓则装潢齐整,触手如新,谢则锐意蒐罗,不施批点,曹则丹铅满卷,枕藉沈酗:三君各自有癖。然多得秘本,则三君又不能窥予藩篱也。"[34]这里讲了前辈四家,同辈邓原岳、谢肇淛、曹学佺三家,并以为三家的秘本不可以超过自己。宛羽楼落成,徐𤊳和曹学佺都有诗纪其事,友人赠诗亦不少,曹学佺作《宛羽楼记》,略云:

> 愚尝闻会稽有宛委山,大禹以藏金匮石室之书,故于兴公徐氏之新楼成,而欲以"宛委"命之,又嫌其贰于越也。乃易而为"宛羽"之名。于是,客始不得其解,兴公曰:"子不观《穆天子传》云:六师之人毕至,旷原三月,诸侯王勤七萃之士,于羽琭之下者乎? 天子于是载羽百车。注引《山海经》:旷原,大泽方千里,群鸟之所生及所解也。《纪年》:穆王北征,积羽千里。"按:《周官》十羽为箴,百羽为缚,十缚为缣。此固积之之数也。羽积而成车,书以积而成库。且惠子善辩,学富五车。与义亦相通矣……予妄欲著作,在藏蓄不广,且亦多亡,每每借本于兴公,兴公之意略无倦怠,即或他出,厥子若孙,亦善体祖父之志,故予若有乏,若取诸宫中而用之,夫古昔谚语,以借书一嗤,还书一嗤,盖善积者流通之难也。抑观诸庐山之李,蜀宋燕山之孙、曹、窦氏,其以书塾而公之人者乎? 不但招来之,而且饮食之。朝有额,山有长,作之非一人,述之非一代,彼时之盛虽不得复见于今日,而如吾友兴公徐氏,之所以乐与同志者流通之之意,则于古风犹庶几犹存,而足以愧夫自私不广者矣。予既命其楼曰"宛羽",而仍为之记。楼凡二层,累若千尺,以楹计者三十,以户计者四方,而九仙台观、两峰浮屠则在目

前云。[35]

宛羽楼得名于"宛委羽陵"之义；羽积成车，积书成库，义又通于学富五车。曹学佺归自桂，致力于《石仓十二代诗选》的编纂，其中《明诗选》用力尤勤，为此，曹经常借书于徐，而"兴公之意略无倦怠"，即使他出，其子孙仍然热情有加。于是，曹学佺想到一个问题，即积书与书籍的流通，曹学佺捐建此楼，亦有"与同志者流通之之意"；书籍流通，徐㶿的藏书或许可以发挥更好的作用。据曹氏此记，宛羽楼规模并不十分宏大，但合徐氏早年所建红雨楼、绿玉斋而观之，二楼一斋的藏书，富甲一区，连绛云楼主、大藏书家钱谦益也为之钦羡不已。

宛羽楼建成之后，崇祯十年(1637)曹学佺组织了一个老年诗人诗社，名"三山耆社"，参加者有王伯山、陈仲溱、陈宏己、董应举、马歘、杨稺实、崔世召、徐㶿和曹学佺，共八人，曹学佺最小，64岁，其次是徐㶿68岁，年纪最大的84岁。然而，两年之后崔世召卒，五年之后陈宏己、徐㶿相继卒。三山耆社成了明代闽中诗社的最后光芒，回光返照，陈宏己、徐㶿卒后又过三年，明亡。明亡之后，组织者曹学佺又挣扎了两年，最后自缢于福州西峰里寓所。随着曹学佺的自缢，晚明闽中风雅的风流，也随之烟消雾散。

晚年，徐㶿最后一次远行是到山东依附巡抚颜继祖。继祖，字绳其，号同兰，漳州人，万历四十七年(1619)进士。崇祯十一年(1638)，这一年徐㶿已经69岁。出行的原因，一是避谗，曹学佺《送徐兴公》二首，其一："寇远犹堪避，谗深不可几。"[36]避谗的背景，不明。二是为了生计，徐㶿《寄王东里》："㶿年来贫甚，食指转繁，家食弥艰，不得不糊口于四方。衰朽之夫，跋涉道途，殊非得已，⋯⋯意欲走历下一访之，冀得升斗之水，以苏涸鲋。"[37]又《与颜同兰中丞》："近与曹能始商榷再四，计当今名公长者非翁台莫能意表行事，窃效少陵依严，乃不远数千里直抵齐东。"[38]又《寄邵肇复》："某从别后，食贫不堪。去夏出游吴浙，落落不称意，妄想山东开府有旧雅，间关数千里，往访之。正值虏氛告急，灾切震邻。开府无心留客，客亦不留，仅住三日，赠我资斧而归。若稍稽延，必作刀下之俎。此又大幸也。"[39]崇祯中后期，明王朝已经摇摇欲坠，农民战争愈演愈烈，清兵不断向南推进。"世路何其黯，无风亦自波。"[40]冬，徐㶿到达山东，清军兵也临近济南城下，徐㶿修书报颜氏，颜继祖忙于战事，无心会见故人，然而却不忘赠以资斧。徐㶿随即策蹇南归，不数日，济南城破矣。崇祯间，北方战火不断，福建相对太平，如此惨烈的战事，徐㶿从未经历；入吴，犹惊魂未定。颜继祖因城破，后被朝廷所杀。

在吴越盘桓至次年春,徐𤊧与子存永访钱谦益于拂水,搜所藏书,并相约读书山中。钱谦益《尺木堂集序》:"崇祯己卯,存永侍尊甫兴公征君访余拂水。"[41]钱谦益《列朝诗集小传·丁集》下:"崇祯己卯,(兴公)偕其子访余山中,约以暇日,互搜所藏书,讨求放失,复尤遂初、叶与中两家书目之旧。能始闻之,欣然愿与同事。"[42]钱谦益又作《晋安徐兴公过访山中有赠》,诗云:"衰衣应杖到松萝,清晓柴门散雀罗。古洞寒生流水静,闲庭客到落花多。伟长旧着推中论,孝穆新声入艳歌。闻道五车仍插架,载书何日许重过?"[43]钱谦益对徐𤊧的尊重,一是藏书,二是学问,至于诗歌,则又其次矣。

春夏之间,从吴越归家之后,徐𤊧于当年十月入漳州吊颜继祖,不忘旧谊也。徐𤊧本拟前往潮州,漳浦小刀会起,不果行。漳州郡伯、郡倅,多旧友,徐𤊧遂淹留漳州,至次年三月方回省城。照理说,71岁的老人,应当在家中歇歇,喘一口气。"走齐东,遇虏警,奔回。己卯冬,又至漳南,庚辰浪游建州。盖缘食贫,不得不驰驱道路,然此时游道甚艰。"[44]这一年冬天,徐𤊧又往游建、延二州,直至次年崇祯十四年(1641)秋天才回到家中。其中原因,也是为了养家糊口,不得不仰人鼻息。晚年的境况可知矣!

徐𤊧又何尝不想停下奔忙的脚步,高卧北窗之下,稍稍享受一下人间的清静?徐𤊧本来就没有功名之想,这与高卧林薮已经仅差一步之遥而已。徐𤊧一生多次往武夷,又搜武夷诗文十余册。天启、崇祯间,徐𤊧三次有卜居武夷之意。第一次,天启五年(1625),徐𤊧送南居益中丞出闽,至武夷有卜居意。漳州张燮、张于垒父子有诗诀之,张燮诗略云:"有岩容献墨,架壑定维船。取食随鸥后,停骖倩鹤先。但携宗测障,已了尚平缘。兴即持竿去,慵乃枕石眠。"[45]崇祯八年(1635),自春徂冬,徐𤊧均在建州。秋,至武夷访托名吕志纯学道者,又访周隐者,有卜隐武夷之意,所作诗很多,隐意颇决。《七至武同寿儿宿万年宫》:"我欲买山成小隐,春风长看碧桃开。"《过宝舟净室》:"相约携将飘与笠,结茅分地住云松。"《常庵访周隐者》:"不难渡涧寻仙侣,信可移家长子孙。此地与君堪共隐,荷锄相约事田园。"《访建阳沈弁丘令公》:"我欲武夷寻隐处,一廛能许受为氓。"《卜隐武夷陈昌基以诗见促次答》:"带索行歌学启期,峰峦六六尽相知。浮生但恐无常速,卜隐应惭有愿迟。"[46]他甚至对朋友说,明年你再来找我,我已经隐居在武夷了:"明年访我当何处,九曲烟霞已卜居。"[47]第三次,崇祯十四年(1641),徐𤊧《与黄石公》:"𤊧曾纂修武夷志乘,蒐辑艺文颇多,惟山水未遍经历。日下将趋山中蒐访遗事,了此一段因缘,更欲买一丘而栖遁,苦乏录事赠草堂之资。"《寄觉浪禅师》:"日下尚欲于武夷置一区以终老……六月十六日。"《寄杨亦刘》:"弟羁栖旅舍,进退维谷。今将谋为武夷之隐,不知可遂斯愿否。"[48]然而,隐居山林,至少要有两个条件,一是买山之资,这个条件徐𤊟不具备,崇祯年间,徐𤊟的生活日见拮据;《与黄石公》一书,似有请助隐资之意。第二个条件,没有家庭的牵挂。徐𤊟长孙钟震生于万历三十八年(1610),幼子存永生于万历四十二年(1614),由于长子徐陆已卒,次子阿室早夭,对一孙一幼子抱有很高的期望。徐𤊟自己弃绝功名,不等于他也要求儿孙绝弃功名,在明代那个社会里,读书人的最佳出路就是科考和仕进。孙、儿年纪不大,但是已经有失败的经历,钟震尚未取得乡试的资格,存永则名落孙山,年老的徐𤊟非常感叹,说他可能看不到了。孙、儿二十多岁的时候,徐𤊟已经为他们刻集,可谓用心良苦;到了孙、儿科场失利之后,徐𤊟不能不正视现实,除了读经,孙儿没有其他的谋生手段。73岁的徐𤊟,终于在贫病和忧虑中,走完了他的读书人、藏书人、写书人的一生。

注 释

[1][3][18][33][37][38][39][44][48]《红雨楼集·鳌峰文集》册六,册六,册六,册三,册四,册五,册四,册四,册五,《上海图书馆未刊古籍稿本》第 43 册,上海:复旦大学出版社,2009 年。

[2]《鼓山志》卷一一,乾隆刻本。

[4][5][9]《幔亭集》卷一七,万历刻本;卷五,此诗作于万历二十年(1592);《幔亭集》卷六;《鳌峰集》卷十,天启刻本。

[6][10][11][22][23][25][27]《鳌峰集》卷一三,此诗作于万历二十三年(1595)。陈荐夫:《秋日同汝大振狂子卿汝高惟和惟起无竞集绿玉斋时惟和子卿下第归自燕予归自吴兴汝高将以使事入浙惟起将游吴越》(《水明楼集》卷五),邓原岳:《秋日陈汝大振狂幼孺子卿无竞集徐惟和兴公绿玉斋时子卿归自长安幼孺归自吴兴兴公将游秣陵余将以使事之湖》(《西楼全集》卷六);卷十,卷一四,卷十,卷一四,卷二一,卷一一,卷二一。

[7][28]《红雨楼集·鳌峰文集》册九,册八,《上海图书馆未刊古籍稿本》第 44 册,上海:复旦大学出版社,2009 年。

[8]《全闽明诗传》卷三二,光绪刻本。

[12]《东越文苑传》卷六,同治郭柏蔚增订本。

[13]乾隆《福州府志》卷六十《文苑传》:"家贫好客,凡游闽者,无论尊官贱士无不得见,户外四方之履,相错如市。或游困不能归者,倾囊以赠,人咸消为'穷孟尝'云。"

[14][15][16][32]《红雨楼集·鳌峰文集》册三,《上海图书馆未刊古籍稿本》第 42 册,上海:
　　复旦大学出版社,2009 年。

[17] 钞本《红雨楼文集》。

[19][20][21]《红雨楼藏书目叙》,《重编红雨楼题跋》卷一,福州:福建人民出版社,1993 年,
　　第 63、62、63 页。

[24]《徐火勃传》,《福建通志·文苑传》卷六。

[26]《徐兴公人滇访谢在杭过石仓山房宿舍别·夜光堂》,《石仓诗稿》卷二六,日本内阁文库
　　藏本。

[29] 〔明〕张燮:《寄南中丞·答书》附,《群玉楼集》卷一九,崇祯刻本。

[30] 〔清〕陈寿祺:《红雨楼文稿跋》,《左海文集》卷七,道光刻本。

[31] 〔明〕曹学佺:《答兴公》,《赐环集》(上),《石仓诗稿》卷三一,乾隆刻本。

[34]《笔精》卷七"藏书"条,福州:福建人民出版社,1997 年版。

[35]《西峰六四文》,《石仓诗稿》,日本内阁文库藏本。

[36][40]《石仓五集·西峰六五集·诗》,日本内阁文库藏本。

[41] 钞本《尺木堂集》卷首。

[42] 钞本《列朝诗集小传·丁集》。

[43]《牧斋初学集》卷十五《丙舍诗集》(上),《钱牧斋全集》第 1 册,上海:上海古籍出版社,
　　2003 年,第 527—528 页。

[45]《徐兴公将卜居武夷以诗诀之》,《群玉楼集》卷二三;张于垒:《徐兴公将卜居武夷以诗
　　诀之》,见郭柏苍《全闽明诗传》卷四一。

[46][47] 钞本《鳌峰集》,不分卷。

《闽中十子诗》版本述要

苗健青

"闽中十子"指的是明初洪武永乐年间活跃在福州府所属县邑，籍贯或闽县、或侯官、或长乐、或福清、或永福的十个诗人：林鸿、陈亮、高棅、王恭、唐泰、郑定、王偁、王褒、周玄、黄玄。以林鸿为首的"闽中十子"诗派，作为明初第一个诗派出现在诗坛上，不仅是后来颇具规模的闽派诗群的先驱，而且在当时诗坛也产生了较大的影响。胡应麟《诗薮·续编》卷一云：

> 国初吴诗派昉高季迪，越诗派昉刘伯温，闽诗派昉林子羽，岭南诗派昉于孙蒉仲衍，江右诗派昉于刘崧子高。五家才力，咸足雄踞一方，先驱当代。[1]

作为一个以活动地域名派的诗群，"闽中十子"的创作十分丰富。十子几乎人各有集：林鸿有《膳部集》，陈亮有《储玉斋集》，高棅有《木天清气集》《啸台集》，王恭有《白云樵唱集》《凤台清啸集》《草木狂歌集》，唐泰诗散见《善鸣集》，郑定有《淡斋集》，王偁有《虚舟集》，王褒有《养静集》，周玄有《宜秋集》等。虽然十子的创作瑕瑜不掩，繁简各异，然而到万历年间，"十人遗集已不尽传，传者亦不尽可录"[2]。出于对闽中十子"并世称诗""何其盛也"[3]的敬佩，也是出于对十子"足以表于世，而列于作者之林"的创作"湮灭而不传"[4]的担心，更是为了彰显"闽中人文之盛"[5]，于是就有了第一部"闽中十子"的诗歌合集得以刊行。

一

万历四年（1576）袁表、马荧选辑的《闽中十子诗集》三十卷刊行。这第一部"闽中十子"的诗歌合集刊刻，实际上是官刻盛行时文人的兴趣和努力的产物。

明朝统治者对文化传播十分重视，因此官府刻书盛况空前。"官书之风至明极盛,内而南北两京,外而道学两署,无不盛行雕造。"[6]不仅朝廷官府出公帑刻书,许多地方官员也纷纷解囊授梓,一时蔚为风气。王士禛《居易录》云:明时"御史、巡盐茶、学政、部郎、榷关等差,率出俸钱刊书,今亦罕见"。[7]叶德辉《书林清话》亦云:"明时官吏奉使出差回京,必刻一书,以一书一帕相馈赠。"[8]可见以刻书为时尚并乐意为之并不是某一地或某些人的偶然行为。

闽中十子是福州府辖县邑的著名诗人,明代福建省的官府及其长官的刻书大多有福州府官员的参与。万历初,布政司督粮道徐中行宦于闽,作为一位与李攀龙、王世贞齐名的诗人朝臣,徐中行在宦务之余,博访先哲遗文、乡邦文献,当他看到高以陈家藏的十子诗,十分感兴趣,以为"雅有唐调,不可无传"。于是捐俸嘱同属福州府的两位文人闽县袁表和怀安的马荧选辑,又饬令建阳知县李增校勘承刻。建宁府下辖的建阳县是全国有名的刻书中心之一,由于拥有便利的条件,明代建阳知县多有刻书之举。有了按察使徐中行的捐俸,又在建阳知县李增的承办下,袁表、马荧选辑的《闽中十子诗集》三十卷"自冬涉夏,刻是用成"[9]。闽中十子诗的首刊可谓是文人的兴趣加上时尚官刻的产物。

三十卷《闽中十子诗集》十子各家独立分卷,所收录的十子各家的诗作在数量上多寡悬殊较大,袁、马二人选辑汇聚的粗疏痕迹也很明显。林鸿的《林膳部诗》计五卷,收入其五言古诗105首、七言古诗27首、五言律诗69首、五言长律24首、七言律诗75首、五言绝句4首、七言绝句26首,总计330首;陈亮的《陈徵君诗》计四卷,收入其五言古诗44首、七言古诗19首、五言律诗20首、五言排律2首、七言律诗10首、七言排律1首,总计96首;高棅的《高待诏诗》计五卷,收入其五言古诗48首、七言古诗27首、五言律诗9首、七言律诗16首、七言绝句13首,总计113首;王恭的《王典籍诗》计五卷,收入其五言古诗81首、七言古诗146首、五言律诗67首、五言排律4首、七言律诗75首、七言排律1首、五言绝句51首、六言绝句6首、七言绝句116首,总计547首;王偁的《王检讨诗》计五卷,收入其五言古诗162首、七言古诗32首、五言律诗45首、五言排律6首、七言律诗33首、五言绝句9首、七言绝句27首,计314首;王褒的《王翰林诗》计二卷,收入其颂1首、五言古诗22首、七言古诗4首、五言律诗19首、七言律诗19首、五言排律2首、七言排律1首、七言绝句10首,总计78首;唐泰的《唐观察诗》一卷,收诗16首;郑定的《郑博士诗》一卷,收诗12首;黄玄的《黄博士诗》一卷,收诗26首;周玄的《周祠部诗》一卷,收诗62首。十子十家总计收诗1594首。

袁表、马荧选汇十子之诗，各家诗收入的数量如此悬殊，既有漫操选政，"以己见为去取"[10]，删之过严的主观原因，也有"岁久轶不尽传"[11]，"诗不悉见，其轶往往见于它集"[12]的客观原因，还有"数月即成，舛讹殊多"[13]的时限无奈。因此后人既肯定其"采撷菁华，存其梗概，犹可以见一时之风气"[14]的积极意义，也看到该选本"删定未当"[15]，"似失斟酌"[16]的遗憾。

平心而论，袁表、马荧选辑的《闽中十子诗集》的文献意义，并不仅仅是体现在汇集和保存闽中十子的诗作上，更重要的是：

首先，袁、马二人第一次自觉地为这一群根植于地方的山林诗人正名，用"闽中十子"或"闽中十才子"来冠名这一诗派。此后"闽中十子"的提法逐渐为人们所接受，成为明初洪永时期闽中诗群的代表。尤其是《明史·文苑传》也认同并张扬这一概括："闽中善诗者称十才子，鸿为之冠。十才子者，闽郑定，侯官王褒、唐泰，长乐高棅、王恭、陈亮，永福王偁，及鸿弟子周玄、黄玄，时人目为二玄者也。"[17]从此"闽中十子"作为诗派的标识意义就被明清以来的文学史家所普遍接受。

其次，袁、马二人确立了后人对"闽中十子"创作成就的基本评价。《闽中十子诗集》开篇卷首就是袁表撰写的《闽中十子传》，文章交待了选辑十子诗的缘由和宗旨，主要篇幅一一介绍了十子的生平和创作简况，其对十子诗风的描述和概括，相当准确和精当。这是最早的一篇集中评介闽中十子的文章，其对十子生平和诗风的评价，大多为后人所认同，并成为人们对十子评价的基本匡范。

再次，袁、马的选辑还有意为后人留下了研究十子的珍贵文字资料。作为一部诗歌选辑，袁、马不仅仅只是选诗，还在各家诗集的前后附录了一些与诗人有关的珍贵文献资料。如在《王检讨诗》卷前，保留着王偁的挚友解缙为之作的《王检讨诗集序》，序中对王偁个性特征的描述栩栩如生；在《王典籍诗》卷首，有一篇王偁写的《皆山樵者传》，述说了皆山樵者王恭独特的处世风范；在《王检讨诗》卷五后附录的王偁的《自述诔》，是一篇十分精彩独特的诔文，王偁的生平行状、爱恨情愁，读后令人扼腕叹息。

万历本《闽中十子诗集》是了解和研究"闽中十子"的一个重要读本。要注意的是这本十子诗集只是一个选本而不是全本。袁、马在选辑时也有所费心，从十子各家诗的选辑上看，林鸿、陈亮、高棅、王恭、王偁、王褒六家诗，袁、马在目录上就直接标注是"选辑"，而唐泰、郑定、黄玄和周玄四家诗，在目录上则标注是袁、马二人分别"抄"录的。因此像黄玄、唐泰等别集不传者的诗歌幸而赖此集得以保存,吉光片羽,袁、马的抄录功不可没;但是对于像林鸿、高棅等有集传世的诗人来说,袁、马的选取是很有限的,留有明显的遗憾。如果要具体深入了解和研究"闽中十子",仅读《闽中十子诗集》是不够的。

二

殆及清代,历经康乾"盛世",乾隆以"稽古文"之名,广集天下图书,从校写《永乐大典》发端,开始了《四库全书》的编撰工作。自乾隆三十八年(1773)开四库馆,到四十七年(1782)历十载书成。凡校录图书 3 503 种, 79 330 卷。《闽中十子诗》三十卷被列入集部总集类中,虽然这是一个选本。《四库》所收每部书都详加校勘。其《凡例》云:"每书先列作者之爵里,以论世知人,次考本书之得失,权众说之异同,以及文字增删,篇帙分合,皆详为订辨,巨细不遗。"然而四库本《闽中十子诗》的校勘却不尽人意,除去四库馆臣的人为因素,还有传本久勘等方面的原因,使得四库本《闽中十子诗》呈现的却是残缺不全的情况。

《四库全书·闽中十子诗》提要云:

> 考闽中诗派,多以十子为宗。厥后辗转流传,渐成窠臼。其初已有唐摹晋帖之评,其后遂有诗必律有律必七言,而晋安一派至为世所诟厉。要其滥觞之始,不至是也。十人遗集已不尽传,传者亦不尽可录。此编采撷菁华,存其梗概,犹可以见一时之风气,固宜存以备一格焉。

四库馆臣肯定了《闽中十子诗》的文献价值,评说了其与闽中诗派的关系,对袁、马是编的积极意义也予以肯定。然而翻检四库本《闽中十子诗》,可以看到以下几种情况:

一是馆臣妄加删改,校勘有限。四库馆臣校录图书的原则之一,是为避讳而删改文句。《闽中十子诗》自然也不能幸免,各家诗集中凡是涉及"胡""夷"字眼字义的文句,均被替换改动。十子的诗歌创作大多规摹盛唐,边塞题材是其诗歌内容中主要的一格。读四库本《闽中十子诗》里的边塞诗,不少诗句与诗意扞格,如《王典籍诗》中有七绝《胡儿吹笛》,原诗末句"中原客在胡"被改为"征人滞客途",游离了"雪净阴山片月孤"的诗境,这往往就是四库馆臣肆意改动的结果。

由于万历本的编辑和刊刻仅用半年时间，因此刊本中有不少舛讹。相较于后来光绪十二年(1886)郭柏苍刊本，四库馆臣所做的校勘并不多，许多明显的讹误均未订正，尤其是涉及闽中地名的错误，馆臣们因不熟悉闽中地理导致视而不见。"详为订辨，巨细不遗"的原则在《闽中十子诗》中未能落实，也与馆臣们因万历本传本久散，"固宜存以备一格"的"存其梗概"[18]心态不无关系。

二是十子诗集各家编次顺序与万历本有所不同。引人注目的是四库本的卷次顺序与万历本不同。如前所述，万历本十子各家诗独自分卷，总汇为三十卷；四库本将各家诗依次顺序排列，先后连续编为三十卷。万历本十子各家的先后顺序与袁、马二人编辑时是选辑还是抄录有关联，选辑在前，抄录置后；四库本十子各家诗总计三十卷均统称"明袁表马荧编"，从卷一至卷十九，各家先后顺序与万历本相同，而此后的卷次，各家的顺序不同于万历本，不知四库本何据？

相较于万历本，四库本各家的诗句中有为数不少的异文，从内容上分析，这些异文无关避讳，文意两通且叶韵，似乎也不全是馆臣们修改的结果。四库馆搜集的《闽中十子诗》三十卷，来自于"浙江汪汝瑮家藏本"，是否可能不是万历原刊本，似乎存在着是个抄本或是另一个到目前还不为人知的刊本的可能——作为闽中地方文献，又经历了明清易代和200多年岁月的风风雨雨，四库馆搜集不到万历原刊本是完全可能的——否则这些无关校勘订辨的异文令人无法理解。

三是有残缺。四库本删去了(没有附录)万历本卷首的《闽中十子传》、《王检讨诗》卷前附录的解缙《王检讨诗集序》、《王典籍诗》卷首王偁的《皆山樵者传》，以及卷末李增的《刻〈闽中十才子诗集〉跋》）。

尤其醒目的是，四库本出现了两处阙如的情况：在卷八《陈徵君集三》五言律诗的开篇就阙了《江南桥夜坐》《题王孤云画夏日幽居图》《答林兄宗正同寓邑之溪上》《重过陈叔起新居》四首，正好是两页的内容篇幅；在卷二十八《王翰林集下》七言律诗中，阙《题刘仪部山水图二首》《挽云窝林处士》《挽诗》四首，和五言排律《具庆堂诗为房宪使赋》的首行，也正好是两页的内容篇幅。比对万历本，可以看到残缺的这四页八首诗歌的内容谈不上犯禁和触讳，应该不是馆臣的有意妄删。四库馆臣也在卷中明确标注曰"阙"，可见四库馆搜集的本身就是一个残本。

从万历四年(1576)《闽中十子诗集》的首刊,到乾隆四十六年(1781)四库馆搜集并重新校录刊刻《闽中十子诗》,200多年的时间一部闽中诗人群的诗集已现残缺之貌,地方文献的传承不易,于此可见一斑。

三

清中叶以后,福建的刻书业也颇具特色,其中先贤遗集和乡邦文献的大量刊刻成为当时官私刻书业的主要内容之一。作为省会的福州府城的官刻和私刻的数量和质量也超过省内其他地区。[19]光绪十二年(1886)侯官郭氏沁泉山馆镌本《闽中十才子诗》三十卷,就是福州私家刻书兴盛的产物。

光绪十二年至十四年,侯官郭柏苍以74岁高龄亲自对袁、马《闽中十子诗集》进行勘订,并以《闽中十才子诗》名全新刊刻。郭柏苍(1815—1890),字兼秋,侯官人。道光十八年(1838)入县学,二十年(1840)中举,连续两次会试落第后不再赴考,捐内阁中书。他长期里居,承揽盐税,家资甚富,热心地方公益事业,又酷好藏书。不仅自己著述颇丰,而且十分留心乡邦文献,对刊刻乡贤遗集更是不遗余力。他是清代福州刻书最多的文化人,总结自己大半生的经历所为,他曾不无感慨地说:

> 苍自少及老,所闻见辄不忘。惜壮岁谋馆谷,芸人之田,荒不得学。功暇筑祖墓、营新坟、修本郡之谱牒、刻先辈之诗文,止四事已费五十年之心力。[20]

郭柏苍《重刻〈闽中十才子诗〉序》述说了自己重刻十子诗的缘由:一是"传本久尠",道光年间,方知同乡著名藏书家郑杰家藏此书,五十年后,年逾古稀,"风烛之年"的郭柏苍,对此珍本的重刊,产生了"不速成则咎将在我"的紧迫感;二是感叹闽中十子和那些"与十子相伯仲而名不甚传者"的作品大量散佚,有一种"吉光片羽,人世珍之"的责任感和汇集义务;三是以为万历本"数月即成,舛讹殊多",不免贻误后人,于是着手校勘,"就原本改正"。

由于光绪本《闽中十才子诗》是对万历本的"原本改正",因此各家诗集的编次顺序与万历本相同。郭柏苍在十子诗各集卷次下删去袁表、马荧选辑之类的字样,直接标明"侯官后学郭柏苍校刊",经郭柏苍认真校勘后,光绪本有如下几个特点:

（一）更正讹误，辨析歧义

与四库本较少字句校勘不同，郭柏苍对万历本进行了较为详尽的字句校勘，更正许多明显的错讹字，个别字词的调整使得诗句更叶韵；尤其突出的是，闽中人郭柏苍熟悉闽中十子的创作语境和喻指，改订了许多诸如"道山"误为"道上"，"秦中"误为"闽中"的具有地域特色讹误之处；同时对万历本中唐泰、王褒、周玄的籍贯之误，依据《全闽明诗传》予以改正。《林膳部诗》有五律题为《宿雪门寺》，郭氏改为《宿云门寺》，并在题下注云"苍按即猴屿"，直接定位地点，从而辨析歧义。凡此种种，不一而足。

（二）评骘袁马，惋叹无奈

时值晚清光绪年间，闽派诗群已具规模和气势，然而人们对闽派诗人和诗歌的非议也不绝于耳。在这样一个环境下重刊闽中十子诗，自然免不了要涉及对袁、马选辑的万历本《闽中十子诗集》的评价。郭柏苍在重刻之际，不仅保留着万历本的全貌，而且还加入了部分相关的文献资料，这些文字内容大多是关于对万历选本的评价。万历本后附有承刻者建阳知县李增的《刻〈闽中十才子诗集〉跋》，在光绪本卷末附的这篇跋里，郭柏苍对跋文的内容做了夹注，郭氏夹注内容远远多出跋文的文字。郭柏苍在跋文中的评注里首先称赞汇集十子诗的首倡者徐中行的德业文章，接着对袁表、马荧选辑的十子诗谈了自己的看法：

> 据跋则此书乃徐子舆捐俸属袁表、马荧选辑。当时原书如王恭《白云樵唱》二卷、《草泽狂歌》五卷，王偁《虚舟集》五卷，高棅《啸台集》二十卷，又《木天清气集》。诸家原书卷帙定多，袁、马二公所传诗远逊。徐子舆乃以嵩山乌石结社虚名，漫操选政，偏见钞集，致后人有闽派之议。且唐泰、郑定、黄玄三家仅取数篇，亦太简略。今十子原刻专集竟不可得，为之太息！

同时，郭氏还借对李增跋文的注，对李增承刻十子诗未能认真校勘表示不满："李增以举人任校刊，舛讹多未更正。"同时质疑李增自称"搜补阙遗"的努力，"照袁、马所选校刊，何谓'搜补阙遗'"？

对袁、马选辑的不满批评，郭柏苍不仅只是谈自己的感触，而且还引证了万历以后闽中诗派的代表诗人和评论家的看法。在这部新刻的十子诗中，在林鸿、陈亮、王恭、王偁、周玄等人的诗集后分别附录了数则前人的笔记等评说文字，这些文字在评说十子各家诗歌的艺术特色时，大多也涉及对袁、马选本删削失斟的批评。

（三）推崇十子诗歌的艺术成就

郭柏苍认为，袁、马选本的遗憾，在于"十子之诗，固不以多为贵，独惜其真未出。后之读是诗者，能无掩卷叹息，欲览其全乎"！[21]因此，尽管自己只是校勘万历本，但是在校勘的同时，他还常常情不自禁流露出对十子诗歌特色的准确评价和由衷偏爱。如在《王检讨诗》卷前附录了王偁的《自述诔》，在诔文末郭柏苍特意加了一段按语，介绍了王偁与解缙义气相投，才性相同，而两人的诗歌则风格迥异，"缙诗颇伤轻剽，偁诗则恬雅安和，具有风矩"。其对王偁诗风的概括十分精到。

翻览《林膳部诗》卷后附录的陈衍《槎上老舌》一则评析林鸿诗歌"苍辣警策"特色的文字，《陈徵君诗》《王典籍诗》和《王检讨诗》卷后附录的徐𤊻《竹窗杂录》三则文字和徐𤊻《榕阴新检》中的一则文字，以及在《周祠部诗》卷后附录的徐𤊻《红雨楼题跋》里的两节文字。可以看出这些闽中诗人和诗评家对十子各家诗歌的艺术风格均持赞赏肯定态度，这些艺术评说可以说是和郭氏的观点不谋而合甚至是一脉相承的。因此郭柏苍有意附录，其推崇彰显十子诗风以示后人的用心昭昭然也。

作为对万历本的校勘翻刻，《闽中十才子诗》实现了郭柏苍"就原本改正"的再刊宗旨，七十四岁高龄的郭柏苍对先贤遗集费尽心力的热情和认真精神令人感佩。

附记：本次点校以万历本为底本，加以标点，并与四库本、光绪本逐字对校，各卷后的校勘记对各本的异文情况均有详细说明。传世三个本子中附录的相关文字和有关十子诗的评析内容，也汇集在书后《附录》中，以便读者研读参考。

注 释

［1］〔明〕胡应麟：《诗薮》，上海：上海古籍出版社，1958年。

［2］［14］［18］《四库全书·闽中十子诗》提要，影印本文渊阁《四库全书》，上海：上海古籍出版社，1986年。

［3］［4］［12］〔明〕袁表：《闽中十子传》，《闽中十子诗集》，万历四年刊本。

［5］［9］〔明〕李增：《刻〈闽中十才子诗集〉跋》，《闽中十子诗集》，万历四年刊本。

［6］〔清〕袁栋：《书隐丛说》，李致忠：《历代刻书考述》，成都：巴蜀书社，1990年。

［7］〔清〕王士禛：《居易录》，上海：上海古籍出版社，1993年。

［8］〔清〕叶德辉：《书林清话·书林余话》，长沙：岳麓书社，1999年。

［10］［13］［15］［21］〔清〕郭柏苍：《重刻〈闽中十才子诗〉序》，《闽中十才子诗》，光绪十二年刊本。

［11］［16］〔明〕徐𤊹：《竹窗杂录》，《闽中十才子诗》，光绪十二年刊本。

［17］〔清〕张廷玉等：《明史·文苑二》，北京：中华书局，1974年。

［19］谢水顺、李珽：《福建古代刻书》，福州：福建人民出版社，1997年。

［20］〔清〕郭柏苍：《闽中郭氏支派大略序》，《闽中郭氏支派大略》卷首，郭氏丛刻本。

明清福州玉尺山房的文采风流

吴可文

福州光禄吟台,北宋郡守程师孟建。明末以后在此建玉尺山房,在光禄坊东段北侧,至今仍存。近千年来,光禄吟台历尽沧桑,多次易主。明末以降,先后有孙昌裔孙学稼父子、许豸许友父子、齐鲲、林枫、叶敬昌、林纾、李宗言李宗袆兄弟、李宣龚、郭柏苍及其后人、黄濬等文人在此居住过。

光禄吟台旧址为唐闽山保福寺,宋初为法祥院,其内有一巨石。程师孟以光禄卿知福州事,题刻"光禄吟台"四个篆字。程师孟(1009—1086),字公辟,吴(今江苏苏州)人,宋神宗熙宁元年(1068)知福州,熙宁三年移知广州,在福州两年。其诗文集早已散佚,《全宋诗·卷三百五十四》从方志及选本中蒐集其诗四十首[1],散句若干,其中半数以上系在福州时所作。其《光禄吟台》诗云:"永日清阴喜独来,野僧题石作吟台。无诗可比颜光禄,每忆登临却自回。"[2]宋末寺废,改为民居。明万历间为户部郎中林有台宅。林有台(生卒年不详),字德宪,一字南山,闽县人,嘉靖三十四年举人,能诗善画,有《南山集》,然未见传本。

崇祯年间,孙昌裔与许豸居此。王廷俊《光禄吟台怀古》其四有"米友堂邻处士家"[3]之句。米友堂即许豸之子许友书堂,处士即"圣湖处士",指孙昌裔之子孙学稼。

孙昌裔(生卒年不详),字子长,侯官人,人称凤林先生。[4]其父孙承谟,万历癸未(1583)进士,官崇德知县,去职后当地为之立祠。昌裔乃万历庚戌(1610)进士,掌吴兴教谕,擢户部郎中,出守武林,拜水利使者,不久,又改任浙江省提督学政,培养了很多人才。当时有人想通过私人关系取得功名,没能如愿,就故意中伤孙昌裔,孙昌裔得知此人向朝廷上奏折(诬陷他),就收拾行装,辞官回家。孙昌裔先是在乌石山天台桥旁建立了石梁书屋,后来又得到了光禄吟台的土地,两个儿子都在那里读书。其著作多不存,《千顷堂书目》仅著录其《西天目山志》四卷。由于他的文学作品散失殆尽,所以现在难以评价其文学成就。《全闽明诗传》卷三十九录其《谢西湖留别》七律一首,应是他从浙江提学任上弃官回闽时所作。从其营建书屋及给二子起名为学稼、学圃来看,这是一个注重耕读传家的文人。

许豸(?—1640),字玉史,一字玉斧,侯官人,崇祯辛未(1631)进士,官至浙江学政,任内端正文章风气,造就了众多人才。当时有权贵来浙江,许豸坚持不肯卑膝行礼,当地读书人有穿着儒生的服饰,到郊外迎接的,许豸当即予以批判。著作有《仓储汇覈》《肤筹》,还参与点评钟惺所撰《史怀》。关于其诗集,《四库全书总目提要·集部四十七·总集类·存目四》载《笃叙堂诗集五卷》,由于此条涉及许氏家族多人,现移录如下:

> 侯官许氏之家集也。凡作者七人,集八种。前明一人,曰《春及堂遗稿》,许豸撰。国朝六人,曰《米友堂集》,许友撰;曰《紫藤花庵诗抄》,许遇撰;曰《少少集》,许鼎撰;曰《雪邨集》《玉琴书屋诗集》,许均撰;曰《客游草》,许莐臣撰;曰《影香窗存稿》,许良臣撰。豸字玉史,崇祯辛未进士,官至浙江提学副使。友字有介,号瓯香,豸子也,喜书画,慕米芾之为人,构米友堂祀之,新城王士禛尝称其诗。遇字不弃,号月溪,友子也,康熙间官陈留、长洲二县知县。鼎号梅崖、均号雪村,皆遇子。莐臣号秋泉、良臣号石泉,皆鼎子。其家有笃叙堂,为华亭董其昌所题额,因以名集。[5]

梁章钜《东南峤外诗话》说:"玉斧诗格调平稳,本朝瓯香、月溪、铁堂、雪村诸诗人,皆衍其门风,累世擅'三绝'之誉。"[6]这不但道出了许豸诗歌的特点,还对其在这一绵延六世的文学家族中的开创之功作了中肯评价。

许豸与孙昌裔各有一子青胜于蓝。许友(?—1663)[7],曾名宰,字有介,又名眉,字介寿,号瓯香,侯官人。许豸长子,许珌从弟,享年四十余。崇祯诸生,明亡不仕。善画工书,诗尤孤旷高迥,号称诗书画"三绝"。他是许氏家族史上最享盛名的一位艺术家,钱谦益、朱彝尊、王士禛等对他都评价很高。朱彝尊认为:"先生才兼三绝,名盛一时。虞山蒙叟最爱其诗,录之入《吾炙集》。要其篇章字句,不屑蹈袭前人,正如俊鹘生驹,未可施以鞲鞿。"[8]

孙学稼(约1621—1681)[9],字君实,号圣湖渔者,一作圣湖处士。学稼虽然世代高官厚禄,却比贫寒的人家都更严格地要求自己。南明唐王入闽后,开设储贤馆来招纳名士,当时的名彦学者大多接受招抚,学稼的叔伯们也都居于清要之职,只有学稼不肯出仕,坚持自己的操守。顺治五年战乱渐停,学稼回到家乡。但是田园都没有了,于是他就到吴楚齐鲁燕赵秦晋等地游历。隔年才回家一次,也只是探望母亲而已。康熙二十年(1681)九月九日,学稼在怀庆府一寺庙的僧房中去世。其现存最重要的诗集是《鸥波杂草》,存诗一千八百余首。此集按年编排,是目前了解和研究其生平的最主要的第一手资料。集中还有七首词、四首散曲,《全清词·顺康卷(含补编)》和《全清散曲》皆漏收,笔者已撰专文将其辑出。另一部《兰雪轩集》为传抄本,存诗四百余首。学稼的诗,不论是数量还是质量,在清初的福建诗坛上都是比较突出的。许友、林古度因为有钱谦益、朱彝尊、王士禛这样文坛盟主级人物为其揄扬,所以关注者较多。孙学稼与许、林相比,存世诗歌的质量并不逊色,数量更是远远胜出。长期以来,学界对学稼的关注度与他的成就是不相称的。

当时,孙宅在东,许宅在西。许友《寄孙君实》结尾云"唯期与吾子,半亩荷双锄"[10],可见两家关系之密切。昌裔宅即名"玉尺山房",邵捷春有《孙子长招饮玉尺山房》诗[11],这是目前所见关于"玉尺山房"的最早文献记载。据陈衍《孙子长先生招集后园,园有宋程师孟光禄吟台故迹》[12],可知当时吟台在其后园。崇祯壬午(1642)四月,曾异撰等六人在此小集,异撰《纺授堂二集》卷六有《初夏新晴病起同周畴五邓戒从董隆吉林缮之郭仲倩集孙子长光禄吟台》[13],当时众人似乎谈起归田之事,故末联有"相看共有弹冠意,未许吟台属老臣"之句。

许豸把自己居住的地方命名为"笃叙堂",由当时的大书法家董其昌题额,其匾额民国尚存。此后许氏子孙虽然不居于此,但许氏五代七人之诗歌总集便名为《笃叙堂诗集》。

顺治戊子(1648),提学金镜入居此处。康熙间,宅属原山东提督福清人何傅,后为总兵侯官何勉所居。乾隆时成为民居。

嘉庆间,齐鲲在此重建玉尺山房。齐鲲(1776—1820),字澄霄,一字北瀛。其父齐弼,乾隆辛丑(1781)进士,官辰州通判。齐鲲在乾隆五十七年(1792)中举人第二名,嘉庆六年(1801)中进士,改庶吉士,授编修。嘉庆十三年(1808),充任册封琉球国王正使,擢河南府知府,以丁忧归里。嘉庆十三年(1808)所刻《东瀛百咏》是其使琉球所作,多反映琉球风物,有梁章钜跋。齐鲲第六女齐祥棣(1816—1838),"耽书史,长吟咏,善弈工诗"[14],许配螺洲儒生陈兆熊,未嫁而兆熊卒,祥棣投玉尺山房莲池以殉。此事引起不小反响,刘家谋、林鸿年、杨浚、王廷俊等福州知名文人均有诗文悼之。齐祥棣有《玉尺山楼遗稿》,其七律《白莲》传诵颇广："佳人玉立水中央,涤尽铅华靓素粧。琼珮月明遗远浦,缟衣露冷渡横塘。娇能解语应增媚,淡欲无言但送香。芳气满湖凉似洗,扶持清梦到鸳鸯。"一诗成谶,令人感叹。

道光间,林枫曾于辛卯(1831)至癸巳(1833)居此。林枫(1798—1867),字苇庭,号退村居士,道光二十四年(1844)举人,两上公车均不第。道光辛卯间(1831)移居玉尺山房,二年后离开。[15]其生活状况为"老屋三楹,炊烟不继,朝吟暝写,闭门于其间,若甚自得。"[16]其人"性伉直,有不如意事,即老友辄骂之。"[17]林枫博闻多能,工诗通音韵,谙熟乡邦地理掌故,精于岐黄,勤于著述。有《听秋山馆诗钞》《榕城考古略》《全闽郡县图记》等。其诗以七言为胜,七古《乌山石天歌》想落天外,如天风海涛,令人目不暇接;七律《饯秋分体得七律四首韵限同心之言》四首句句可诵,几可继武王渔洋之《秋柳四首》;七绝《李远泉梦中得句云春风碧草又天涯渔梁道中书所见续成之》:"飘萧落叶戍楼斜,斥堠无人噪乱鸦。立马斜阳闲纵目,春风碧草又天涯。"以秋景发端,以春意作结,变幻之间,令人神远。林枫移居玉尺山房时有五古《辛卯九月自卧湖桥移居玉尺山》纪其事,诗中自注:"屋傍玉尺山上有光禄吟坛,乡先辈联吟处也。"[18]壬辰年(1832)九月初六,林枫召集五人在此举行预登高会,作《九月六日招蔡锡五家松门谢樵云叶卓人集玉尺山房为豫登高会即席得豫字韵》,有"山斋古吟坛,自昔集裙屐。余韵尚未遥,大雅堪追步"[19]之语。

道光二十年(1840),玉尺山房归叶敬昌。叶敬昌(1791—1852),原名敏昌,字懋勤,号芸卿,闽县人。出自著名的三山叶氏文学家族,叶申万长子。嘉庆二十四年(1819)进士,官至湖北布政使。敬昌归乡后购得玉尺山房,并撰《闽山记》叙光禄吟台之变迁:

> 明嘉靖时,属林南山农部有台。崇祯时,孙子长提学昌裔居之。国朝为何尚敏总戎勉别业。后辗转数主,归于齐北瀛太守鲲数先生。皆时闻人,不悉为兹山主。道光庚子,余从齐民得之,清旷幽折,允称胜区。相传山涧泉声泠泠然,与天半松涛上下相答。乾隆初,为不解事者所废。噫!山灵笑客矣。略陈其缘起,拟辑前人题咏勒诸石。[20]

只是不知何故,叶敬昌汇辑前人题咏刻石的计划没有完成。

咸丰间,林纾之父林国铨典得玉尺山房居住,林纾在此度过童年。[21]林纾

(1852—1924)，原名群玉，字琴南，号畏庐，光绪八年(1882)举人。光绪二十三年(1897)由王寿昌口述，译成《巴黎茶花女遗事》一书，震动文坛。从此一发难收，共用古文翻译外国小说一百七十余种，产生巨大影响。林纾擅古体诗文，兼通书法，尤精于绘事，还创作文言小说与戏剧，并创办苍霞精舍，是全能型的艺术家、翻译家和教育家。著有《闽中新乐府》《畏庐文集》《畏庐续集》《合浦珠传奇》《畏庐笔记》《畏庐诗存》《畏庐三集》《春觉斋论画》等。张僖指出："畏庐忠孝人也，为文出之血性"，"畏庐文字，强半爱国思亲作也"[22]，这是对林纾文章准确的评价。早年之《闽中新乐府》就不用说了，即使被诟病为"思想陈腐"之晚年，为民国九年闽中大水而作的《哀闽》，何尝不爱吾国吾民；诗中的"大水毒匪深，毒深在民牧"，何尝没有血性。《苍霞精舍后轩记》追忆亡母与亡妻，至情至文，几乎可比肩归有光。其他诗文，亦皆可见其眷眷于师友亲族。

同治间，玉尺山房归李作梅(1827—1881)。郭柏苍于同治丁卯(1867)作《李子嘉玉尺山房》[23]，可证李作梅得山房不晚于此年。其长子李端(1843—1883)娶沈葆桢长女沈瑞熙，其孙李宗言、李宗祎在此读书、会友、结社，成为福州支社的主要聚集地。李宗言(1858—1917)，字畬曾，号偿园，闽县人。李端长子，沈葆桢外孙，沈瑜庆外甥。光绪壬午(1882)举人，官江西广信府知府、安徽候补道。林纾认为其"诗近义山，于清初诸老取陈元孝、吴梅村、宋荔裳，故近体声亢而悲"，"故宅曰玉尺山房，藏书及书画，多几连楹"。[24]陈衍感慨其为官之后吟事遂废，"今所存仅有《支社诗拾》中数首"[25]。

李宗祎(1860—1895)[26]，一名向荣，字次玉，又字佛客，闽县人。李宗言之弟，官候补员外郎，甲午(1894)旅食江南，依其舅沈瑜庆。宗祎善画工草隶，有《双辛夷楼词》。陈衍说："其诗不常作，有悒怏之意。其《武夷游草》一卷不知散落何许矣。"[27]李宗祎的诗歌作品多存于《支社诗拾》之中。宗祎颇好填词，现存词多为25岁前所作，林纾评其"以温李之密绪，衍周柳之宗风"。

林纾作为福州支社的重要成员，对李氏玉尺山房和支社活动有如下记载：

> 李氏盛时治园于会城之光禄坊，曰玉尺山房。陂塘林麓，邃房轩台，宾客华盛，咸有纪述。……庚辰(1880)以后李氏业乃大落……然时复……邀取同志赋诗，月犹四五集焉。[28]
>
> 洎壬午(1882)始友李畬曾、次玉兄弟。观其咏史诸诗，于孝烈忠果之士抗声凄吟，积泪满纸，心悦其同趣。时周辛仲广文亦未就官，相与招邀同

人结为吟社。月必数集,集必数篇。[29]

三十以后,李畲曾、佛客兄弟立支社,集同人咏史。社稿以周辛仲为冠。然皆含悲凉激楚之音,余私以为不祥。已而,辛仲卒,畲曾兄弟远宦,社事遂寝。余亦客京师,不为诗近三十年。辛亥春,罗挍东集同人为诗社。社集必选名胜之地,请余作画,众系以诗。于是复稍稍为之。[30]

从以上三则材料可以推知支社创社人为李宗言、李宗祎兄弟,结社于壬午(1882)年,约于次年终止,社集地点为玉尺山房。从《支社诗拾》卷首的支社同人齿序可知,支社成员共有十九人:黄敬熙、黄春熙、何尔瑛、周长庚、林葵、黄育韩、欧骏、林纾、卓孝复、陈衍、李宗言、方家澍、高凤岐、林珩、李宗祎、方崑玉、王允晢、李宗典、刘蕲。其中林纾两次提及的周辛仲是周长庚。

光绪二年(1876),李宣龚出生在玉尺山房,并在这里度过童年。李宣龚(1876—1952),字拔可,号观槿,又号墨巢,李宗祎长子,光绪二十年(1894)举人,官至江苏候补知府。宣统元年(1909)引疾去。民国后,供职上海商务印书馆,后任合众图书馆董事。拔可诗艺深湛,为近代"同光体闽派"代表人物之一,著有《硕果亭诗》《硕果亭诗续》《墨巢词》《墨巢词续》《硕果亭文剩》等。陈衍、沈曾植、郑孝胥、诸宗元、杨钟羲、陈三立、章士钊、夏敬观、汪辟疆、钱仲联诸名家均高度评价其诗歌成就[31],陈诗在《硕果亭诗序》摘录其佳句甚多。其人以内行纯懿,笃于风义著称于世,成名作乃悼念其文字骨肉林旭的五古《哀瞰谷》。拔可是作诗词的全才,不论古体、近体、五言、七言、小令、慢词,均有相当造诣,没有明显的短板。如五古《徐州道中》被陈衍称誉为全首皆工。[32]五律《同梅生疑庵蔼农夜作》:"人海难为夜,无风不是楼。能留三客语,赖有一园秋。宦默心犹寄,徘徊意未休。举头河汉在,谁见水西流?"工于发端,且通篇匀称。七律《春尽遣怀》中的"不经风雨连番劫,那得池塘尽日阴"是难得的警句。《寿散原丈》前半首"匡庐五老与天高,深眇能收一世豪。孤抱定应亲木石,微吟时足荡风涛",气格苍劲,真力弥漫,实是寿诗中的佳制。《上元》:"犹有梅花作上元,却忧桃柳不成村。门前野水无归处,留与千家认泪痕。"忧怨蕴藉,结句尤佳,古今七绝之上品也。

光绪七年,李家离开玉尺山房,迁往福州南营。郭柏苍购得玉尺山房,增置沁泉、沁园、漾月池、石泉、柳湄小榭等景观,柏苍有《漾月池记》《闽山沁园记》等诗文歌咏上述胜景。郭柏苍(1815—1890),谱名弥苞,字蒹秋、青郎,号梦鸳藤馆主人、但寱轩老人,郭阶三四子,郭柏荫弟。家资富有,黄巷、文儒坊、杨桥巷、光禄坊都有宅园。道光二十年(1840)举人,以从事地方公益事业和整理乡邦文献为业。编著有《海错百一录》《闽产异录》《乌石山志》《鄂跗草堂诗集》《柳湄小榭诗集》《全闽明诗传》等。《全闽明诗传》收录明代福建诗人近千家,选诗数千首,至今仍是最完备的明代福建诗歌文献。柏苍在编选中"不遗余力,闰月间竟积劳倾盆吐血"[33],自己也于该书杀青当年离世。

光绪辛巳(1881)秋,柏苍于岩间掘泉,名曰"沁泉山馆",并于癸未(1883)年创作了《沁泉山馆记》。除了柏苍外,其亲族女眷歌咏于此者甚夥。柏苍曾外孙黄濬幼时跟随其外祖父郭溶在沁泉山馆读书。黄濬(1890—1937),字哲维,号秋岳,室名花随人圣庵。黄彦鸿子,郭溶外孙,郭柏苍曾外孙。民国初留学日本。先后在北京军阀政府和南京国民政府任职。后因将国家军事机密透露给日本间谍,被以叛国罪处死。其《花随人圣庵摭忆》被陈寅恪评为:"援引广博,论断精确,近来谈清代掌故诸著作中,实称上品,未可以人废言也。"[34]长于作诗,《感事诗一百十韵》被陈衍誉为"诗中之《过秦论》《哀江南赋》也"[35];长篇七古《铁扇子歌》"属辞比事,直逼梅村"[36]。黄濬留学日本后返乡,有诗咏沁泉山馆:

> 廿年不到旧吟台,伐竹髡崖百事哀。只有沁泉山馆月,破云重见我归来。[37]

明清两朝,玉尺山房经历了十余次可考证的易主,其主人或居住者多为当时闽中著名的文学家或学者。许友、林纾、李宣龚、黄濬的影响更远远超出福建一省。从主人的文学成就来看,玉尺山房盛于明末及近代,这暗合了闽中文学史的时代特征。由这一层面而言,玉尺山房堪称闽中明清文学史的缩影。今天,玉尺山房残存遗址虽然经过整修,但已经面目全非,幸而"光禄吟台"的石刻经千年而不变,默默地向后人讲述着前辈学者的文采风流。

注 释

[1] 这四十首中有一些不是完篇,部分诗题也有问题。详参陈庆元:《程师孟诗考》,《古籍研究》2000 年第 4 期。

[2]《全宋诗》中此诗的诗题有误,此处诗题依林枫《榕城考古略》所记,福州:海风出版社,

2001 年,第 27 页。

［3］〔清〕王廷俊:《樵隐山房诗钞》卷一,福建省图书馆藏光绪壬辰刊本。

［4］〔清〕高兆:《兰雪轩集·序》,〔清〕孙学稼:《鸥波杂草》卷首,福建省图书馆藏清初抄本。

［5］四库全书研究所:《钦定四库全书总目》(整理本)卷一百九十四,北京:中华书局,1997年,第 2731—2732 页。

［6］转引自陈世镕:《福州西湖宛在堂诗龛征录》,福州:福建人民出版社,2007 年,第583 页。

［7］许友生年迄无定论。《米友堂诗集》中《题画送徐存永之汴梁》有"相看俱是四旬外,犹作飘零天末人"之句。存永客汴梁为顺治十八年(1661)春事(此说详见黄曾樾《徐存永年谱》),故许友生年不晚于 1621 年。

［8］〔清〕朱彝尊:《明诗综》,北京:中华书局,2007 年,第 3933 页。

［9］孙学稼生年向无确考,笔者根据学稼庚戌(1670)年所作《月》"百年已半为物役",逆推其生于 1621 年前后。见孙学稼:《鸥波杂草》第四册,福建省图书馆藏,清初抄本。

［10］〔清〕许友:《米友堂诗集》,福建师范大学图书馆藏抄本。

［11］〔明〕邵捷春:《延津集》,《四库禁毁书丛刊补编》集部第 78 册,北京:北京出版社,2000年,第 44 页。

［12］〔明〕陈衎:《大江集》,扬州:江苏广陵古籍刻印社,1996 年,第 270 页。陈衎(1586—1642 后),字磐生,明末闽县人,陈汝修(1568—1632)子。少受学于董应举,常与徐𤊹兄弟相切劘,尝入曹学佺阆风楼诗社。有《玄冰集》《大江集》《大江草堂二集》等。陈衎有《祭徐兴公文》,因徐兴公卒于 1642 年,则陈衎卒年不早于 1642 年。

［13］〔明〕曾异撰:《纺授堂诗集》,《四库禁毁书丛刊》集部 163 册,北京:北京出版社,2000年,第 677 页。

［14］《未婚贞烈齐孺人小传》,〔清〕齐祥棣:《玉尺山楼遗稿》卷首,光绪九年刊本。

［15］〔清〕林枫:《癸巳除夕》自注"居玉尺山二年,今岁复移居宜秋桥"。见《听秋山馆诗钞》卷六,福建师范大学图书馆藏,清光绪年间刻本。

［16］〔清〕谢章铤:《听秋山馆诗钞序》,〔清〕林枫:《听秋山馆诗钞》卷首,福建师范大学图书馆藏,清光绪年间刻本。

［17］〔清〕林枫《听秋山馆诗钞》卷十第 4 页有沈秋澄和作,沈氏自注云云。

［18］［19］〔清〕林枫:《听秋山馆诗钞》卷五,福建师范大学图书馆藏,清光绪年间刻本。

［20］［21］黄启权:《三坊七巷志》,福州:海潮摄影艺术出版社,2009 年,第 232、373 页。

［22］张僖:《畏庐文集·序》,林纾:《畏庐文集》卷首,《民国丛书》第四编 94,上海:上海书店出版社,1992 年。

［23］〔清〕郭柏苍:《云闲堂诗》卷四,南京图书馆藏本。

［24］林纾:清荣禄大夫署江西广信府知府二品衔安徽候补道闽县李公墓志铭》,林纾:《畏

庐文集》,《民国丛书》第四编94,上海:上海书店出版社,1992年,第36页。

[25][27] 陈衍:《近代诗钞》,上海:商务印书馆,1935年,第894、895页。

[26] 李宗祎生卒年据林纾《清中宪大夫分部员外郎闽县李君墓志铭》,见〔清〕李宗祎:《双辛夷楼词》卷首,福建师范大学图书馆藏,清光绪刻本。

[28] 林纾:《清中宪大夫分部员外郎闽县李君墓志铭》,〔清〕李宗祎:《双辛夷楼词》卷首,福建师范大学图书馆藏,清光绪刻本。

[29] 林纾:《支社诗拾·序》,《支社诗拾》卷首,民国二十五年墨巢丛刻本。

[30] 林纾:《畏庐诗存·自序》,林纾:《畏庐诗存》卷首,《民国丛书》第四编94,上海:上海书店出版社,1992年。

[31] 黄曙辉:《李宣龚诗文集·点校弁言》,李宣龚:《李宣龚诗文集》卷首,上海:华东师范大学出版社,2009年。

[32][35][36] 陈衍:《石遗室诗话》,张寅彭:《民国诗话丛编》第一册,上海:上海书店出版社,2002年,第206、38、282页。

[33] 〔清〕杨浚:《全闽明诗传·序》,〔清〕郭柏苍:《全闽明诗传》第二册卷首,福州:福建人民出版社,2011年。

[34] 李吉奎:《花随人圣庵摭忆·整理说明》,黄濬:《花随人圣庵摭忆》卷首,北京:中华书局,2007年。

[37] 陈衍:《石遗室诗话续编》,张寅彭:《民国诗话丛编》第一册,上海:上海书店出版社,2002年,第547页。

学文汉宋之间：陈寿祺的文论

刘　奕

陈寿祺(1771—1834)是清代福建第一个真正以汉学闻名的学者。他不但学为一代大家，且兼善诗文，同时著名学者许宗彦认为："近时兼词章、经术而有之，且各极其精者，惟阁下。"[1]一人之说虽稍溢美，却非妄论，后世张舜徽先生亦称："寿祺朴学之外，兼擅词章，文藻博丽，有六朝三唐风格。其骈体文为世所重，在当日经师中，可谓博涉多通，文质彬彬者矣。"[2]可为印证。有大成就者，多能别具慧眼，陈寿祺于学于文皆如是。

关于清代汉学家的文学观，学者多概括为重考据轻文辞和由训诂通义理，并指出作为一个学术流派，他们的文学观与认同宋学的古文家相对立。只是历史的面貌常常斑斓多彩，究其大势固需要高度概括，而其顿挫衍漫处则非深处细绎不可得。清代汉学家虽然治学基本观点、方法相近，却无妨有吴、皖、扬派之分，他们对诗文的看法更是如此。除了地域影响外，时代思潮、风尚的演进也会影响于人，何况具体个人的遭际、才性不同，他们的观念与实践自然会同异差互，表现出参差复杂的面貌。陈寿祺正是一个较典型的例子，他留下了足够的文字让我们审视学派、时代、地域与个性交错的复杂性。

陈寿祺，字恭甫，号左海，晚号隐屏山人，福建闽县(今福州)人。生于乾隆三十六年(1771)，卒于道光十四年(1834)。他出身于两代读书的寒门，少小受学于同乡前辈学者，即以辞章知名。稍后留心经义。19岁乡试中举，嘉庆四年(1799)会试中式，赐进士出身，选为翰林院庶吉士。此科会试主考朱珪，副考为阮元等人，取中者多天下知名学人、文士，王引之、张惠言、许宗彦、鲍桂星、胡秉虔、莫与俦、张澍、郝懿行、姚文田、汤金钊、宋湘、吴鼒等人都是陈寿祺同年。至40岁时，为官京师。中间嘉庆七年至八年告假探亲，为时任浙江巡抚阮元延主杭州敷文书院，兼课诂经精舍生徒。这10多年时间里，陈寿祺恬然寡交游，惟孜孜研经，与同年中汉学数人相待如昆弟。又有机会亲炙于前辈大师钱大昕、段玉裁、王念孙、程瑶田等人，学业日益精博。嘉庆十五年丁父忧，后即以侍养母亲为由陈情去职。在家乡主泉州清源书院10年，主福州鳌峰书院11年，为福建培养了大量优秀学子。陈寿祺深于考释、辑佚，对三家诗说的辑考，尤为后来学者开辟通途，对今文经学的兴起不无启发之功。经学著述之外，他留下了《左海文集》10卷、《左海骈体文》2卷、《绛跗堂诗集》6卷。

寻绎陈寿祺为学宗旨，平生大概有两次变化。其幼年受学同乡梅社七子之一的周立岩，所重在词章，尤喜诗歌骈文，所作"文藻博丽，有六朝三唐风格"，多被传诵一时，有才子之称。[3] 少年时，陈寿祺又从游乡先生孟超然，此时为学重经传，于是文字也由偏重文辞之美的诗歌骈文转向具有达意论学功能的古文，他自称："仆少自年十七八时则心好古文词。"[4] 又称："少稍事词章，壮治经义、小学及古文词，溯游于六艺，奥斗餾于马、班、韩、柳、欧、苏，而下逮震川。"[5] 此即其为学第一变，由文士开始转向学人。孟超然慧眼识人，以国士目之，且语人曰："十年后福州有通儒起，陈生是也。"[6] 中进士后，陈寿祺在京师日请益切磋于汉学大师新锐："乡党渊源，罕言许、郑之学，再上公车，然后见当世大雅宏达所讨论而得其门。"[7] 其为学路径由此转为纯正之汉学。

此时的陈寿祺，持论一如汉学前辈。他在京城作《与张南山书》（张南山，即张维屏），自述此时心得曰："第有志乎古者，当以经义为根柢，词章为花叶。且通经则立言有物，固本末兼赅之事。……摛文之士患在浮夸，缀文之士患在迂固，惟质有其文者美焉。"[8] 其中根柢、花叶之喻，渊源非常明确。戴震在著名的《与方希原书》中以六经之道为大本，而以文章为最末之事，并认为："圣人之道在六经，汉儒得其制数，失其义理；宋儒得其义理，失其制数。"[9] 王鸣盛即承其说云："譬诸木然，义理其根也，考据其干也，经济则其枝条，而词章乃其花叶也。"[10]

陈寿祺所谓之"经义"，当即戴震的"制数"（名物典章制度等）和"义理"。而对汉学家而言，求经义的途径，则大抵如戴氏高弟段玉裁所阐发的"义理、文章未有不由考核而得者"[11]，陈寿祺亦不例外。翁方纲曾坚持宋儒义理，诋讥段玉裁、张惠言等人著作，陈寿祺即愤然作《答翁覃溪学士书》云：

> 治经之道，当实事求是，不可党同妒真。汉儒学近古，其家法出七十子之徒，宋后学者好非古，其臆断在千百载之下，故不能不舍彼而取此。而亦非尽废之也，其有存古可资者，何尝不兼收参订，以为薄宋后之书，辄并其

善者而不旁涉，又岂通儒之见哉？夫说经以义理为主，固也。然未有形声训诂不明，名物象数不究，而谓能尽通义理者也。何则？义理寓于形声训诂与名物象数而不遗者也。言形声训诂与名物象数，舍汉学何由？[12]

虽也承认宋后之书可为参订，但却强调"舍汉学何由"，可见京城时期的陈寿祺对宋儒义理之学是颇不以为然的，他的文学观念也为以考据为本、文章为末的汉学思想笼罩，自许己文："虽为之而不足以中义法。特于世俗之空虚浮滥及钩棘章句之病，庶几或免耳。"[13]而对其时享有古文盛名的汪琬、方苞，对方氏义法，他都嗤之以鼻，以为"皆沾沾未能脱时艺气"。特别是方苞："为李巨来所讥，钱晓征詹事亦引金坛王若霖言灵皋'以古文为时文，以时文为古文'，论者以为深中望溪之病。乃其缪妄至公然删《管》《荀》，改《史记》而不知其不中与管、荀、司马作舆隶。寿祺尝窃病而羞之。"[14]对以方苞为代表的古文家的嘲笑，几乎是其时汉学家的一个公共娱乐话题。陈寿祺此论的意义在于，他明确指出，其最严重抵触的地方是方苞公然删子改史。大概方苞的本意是要通过删改示弟子以文章之法，可他偏偏要标榜自己是在删汰不合于圣人义理之处，妄图以圣人大旗压人，以自己的删改本取代原本。[15]这对于恪守"实事求是，护惜古人"（钱大昕语）原则，而以存古求真为目标的汉学家来说，绝对是不可接受的。汉学者以学为本，以存古为重；古文家以义理标榜，实则以文章为本。双方立场的对立，昭然可见。

嘉庆四年的进士科，被当时学者视为汉学极盛的标志。盛极而衰，学风随着时代发生潜移默化的转变也在所难免，作为代表性学者的陈寿祺正可为明证。他思想宗旨第二次大的变化是在其回福建之后逐渐发生的。在故乡主书院讲席的陈寿祺很快发现这样的事实：

> 敝乡都会之间，人文所萃，比十数年以来，士习衰恶甚矣。行险侥幸者众，则变而弱肉强食；毁方瓦合者多，则变而恶直丑正。浮浇轻薄，机械侏张，蛙黾和声，不悟其悖。将求庠序中好学有志、不屑不洁之士已不易得，何论通经耆古、砥行守道者乎？[16]

作为四民表率，负有教化民众之责的士人败坏至如此，则国家将伊于胡底？大约在嘉庆十九年左右，陈寿祺在与段玉裁的通信中痛苦地反思说：

> 窃怪近日学者文藻日兴而经术日浅,才华益茂而气节益衰,固倡率者
> 稀,亦由所处日蹙,无以安其身,此人心世道之忧也。自维迂拙,苟终身朴
> 学之中,少有心得,贤于博弈而已。[17]

将自己孜孜从事的考据朴学,比作博弈,其中沉痛可知。有意思的是,作为一代汉学宗师的段玉裁,在复书中也做了相同的反省,他说:

> 近日言学者千,尝剿说骋骛,猎名而已,不求自得于中也。善乎执事之
> 言曰:“文藻日兴而经术日浅,才华益茂而气节益衰,固倡率者稀,亦由所处
> 日蹙,无以安其身,此人心世道之忧也。”愚谓今日大病在弃洛、闽、关中之
> 学不讲,谓之庸腐,而立身苟简,气节败、政事芜,天下皆君子而无真君子,
> 未必非表率之过也。故专言汉学不治宋学,乃真人心世道之忧。而况所谓
> 汉学者,如同画饼乎? ……执事主讲,宜与诸生讲求正学气节以培真才,以
> 翼气运。[18]

段玉裁对陈寿祺的期勉是重新回到宋儒那里,“讲求正学气节”,以为表率。同时,远离汉学中心的北京,重新回到理学传统深厚的福建,他是否记起理学名儒孟超然当年的教诲呢? 陈寿祺于是“皇皇然表扬先喆”,在泉州、福州等地先后选荐明清两代理学乡贤入祀先贤祠,又为黄道周编订刊刻全集。[19]“其教士以崇廉耻,践礼法,研经术为尚”[20],在鳌峰书院,首作《义利辨》《知耻说》《科举论》以示学者。

此时陈寿祺的文章观,仍以本末论为基础,但其“本”所指已悄然改易。他在《示鳌峰书院诸生》中告诫弟子:

> 士学古立身,必先重廉耻而敦礼让。廉耻重而后有气节,礼让敦而后
> 有法度。文艺、科名,抑其末也。利欲夺则廉耻丧,傲慢长则礼让亡。不知
> 重廉耻乃所以自贵,敦礼让乃所以自尊。自贵、自尊,皆为己之学,非为
> 人也。[21]

既然以诗歌、古文、骈文、时文诸“文艺”为末,其本为何? 似当即为己之学、

立身之道，培养士风的当务之急则是廉耻礼让、气节法度，这就回到重践行一派的理学家立场上来。

这是就纲领而言，具体到文论，《答高雨农舍人书》中以为文章根本在于：

> 以立诚为本，以有用为归，不诚则蔑以征信于天下，无用则蔑以传远于后世。[22]

此书作于道光五年，为陈寿祺晚年文学观的明确阐发。可以看到陈寿祺的两条根本标准，"立诚"与"有用"，这既是对理学传统的回归，更是清初经世精神的复活。盖钱穆以为，清初诸先生多从理学出身，颇能上承宋学，下启汉学，如顾炎武自言其为学宗旨："愚所谓圣人之道者如之何？曰'博学于文'，曰'行己有耻'"[23]。而亭林论文，同样以"有益天下"，有关乎"经术政理"为根本准则。陈寿祺与顾炎武之间的渊源卓然可见。其实乾嘉早期的汉学家同样不曾忘记经世精神，钱大昕也曾说："为文之旨有四，曰明道，曰经世，曰阐幽，曰正俗。有是四者，而后以法律约之，夫然后可以羽翼经史，而传之天下后世。"[24]何尝违背顾炎武之论？只是生当盛世，又遭逢极善权谋的"圣主"，钱大昕等人的实践只能落在以考据手段解经证史上，其经世怀抱终究流于空想而已。

陈寿祺则不同，身当嘉道之际，目睹国家积弊日甚，儒者的使命感自然被激发出来。其《左海文集》中除了一般学术考证文字外，还有与时任两广总督的阮元讨论禁绝鸦片事宜的书信，有大量与福建省府官员讨论地方施政的文字，盖其"于桑梓利弊，蒿目痗心，往往直陈于大吏，冀获挽救，虽间撄逆耳之怒，弗恤也"[25]。值得注意的是，这些经世济民的文字在前辈汉学家作品集中几乎看不到，在陈寿祺同辈的汉学家作品集中却开始频频出现，如其好友张惠言、许宗彦等皆是如此，足觇时势与学风的潜移默化。亦可证将汉学家与稍后经世学人截然划分，未必能得历史之实。

基于以上宗旨，陈寿祺对古文学习的方法、典范和名家、大家的认定都有与纯粹古文家颇不相同的看法。"以立诚为本，以有用为归"，再具体到古文学习上，"立诚"即当恪守圣人教诲，以六经为指归；"有用"则是关心国事民生和历代治乱之源，六经之外还当求之于史。所以陈寿祺在《答高雨农舍人书》中说：

> 寿祺窃以为治文词而不原本经术、通史学而究当世之务，则其言不足

以立。……后世自两汉、魏、晋迄唐、宋、元、明,凡命为作者,虽所得有浅深高下之殊,其无悖于古之立言之恉,一也。大较得于经者上也,得于史者次也,得于子者又次之,徒得于文以为文者下也。[26]

以经史为本也正是古文家们一直倡导的理论,如方苞的"义法说"即取"义"于《春秋》,立"法"于《左传》《史记》,但与陈寿祺的观点却有根本的不同。方苞的义法以褒贬为义,以雅洁有序为法,以义取法,以法显义,除了强调文章修辞外,更是以褒贬为己任,其隐含的意蕴则俨然以圣贤自居。前面已看到,存古求实的汉学家对这种自以为是、任情褒贬的态度最为不满,被认为是文人习气。陈寿祺就曾表彰贾谊、诸葛亮文能致用,是"经济宏伟之士",相反的,李白、杜牧等人则是典型的"志广而才疏,识高而用寡"的文人。[27]颇可与他对古文家的态度相印证。盖陈寿祺本源经史之论从顾炎武经世精神而来,重在修身与经世,其态度则谦逊而非傲慢。

基于此,陈寿祺最推崇的古文学习范本是《礼记》,同样在《答高雨农舍人书》中,他说:

> 虽然,文必本六经,固也。诸经之中,《易》道阴阳,卦、象、爻、象,自为一体;《书》绝质奥;《诗》专咏言,皆非可学。独《左氏传》、《礼记》于修词宜耳。然人徒知《左氏》为文章鼻祖,不知《左氏》文多叙事,其词多列国聘享会盟修好专对之所施,否则战陈御侮取威定霸之谋,不如《礼记》书各为篇,篇各为体,微之在仁义性命,质之在服食器用,扩之在天地民物,近之在伦纪纲常,博之在三代之典章,远之在百世之治乱,其旨远,其辞文,其声和以平,其气淳以固,其言礼乐丧祭也,使人孝悌之心油然而生,哀乐之感勃然而不能自己,则文词之精也。学者沉浸于是,苟得其一端,则抒而为文,必无枝多游屈之弊。盖《礼记》多孔子及七十子之遗言,故粹美如是。寿祺常劝人熟读《礼记》而玩索其意味,以此也。[28]

此前戴震也曾说过"为古文,当读《檀弓》"[29],不过这话苏轼早已说过,且两人都未详细说明,恐怕多半是就具体文法立论。陈寿祺则不同,他认为《礼记》各篇皆可法,因为它们文辞和平粹美,更关键的是,仁义性命、服食器用、天地民物、伦纪纲常、三代典章、百世治乱都在其中,还能感发人性善之心,可谓有大用于世道人心。人心性命是立诚之道，考究经世之法则需要通过汉学手段以求诸古，汉宋结合之论，在陈寿祺这里表现得很明显。而在《左传》与《礼记》之间的高下抑扬则非常生动地展现了陈寿祺与古文家之间的区别。对世道人心的关注，前者显然要强过后者。甚至可以说，"立诚""有用"的文说较之姚鼐义理、考据、辞章合一的理论更能同时得到汉学、宋学之真传。双方的区别说到底还是学人与文士的区别。

因为立场不同，对文家的评价也就大不一样。清代福建古文始自朱仕琇，虽然同尊归有光，朱仕琇实非桐城派中人。所以朱氏再传弟子高澍然在给陈寿祺的信中对有清一代古文名家皆致不满，而独许朱仕琇为"昭代一人"[30]。陈寿祺固然赞同高澍然对诸人的贬词，对朱仕琇却同样不以为意。他称朱氏"惜其于经、史均无所得，故虽有杰出数百年之才，而终不能笼罩群雄，为一代冠"[31]，则朱仕琇不过仍是"徒得于文以为文者"。无怪高澍然在回信时略为不满地说："虽蒙许可，而言之无本，用之易匮，亦所谓徒得于文者耳。今先生以为可嗣响梅崖，何敢当？何敢当！然视缘视经史而中无所得，徒见其器与矜者差胜之也。"[32]

陈寿祺所推崇的文家，首先是两汉人，因为"汉代经生多善属文，文人鲜不通经"，能"谋当世之务而抒济时泽物之略"[33]。与陈寿祺同时，王念孙、王引之父子推崇"文章尔雅，训辞深厚"的风格，盛赞两汉文章"无意为文而极天下之文之盛"[34]。而另一些崇尚骈文或者骈散结合的学者如汪中、张惠言、李兆洛等也都推崇汉人，以其辞藻高华、骈散浑融也。陈寿祺本长骈体，又主通经致用，故六经而下，最许汉人。桐城文家标举先秦两汉，然为文实宗欧阳修、曾巩、归有光，直到曾国藩起，才由韩愈上溯两汉文字。曾氏为学力求兼综汉宋，其学汉人，可能也有汉学家普遍尊汉的启发吧。

对于本朝文家，陈寿祺同样自有别裁。他问高澍然："梨洲（黄宗羲）、谢山（全祖望）长于史，其气健；皋文（张惠言）长于经，其韵永；白云（陈斌）长于子，其格高；笥河（朱筠）长于马、班，其神逸。皆可以为大家，阁下或未尽见之耶？"[35]如果衡以前引陈氏"得于经者上也"之言，则他大概是以同年张惠言为最的。陈氏所推赏者，张惠言而外，多难入清代古文家法眼，却自能为后世学者欣赏，如陈平原在《从文人之文到学者之文》中评价黄、全二氏之文，也正是赞扬其"气健"之处。古今文心相通，正可见陈寿祺并非拘执之学者，虽外于古文家论文时尚，他的慧眼文心却是不容抹杀的。

晚年的陈寿祺，因目睹时代之衰、反思汉学之弊，论学论文皆悄然有所转向，虽然坚守汉学途径，却也力图融合宋人修身之学，以图振衰起弊。这种现象在其同代学人中具有相当普遍性，与台湾学者张寿安所注意到的"礼学"复兴的现象也颇可相通，足见学术潮流的转变自有其大势。而陈寿祺"立诚""有用"的文论，则在清初与晚清经世思潮中承上启下，作为五四新文学兴起之前旧文学最后的重要思潮之一，值得学者做更深入的研究。如此则陈寿祺的学术史、文学史意义都不容忽视。

注　释

[1][3][4][5][7][8][12][13][14][16][17][18][20][21][22][25][26][27][28][30][31][33][35]〔清〕陈寿祺：《左海文集》，《续修四库全书》(1496)，上海：上海古籍出版社，2002年，卷首第58页，卷首第55页，卷四第180页，卷九第354页，卷四第157页，卷五第201页，卷四第147页，卷四第180页，卷四第189页，卷五第204页，卷四第157—158页，卷四第158页，卷九，卷三第97页，卷四1第82页，卷九第354页，卷四第181—182页，卷四第181页，卷四第181—182页，卷首第59页，卷四第179页，卷四第189页，卷四第181页。

[2] 张舜徽：《清人文集别录》，武汉：华中师范大学出版社，2004年，第325页。

[6][19][32]〔清〕高澍然：《抑快轩文集》，光绪十三年谢章铤钞本影印，扬州：广陵古籍刻印社，1998年，乙编卷二四第738页，乙编卷二四第741—745页，乙编卷一九第595页。

[9][11]〔清〕戴震：《戴震文集》，赵玉新点校，北京：中华书局，1980年，第143—144页，卷首第1页。

[10]〔清〕王鸣盛：《西庄始存稿》，《续修四库全书》(1434)，上海：上海古籍出版社，2002年，卷二五第327页。

[15]〔清〕方苞：《方苞集》，刘季高点校，上海：上海古籍出版社，1983年，第37页。

[23]〔明〕顾炎武：《顾亭林诗文集》，华忱之点校，北京：中华书局，1983年，第40页。

[24]〔清〕钱大昕：《潜研堂集》，吕友仁标校，上海：上海古籍出版社，1989年，第606—607页。

[29]〔清〕戴震：《戴震集》，汤志钧点校，上海：上海古籍出版社，1980年，第488页。

[34]〔清〕王引之：《高邮王氏遗书·王文简公文集》卷三，罗振玉辑印，南京：江苏古籍出版社，2000年，第200页。

论陈寿祺学人之诗的特色

林东进

陈寿祺(1771—1834),字恭甫,号左海,晚号隐屏山人,福建闽县(今福州)人,嘉庆四年(1799)进士。他不但是乾嘉间杰出的学者,还是一位卓有成就的诗人。翁方纲论其诗曰:"才力雄大,各体皆足以胜。"[1]

陈氏诗歌主要收于《绛跗草堂诗集》(又称《绛跗草堂诗钞》),共六卷,近六百首。沈学渊以为:"本朝以经术擅诗名者,首举萧山秀水,然毛专诋东坡,尚少停蓄,不如朱远甚。自谢山、大宗两先生出,始与曝书亭鼎峙千古。盖词章考据奄有其长者,若此之难。读《绛跗草堂诗钞》又叹,秀水以后一人而已,全、杭两家不足多也。"[2]词章、考据的相互映衬滋生出矜才炫学的诗风。张际亮言:"(寿祺诗)气骨与少谷同,祖杜而才情学问胜之。辟三百年之坛坫而释其憾,非此谁归。"[3]陈寿祺在继承郑善夫"祖杜"主张的基础上,刻意张扬"以学为诗",并愈演愈深,发挥到极致。陈衍冠其诗"学人之诗"[4],一语中的。

一

陈寿祺诗歌的学人之诗特色,首先表现在用典的雅正博综。在中国文化中,经史子集是构建雅正博综这一审美风貌的最重要的因子。经史子集除了大多具有一定的政治伦理取向外,同时也蕴藏着丰富的文学价值,为创作者提供了多姿多彩的题材和语言材料。可以说,在中国文学的发展过程中,它们扮演着极为重要的角色。就诗歌而言,援采其入诗,古已有之。

寿祺无书不读,经史子集更为其所重。其言,"治文词而不原本经术","则其言不足以立"[5];要求士子,"《史记》《两汉书》《三国志》必当熟看,庶得唐人三史立科之意"[6];认为:"周秦汉魏晋诸家,宋五子书及元明儒家著述"[7],"昭明文选、汉魏百三名家、乐府诗集、文苑英华、古诗纪、全唐文、全唐诗、唐宋十家古文、历代赋汇、唐李杜韩白高岑王孟韦柳、宋苏陆、金元遗山、元虞道园、明刘诚意、高青邱、何李、王李、高苏门、陈卧子各家专集"[8]，均各有所得，皆应审辨而慎取。

这种推崇经史子集的观念深刻影响到他的诗歌创作。其诗援采经语史事、子集故实者，俯拾皆是，不胜枚举。如"俊乂如云兴，九迁懋官赏"(《赠林少穆兵备入都补官(其一)》)[9]，懋官赏，语出《书·仲虺之诰》："德懋懋官，功懋懋赏"；"吾知吴会民，定咏鸿遵渚"(《题芷林藩伯安集归鸿图》)，鸿遵渚，语出《诗·豳风·九罭》："鸿飞遵渚，公归无所"；"海国升平资卧护，学官诗礼与居稽"(《赠潮州万子雨知郡(云)(其一)》)，居稽，语出《礼记·儒行》："儒有今人与居，古人与稽"；"下泽乘车马少游，幼舆自悦乃一丘"(《座主阳湖刘大夫漫游图》)，下泽，语出《后汉书·马援传》："吾从弟少游常哀吾慷慨多大志，曰：'士生一世，但取衣食足，乘下泽车，御款段马，为郡掾史，守坟墓，乡里称善人，斯可矣'"；"吾乡藩伯新绥辑，依旧亲人鱼鸟来"(《杨雪椒比部金陵策蹇图》)，鱼鸟，语出《庄子·大宗师》："梦为鸟而厉乎天，梦为鱼而没于渊"；"头颅如我卧蓬藜，蕉鹿纷纷梦易迷"(《曾纫芳县尹调孝丰奉寄(其二)》)，蕉鹿，语出《列子·周穆王》："郑人有薪于野者，遇骇鹿，御而击之，毙之。恐人见之也，遽而藏诸隍中，覆之以蕉，不胜其喜。俄而遗其所藏之处，遂以为梦焉。"据考察，《绛跗草堂诗集》中用典之篇什占了十分之八。

单单堆砌经语史事、子集故实，还仅仅只能展示"正"和"博"的审美风貌；而将这些经语史事、子集故实精心缀连于一首诗甚至一联中，达到既切题且兼有意味，那就具备了"雅正""博综"的审美特征。陈寿祺常常成双成对地使用典故，创造了大量隶事典切、对偶工整的句子。如"白首悲张祜，青山葬伯鸾"(《题唐子畏自书诗后》)、"欧公酩酊归非晚，陶令蹒跚兴未穷"(《篮舆》)、"毛义有亲思捧檄，贡公无友许弹冠"(《寄朱小岑布衣(依真)时余将入都(其四)》)、"爱日心如春草短，出山目与暮云飞"(《乙卯南归留别都中诸君子(其二)》)、"生裁郑默中经富，死惜张堪布被寒"(《吊副都御史上海陆耳山先生》)、"叔宝愁多似江水，元晖梦远是青山"(《和甸男不寐依韵(其二)》)、"日边名士多于鲫，江上归心不为鲈"(《南归述怀呈谢甸男》)、"四海新知习凿齿，万编博综范长头"(《和张诗龄户部使闽纪遇抒怀原韵(其二)》)……这些联不仅仅做到对偶要求的词性相对，其所涉之典，也往往形成经对经，史对史，子对子，集对集，两事匀称，这样就将学问的扎实谨严与诗艺的浪漫精致巧妙地结合在一起，展示了诗人的学问与性情。非多读书精诗艺善巧思者，是造不出这样学问与性灵相得益彰的对偶的。陈寿祺曾助阮元编撰《经郛》，所作"极为精审，凡二字以上，零玑断璧，皆已采而发之，令人叹得未曾有"[10]。他还先后撰述过《五经异义疏证》（三卷）、《齐鲁韩诗遗说考》《春秋左氏礼公羊礼谷梁礼》《说文经诂》《两汉拾遗》诸书。[11]可见，这类学人之诗的得来非无本之木、无源之水，它是学问积淀的产物。

陈寿祺诗作的这些故实，犹如一颗颗包孕着中华文化因子的珍珠，一方面，其所蕴涵的深刻的哲理文化价值，极大地丰富了诗歌的文化内涵，使诗意更加丰富蕴藉，诗旨益发沉郁典重，从而赋予诗篇雍容雅正、沉郁奥博之美；另一方面，对于最基本的知识和信仰框架由经、史所构建的中国古代士子而言，这些故实还具有巨大的意义生成能力，阅读此类篇什常常使他们获得欣赏和阐释的满足。

不过，陈寿祺一些诗作不免矜才炫学，借僻典隐事以骄人，以至诗歌奥涩难解。个别处误用故实，以致走向了学人之诗所自傲的彰显学问的反面。如"天长与地久，栖守甘长终"（《舄鹅篇为从外祖姑王郭氏作》），自注化自韩愈"天长地久栖鸟稀"。韩愈原句当是"天长地阔栖息稀"（《鸣雁》）[12]。林昌彝《砚耡绪录》亦记："闽县陈左海师《绛跗草堂诗钞》有《漳州大水寄诸同诗人》云'旧事东门视鸡血，新悲南土戴鱼头。'此误以'犬血'为'鸡血'。案《水经注》'秦时长水县有童谣曰，城门当有血，城陷没为湖。后门侍杀犬以血涂门，忽有大水，沦陷为谷，因目长水城门曰'谷水'。若'鱼头'句，则本李膺《益州记》'老姥蓄一蛇食民鸡，邛都令杀老姥，蛇为母报仇，城陷为河。先是百姓相见咸惊，头忽戴鱼。'"[13]博学如陈寿祺，亦不乏有此瑕疵。可见，用典使事不仅仅挑战着读者，还拷问着作者。

二

陈寿祺诗歌学人之诗的另一特点是喜用"点铁成金、夺胎换骨"之法。所谓"点铁成金"即"无一字无来处……虽取古人之陈言入于翰墨，如灵丹一粒"[14]；所谓"夺胎换骨"即"不易其意而造其语""窥入其意而形容之"[15]。自黄庭坚倡起"以才学为诗"者，常将此视为作诗法门。莫砺锋先生谓："细察黄庭坚之言，'点铁成金'主要指师前人之辞，'夺胎换骨'主要指师前人之意。""（它们）有一点共同精神，就是在学习前人的创作经验时要有所发展变化。"[16]

陈寿祺使用"点铁成金、夺胎换骨"的篇什亦多具有继承发展之特点。如"碧海无风明镜彻，青天有句老蟾惊"（《杨雪椒比部玉屏话月图即以录别（其二)》来自李商隐"嫦娥应悔偷灵药,碧海青天夜夜心"(《嫦娥》)。义山此句乃借杜甫"斟酌嫦娥寡,天寒奈九秋",暗喻孤高不遇的美人志士。陈寿祺又借义山之辞,另抒情怀。"碧海无风明镜彻",既是画中之景色,又渲染出惜别之氛围;"青天有句老蟾惊"则借故实赞友人诗艺之妙。可见,辞虽还是那个辞,而寿祺借图起兴,抒发惜别之情,从而淡化了原辞孤高不遇之寓意。陈寿祺诗中此类例子很多,如"霓裳虬盖空高咏"(《代和某总督喜雨元韵》)来自谢朓"排云接虬盖,蔽日下霓裳"(《喜雨赛敬亭祠诗》);"珠江花事浑萧瑟,冷蕊疏枝半敛颦"(《答宋芷沅原韵(其一)》),来自杜甫"巡簷索共梅花笑,冷蕊疎枝半不禁"(《舍弟观赴蓝田取妻子到江陵喜寄(其二)》);"在山泉与出山泉,悟到非鱼只独怜"(《芷林藩伯乞退还里,承示吴中留别同人长句(其一)》),来自杜甫"在山泉水清,出山泉水浊"(《佳人》);"沧江一卧秋风晚,梦断铜钗玉锁鸣"(《赠兴化俞朗怀知郡同年(恒润)(其二)》),来自苏轼"江边晓梦忽惊断,铜环玉锁鸣春雷"(《武昌西山》)……这些句子乍一看,似曾相似,然细推敲,并非完全相袭,而是多藏作者心思。陈寿祺凭自己诗艺之才,对原辞依情依景,翻奇出新,力图实现"袭故而弥新"。

除了"师前人之辞",陈寿祺"师前人之意"之作也颇有特色。如"长剑陆离间脱佩,悲歌惟对切云冠"(《秋兴》),来自屈原"带长铗之陆离兮,冠切云之崔嵬"(《九章·涉江》),在思想内容情感表达上可谓一脉相承,在形式上则将楚辞改造成了律体,大有"不易其意而造其语""窥入其意而形容之"的特色。此外,"短剑狂歌觉有神,长镵暗泣知何托"(《放歌行》),将杜甫"长镵长镵白木柄,我生托子以为命"(《乾元中寓居同谷县作歌(其二)》)压缩成一句,与前句形成对偶,诗境为之一变;"西风蝴蝶老,梦断刺桐花"(《题乌程徐秀才闽游草(其一)》)其诗境与刘昌言"惟有夜来蝴蝶梦,翩翩飞入刺桐花"颇似,不过,"老""断"二修饰语的添入,无疑将刘诗淡淡的萧瑟感伤变为浓浓的离愁别绪。

陈寿祺有些诗作甚至句句"点铁成金、夺胎换骨"。如《黄楼诗和梁芷林藩伯》(其一):

黄巷门庭忆德温,黄楼新构面梅轩。但教地踵兰成宅,何事名争谢传墩。白社人开九老会(公辞官适符白香山归洛之年,朋旧过从无虚月亦与香山同),绿杨春接两家园(白乐天《欲与元八卜邻》诗:"绿杨宜作两家春。"余宅与藩伯隔垣,前后亦有两小楼,然不如公文采风流远甚,愧无以张之也）。买邻百万因君重，付与云仍细讨论。

该诗略看是师白居易《欲与元八卜邻先有是赠》，然细忖之，所师前人却非乐天一人而已。其佳处在于，所师之辞意与所咏之事、所抒之情密切相合，毫无生搬硬套之疾。

据谢章铤《鳌峰载笔图跋》载："某中丞者，素以文学自结于先生，里居相望，因筑室微有违言，而芥蒂未能忘也。"[17]陈寿祺此诗无疑借白居易欲与元宗简为邻事，表达了自己对这场纷争的看法。首联，黄巷，乃陈寿祺与梁章钜所居之地；德温，黄璞的字；黄楼，梁章钜所筑读书楼；梅轩，陈寿祺所筑读书楼。表面看似写实，联想作者起兴之缘由，此处赞黄璞德绍之典，可谓一语双关，既以景起兴，又借故实暗示了自己的观点与情怀。颔联，"兰成"乃北周庾信的小字。唐元稹《送友封》"兰成宅里寻枯树，宋玉亭前别故人"，乃借庾信离国居北而生的乡愁离思，身世漂泊之叹，抒己之离愁别绪。陈寿祺却是以梁章钜喻庾信，赞其才情。此典可谓翻奇出新，用"兰成"之才，而非"兰成"之情，从而凸显愿与梁章钜为邻的真情实意；"何事名争谢传墩"，借王安石"我名公字偶相同，我屋公墩在眼中。公去我来墩属我，不应墩姓尚随公"（《谢安墩（其一）》）之意，暗示了筑室这场纷争。整联参看，"但""何"二字，表达出陈寿祺重友情，超然物外的态度。颔联，"白社人开九老会，绿杨春接两家园"，作者"点铁成金"，用一"接"字，替换乐天"宜"字，含蓄地透露出自己对友谊的珍重，对名利的淡泊。尾联，典出《南史·吕僧珍传》："宋季雅罢南康郡，市宅居僧珍宅侧，僧珍问宅价，曰'一千一百万'，怪其贵，季雅曰'一百万买宅千万买邻'。"再一次表达对梁章钜的推崇，同时进一步彰显自己超于物外的精神操守。全诗通过"点铁成金、夺胎换骨"将羞于直言的意思化为弦外之音，既做到袭而愈工，生出新意，又婉转地表达了自己的主旨情怀，这正符合中国文人的雅化审美。

任何文化的发展都离不开传承。诗歌充分引用前人语汇，乃至模仿或袭用前人之语，也是文化传承的重要途径。诗人在展示自己学问功底的同时，也自觉地承担起了文化传承的重任，这或许是"夺胎换骨"篇什所具有的另一层面意义。

<h1 style="text-align:center">三</h1>

陈寿祺"沉郁典重、恢弘奥博"的风格除了体现在"用典使事""夺胎换骨"等

方面,还体现在他创作了许多"学问诗"。这些诗歌以学问为本,以诗歌为用,借诗歌来讨论学问,即"钟彝奇字,敷以长言;碑碣荒文,发为韵语"[18],视为学术文章未尝不可。

陈寿祺借诗论学首先表现在其好为诗歌写序作注。这些小序注释,有的是对自身"当下"境遇的补充说明,更多的则是对诗歌所涉历史、地理、风俗、掌故等的诠释。其本意或在于帮助读者更好地理解诗意。然这种旁征博引,训诂考证,实是学术文章的家法。因此,这些序、注往往变成了一篇学术短札。如《宋高宗中兴瑞应图》前小序:

> 宋高宗中兴瑞应图,《清河书画舫》以为萧照作,孙名岐法书。《名画录》以为李嵩作。图凡六段。第一段,城门盖磁州也,射兔事无考;第二段飞仙亭射牌默祝;第三段渡河冰合,事并见《续夷坚志》;第四段,甲马问途,无考(按《宋史·汪伯彦传》,高宗以康王使金,至磁时,金骑充斥,尝有甲马数百至城下,踪迹王所在。伯彦亟以帛书请王还相,躬服橐鞬,部兵迎王于河上,疑即其事);第五段,梦徽宗赐御袍,见《续夷坚志》;第六段,显仁后祝棋,见《挥麈录》。

该序首先指出此图作者歧义的问题,接着对图所绘的六段史事作了一番考证。通过校勘、注释、辨伪、辑佚等考证方法,引经据典,逐条分析,使读者对该图所绘史事有了更清晰更深刻的了解认识。短短的一段文字,将乾嘉考据派之特点彰显无遗,将其视作《宋高宗中兴瑞应图》的考证文章未尝不可。

陈寿祺诗中这类小序很多,如《梨岭谒李建州祠》《仙掌石歌》《翰墨香》《宋元丰东岳莲盆歌》《送姚石甫令君入都即题其心清消息图后》《文信国琴歌》等。这些小序同样通过校勘、辨伪等方法,对所写史迹、史事进行了分析考证,诠释介绍。写得短小精悍,颇具文采,在释难解惑的同时,还为诗歌增添了几分沉郁奥博之美。不过,一但学问遮掩了诗味,就不免喧宾夺主、买椟还珠。

除了诗前小序,诗中的夹注也多具此特点。如《李阳冰般若台篆歌(在乌石山华严岩)》:

> 海邦文献肇永嘉,赢刘金石遗荒遐。石室仙书既茫昧,魁崎古籀空尘沙。(永福六洞仙山石室有古篆十字,见《集古录》。福州鼓山里魁崎,有石

横亘五十余丈,刻籀文其上,不可识。)贞元石塔下邵墓,寥寥唐迹初萌芽。焉知华严几千仞,天半风雨腾龙蛇。(贞元十五年,无垢净光塔铭,在神光寺。大中九年,下邵郡林夫人墓志,乾隆甲午,吾师孟考功始得于西关外将军山,今在府学。)此山作镇越城键,李贡造台少温篆。古人作事垂万龄,字大如栌挂危巘。架梯百丈苦难攀,神物扻呵敂砺兔。钗头鼎足力万夫,至今玉箸留型典。忽思薛老彼何人,敢持瓦斧邻胡桲。风雷黑夜倒镵峰,无乃山灵谪违舛。吾闻李监究许书,欲镌六经刊鲁鱼。丞相中郎丈人行,丰礼刺束讥犹疏。城隍谦卦三坟记,妙迹翻摹开凿异。世人不见金縢图,孰辨差讹参俗字。(李少监篆传于世者:《缙云城隍庙记》《芜湖谦卦》《西安三坟记》《迁先茔记》,皆后来翻刻或重开凿。世疑篆法多杂俗书,不知其非真迹也。张僧繇《金縢图》,有阳冰跋,非石刻可及,见《庚子销夏记》。)岂如兹刻真雄奇,华嵩岌岌龙泉披。(见宣和书谱)惜哉天下宝四绝,配此惟有轩辕祠。(《天下舆地碑》记,般若台篆与处州新驿记、缙云城隍记、丽水忘归台,世称四绝。案:今存者,独般若台与仙都山"黄帝祠宇"四大为真迹。)君家家世传文学,杞梓碧璠皆卓荦。仓颉后身更不疑,延陵遗法应从朔。(少温见《峄山碑》与《延陵季子碣》而得法,见《宣和书谱》。)曾稽书谱冠宣和,讵屑隶徒斗程邈。上天何止瑞唐家,但与平原擅连珏。(颜鲁公书碑必得阳冰题额,始称连璧。)可怜冰去后千年,谁使元舆归掌握。(见舒元舆《玉箸篆志》。)冶南天未丧斯文,留重名山匹乔岳。

就形式言,算上题目的注,该诗共有注 9 个,268 字,而原诗仅有 308 字。就内容言,这些注涉及对该石刻所居位置的介绍,对福州其他古石刻的介绍,以及对李阳冰其它作品的考证等问题。就方法言,引经据典,实地考察,考证分析一丝不苟。它们不仅确凿了作者所写的诗句,将它们单独置之,也不失为一则有价值的考据文字。

陈寿祺这类诗还有,如《得黄东崖相国所辑〈石斋先生遗牍五通〉系以绝句七首》《八贤剩墨为石士阁学题》《题叶小庚同知所辑本事词》《和张诗龄户部使闽纪遇抒怀原韵(其一)》等。

如果说,前面这些诗作还仅是因考据有感而生诗,那么陈寿祺还有些诗完全就是一篇考据文章。如《积古斋周遽仲觯诗为仪徵阮公寿》《如题钱唐(按:应为钱塘)梁曜北(玉绳)蜕稿后》等。这类篇什多古郁盘奥,诘屈聱牙,使人读之难于索解。论者也将其视作"古奥而有关文献"[19]之作。不可否认,这类"学问诗",有些对闽地文化、历史多有考据之功,如《万安桥》对泉州洛阳桥建造者的考证,《青山灵安王庙》对惠安县灵安王庙的考证,《宋元丰东岳莲盆歌》对福州东岳庙古物莲盆的考证等等。但用诗歌来证经补史,片面的凸显诗歌的考证价值,这样的诗最多只是学人韵语罢了。

然而,诚如谢章铤所云:"十子提倡以后,逸而出者为郑善夫,国初鳌峰光禄诸老,犹守林高矩矱,子而立者为张超然,然郑张独唱,不胜众和,闽派固始终如故也。自萨檀河、谢甸男、陈恭甫诸先生,讲求坚光切响,口称盛唐,实近王李,虽余于声而绌于情而上,土风为之一变。"[20]站在诗歌发展史的角度,我们应看到,以陈寿祺为代表的乾嘉后期福建诗人所倡导的"沉郁典重、恢弘奥博"诗风,在闽派注重才情的诗风基础上注入了"学问"这股泉流,从而使闽派诗风为之一变。近代同光派闽派也正是延此而继往开来、推陈出新,从而开创闽省诗坛的新气象。为此,将乾嘉时期以陈寿祺为代表的学人诗创作视作福建诗坛发展的重要阶段之一似不为过。

注　释

[1]〔清〕翁方纲:《绛跗草堂诗集题词》,〔清〕陈寿祺:《绛跗草堂诗集》卷首,清嘉庆至道光间陈绍镛补刻本。

[2]〔清〕沈学渊:《绛跗草堂诗集》卷首题词,〔清〕陈寿祺:《绛跗草堂诗集》卷首,清嘉庆道光间陈绍镛补刻本。

[3]〔清〕张贤亮:《绛跗草堂诗集》卷首题词,〔清〕陈寿祺:《绛跗草堂诗集》卷首,清嘉庆道光间陈绍镛补刻本。

[4]陈衍:《石遗室诗话》第二十一卷,民国十八年(1929)铅印本。

[15]〔清〕陈寿祺:《答高雨农舍人书》,《左海文集》卷四(下),清嘉庆道光间陈绍镛补刻本。

[6][7][8]〔清〕陈寿祺:《鳌峰崇正讲堂规约八则》,《左海文集》卷十,清嘉庆道光间陈绍镛补刻本。

[9]〔清〕陈寿祺:《绛跗草堂诗集》,清嘉庆道光间陈绍镛补刻本,本文陈寿祺诗歌皆采自此刻本,以下征引不再作注。

[10]〔清〕阮元:《与陈恭甫书二》,转引自陈祖武、朱彤窗:《乾嘉学术编年》,石家庄:河北人民出版社,2005年,第686—687页。

[11]〔清〕陈寿祺:《上仪征阮夫子书》,《左海文集》卷五,清嘉庆道光间陈绍镛补刻本。

[12]〔唐〕韩愈:《昌黎先生诗增注证讹(十一卷)附年谱本传(一卷)》,〔清〕顾嗣立删补、黄钺

增注,清咸丰七年四明鲍氏刻本。

[13]〔清〕林昌彝:《砚耕绪录》卷十五,清同治五年广州刻本。

[14]〔宋〕黄庭坚:《答洪驹父书》,《豫章黄先生文集》卷十九,上海涵芬楼刻四部丛刊本,台北:台湾商务印书馆印行,1979年,第23页。

[15]〔宋〕惠洪:《冷斋夜话》,北京:中华书局,1988年,第16页。

[16]莫砺锋:《江西诗派研究·黄庭坚"夺胎换骨"辨》,济南:齐鲁书社,1986年,第285页。

[17]〔清〕谢章铤辑:《陈乡贤鳌峰载笔图纪事辑录》,福建省图书馆藏,清光绪赌棋山庄稿本。

[18]徐世昌:《晚晴簃诗汇叙》,《晚晴簃诗汇》,上海:上海三联书店,1988年,第3页。

[19]〔清〕莫友棠:《屏麓草堂诗话》卷一,清道光二十九年黄鹤龄刻本。

[20]〔清〕谢章铤:《又答颖叔书》,《赌棋山庄文集》卷四,清光绪至民国间南昌刻本。

林则徐"咏红"诗评析

邹自振

中国红楼梦学会常务理事杜春耕先生,业余时间倾尽全力搜集有关《红楼梦》的版本和资料,苦心孤诣地研究《红楼梦》,发表了许多有关《红楼梦》版本的极有价值的学术论文。几年前,作为"有心人"的杜君,竟然于民间意外购得清代著名的政治家、文学家林则徐(1785—1850)题写的扇面,上面题写的12首诗全部是吟咏《红楼梦》人物的。中国红楼梦学会会刊《红楼梦学刊》曾对此作了报道。[1]作为左海伟人的林则徐,与中国最伟大的小说《红楼梦》发生关联,实在令笔者兴奋不已。

以诗、词、赋作《红楼梦》评论的在清代不乏其人,也不乏佳作。在诗、词、赋中又以诗最多,比较地说也以诗的成绩较大。[2]林则徐的"咏红"诗便是其中之一。林公此扇面诗咏《红楼梦》,用蝇头小楷书写,字极称佳,诗歌先后所咏黛玉、宝钗、湘云、宝琴、晴雯、小红、藕官、玉钏、龄官、香菱、平儿等11位"红楼"女子,除"潇湘妃子"林黛玉二首外,其余10人各一首,共计12首。现将这组诗歌断句标点抄录如下,并稍作解说,以供读者阅读与欣赏。

一、黛玉葬花(二首)

娇弱飘零此一身,一锄烟雨葬残春。观空色色挈花团,埋玉深深未了因。

收拾珍珠诗外泪,扫除藩溷鬓边尘。曲中不尽芳编篚,宁独红楼绝世人。

远离邱墓附姻亲,蓬梗飘零惜此身。况复经过寒食节,更教愁煞断肠人。

有缘玉骨归香土,无主芳心泣暮春。底事红颜同薄命,问花花亦巧含颦。

按，"黛玉葬花"是林黛玉借花抒情的一段描写，见于《红楼梦》第 27 回《滴翠亭杨妃戏彩蝶，埋香冢飞燕泣残红》。飞燕即汉成帝后妃赵飞燕，体轻喜舞，此处喻林黛玉。俗语说，见花流泪触景伤情，这大概是有情人常有的事。林黛玉平日看见桃花落瓣便觉怜惜，常常把花瓣收拾起来，用土把它埋上。这一天，她又来到花冢，由眼前桃花的落瓣不觉又想到了自己的身世，于是便一边葬花一边哭，一边吟出一首《葬花词》来，词句伤感至极："花谢花飞飞满天，红消香断有谁怜？……桃李明年能再发，明年闺中知有谁？……一年三百六十日，风刀霜剑严相逼。明媚鲜妍能几时，一朝漂泊难寻觅。花开易见落难寻，阶前闷杀葬花人。……未若锦囊收艳骨，一抔净土掩风流。质本洁来还洁去，强于污淖陷渠沟。尔今死去侬收葬，未卜侬身何日丧？侬今葬花人笑痴，他日葬侬知是谁？试看春残花渐落，便是红颜老死时。一朝春尽红颜老，花落人亡两不知！""黛玉葬花"是最能反映林黛玉的遭遇和悲剧的一段情景，是小说中最具典型性的一个细节，其《葬花词》也确实是对她的性格和身世的集中概括。

二、宝钗扑蝶

纷飞蛱蝶绕楼台，暖逐东风扑几回。扇影乱摇忙玉腕，粉痕斜溜湿香腮。

偶因游戏闲消遣，岂为迷藏暗捉来？　恰怪亭中私语久，防人忽把绮窗开。

按，"宝钗扑蝶"是指薛宝钗在滴翠亭扑蝶的一个情景，事亦见《红楼梦》第 27 回《滴翠亭杨妃戏彩蝶，埋香冢飞燕泣残红》。杨妃即杨贵妃，此处喻薛宝钗。小说写道，宝钗本打算去潇湘馆找黛玉，但是她看见宝玉进去了，想："宝玉和林黛玉是从小一处长大，他兄妹间多有不避嫌疑之处，嘲笑喜怒无常；况且林黛玉素多猜忌，好弄小性儿的。此刻自己也跟了进去，一则宝玉不便，二则黛玉嫌疑。罢了倒是回来的妙。"想到这里，便抽身回来了。她刚要去寻找别的姐妹，忽然看见面前飞来一双玉色蝴蝶，大如团扇，一上一下，迎风翩跹，十分有趣。于是她就取出扇子向草地扑去。这时候，那蝴蝶忽起忽落，来来往往，欲飞过河去。宝钗蹑手蹑脚地跟到池边滴翠亭上，结果累得香汗淋漓，娇喘细细，她也无心再撵了。刚欲回来，便听见亭子外有二人在说悄悄话，她猜是小红和坠儿两人,她怕惊扰她俩,就想了个"金蝉脱壳"法,故意放重脚步叫颦儿(黛玉):"我看你往那里藏?"既要表示自己没看见,又要使她们能听见。这段描写刻画了薛宝钗性格的另一侧面:既不失少女的天真浪漫,又深藏心机,随机应变。

三、湘云眠石

宴罢群芳酒满卮,雪根小憩力难支。碧茵苔篆侵双鬓,红沁花香入四肢。

醉态朦胧身欲化,春情约略梦先知。偶闻啼鸟微警觉,扶起还应倩侍儿。

按,"湘云眠石"出自《红楼梦》第 62 回《憨湘云醉眠芍药裀,呆香菱情解石榴裙》。此回写道,宝玉和宝琴的生日到了,大观园的姐妹们赠送了寿礼,又拜了寿,吃了面。恰好,这天也是平儿和邢岫烟(邢夫人侄女)的生日,大家便凑了份子置酒同乐。宝玉嫌雅坐无趣,大家开始行起酒令来,却不见了湘云。宝玉、黛玉、宝钗、探春等一路寻去,只见湘云醉卧在一块青石板上,四面芍药花落了一身,围着一圈蜜蜂,手中的扇子摔在地上,竟是"香梦沉酣"。"湘云眠石"是《红楼梦》中刻画人物独一无二的佳话,并已成为"红楼"画廊中有名的画题。在史湘云身上,集中而突出地表现了曹雪芹所追求的一种自然、纯真、唯美的个性。史湘云乐观豪放、豁达开朗、率真憨厚的性格特征与古代的风流名士不无相通之处,无疑表现了作者曹雪芹新的生活理想与时代气息。

四、宝琴立雪

新诗咏罢散空庭,微步冲寒酒半醒。雪里袅披寒粲粲,风前玉立影亭亭。

泥人一笑舒眉黛,伴汝双丫抱胆瓶。更有梅花颜色好,都应写照入丹青。

按,"宝琴立雪"见《红楼梦》第 49 回《琉璃世界白雪红梅,脂粉香娃割腥啖膻》。此回写道,这几天荣国府好不热闹,原来是邢夫人的兄嫂及女儿岫烟,李纨的寡婶并两个妹妹李纹、李绮,宝钗的叔伯妹妹宝琴等一帮亲戚凑巧一齐赶来,众人十分高兴,尤其是宝玉更是兴奋嗟叹来了"四根小葱儿"似的女儿。由于人多热闹,又赶上冬天第一场大雪,大伙便决定在芦雪庵另起诗社。大雪纷飞,众人都穿了一色的大红猩猩毡与羽毛缎的斗篷,好不齐整。宝琴披着一领斗篷,金翠辉煌。书中写道:"十数株红梅如胭脂一般,映着雪色,分外显得精神,好不有趣!"薛宝琴是"四大家族中唯一到过外国"的闺秀,豪门千金的"奢华"气息,自比其他人都要浓些,故小说专为她的"绝色"设计了一段"抱红梅,映白雪"的渲染文字。

五、晴雯补裘

熏笼斜倚鬓蓬松,寻把裘裳仔细缝。未抱衾裯心已碎,强拈针线力还慵。

剧怜衣上余金缕,何意人间断玉容。他日启箱重取认,不胜惆怅对芙蓉。

按,"晴雯补裘"出自《红楼梦》第52回《俏平儿情掩虾须镯,勇晴雯病补雀金裘》。小说写道,由于舅舅过生日,宝玉一早就穿着贾母给的孔雀毛做的大衣出了门。晚上回来却哀声叹气,原来大衣被烧了一个洞。宝玉怕老太太知道了不高兴,就连夜去找匠人织补,却无人能揽这个活儿。怡红院的大丫鬟晴雯虽在病中,只好坐起来挣命,连夜用孔雀金钱界密了才不露痕迹。宝玉虽然怕她劳累添病,却也无可奈何,因为只有晴雯一人会界线补裘。作者于本回细致地描写晴雯为宝玉补雀金裘,帮宝玉度过难关的情景。晴雯的作为只是为了帮助别人,而从未考虑自己从中得到什么。她与宝玉的关系,亲而不狎,密而不亵,一片冰清玉洁。在怡红院里,晴雯无疑"风流灵巧招人怨",但"多情公子空牵念",是宝玉心上第一等的人。晴雯遭受迫害悲惨地死去后,宝玉为她写了一篇千古未有的祭文《芙蓉女儿诔》,对她进行了热烈的歌颂和深情的悼念。

六、小红遗帕

年来心事渐知愁,手帕遗忘何处求?感悦无声谁拾取,沾巾有泪自双流。

秋波斜溜曾留约,春梦微酣尚带羞。差幸小鬟能解意,隔窗私语诉绸缪。

　　按,"小红遗帕"出自《红楼梦》第24回《醉金刚轻财尚义侠,痴女儿遗帕惹相思》。小说写道,一次贾芸到怡红院,恰巧宝玉不在,却遇到宝玉屋里一个叫小红的小丫鬟。小红本名林红玉,因"玉"字犯了黛玉、宝玉讳,便将"玉"字隐去。书中写道:"那丫头穿着几件半新不旧的衣裳,倒是一头黑鬒鬒的头发,挽着个影赞,容长脸面,细巧身材,却十分俏丽干净。"后来从小红与宝玉的对答中体现了她的聪明伶俐、能言善辩,使宝玉对这个特别的丫头另眼相看。贾芸初见小红,知其答话爽朗容貌俏丽,便有意接触。小红有幸为宝玉倒茶并问话,却被大丫头秋纹、碧痕骂了一顿,她的手帕被贾芸拾去,她竟一夜梦着贾芸。不曾想贾芸果真拾到小红的手帕,后托坠儿将手帕交给小红,小红动心,又将一条手帕托坠儿交给贾芸……红书中用"手帕情缘"来写小红与贾芸的爱情,是作者的有意安排,与小说第34回宝玉赠手帕给黛玉传递情意相呼应。贾芸是宝玉的"义子",分明也是个情种。芸为草,玉为石,芸红爱情也是一段"木石姻缘"。

七、藕官焚纸

逢场作戏历年年,优孟衣冠亦偶然。岂料痴心成幻想,错疑结发缔良缘。

魂消夜月埋香玉,肠断春风泣纸钱。扑朔迷离浑莫辨,鸾胶今尚续新弦。

　　按,"藕官焚纸"出自《红楼梦》第58回《杏子阴假凤泣虚凰,茜纱窗真情揆痴理》。小说写道,一年的清明节,藕官在大观园里一块山石后边烧纸钱,被守园的婆子发现,回了管家的奶奶们硬要拉她去受罚,碰巧遇上宝玉,便把她解脱了,让藕官很是感激。宝玉问她为谁烧纸钱,藕官要宝玉问芳官去,后来芳官告诉宝玉是烧给已死的菂官的,宝玉认为"这是友谊,也应当的"。从《红楼梦》前20回的情节看,贾府因建大观园准备元妃省亲,除从江南采办大量物资回来之外,还从苏州买了12个女孩子回来充当梨园子弟,派人教她们唱戏,这就是"红楼十二官",藕官、芳官、蕊官便是其中的三位。抄捡大观园后,她们又成了贾府内部矛盾斗争的牺牲品,芳官、藕官和另一位蕊官先后被逼出家。她们的命运都很悲惨。

八、玉钏尝羹

　　忆调阿姊恼萱堂,强送杯羹暗自伤。欲藉柔情消彼恨,故将巧说赚先尝。

　　怀疑试辨膏腴味,微幸微沾口泽香。为问嚖丹人在否,一径回首转凄凉。

　　按,"玉钏尝羹"出自《红楼梦》第35回《白玉钏亲尝莲叶羹,黄金莺巧结梅花络》。小说写道,由于宝玉要吃荷叶莲蓬汤,凤姐便命人找来模具去做,并顺便邀请大伙尝尝好汤。汤烧好后,王夫人命丫环玉钏儿送去。见到玉钏儿,宝玉便想起她姐姐金钏儿的不幸,又伤心又惭愧,千方百计哄她说话,并让她也喝了一口汤。后来不慎打翻了汤碗,宝玉自己烫了手不觉痛,反而关切玉钏儿是否烫着。讲到玉钏儿,必须回顾到第30回至32回金钏儿的故事。王夫人的丫环金钏儿因和宝玉开了几句亲密的玩笑,被王夫人听见后大怒,竟以"教坏了爷们"为借口要将她撵出去,金钏儿遂跳井而死。作者塑造出如此伪善的王夫人形象,其深刻性或许要超过那些表里皆凶狠残暴的封建统治阶级代表人物。

九、龄官画蔷

　　忽闻花外发哀音,知是何人带泪吟。身隔云霞难识面,眼随波磔亦关心。

　　画成依样文无具,事若书空怪转深。急雨飞来浑不觉,相呼始讶各沾襟。

　　按,"龄官画蔷"出自《红楼梦》第30回《宝钗借扇机带双敲,龄官画蔷痴及局外》。小说写道,一天宝玉在回园子的路上,看见一个"眉蹙春山,眼颦秋水,面薄腰纤,袅袅婷婷,大有林黛玉之态"的女孩子蹲在地上,用树枝画了几千个"蔷"字。宝玉虽不明白根由,却理解这个女孩必有一段说不出的心事。宝玉遂淋着雨,匆匆跑回怡红院。这个女孩不是别人,就是大观园梨香院学唱戏的"红楼十二官"之一的龄官。龄官学唱旦角杜丽娘,林黛玉曾被龄官演唱的《牡丹亭·惊梦》感动得"心痛神痴,眼中落泪"。龄官因爱上了主管戏班的贾蔷,故在地上画"蔷"字。龄官"画蔷",宝玉"呆看",构成小说中让人印象极深的一幅画图。书中说龄官"画了有几千个",自然是夸张,极言其多,但也表明画字的时间已很久了。此回写龄官已痴,而宝玉更痴,且痴至忘我的地步,连淋了雨也毫无察觉,凸显了宝玉这一人物的艺术形象。

十、香菱斗草

艳阳天气草缤纷,团坐庭前喜结群。姊妹喧呼皆雅谑,夫妻名色本新闻。

狂风乱扑揎红袖,积雨微沾浣荽裙。恰笑东风情太热,惜花别具意殷勤。

按,"香菱斗草"出自《红楼梦》第 62 回《憨湘云醉眠芍药裀,呆香菱情解石榴裙》。小说写道,一次饭后一群丫头在斗草顽耍,不慎把香菱的新裙子弄脏了。宝玉赶快拿了袭人一模一样的一条"石榴裙"给她换上,又把香菱的"夫妻蕙"和"并蒂菱"挖坑埋了才心安。关于"夫妻蕙",是香菱所说的一种花草:"一箭一花为兰,一箭数花为蕙。凡蕙有两枝,上下结花者为兄弟蕙,有并头结花者为夫妻蕙。"香菱是曹雪芹笔下的重要人物之一,她在"金陵十二钗"(副册)排名第一,地位仅次于黛玉、宝钗等"金陵十二钗"(正册)而在袭人、晴雯等"又副册"之上,是《红楼梦》中第一个薄命女。贾宝玉对她充满了同情:"可惜这么一个人,没父母,连自己本姓都忘了,被人拐出来,偏又卖与了这个霸王(贾蟠)。"香菱之为人,是贾府上下无人不怜爱的,宝钗护卫着她,黛玉认真地教她写诗。

十一、平儿藏发

行李归家着意看,伊谁剪发赠新欢?浪交原是痴郎错,表记虽将大妇瞒。

诡说同心机善变,仅存把鼻罚从宽。如何乘间反来夺,深恐留藏作祸端。

按,"平儿藏发"出自《红楼梦》第 21 回《贤袭人娇嗔箴宝玉,俏平儿软语救贾琏》。小说写道,由于女儿得了痘疹,按照习俗,贾琏必须与凤姐分房而居。短短半个月,贾琏便与一个厨子的老婆多姑娘勾搭成奸。作为信物的一缕头发被平儿整理衣物时发现,但她即时藏了起来,也没有告诉凤姐,并巧言替贾琏掩饰了过去。我们知道,平儿是跟凤姐陪嫁过来的贾琏的"通房丫环",是处在一个特殊环境里各种矛盾夹缝中生存的人物。她能有上述这样的表现,是难能可贵的。贾宝玉曾在一次平儿被凤姐屈打之后为她感叹:"以贾琏之俗,凤姐之威,她竟能周全妥贴,今儿还遭荼毒,想来此人薄命,比黛玉犹甚。"确是道出了平儿的酸楚。曹雪芹准确、生动地刻画了这样一个人物,也是对这一社会的辛辣的揭露和鞭挞。

经查,以上 12 首诗歌均不见载于林则徐《云左山房诗抄》。究其原因,可能因临时送人而书,未留底稿所致,故未收入集中。"林则徐一生写过许多诗词,可以称为业余诗人。有人称赞他诗宗白傅,言其诗风与白居易相近。他所写的诗词,大多反映他政治活动的经历和爱国主义思想,主要收集在《云左山房诗抄》,以及林氏后裔所辑《云左山房佚诗》和《云左山房诗抄》校录中。现在能见到的林则徐诗词有六百四十首左右。"[3]至于林则徐的字,有关传记中云"精书,法自欧阳询,工小楷","林公的书法个性毕显、光彩夺目,可谓自成一家,既有恂恂儒雅的学者之风,又有劲健俊迈的伟人之气,博采众长,兼涉百家,刚柔相济,韵味悠远"。[4]以此扇面书法与其奏折信札翰墨及所书佛经原字对照,完全出自一手,可证其真实性。从扇面末阳文方印"少穆"二字推知,此扇面原为林则徐的同僚或朋友所持有,传之后人卖出,乃留落人间,也未可知。

从来新夏先生《林则徐年谱》可知,林则徐于嘉庆九年(1804)20 岁中举,到嘉庆十六年(1811)27 岁考中进士的 6 年多时间里,大多和同学、友朋一起作诗唱和,写了不少诗歌。又据史料记载,林则徐于嘉庆十六年至二十年(1815),都生活在北京。据不完全的《林则徐日记》(以下简称《日记》),可知嘉庆十八年(1813),林则徐与妻子郑淑卿住在位于北京宣武门贾家胡同的莆阳会馆。《日记》载:"五月初六,申刻到莆阳会馆卸车,与郑象峰同住。"嘉庆二十一年(1816)闰六月前他也住在莆阳会馆。由于《日记》不全,不能得知林则徐在北京还有无其他住处。据记载,林则徐于嘉庆二十五年(1822),还参加了京师有名的宣南诗社的活动。他在诗社虽然只有半年时间,但与挚友浙江仁和(今杭州)人龚自珍,湖南邵阳人魏源、江西宜黄人黄爵滋等,经常写诗抒情,咏物寄志。他们曾一起到花之寺观看海棠,到陶然亭吟诗作文。大约在这一段时间里,林则徐曾作了不少各类各体诗歌。

虽然在林则徐的《云左山房诗抄》中收录的诗歌只有二百多首,而未收以上12首"咏红"诗,但并不能说明这组诗歌非林则徐所作。另从此扇面看,左上有"×××大人雅属",下款为:"少穆林则徐",钤一阳文篆章为"少穆"二字。"大人雅属"前面的字被涂掉了,无法判定是题赠给谁的。如果该诗为林则徐早年之作,则据《清史稿·林则徐传》,在林则徐举乡试后,"巡抚张师诚辟佐幕"。张氏系浙江归安人,字心友,号兰渚,早在乾隆时代已为内阁中书。张虽然多年做官,对地方上的名流才子却礼遇有加,大多搜罗到自己幕府中来。这一时期林则徐比较闲适,又尚未出仕,常常作诗抒怀,或者扇面正是此时赠给他的上司福建巡抚张师诚的也未可知。倘若诗作是在参加宣南诗社时所写,则有可能是送给诗友龚自珍、魏源、黄爵滋等人的。

《红楼梦》问世之后,以它耀眼的思想光辉和惊人的艺术魅力,使广大读者一直爱不释手。不少人惊叹激赏,题诗歌咏。《红楼梦》拥有的题咏者人数之众和为之题咏的诗作之多,是其他古典文学作品望尘莫及的。一粟所编古典文学研究资料《红楼梦卷》收录七十余家题咏《红楼梦》的诗、词、赋、赞近千首(篇),为数已经相当可观,但据说也是其中的一小部分。如果把有关《红楼梦》的续书、戏曲、专著、诗词等的卷首题词,以及追和《红楼梦》原作的诗词剔除不计,至少还有三千余首。[5]

题咏,是文学批评的一种独特形式,反映着当时读者的思想和着眼所在,"咏红诗"是标志着社会上对《红楼梦》所抱的态度和见解。同时,作为一种历史的痕迹,也是研究曹雪芹和他的《红楼梦》的重要史料。从《红楼梦》最早的手抄本《脂砚斋重评石头记甲戌本》(1754年)看,林则徐题咏以上11位《红楼梦》人物12首时,距《红楼梦》问世已六七十年,红学研究已经蔚然成风。林则徐从小即善吟咏诗词,公余闲时写作"咏红"诗篇,品评《红楼》诸钗,便是自然而然的了。

再从笔者对林则徐"咏红"诗所点评的小说本事看,林则徐能着眼于《红楼梦》的思想内容,从书中人物的离合悲欢,从而寄其欣慕或感慨,要而言之,并能紧扣原著故事情节和人物形象点出作者的创作意图,很值得一读。"黛玉葬花""宝钗扑蝶""湘云眠石""晴雯补裘"等,都是全书中刻画以上人物的重要篇章;他如对宝琴、小红、藕官、玉钏、龄官、香菱、平儿等人物的歌咏,也都能抓住最能表现其思想性格之处，要言不烦，足能窥见作为大学者林则徐的文学观与红学观。林则徐志怀高远，又长于骈俪，他的诗"气体高壮，风格清华在"（林昌彝《射鹰楼诗话》卷四），近体尤其对仗工稳自然。[6]在嘉庆初年，《红楼梦》120 回刊本行世不久之时（程高本系统排印本《红楼梦》问世于乾隆五十六、五十七年，即1791—1792 年），林则徐即能写出如此思想深湛、艺术高超的"咏红诗"，实不能不佩服他的识见。如果我们更进一步加以研究，定然还能挖掘出新的闪光之处。

附记：此文曾作为学术交流参与 2008 年 7 月 5 日至 7 日由闽江学院与台湾南亚技术学院联合举办的"2008 海峡两岸学术研究会"，引起两岸学者极大兴趣。闽江学院中文系张帆教授予以点评，指出林则徐扇面诗未提供确切的写作时间，赠予何人亦未知，带来考证的难题；若论证成立，则林氏的文学观、红学观的研究还可进一步展开。此论甚是。特予说明，并致谢忱。

注 释

［1］杜景华：《林则徐的扇面诗》，《红楼梦学刊》2000 年第 1 期。

［2］邹自振：《红楼梦发凡》，福州：海峡文艺出版社，2002 年，第 24 页。

［3］袁世弟：《林则徐诗文选》，上海：华东师范大学出版社，1994 年，第 8 页。

［4］福州市政协文史资料委员会、福州市林则徐纪念馆：《林则徐翰墨》，福州：福建美术出版社，2008 年，第 1 页。

［5］韩进廉：《红学史稿》，石家庄：河北人民出版社，1982 年，第 157 页。

［6］袁行霈：《中国文学史》第四卷，北京：高等教育出版社，2005 年，第 376 页。

林则徐、林昌彝佚文撷拾

陈开林

近年来,清人别集整理方兴未艾,成果显著,为清代文学研究提供了极为便利的平台。然而,囿于多方面的因素,编校整理的别集多存有不同程度的漏收情况。本文以闽籍作家林则徐、林昌彝为例,撷拾其集外佚文数篇,加以整理考释,以补其阙。

一、林则徐佚文

林则徐(1785—1850),福建省侯官(今福州市)人,字元抚,又字少穆、石麟,晚年又号俟村老人、俟村退叟、七十二峰退叟、瓶泉居士、栎社散人等,嘉庆十六年(1811)进士,曾任湖广总督、陕甘总督和云贵总督,谥文忠,清代政治家、思想家。2002 年,《林则徐全集》由海峡文艺出版社发行,分奏折、文录、诗词、信札、日记、译编六卷,共十册。该书搜罗林则徐著作颇全,为学界展开相关研究提供了极大便利。《林则徐全集》出版后,学界亦有相关辑佚成果[1]。笔者在翻检清人著述时,曾发见林则徐序文三篇,后加以整理,附以考释,写成《林则徐佚文三篇辑释》一文[2]。今又新见其佚文四篇,可补《林则徐全集》之阙,迻录如下。

1. 《衣谳山房诗集评赠》

饫读大著,风骨沉雄,情韵凄婉,天资学问两者具备。五言古醇至澹泊,恃源敦厚;七言歌行屈蟠顿挫,矫健纵横,兼有抗坠抑扬之致;五言七言律震越浑宏,又复云霞缥缈;七言绝句曲折缭亮,余意不废。盖能合子建、步兵、苏州、工部、太白、东川、义山、青丘、山谷、亭林、梅村、竹垞为一手,而复镕铸四部,囊括七略,出以沉郁之词,婉丽之旨。感慨时务,蕴抱宏深,经世大略,不朽盛事,当今作者,安得不以比事推原。读竟为之袚祓赞叹,得未曾有。

按：文载《林昌彝诗文集·附录》[3]。林则徐从五言古诗、七言歌行、五言七言律、七言绝句几种体裁，对林昌彝的诗进行了评论，总结了其诗各体的特色。认为林昌彝"镕铸四部，囊括七略"，且能融合曹植、阮籍、韦应物、杜甫、李白、李颀、李商隐、高启、黄庭坚、顾炎武、吴伟业、朱彝尊诸人特点为一身，可谓评价甚高。林则徐不仅赞扬了林昌彝"天资学问两者具备"，更为重要的是，从其诗中读出了"感慨时务，蕴抱宏深，经世大略"，这与林则徐自身作为经世家的身份是分不开的。

2. 《衣谳山房诗外集序》

试帖至近代而极盛，吴、纪二家各树一帜。吴以才华雄丽胜，纪以法律谨严胜，嗣是有《九家》之选、《庚辰集》之选、《七家》之选、《瀛海探骊》之选。吾乡陈恭甫先生《东观藏稿》以唐律入试帖，气魄雄迈，壁垒一新。吾宗芗谿孝廉为恭甫先生高足，直接师传，雄处极似恭甫先生，而其高超浏脱处似又过之，能于诸家外独建旗鼓。前读孝廉古今体诗，钦佩无量。今复读《外集》试帖，不禁俯首至地。庚戌七月既望，竢村退叟宗弟林则徐志于云左山房。

按：文载《林昌彝诗文集·附录》[3]。本文主要为林昌彝《外集》试帖而发。林则徐首先指出"试帖至近代而极盛"，并对试帖诗大家吴赐麟、纪昀加以评论，指出"吴以才华雄丽胜，纪以法律谨严胜"。然后又因二人而备举当时的试帖诗选本，包括魏茂林辑《国朝注释九家诗》十一卷、纪昀选《庚辰集》五卷、张熙宇辑评的《批点七家诗选笺注》七卷、朱埏之的《瀛海探骊集》八卷。随之又提及林昌彝的老师陈恭甫的《东观藏稿》，称其"以唐律入试帖"。因之而顺势转向主题，指出林昌彝"直接师传，雄处极似恭甫先生，而其高超浏脱处似又过之，能于诸家外独建旗鼓"。序写于庚戌七月既望，即道光三十年（1850）七月十六日。同年十一月二十二日，林则徐逝世。因此这篇序反映了林则徐晚年的诗学见解。

3. 《官子谱序》

弈，小数也。韦曜著论，陶侃投江，古人每以为戒。而好事者多喜为之，虽贤士大夫有不免焉。何哉？当夫长夏疏帘，高秋爽月……庭有落花，随意一枰，转增幽胜。方诸戏具，差似雅驯，若乃神其说于烂柯，偶其事于担粪,皆过也。昔王荆公有诗曰:"莫将戏事扰真情,且可随缘道我赢。战罢两奁收白黑,一枰何处有亏成。"……然读其诗,何必非达观之一助乎?

按:文载林则徐辑评《官子谱》卷首[4]。李元度《国朝先正事略》所载《林文忠公事略》中有"(文忠)善饮喜弈"[5]的记载。《云左山房诗钞》更有不少提及"棋"的佳句。此序文末无题署,但寻绎内容,当为林则徐所作。

4. 《壮怀堂诗初稿评语》

隶事典切,结响沉雄,诗笔于梅村为近。

按:文载林直《壮怀堂诗初稿》卷首[6]。林直,字子隅,侯官(今福建闽侯县)人,著有《壮怀堂集》。林直曾任林则徐幕僚,诗集中有关涉林则徐之作,如《壮怀堂诗初稿》卷七有《哭宫傅家文忠公四首》,《壮怀堂诗二集》有《展家文忠公祠》。

该书卷首有符兆纶、李应庚、谢章铤题词,林则徐、杨庆琛、陈偕灿、刘家谋、夏炘、谢章铤评语。袁行云《清人诗集叙录》称林则徐题词,误,且引录时将"结"作"洁"[7]。

二、林昌彝佚文

林昌彝(1803—1876),字惠常,又字芗谿,号茶叟、五虎山人,福建侯官(今福州市)人。道光十九年(1839)举人,多次会试不中。林昌彝是近代学者、诗人、诗评家。生平著述甚丰,尤以经学为甚。诗文部分,则有《衣讔山房诗集》八卷、《小石渠阁文集》六卷、《赋钞》及《诗外集》各一卷[3]3-4。另有诗话五部。今有《林昌彝诗文集》,为《中国近代文学丛书》之一,由上海古籍出版社刊行,其中整理者辑有佚文一篇。该书出版后,未见有相关的补辑成果。今新见其佚文二篇,可补其阙,迻录如下。

1. 《瓮牖余谈序》

夙游燕京,获交楚南奇士,曰魏默深。嗣客岭南,又获识吴中奇士,曰王紫诠。二君能文章,其才奇。默深文似龙门、西京,紫诠文似东坡、同甫。二君均通外国掌故。默深有《海国图志》,紫诠有《普法战记》,实为闻所未

闻。紫诠向以《弢园文录》乞为之序，兹复出《瓮牖余谈》见示。读其书，凡
忠党之殉节，贞女之死难，及各国之风俗，各贼之源委颠末，无不详载。紫
诠之才，视默深抑何多让？余是以因紫诠之情，爰书之以告世读紫诠之书
者。同治十二年岁次癸酉，闽中五虎山人林昌彝序于羊城天根月窟之斋。

按：文载王韬《瓮牖余谈》卷首[8]。王韬（1828—1897），原名王利宾，字兰
瀛，后改名为王瀚，字懒今，字紫诠、兰卿，号仲弢、天南遁叟。王韬为清末杰出
的思想家、政论家，生平游历甚广，闻见甚丰，著述颇为繁富。《瓮牖余谈》共八
卷，"分门别类，载所见所闻"[9]，如忠党殉节、贞女死难、各国之风俗、各贼之源
委颠末等。文章从楚南奇士魏源说起，引出吴中奇士王韬，并概言二人之共性，
再从王韬之书展开论述。值得注意的是，文中在谈到二人之文时，林昌彝称"默
深文似龙门、西京，紫诠文似东坡、同甫"，以两汉的司马迁、张衡比魏源，以两宋
的苏轼、陈亮比王韬，也为二人之文章研究提供了新的视角。

2. 《军务备采十六条》

一、兵法著有成书者，自《阴符》《武子》以下不下百家，当以戚继光《纪
效新书》及《练兵实纪》为实用。然继光之书尚有遗漏，如谓营盘用布画城
墙为帷幄，以兵卒新用之棉被张挂其上以御大炮弹子，然贼匪偶用为箭、火
饼、火炼等物，岂不遭其炬乎？总不如用沙袋十数重积如堵墙尤为坚固，每
袋或数十斤，军士亦便携带。戚继光亦有用炮车为营盘者，此则变通之法，
在乎临时也。

一、火攻之书如《武经总要》《武学大成》《兵镜》《武学枢机》《纪效新书》
《练兵实纪》《登坛必究》《武备志》《兵录》《一览知兵》诸书，所载火攻，颇称
详备，然或利于昔而不利于今，又或撷拾太滥无济实用，似非救急之善本
也。至《神威秘旨》《大德新书》《安攘秘书》，其中法制虽备，然多纷杂无常，
如《火龙经》《制胜录》《无敌真诠》诸书，索奇觅异，巧立名色，徒炫耳目，罕
资实用。至赵氏藏书《海外火攻神器图说》《祝融佐理》，又不载法则规制，
后人不易揣测。[10]今按军中所用以无敌者，火攻是也。先声能夺人之气，隔
地能倾人之命。一丸之弹，可以毙万夫之将；一囊之药，可以败百千之兵，
则制炮之法不得不用。

一、凡铸造火炮，无论长短大小，不以尺寸为则，只以炮口空径为则。

譬为口径五寸,则以五寸算一径;口径三寸,则以三寸算一径。盖各炮异制,尺寸不同,惟炮口空径,就各炮伦,各炮以之比例推算,无论何炮,自无差误。如战炮空径三寸起至四寸止,身长从火门至炮口三十三径,火门前炮墙厚一径耳。前墙厚七分五厘径,炮口墙厚半径。炮口厚一径,尾珠任外,其珠之长大,各得一经炮耳之长大,俱各一径。火门至耳际得十三径,耳得一径,耳前至炮口径得十九径,此系四六比例之法。火门距耳得十分之四,带耳至炮口得十分之六也,其体重五百斤至一万斤止,其弹重四斤至二十斤止,然铸弹要空其心方能击远。

一、凡铸火炮,不拘名色,总以身长为能击远。千斤以上,必用铜为之,千斤以下可用铁。千斤必加锡十斤,自不致炸裂,故扫敌重在制炮。自二万斤至百五十斤,皆当备用,诸大炮一时迫不及制,惟炮可以扫众,可以守城,必不可少。炮口下空径五寸,火门前装药,空径二寸五分。身长从火门至炮口八径。塘口装药窄处得二径,药前宽处得六径,装药墙厚半径,炮口墙厚二分五厘径,炮底厚一径,尾珠炮耳长大各六分径,火门至耳际二径,耳得六分径,耳前至炮口得五径四分,此系四分比例之法。谓火门距耳得一分,带耳至炮口得三分,盖以炮前塘口体轻故也。又以塘口极宽故名炮。

一、凡火炮须用钻弹、凿弹、公孙弹、蜂窝弹为攻城砦之神器。钻弹以百练纯钢打成粗条,长照炮口一径半,粗得炮口一径四分之一,两头磋成尖锐,铸时光定中线,无使稍偏,并轻重长短以致歪斜,不能直贯。若攻营砦,势若拉杇。攻城则以凿弹为妙,以纯钢打成粗条,照炮口长三径,粗得一径四分之一,两头磋宽大剑形凿头,凡遇攻城,先以此弹凿破城墙,继以圆弹击之,无不推倒。公孙弹用大弹一枚,带小弹多寡不等,装时先以纸钱紧盖药上,次装小弹,末用大弹压口,是名公孙弹。蜂窝弹用大弹一枚,带小弹碎铁、碎石有为药弹诸物多寡不等。装时先以诸物装入,末用大弹压口,是名蜂窝弹。

一、凡扫贼,远在数里以外,则用大炮;二百步以外可用炮或公孙弹炮;二三十步以外则用火罐、火包、火箭、喷烟毒筒,再近则用阵法,所用枪刀军器须有毒药制过。

一、火攻之法,须知远近之节。为遇贼众尘起,即将火器极力击放,及至将近而反致误。如火器可及二三百步者,则必待贼至五六十步而后发。如火器能到百步,则必待贼至二三十步而后发,其命中可必,而胜贼亦多。

倘临界阵逆风,则又必用逆风药加在火药中。逆风药者,江豚骨也,狼粪也,艾芮也。

一、火攻之士卒,固贵胆壮心齐而用命矣。然胆不易壮,心不易齐,命不易用也。必须贤能良将有完固必胜之略,能使士卒内有所恃,外无所惧,有感召节制之方,常与士卒恩威并用,赏罚分明,而胆自壮,而心自齐矣。必以恩信结之于里,功利诱之于前,严刑迫之于后,则命不期用而自无不用矣,又何患功绩之不成哉!

一、行军须讲阵法。阵法不讲,则兵无纪律,易于散乱。昔黄帝始置八阵法败蚩尤于涿鹿,诸葛亮造八阵图:在夔州者,六十有四方阵法也;在弥牟者,一百二十有八,当头阵法也;在棋盘市者,二百五十有六,下营阵法也。人但知诸葛亮造八阵于鱼腹平沙之上,尚嫌挂漏。按诸葛亮八阵即九军阵法也。隋韩擒虎深明其法,以授其甥李靖,靖以时遇久乱,将臣通晓其法者颇多,故造六花阵以变九军之法。大抵八阵即九军,九军者,方阵也。六花即七军,七军者,圆阵也。盖阵以圆为体,方阵者内圆而外方,圆阵则内外俱圆矣。方以八包一,圆以六包一,至明代戚继光变六花阵为鸳鸯阵,每伍十二人有长牌,有圆牌,有狼筅,有长枪,有挡钯,有伍长,有火兵。四伍为一队,十队为一哨,十哨为一司,十司为一旗,十旗为一营,其间有伍长,有队长,有哨长,有旗长,有营长。又每伍可分为三伍,名三才阵,以防隘路之战。今按鸳鸯阵,长牌与圆牌并列尚有遗漏。若每伍加一圆牌,为长牌左右之翼,亦便于分为三才阵,于阵法似为较密,今改鸳鸯阵为飞虎阵,又改三才阵为狮头阵,改狼筅阵为长枪,庶阵法精严,可一出而歼群丑矣。

一、阵法既精,须明枪法。枪法之精,非学十年不可。今惟用简捷之法,以木造长牌,开成十余孔,每孔如弹子大,又以木造圆弹塞其中,使兵士手持长枪,于二十步外跑至牌前,以枪刺出木弹,十次能挑出十个木弹,此其枪为可用。戚继光教兵士每日以枪打圈,由大圈练至小圈,此阵法非一时所能学。

一、兵不在多在乎精。古人"精骑三千,胜于强兵百万",非虚语也。古《军政》曰:"言不相闻,故为之金鼓;视不相见,故为之旌旗。"夫金鼓、旌旗者,所以一人之耳目也。人既专一,则勇者不得独进,怯者不得独退,此用众之法也。故夜战多火鼓,昼战多旌旗,所以变人之耳目也。

一、用兵之道必死则生,幸生则死。昔吴起谓:"善将者如坐漏船之中,伏烧屋之下,使智者不及谋,勇者不及怒。故曰用兵之害,犹豫最大;三军之灾,害于狐疑。"孙子谓:"吴人与越人相恶,当其同舟共济而遇风,其相救也,如左右手是也。"明少保戚继光《练兵实纪》,临坛口授,论用兵,如坐漏舟过江,即本孙、吴之说也。

一、凡贼据坚城,攻之不破,必用购线之计,内外相通。故兵法知己知彼,百战百胜。如高仁厚讨阡能即用贼谍,以为己谍。沈希仪讨猺柳州,求得与猺通贩易数十人,舍其罪而厚扶之使词,贼之动静皆为所知,故所向无不克捷。今宜购求常为贼谍之人,此辈行踪诡秘,设法勾致,宽其已往罪名,不惜重赏,贼之一动一静,我得纤细周知而先为之备,多方以误之,乘懈以击之,则操乎胜算矣。

一、城中击外,当攻其坚,又宜宽散。盖坚处必贼之技击所在,宽散则伤彼者众矣。城外攻内,当攻其瑕,又宜攒聚,盖瑕处则易攻,攒聚则易破也。

一、守城之法,城外必要安营。凡城之突处,必造炮台,其制捏腰三角尖形,比城高六尺,安大炮三门或五门以便循环迭击。外设篆炮以备近发,设练弹以御云梯。练弹其形中分两半,弹心铸存箭钉,长大各五分,如磨心相似,以便锁合浑圆,弹之边际各铸铁鼻,联以百炼钢锁,或长四五尺、七八尺不等,放时先以钢锁入口,次以铣弹合圆装入,弹出之际两头分开,横往前向,所遇无敌。备石炮,内装火药以防扒城。石炮之制详于许乃钊所刊七种。备水缸以防地雷。用水缸于城上,观水之动便知贼从地道而来,须预防之。又开地道以备听枕,亦防地雷。又上另筑眺台二层,高三丈,设远镜以备瞭望,且各台远近彼此相救,不惟可顾城脚,抑且兼顾台脚,是以台可保炮,炮可保城,兵少守固力省而功钜,况多兵乎?至用兵首先镇静,凡贼声东而实击西,声南而实击北,有惊传贼众声势,谣言惑众者,立以军法从事。

一、"将兵者所慎有五:一曰理,二曰备,三曰果,四曰戒,五曰约。理者治众如治寡,备者出门如见敌,果者临敌而忘生,戒者虽克如始战,约者法令省而不烦。"然用兵者,又须知乎刚柔。"凡人论将,常观于勇。勇之于将,乃数分之一耳。勇必轻合,轻合而不知利,未可也。"[11]此中变化,视乎为将之权衡。前代王守仁平宸濠,每战必捷,人问以用兵之道,对以八字决曰:"声东击西,已到后发",此王守仁所以杀贼如锄草也。

按:文载曹天生点校整理《王茂荫集·附录四》[12]。整理者有注,称:"林昌彝《军务备采十六条》,是王茂荫抄呈咸丰帝所阅,见王茂荫咸丰三年(1853)九月十六日奏折。现据王茂荫后裔家传抄本点校整理。"[12]366林昌彝与当时"开眼看世界"的人物,如魏源、林则徐均有交往,比较关注时务。其《衣讔山房诗集》就表现了"矢志抗击侵略,不忘民族危机的爱国热情"[3]4,文集中亦有《拟海防十二策》《拟平逆策》等涉及筹边平乱的策文。本文为军务条陈,乃杂采著书而成,也是研究林昌彝时务思想的重要文献。

通过搜集典籍,本文辑补了林则徐、林昌彝二人的数篇集外之作,对二人之集略有补充,也为相关研究提供了一些新的材料。当然,文章也存在一些不足之处。比如二人尚有一些集外之作是见诸文字记载的,但囿于闻见,笔者未能得见。如林则徐有《东南水利略序》,江庆柏主编的《江苏地方文献书目》著录清稿本《下河水利集说》,曾节引此序云:"从来善政者莫先于养民,养民莫先于农田,农田莫先于水利者。昔大禹水土平,然后教稼穑,视原隰之高下,尽力沟洫,治水实治田之本也。"[13]再如《续修四库全书总目提要·经部》著录林昌彝《三传异同考》一卷,道光十二年(1832)壬辰刊本,藏国家图书馆,张寿林所撰《提要》称"卷首有道光壬辰陈寿祺序,卷末有道光壬辰林氏自序"[14]。《东南水利略序》《三传异同考序》是了解林则徐民生思想、林昌彝经学思想的第一手材料,尚待进一步寻访。

注释

[1] 学界关于林则徐佚文的辑佚成果,计有:郭义山的《在闽西新发现的林则徐佚文遗墨及其他》,载《龙岩学院学报》2007 年第 1 期,第 29—31 页;杨光辉的《林则徐佚文考述》,载《宁波大学学报》(人文科学版)2007 年第 2 期,第 120—123 页;吴义雄的《林则徐鸦片战争时期佚文评介》,载《广东社会科学》2011 年第 1 期,第 131—139 页;鲁小俊的《林则徐佚文一则》,载《江海学刊》2014 第 5 期,第 57 页。

[2] 陈开林:《林则徐佚文三篇辑释》,闽江学院学报 2016 年第 1 期。

[3] [清]林昌彝:《林昌彝诗文集》,王镇远、林虞生标点,上海:上海古籍出版社,1989 年。

[4] [清]林则徐:《官子谱》,上海:上海古籍出版社,1996 年,第 141 页。

[5] [清]李元度:《国朝先正事略卷二十五:名臣》,长沙:岳麓书社,2008 年,第 797 页。

[6] [清]林直:《壮怀堂诗初稿》,上海:上海古籍出版社,1996 年,第 342 页。

［7］［清］袁行云：《清人诗集叙录》，北京：文化艺术出版社，1994 年，第 2601 页。

［8］［清］王韬：《瓮牖余谈》，上海：上海古籍出版社，1996 年，第 425 页。

［9］续修四库全书总目提要编撰委员会：《续修四库全书总目提要：子部》，上海：上海古籍出版社，2015 年，第 631 页。

［10］按：此一段乃迻录焦勖《火攻挈要·自序》，写于崇祯癸未(1643)年。

［11］此两节移录《吴子·论将第四》。

［12］［清］王茂荫：《王茂荫集》，曹天生，点校整理，北京：中国档案出版社，2005 年。

［13］江庆柏：《江苏地方文献书目》，扬州：广陵书社，2013 年，第 662 页。

［14］中国科学院图书馆：《续修四库全书总目提要：经部》，北京：中华书局，1993 年，第 778 页。

林昌彝《射鹰楼诗话》的诗史价值

陈其泰

一、著名的爱国志士和渊博的学者

鸦片战争时期的福州,出了两位值得纪念的历史人物。一位是著名的抵抗派领袖、民族英雄林则徐,他的历史功绩已为人们所熟知。另一位就是林昌彝,他的精神与著作同样扬名于世。林昌彝,字蕙常,又字芑溪,生于嘉庆八年(1803),卒于光绪二年(1876)。早年受业于著名学者陈寿祺,曾参与编写《福建通志》。36岁中举,其座师为当时著名的诗人、书法家何绍基。后来虽然八次应试进士,终未中榜。至50岁时,因进呈所著《三礼通释》而获教授之职,遂掌教建宁、邵武等地教席,不久后回福州。59岁由福州至广州游历,与郭嵩焘有交往,并曾掌教海门书院。记载清代著名人物的《清史列传》为他写了一篇内容翔实的传记,甚为珍贵,其中说:

> 福建侯官人,道光十九年举人。治经精博,从三《礼》问途知奥,乃以贯通诸经。所为诗古文辞雄厚槃深,入古贤之室。汉阳叶名沣尝曰:"昌彝学博词雄,今之顾炎武、朱彝尊也。"生平足迹半天下,所与游皆知名士。性精勤,舟车之中手不释卷。长乐温训尝与同舟五十余日,每夜深就枕,犹畅谈经史,亹亹不倦,训以为闻所未闻,因悉记之,为《同舟异闻录》。尤留心时务,与邵阳魏源为挚友,同邑林则徐相知尤深。家有楼,楼对乌石山寺,寺为饥鹰所穴,思欲射之,因绘《射鹰驱狼图》以见志。鹰谓英吉利也。……因著《平夷十六策》,及《破逆志》四卷。源见之决为可行,林则徐亦称其"规画周详,真百战百胜之长策。前在粤东,五围英兵,三夺英船,其两次英船退出外港,不敢对阵,皆此法也。"昌彝又谓:"中国元气已伤,救之之法有

二：一曰绝通商；一曰开海禁。开则彼国之人可商于我国，我国之人亦可商于彼国，如是则天下之财分于百姓，不能独归外地矣。"时服其见之远。同里沈葆桢年十七，从昌彝游。昌彝教以持躬涉世之道，后卒为名臣。[1]

可见林昌彝当时在海内颇有影响，交游甚广。包括著名政治家、抗英派领袖林则徐，著名思想家魏源等人物之所以给予他高度评价，一是因他是爱国志士，对英国的侵略行为充满义愤，所著《平夷十六策》《破逆志》提出了很有见识的抵抗主张；二是他学问渊博，为林则徐、魏源、郭嵩焘等人所器重。林则徐是林昌彝的族兄，年长 18 岁。道光三十年(1850)林昌彝应试落第回乡，时林则徐正寓居乡里，二人谈论时事，过从甚密。林昌彝遂将《射鹰楼诗话》及本人诗集送给林则徐寓览，林则徐对其诗作、诗话甚为赞赏，致函云：

> 《诗话》采择极博，论断极精，时出至言，阅者感悟，直如清夜钟声，使人梦觉，真足以主持风化，不胜佩服之至。近代诗话，阁下极推竹垞、四农二家，谓竹垞搜罗极博，足以考献征文；四农论断极精，足以存真别伪。鄙意谓阁下之诗话，既博既精，可以合二家而一之。……《射鹰驱狼图》，命意甚高，所谓古之伤心人别有怀抱也。拙作俟撰好呈上。大著《平夷十六策》及《破逆志》四卷，真救世之书，为有用之作，其间规画周详，可称尽善，此百战百胜之长策，与弟意极合。弟在粤东时，五围夷鬼，三夺夷船，其两次夷船退出外港，不敢对阵，皆此法也。[2]

鸦片战争前后福州两位不平常的人物，一位是官至总督、钦差大臣，一位是未能获得官职的学者、诗人，两人却有如此亲密的友谊，堪称是闽都文化史上的一段佳话。林昌彝又与沈葆桢有师生关系，对其成长起了相当重要的作用。

二、记载中华民族英勇抗击侵略的诗史

《射鹰楼诗话》共 24 卷。作为一部有影响的《诗话》，它所体现的林昌彝的文学思想，早已获得诗歌史研究者的重视和肯定。如称此书的诗论诗评，很注重诗歌创作中学养的地位，认为作诗不可以缺少学问，在清代诗人中推崇顾炎武和朱彝尊，因两人都是以学问家而兼擅吟咏，很符合林昌彝的论诗标准。他并非单纯强调学问修养，又主张表现真情实感，故说："作诗贵情挚，情挚则可以

感人。"[3]并对清代大学者惠栋所言"诗之道有根柢,有兴会。根柢发于学问,兴会发于性情,二者兼之,始足称一大家"至为赞赏,评论说"此论极精当"。[4]本于上述宗旨,林昌彝对清代诗论中一直争论不休的宗唐、宗宋问题持兼容并赏态度,认为:"宋诗不及唐诗者,以其少沉郁顿挫耳,然亦自为一代之诗,不可偏废也。"[5]林昌彝十分鲜明地主张诗歌创作要不拘一格,要各具诗人的个性,多姿多彩、百花齐放。他的友人潘四农写有不少好诗,但在评论诗歌时,却偏于一种风格,林昌彝不予苟同,明确地提出本人极具卓识的看法:"潘四农论诗专取'质实'二字,亦有偏见。盖诗之品格多门,如雄浑、古逸、悲壮、幽雅、冲淡、清折、生竦、沉着、古朴、典雅、婉丽、清新、豪放、俊逸、清奇、妙悟诸品,皆各有所主,岂得以'质实'二字遂足以概乎诗,而其余可不必问耶?不知质实易流于枯,质实易流于腐,质实易流于拙。盖质实为诸品之一品则可,谓质实用以概诸品则不可。盖质实为诸品中之一品,则无流弊,若专言质实,流于枯,流于腐,流于拙,则其弊有不可胜言者!"[6]凡此种种,均说明《射鹰楼诗话》不失为一部值得重视的文学批评著作。

今天,我们从新的视角考察,则能揭示出《射鹰楼诗话》又一重要特色和贡献,林昌彝在书中抒发了强烈的爱国御侮思想,记载了鸦片战争中爱国军民抗击英军侵略的事迹和气概,因而是一部及时收录记载鸦片战争诗篇、弘扬中国人民英勇精神的诗史。

《诗话》具有诗史的宝贵价值,是基于林昌彝怀有炽烈的爱国主义感情。《射鹰楼诗话》的命名,实则"射英",表达抗击英军野蛮侵略的意志,作者对此有明白的交待:

> 余建射鹰楼,楼悬长帧《射鹰驱狼图》,友人题咏甚多。楼对乌石山,山为英逆之窟穴。余于楼头悬楹帖云:"楼对乌山,半兽蹄鸟迹;图披虎旅,操毒矢强弓。"见者皆以为真切。[7]

他家乡所在的乌石山,在鸦片战争后成为英国侵略军盘踞之地,因而他"目击心伤,思操强弩毒矢以射之"[8]。在其爱国御侮思想指导下,《诗话》的内容和结构,较之一般的同类著述有明显的不同,以卷一、卷二的突出地位,集中记载和反映鸦片战争史实和这一时期的社会状况。如《清史列传·林昌彝传》所言,"首二卷言时务"。而沈葆桢所写《射鹰楼诗话·例言》则云:"夫子《诗话》之作,意在射鹰,非同世之泛泛诗话也";"他人诗话多论诗而已,夫子《诗话》所论甚广,凡有关风化者,无不痛切言之,此扶世翼教之书,不得仅以诗话目之"。满怀爱国感情,记述中华民族英勇抗击侵略的史实,是这部《诗话》作为"诗史"的重要价值所在。

《诗话》开篇,首先揭露鸦片战争爆发的原因,是英国进行可耻的鸦片走私贸易,流毒中国,腹削巨额财富,危害中华民族的健康肌体:

> 英夷不靖以来,洋烟流毒中国,甚于洪水猛兽。……即以福州海口言之。(原注:五虎门内闽安镇营)洋烟之入,每日三大箱,每箱值洋番八百员;又六十余小箱,每箱值洋番六十员,每日共输洋番六千余员,不足以银代之,又不足以好铜钱代之,每岁计输钱三百万。(原注:若合五海口所输计之,每岁奚止二千万乎?)福州之地,即以金为山,以银为海,亦不足供逆夷所欲,况地瘠而民贫者乎?数年以后,民其涂炭矣!余意欲革洋烟,须先禁内地吸食洋烟之士民,然后驱五海口之英逆。驱之法,则不主和而主战。余前有上某大府《平夷十六策》,邵阳魏默深司马源见之,决为可行。

又说:

> 中国以大黄、茶叶救夷人之命,夷人反以鸦片流毒之物,赚去中国财宝,此天怒人怨,为天理所不容,人情所共愤。余尝有诗云:"但望苍天生有眼,终教白鬼死无皮。""家太傅少穆先生见之,为之赞赏累日。"

有力地证明中国厉行禁烟和抗英侵略的正义性。

书中还以侍御朱琦所写《感事》诗,概述鸦片的危害、林则徐雷厉风行的禁烟行动、英国侵略者的悍然进犯,如:"鸦烟入中国,尔来百余岁。粤人竞啖吸,流毒被远迩。通参畛民害,谠言进封匦。吏议为条目,罪以大辟拟。杀人亦生道,重典岂得已。粤东地濒海,番商萃奸宄。天使布威德,陈兵肃幢棨。宣言我大邦,此物永禁止。献者给茶币,一炬付烈毁。积蠹快顿革,狡谋竟潜启。飞帆扰闽越,百口胜谤毁。"对于身居高位却屈膝求降、祸害国家的可耻行径,表示极度愤慨:"若身居高位,而无益于民物,则当引身而退,毋致贻讥恋栈。常熟蒋伯生大令因培咏木棉绝句,末联云:'堪笑烛天光万丈,何曾衣被到苍生。'按木棉花为粤产,其絮不能织布,大令诗,深得规讽之旨。"[9]又说:"英逆之变,主和议者是诚何心?余尝见和约一册,不觉发为之指。陆渭南《书志》诗云:'肝心独不化,凝结变金铁。铸为上方剑,衅以佞臣血。'读此诗,真使我肝心变成金铁也!"[10]

《诗话》热情赞扬抵抗派人物坚决抗击英军侵略的措施和精神。书中明确表达对林则徐的高度崇敬,充分肯定林则徐领导禁烟和御敌的功绩。"道光十九年,家文忠公奉旨办理粤东夷务,陛见时,即恳陈五海口要害,须得精兵严守,庶夷人不得窜入。甫出京,途次又连陈数揭。至粤东,责夷人缴烟若干万箱,并令其永无阑入,已有成议。嗣夷人中变,先生屡焚其舟,夷人窜入浙西,及定海失守,部议咎及先生,乃遣戍伊犁。"[11]表达对林则徐有功而反遭诬陷流放新疆的愤慨!魏源同为鸦片战争时期的抵抗派人物,又是著名史家和爱国诗人,他撰写有记载清朝前期国力强盛和由盛转衰的当代史著作《圣武记》,又撰有总结鸦片战争经验教训、倡导"师夷长技以制夷"的名著《海国图志》,同时写有大量表达爱国思想、谴责投降派卑鄙行为的诗篇。林昌彝一再称魏源为"同志""挚友",表明两人的爱国思想和对现实问题的看法十分合拍:

> 默深(魏源字)负命世才,书生孤愤,与余有同志焉。其著《海国图志》六十卷,为以夷攻夷而作,为以夷款夷而作,为师夷长技以制夷而作。其书一据前任两广总督家文忠公少穆先生所译西夷之《四洲志》,再据历代史志及明以来岛志及近日夷图、夷语,钩稽贯串,创榛辟莽,前驱先路。大都东南洋、西南洋增于原书者十之八,大小西洋、北洋、外大西洋增于原书者十之六,又图以经之,表以纬之,博稽群议以发挥之。或以为此何以异于昔人海图之书?曰:彼皆以中土人谭西洋,此则以西洋人谭西洋也。[12]

又说:

> 默深经术湛深,读书渊博,精于国朝掌故,海内利病,瞭如指掌。著有《书古微》《诗古微》《春秋公羊古微》,专阐西汉今文之学,博而能精。《圣武记》及《海国图志》,尤为有用之书,诚经国之大业,不朽之盛事也。所编《经世编》,已家有其书。又有《元史新编》《古微堂文集》,卓然巨册。默深所为诗文,皆有裨益经济,关系运会,视世之章绘句藻者,相去远矣!诗笔雄

浩奔轶,而复坚苍遒劲,直入唐贤之室,近代与顾亭林为近;虽粗服乱头,不加修饰,而气韵天然,非时髦所能蹑步也。道州何子贞师谓:"默深诗如雷电倏忽,金石争鸣,包孕时感,挥洒万有。少作已奇,壮更踔实。"诚为切论。默深尚友谊,重气节,醰粹渊懿,古道照人,与余为挚友,沥胆披肝,今之鲍叔也。[13]

这些论述,高度评价魏源著述的时代意义和诗歌的豪迈感情。这一时期,从禁烟运动开始,到签订屈辱的《南京条约》,整个贯穿着林则徐等官员和爱国军民为代表的爱国抵抗路线与畏葸怯懦的统治集团人物的投降妥协路线的激烈斗争。其结果,投降派得势,中国被迫签订不平等条约。战后统治集团实际上已经按侵略者的旨意行事,因而对一切爱国进步力量压制摧残,对思想界实行钳制。最突出的事件是对广东人民抗英斗争进行破坏镇压,同时,又悍然起用琦善、文蔚、奕经等人,委以重任,让这些望风投降、出卖国家民族利益的卑劣小人又重新神气起来。投降派首领人物穆彰阿、耆英内外勾结,权势有增无已,处心积虑排挤陷害进步势力,庇护重用民族败类,因而形成不准谈论国事、褒贬人物尤为忌讳的局面。

《软尘私议》记述当时京城的政治气氛说:

> 和议之后,都门仍复恬嬉,大有雨过忘雷之意。海疆之事,转喉触讳,绝口不提。即茶坊酒肆间,亦大书"免谈时事"四字,俨有诗书偶语之禁。[14]

私下谈论尚被禁止,著书则要冒更大风险,当时一些有关记载鸦片战争局部史实的作品,如《英夷入寇纪略》《出围城记》等,都不敢署名或不敢署真名。置于这样的背景来考察、评论《射鹰楼诗话》,书中如此褒贬分明、确凿记载抗击侵略史实、赞扬抵抗派人物功绩,恰恰证明林昌彝爱国思想的炽烈和胆识之过人,也证明了其书作为鸦片战争诗史的宝贵的历史文献价值!书中还载录了魏源揭露英军侵略、谴责投降派、歌颂爱国军民可歌可泣精神的诗作多首。如载录魏源《前史感》诗三首:

> 谁奏中宵秘密章,不成荣虢不汪黄。已闻狐鼠凭城社,安望鲸鲵戮场疆。功罪三朝云变幻,战和两议国冰汤。安刘自是诸刘事,绛灌何能赞

塞防!

揖盗开门撤守军,力翻边案炽边氛。但师卖塞牛僧孺,新换登坛马服君。壮士愤捐猿鹤骨,严关甘送虎狼群。尚闻授敌攻心策,惜不夷书达九霄。

同仇敌忾士心齐,呼市俄闻十万师。几获雄狐来庆郑,谁开柙兕祸周遗。前时但说民通寇,此日翻看吏纵夷。早用秦风修甲戟,条支海上哭鲸鲕。

《后史感》中有一首云:

争战争和各党魁,忽盟忽叛若棋枚。浪攻浪款何如守,筹饷筹兵贵用才。李牧清刍坚壁垒,孙吴斩退肃风雷。浪言孤注成功易,谁向澶渊借寇莱?

借这些诗句极写魏源对道光帝举棋不定、忽战忽降造成的严重错误的不满,严厉斥责投降派出卖国家主权、对敌人谄媚成性的可耻行径,而热烈赞扬三元里民众同仇敌忾的爱国杀敌精神。[15]

同样记述三元里抗英斗争的,《诗话》中还载录有张维屏所赋《三元里》长诗:

三元里前声若雷,千众万众同时来。因义生愤愤生勇,乡民合力强徒摧。家室田庐须保卫,不待鼓声群作气。妇女齐心亦健儿,犁锄在手皆兵器。乡分远近旗斑斓,什队百队沿溪山。众夷相视忽变色,黑旗死仗难生还。(原注:夷打死仗,则用黑旗。适有执神庙七星旗者,夷惊曰:"打死仗者至矣。")夷兵所恃惟枪炮,人心合处天心到。晴空骤雨忽倾盆,凶夷无所施其暴。岂特火器无所施,夷足不惯行滑泥。下者田塍苦踯躅,高者冈阜愁颠挤。中有夷酋貌尤丑,象皮作甲裹身厚。一戈已插长狄喉,十日犹悬郅支首。纷然欲遁无双翅,歼厥渠魁真易事。不解何由巨纲开,枯鱼竟得攸然逝。魏绛和戎且解忧,风人慷慨赋同仇。如何全盛金瓯日,却类金缯岁币谋。[16]

张维屏是广东番禺人,字南山,曾任江西南康知府,是一位才华出众、卓有见识的人物,与林则徐、林昌彝、魏源、黄爵滋等交游。时去职在家,因而对三元里平英团斗争事件知之甚详,他目睹英军暴行,激于爱国感情,写下这首史诗性的作品,淋漓尽致地描写了三元里人民的斗争,表现出爱国民众所具有的震天撼地、令敌寇丧胆的伟大力量,斥责奕山派余保纯为英军解围的无耻行径,与魏源"同仇敌忾士心齐,呼市俄闻十万师。……前时但说民通寇,此日翻看吏纵夷"的名句,同样因其感情炽烈、描写生动而脍炙人口,久远留传。《诗话》中还载录有张维屏另一著名诗作《三将写歌》,对英勇抗敌、壮烈殉国的陈连陞、葛云飞、陈化成深情讴歌,表彰他们与敌人血战到底的英勇事迹,"捐躯报国皆忠臣"。其中歌颂陈化成一段云:

> 陈将军,福建人,自少追随李忠毅(原注:长庚),身经百战忘辛勤。英夷犯上海,公守西炮台,以炮击夷兵,夷兵多伤摧。公方血战至日旰,东炮台兵忽奔散。公势既孤贼愈悍,公口喷血身殉难。十日得尸色不变,千秋祠庙吴人建。我闻人言为此诗,言非一人同一辞。死夷事者不止此,阙所不知诗亦史。承平武备皆具文,勇怯真伪临阵分。天生忠勇超人群,将才孰谓今无人!呜呼,将才孰谓今无人!君不见二陈一葛三将军。[17]

三、再现鸦片战争前后经世派人物的精神风貌

《射鹰楼诗话》的诗史价值,还体现在书中着重记载了道光年间海内一批有识之士对现实社会问题的卓识,再现了这些经世派人物的精神风貌。当鸦片战争前后,清朝统治已在下坡路上急速滑落,内忧外患,社会矛盾激化,统治阶级实行残酷剥削,民众生活困苦不堪,吏治腐败,贿赂公行,鸦片走私猖獗,白银大量外流,财政空虚,社会百弊丛生。而当时多数士林人物,却依然做着升平盛世的旧梦,依然醉心于训诂考据,闭口不谈现实问题,忘记了学者对社会应负的责任。在此中国社会变迁的关键时期,急需有人来打破这种局面,关注严重的社会问题,发出时代的呐喊!道光年间的经世派人物即冲破了万马齐喑的局面,发扬清初顾炎武、黄宗羲等学者"经世致用"的主张,呼吁人们摆脱烦琐考据的束缚,面对现实的种种问题,寻求除弊改革的方案。经世派的著名人物有林则徐、龚自珍、魏源、黄爵滋、林昌彝、汤鹏、张际亮、陶澍、姚莹、包世臣、李兆洛等,

他们是当时卓有见识、关心国家民族利益的人物,是中华优秀文化的继承者,林昌彝《诗话》将与这些有识之士的交往,以及他们的言论、诗作,作为记载的一项重要内容,因而为这一历史转折时期留下了珍贵的史料。沈葆桢为《射鹰楼诗话》所写《例言》也强调:"凡《诗话》中诸家有逸事可传者,则为诗传以表之,非好为烦重也,寓诗抄、小传之意云尔。""朱竹垞《静志居诗话》多战胜国遗事,不厌烦言,可备掌故。集中长篇备载逸事,多畅所欲言,用竹垞《诗话》之例耳,不得拘于文之繁简也。"[18]所言堪称揭示出《诗话》的特点。

林昌彝对林则徐、魏源的思想风貌、诗文著作了解甚详,书中有多方面的记载,均为珍贵的文献资料。除上文已涉及者外,还应举出:林则徐对闽江口如何扼守险要形势写有精警的诗句。书中记云:"吾闽之五虎门,天险者也。天险则其势可据。险者何?非两岸之高山,亦非海底之礁礁石。所谓天险者,盖以潮信一日一汐,潮退时则船搁阁不得行。今以闽中省垣之地势论之,梅花、五虎、壶江、金牌、熨斗、乌猪,犹唇也;闽安,犹齿也;亭头、濂浦,犹舌也。唇亡齿寒之候,其舌尚能伸缩自如乎?以兵家九地、形、势论之,亭头、濂浦则为散地、围地也;梅花、五虎、壶江、金牌、熨斗、乌猪则为重地、利地也。至琅琦十三乡,南连长乐,北界连江,西接闽安,北控大海,其地皆有险可据。自道光二十一年,逆夷寇厦门,省垣官弁,恐其自虎门窜入,乃不屯重兵于壶江、金牌、熨斗、乌猪,只填船于濂浦,此之谓弃重地、利地而保散地、围地矣;犹之人家防贼,大门而不牢固,徒以椅桌等物阻于房内,欲贼之不擅入,得乎?故用兵者,当先辨九地之形,而后扼其要,否则以地与敌耳。"家文忠公少穆宫傅《五虎门观海诗》云:"'天险设虎门,大炮森相向。海口虽通商,当关资上将。唇亡恐齿寒,闽安孰保障。'此诗可谓深晓形胜。"[19]林昌彝对林则徐以报效国家为己任的著名诗句,极为重视,称其平日"二句诗常不去口",并完整记其出处:"'苟利国家生死以,岂因祸福避趋。'此家文忠公少穆宫傅壬寅赴戍登程,口占示家人句也。盖文忠公矢志公忠,乃心王室,故二句诗常不去口。闻其督师粤西,易篑前数日,犹将原稿手自订定,其仲嗣随行,缀入赴告中。文忠公临行时,尝持出戍诗一卷付余,因得录其全首云:'出门一笑莫心哀,浩荡襟怀到处开。时事难从无过立,达官亦自有生来。风涛回首空三岛,尘壤从头数九垓。休信儿童轻薄语,嗤他赵老送灯台。''力微任重久神疲,再竭衰庸定不支。苟利国家生死以,岂因祸福避趋之。谪居正是君恩厚,养拙刚于戍卒宜。戏与山妻谈故事,试吟断送老头皮。'"[20]表达了对林则徐的极度景仰之情,也令读者从中得到深深的激励!

林昌彝极其重视魏源撰著《海国图志》对于国人了解外国情形、激励同仇敌忾的感情、御侮图强的意义，表示对魏源"俯仰世变，深抱隐忧"的爱国思想高度赞许，并以其《海国图志叙》唤起国人的觉悟：

> 此凡有血气者所宜愤悱，凡有耳目心智者所宜讲画也。去伪、去饰、去畏难、去养痈、去营窟，则人心之寐患祛其一；以实事程实功，以实功程实事，艾三年而蓄之，网临渊而结之，毋冯河，毋画饼，则人材之虚患祛其二。寐患去而天日昌，虚患去而风雷行。[21]

书中又特意载录魏源《君不见》诗十六首，因为这些诗作都是记述清朝有功于国家的名臣的事迹。林昌彝云："国家之所赖乎臣者有三：曰将臣，曰相臣，曰督抚臣。余友邵阳魏默深司马，尝读国史馆列传，《君不见》十六章（原注：将臣六章，相臣五章，督抚臣五章），可谓善于比例，诗亦雄浩流转，为古乐府之遗。"其中有一首记述陶澍改革弊端丛集的漕运为海运，大获成功，诚为道光年间经世派从事改革事业的一大胜利，当时魏源即在陶澍幕中大力襄助，故了解极为真切。此诗云：

> 君不见南漕岁岁三百万，漕费倍之至无算。银价岁高费增半，民除抗租抗赋无饱啖。吏虽横征犹啜羹，丁虽横索囊不盈，惟肥仓胥与闸兵。衣垢必澣弦必彻，天运有旋道有捷，何必内河受要挟。英公海运陶公节，万艘溟渤如襄涉。官民歌舞海商悦，只少未饱仓胥箧。海运不举海防多，水犀楼船方荷戈，小东大东当若何？（原注：陶文毅抚江苏，行海运也，相国英公主其议）[22]

张际亮和朱琦也是林昌彝十分敬重的人物，两人都与福建有关。张际亮字亨甫，福建建宁人，是对社会问题有深刻观察的经世派学者和出色的诗人。其文集中有著名的《答黄树斋（爵滋）鸿胪书》，深刻地揭露当时大官僚贪饕成性，下层官吏凶狠剥削勒索，造成民众生活于水深火热之中的黑暗情景：

> 今之外吏岂惟讳盗而已哉，其贪以朘民之脂膏，酷以干天之愤怒，舞文玩法以欺朝廷之耳目，虽痛哭流涕言之，不能尽其情状。闽省一隅如是，天

下亦大略可知也。为大府者,见黄金则喜;为县令者,严刑非法以搜刮邑之钱米,易金赂大府,以博其一喜。至于大饥人几相食之后,犹借口征粮,借名采买,驱迫妇女逃窜山谷,数日夜不敢归里门,归而鸡豚牛犬一空矣。归来数日,胥吏又至矣,必罄尽其家产而后已。……此等凶惨之状,不知天日何在,雷霆何在,鬼神又何在![23]

林昌彝赞赏张际亮的才华和见识,《射鹰楼诗话》中载录了他大量的诗作,尤其称道其《浴日亭诗》:

青山到沧海,高下皆烟痕。极天积水雾,浩浩暗虎门。……飘风满楼橹,远近夷船繁。苍铜与黑铁(原注:夷船皆以铜包其底,两傍列铁炮八十余尊,皆重千余斤),骄夺天吴魂。侧闻濠镜澳,盘踞如塞垣。毒土换黄金,千万去中原。(原注:夷人以鸦片土易中国银,岁至三千万)岁税复几何,容此丑类尊。(原注:海关岁征税不过百六十万。近日夷人尤桀黠,督海关者转多方庇护之,谓非如是,则恐夷人不来。不知中国何需于彼,而必欲其来耶?)狡狼鬼国恣(原注:内地称夷人曰"鬼子"),陷溺生民冤。

其时距鸦片战争爆发尚有8年,张际亮已满怀忧愤,指出英国通过大规模走私鸦片的卑鄙手段,掠夺了中国的巨额财富,使中华民族面临着严重的灾难。可见其对现实社会危机了解之深刻,眼光之远大。正如林昌彝所言:"按此诗作于道光十二年以前,时英逆尚未中变,亨甫可谓深谋远虑,识在机先者矣。"[24]朱琦字伯韩,湖南临桂人,翰林院编修,当时官福建道御史。林昌彝称其:"留心经济,尤深于诗。……至于立朝风节,与陈、苏二君称之御史,天下知之,则侍御之不朽,不独诗已也。"[25]《诗话》中大量载录其歌颂抵抗派将领英勇杀敌、壮烈殉国的诗篇,充满爱国感情,读之感人至深。如《感事》诗,热烈赞扬钦差大臣林则徐在广东领导抗击侵略和虎门销烟壮举,严厉斥责琦善卖国求荣的罪行:

鸦烟入中国,尔来百余岁。粤人竞啖吸,流毒被远迩。通参轸民害,谠言进封匦。吏议为条目,罪以大辟拟。杀人亦生道,重典岂得已。粤东地濒海,番商萃奸宄。天使布威德,陈兵肃幢幨。宣言我大邦,此物永禁止。献者给茶币,一炬付烈毁。积蠹快顿革,狡谋竟潜启。飞帆扰闽越,百口胜谤毁。致衅诚有由,功罪要足抵。直督时入觐,便牒伺微指。奏云英咭唎,厥患亦易弭。吁冤至盐峡,恭顺无触抵。节钺遽更代,蛮疆重责委。岂料坚主和,无复识国体。擅割香港地,要盟受欺绐。况闻浙以西,丑卢陷定海。焚掠为一空,腥臊未湔洗。虎鹿复逼近,锁钥失坚垒。总戎关天培,支身捍贼死。开门盗谁揣,一误那可悔。

爱憎极其分明,深刻表达了中华民族勇于抗击侵略、永不屈服的坚强意志。张际亮、朱琦的远见卓识和爱国诗篇,确实为闽都文化史增添了光彩。

总之,《射鹰楼诗话》这部撰著于鸦片战争时期的著作,表达了强烈的时代气息,它忠实地记载了抵抗派将领和爱国军民抗击侵略的英勇行动,再现了经世派人物直面社会弊病、寻求救治良策的精神风貌,为闽都文化绽放出异彩。深刻地阐释和重温这部名作的诗史价值,在今天对于发扬爱国主义精神,树立国家民族利益至上的崇高责任感,勇于改革创新、关心民生疾苦,推进现代化大业,实在有多方面的深刻启示意义。

注 释

［1］王钟翰点校:《清史列传》,北京:中华书局,1987年。

［2］〔清〕林昌彝:《射鹰楼诗话》卷前,上海:上海古籍出版社,1988年。

［3］〔清〕林昌彝:《射鹰楼诗话》卷十八,上海:上海古籍出版社,1988年。

［4］〔清〕林昌彝:《射鹰楼诗话》卷十二,上海:上海古籍出版社,1988年。

［5］〔清〕林昌彝:《射鹰楼诗话》卷十一,上海:上海古籍出版社,1988年。

［6］〔清〕林昌彝:《射鹰楼诗话》卷十六,上海:上海古籍出版社,1988年。

［7］〔清〕林昌彝:《海天琴思录》卷四,上海:上海古籍出版社,1988年。

［8］［9］［10］［11］［12］［25］〔清〕林昌彝:《射鹰楼诗话》卷一,上海:上海古籍出版社,1988年。

［13］〔清〕朱琦:《感事》,〔清〕林昌彝:《射鹰楼诗话》,上海:上海古籍出版社,1988年。

［14］佚名:《软尘私议》,中国史学会:《中国近代史资料丛刊·鸦片战争》(五),上海:神州国光出版社,1959年,第529页。

［15］若与魏源《古微堂集》中相比勘,看出《射鹰楼诗话》所载录的魏源诗,有不少地方在文字表达上更有战斗性,更能表达爱国思想家用于揭露投降派种种卖国行径的精神。如其中的两首,《古微堂集》中分别作:“揣寇原期寝寇氛,力翻边案撤边军。但师卖塞牛僧儒,新换登坛马服君。化雪尽悲猿鹤骨,檄潮犹草鳄鱼文。若非鲍老当场日,肯信巾帼

仲达裙。""揭竿俄报郏支围,呼市同仇数万师。几获雄狐来郑庆,谁开桝咒祸周遗。七擒七纵谈何易,三覆三翻局愈奇。愁绝钓鳌沧海客,墨池冻卧黑蛟螭。"与《诗话》中所载录的诗句相比即可证明:当时在爱国舆论受到严重钳制的情况下,魏源痛斥投降派媚敌误国罪行的诗篇有不同的版本,而在林晶彝《射鹰楼诗话》中所载录的诗篇,最能反映出中华民族爱国御侮的意志和时代精神,这也可见林昌彝苦心收集的辛劳和爱国情杯。

[16]〔清〕张维屏:《三元里》,〔清〕林昌彝:《射鹰楼诗话》,上海:上海古籍出版社,1988 年。

[17]〔清〕林昌彝:《射鹰楼诗话》卷十三,上海:上海古籍出版社,1988 年。

[18]〔清〕沈葆桢:《射鹰楼诗话·例言》,〔清〕林昌彝:《射鹰楼诗话》,上海:上海古籍出版社,1988 年。

[19]〔清〕林昌彝:《射鹰楼诗话》卷三,上海:上海古籍出版社,1988 年。

[20][24]〔清〕林昌彝:《射鹰楼诗话》卷二,上海:上海古籍出版社,1988 年。

[21]〔清〕魏源:《海国图志·叙》,长沙:岳麓书社,1998 年。

[22]〔清〕林昌彝:《射鹰楼诗话》卷四,上海:上海古籍出版社,1988 年。

[23]〔清〕张际亮:《答黄树斋鸿胪书》,《张亨甫全集》卷三,清同治丁卯年(1867)刻本。

嘉道间古文家高澍然及其
《抑快轩文集》九种传世钞本

陈庆元

一、高澍然的身世

福建的古文家,陈衍曾作这样的评述:"吾乡之号称能文于当世者,至明始有一王遵岩,至清始有一朱梅崖,继之者雨农。"[1]王遵岩即王慎中,朱梅崖即朱仕琇,高雨农即高澍然。

高澍然(1774—1841),字时垫,号甘谷,晚号雨农,福建光泽人。高氏世居光泽,澍然父高腾(1749—1807),字鹤年,号九皋,晚易海樵。师建宁朱仕琇,得其古文义法。乾隆四十二年(1777)年由副贡生举于乡,选福鼎训导,官五年,以弃老告归,教授乡里,"人才郁然,光泽遂为名县"[2],著有《九皋草堂文》三卷,《彀音初集》二卷及《汉学咫闻》三卷。

高腾生五男,澍然为长子。澍然生而敏特,学为文不随人见。受诸经毕,又从叔父高博(1750—1822)学许慎《说文解字》。嘉庆六年(1801),举于乡。嘉庆十二年(1807),援例为内阁中书、摄侍读。澍然认为,宦学不可兼,甫半载,父卒于家,遂假归不复仕。年五十,名其轩为"抑快"。《抑快轩赋·序》:"澍然行年五十,不胜过愆日积,思制心之动未由也。一日释然曰:是盖求快其心所致欤。以'抑快'名其轩,而赋以自警。"道光九年(1829),受总督孙尔准之聘,往省城福州修《福建通志》;道光十四年(1834),陈寿祺卒,澍然继任总纂。道光十五年(1835),辞总纂职,应兴泉永兵备道周凯之邀,往厦门主讲玉屏书院,三个月后,周凯调台湾道,澍然遂西归。回光泽后,澍然执掌杭川及邵武二书院。道光十七年(1837),修《光泽县志》,道光二十年(1840)修成,是为道光庚子《光泽县志》。高澍然卒于道光二十一年(1841),年68。

高澍然一生著述甚富,除《光泽县志》三十卷外,已梓行的有《春秋释经》十二卷,《诗音》十五卷、《韩文故》十三卷;未梓的有《易述》十二卷、《诗考异》三十卷、《论语私记》二卷、《河防三编》各一卷、《福建历朝宦绩录）四十卷、《闽水纲目》十二卷图一卷、《李习之文读》十卷、《抑快轩文集》七十四卷、《悬雷房制艺》十二卷。

二、《抑快轩文集》的九种钞本

《抑快轩文集》全帙，高澍然身前身后都没有印行过，不过，在高澍然在世时，他的古文已经在一定范围中流传。高澍然常常将自己的古文钞录成册就教于师友。

《抑快轩文集》稿本已不可见，笔者所见共九种(含文钞、文选)钞本：

（一）《抑快轩文集》三十卷，四册，同治十年(1871)谢章铤钞本(以下简称同治本)，藏福建师范大学图书馆古籍部善本书室。

（二）《抑快轩文集》三十卷，七册，铁石轩钞本(简称铁石轩本)。此种及以下七种藏福建省图书馆藏部善本库。

（三）《抑快轩遗集钞》不分卷，一册，光绪八年(1882)谢章铤钞本(简称遗集本)。

（四）又一种，不分卷，一册，铁石轩钞本(简称铁石轩遗集本)。

（五）《抑快轩文集》乙编四十八卷、丙编十六卷、丁编九卷、补录一卷，十七册，光绪十三年(1887)谢章铤钞本(简称光绪本)。

（六）又一种，十六册(简称十六册本)。

（七）《抑快轩文集》，三十卷，十册，有周凯评注(简称周评本)。

（八）《抑快轩文集》不分卷，一册，润经堂钞本。

（九）《抑快轩文选》不分卷，一册，何振岱1916年批选。

谢章挺(1820—1903)，字枚如，自号江田生，福建长乐人，光绪三年(1877)进士，集古文家、诗人、词人、学者于一身，著有《赌棋山庄全集》。谢章铤30岁以后拟不再钞书，却破例三次钞抑快轩文，高澍然文主要赖其钞本而得以传世，谢氏实为抑快轩文之功臣。同治本前有谢章铤题记，题记末钤有"江田生"及"赌棋山庄"印记，总目之后过录陈寿祺等人读记。

据此，原本(当为高澍然手录本)为陈寿祺所藏，后归杨浚(字雪沧，一字健公，咸丰二年举人)，谢章铤此本即从杨浚处借钞。同治本有赋1篇、论5篇、说9篇、辩6篇、序52篇、记18篇、书43篇、行状2篇、事略3篇、传23篇、墓志铭16篇、墓表9篇、碑2篇、书后5篇、题跋8篇、像赞3篇、诔2篇、哀辞3篇、祭文

12 篇、杂著 7 篇,共计 229 篇。谢章铤以为此本"大抵皆中年之作"[4]。考卷二十一《伊玉亭墓表》,作于道光七年(1827),《钦赐翰林院检讨黄君墓表》作于道光九年(1829);卷二十三《书亡友上官次岩遗文后》、卷二十七《仲弟濬然室李氏诔》都作于道光七年(1827),如果 55 岁左右也算是中年的话,这些作品称中年之作亦无不可。又考卷二十《亡室黄孺人殡志》,作于嘉庆十一年(1806),时濬然只有 33 岁,故谢章铤所云"大抵皆中年之作"莫如改为"大抵皆中年之前作"较为准确。谢章铤又云:"舍人曾录稿三十卷就质陈左海,后其本为杨雪沧浚所得,予从之假钞一本。"考卷十二《答陈恭甫先生书》中有云:"于是复删其半,合后作汇为一集,即去秋呈正本也。"所谓"去秋呈正本",次年所作的《答陈恭甫先生书》一文当然不可能在内,因此同治本所据钞原本不可能是《答陈恭甫先生书》中说的就质本,即便是就质本,也只能是另一后呈的就质本。

同治本每半页 10 行,行 24 字,楷书,有朱笔校,间有眉批。在诸种钞本中,同治本最早。此本卷五《赠程氏三子序》、卷十二《与陈恭甫先生书》、卷十四《答朱犹与书》三篇,为高濬然晚年手订的乙丙丁三编(光绪本)所无。《与陈恭甫先生书》《答朱犹与书》二篇都论及朱仕琇及闽省的古文,是研究高氏古文理论的重要文献。陈寿祺十分重视《与陈恭甫先生书》,将其置于《左海文集》卷首(题作《答陈恭甫先生书》)。其次,此本有些文字也与光绪本异,以题目为例,同治本《赠炳坤序》《族谱散系序》《族谱无后及殇录序》,光绪本分别作《赠某序》《散系序》《无后及殇录序》,"炳坤"为濬然族子,"族谱"二字似不宜省;又如光绪本有《周星防字说》《答周生倬奎书》,同治本《答周生倬奎书》作《答周星防书》,星防为倬奎之字,全书较为划一。此外,一卷之中,文章排列的顺序,同治本与光绪本也不尽相同。

同治本前有张绅道光元年(1821)所有之序,张序是抑快轩文最早之序。铁石轩本也是三十卷,福建省图书馆著录"螺江陈氏钞本",当有其据。此本缺目录及卷一,篇目与同治本同。同治本卷六《上丘官犹石制艺序》有十余缺字,已校补,而铁石轩本缺字的位置正好与同治本同。但未校补。卷六最后一篇《张亭甫制艺序》同治本缺百余字,校补若干字,仍缺数十字,而铁石轩本无此篇,疑钞录时原本已缺页或漫漶不可识。铁石轩本如从同治本过录,当有目录、卷一及《张亭甫制艺序》等。疑铁石轩木仍从杨浚藏本移录,但时间在谢章铤移录之后,其时杨浚原藏本有破损、散页,卷首、目录及卷一已不可识见。铁石轩本用有"铁石轩"字样的红栏稿纸钞录，每半页8行，各行字数不等。遗集本是谢章铤第二次录钞的抑快轩文，前有谢章铤题记，笔迹与同治本同。题辞云："此卷从何伯希篙祺同年借钞，伯希伯父道甫则贤，孝廉雨农高足也。"原本为澍然弟子何则贤所有。有周凯评语，又有眉批，字迹与题记同，当亦出自谢氏之手。文虽仅26首，但均同治本所无。据题目及内容，大半作于澍然执掌厦门玉屏书院之时，谢氏认为"晚境"之作，是不错的。集中《海天评月图（代西村作）》一首，他本均未见，仅见此本。谢氏在移写时，于《李申耆先生书》一首之后，附钞答，并注明出自武进李兆洛《养一斋文集》卷十八牍类。遗集本用赌棋山庄红格稿纸钞写，每半页10行，行24字。

铁石轩遗集本，福建省图书馆著录题作何篙祺辑、螺江陈氏钞。无眉批。据遗集本题记，谢章铤只说他曾向何篙祺借钞，并没有说过何篙祺曾辑录过抑快轩文一类的话，遗集本和铁石轩遗集本所依据之本的由来，还有待于进一步研究。

谢章铤第三次钞抑快轩文在光绪十三年（1887），其《课余续录》记载道：

> 丁亥予主致用讲席，温舍人经学诸著，思读其文集，时炯甫已谢世，乃谋于其孙桂庵孝祐孝廉，孝廉谓雨农有孙，当寄信往借。后适遇乡试，其孙果以其书来，以十日为期，因试毕即束装，不久待也。予徘徊无策。及门董季友元壳孝廉引以为己任，招写手，假巨宅，昼夜并力，八日而卒业，凡得乙集四十八卷、丙集十六卷、丁集九卷，后附遗文五篇，则舍人之子孝敫所补录，共成七十四卷，哀然大集也。

高孝扬《抑快轩文集·补录》说明云："《抑快轩文集》分为乙、丙、丁三编，先君晚年手订者也。"集共收录文534篇，其中包括同治本、遗集本绝大多数的文章，而有一半左右的篇目未见上述二本。集中《杭川二院课艺序》（乙编卷十）、《侯选县丞何慎庵墓表》（乙编卷三十六）、《路喻》（乙编卷四十八）、《拿口分司胡君心鉴序》（丙编卷五）等篇都作于道光二十年（1840），也就是高澍然过世的前一年，知文集最早编定于此年。据高孝敫介绍，补编《御英夷议》《与常观察书》《为贤侯征归母丧赙》三篇作于手订文集之后，另两篇作于手订前。《御英夷议》一文有"定海既复"语，定海陷落后，于道光二十一年（1841）二月收复，知本文作于二月或三月，因为闰三月三日澍然便溘然长逝。

关于此本分乙、丙、丁三编而无甲编的问题，高澍然本人没有说明，他的儿子孝祚、孝扬也没有说明，谢章铤《课余续录》推测道："抑快轩文分乙、丙、丁三集，而无甲，舍人曾著《春秋释经》《诗音》《论语私记》《韩文故》《李习之文读》诸书，殆欲列为甲集，故文集无甲也。"专门著作都为一编，可能有道理，但文集又析而为三，且文三编的划分一不按文体、二不按时间顺序（如前所述，前两编都有作于作者去世前一年的作品），因此谢氏的推测并没有很强的说服力。有乙、丙、丁三编而无甲编的问题，下文论述周凯评注本时再做分析。

光绪本是作者去世前不久亲订本的钞本，保存作品最多，也最能反映作者一生古文创作的面貌，因此在诸多钞本中也最有价值，光绪本和遗集本用的稿纸一样，也是赌棋山庄的红格稿纸，也都是每半页10行，行24字。虽不是出自一人之手，但字迹都很工整。七十四卷分订十七册，至今保存相当完好，无缺页或虫损。但因为限期假写手所钞，也就留下一些遗憾：一是有脱落衍误。此本钞后虽用朱笔，或用眉批的形式作过校正，仍不够完美。例如编目丙编卷十五《忠义孝弟词落成祭文代》，"词"为"祠"之误；卷十六《劝账教婆德邓氏引》，"账"为"赈"之误等，均未校出。正文中"乙编"有数处误作"一编"。二是钞写时体例不纯，观全帙体例，篇与篇不接写，下一篇必须另用一页，然而乙编卷三十三《旌表节孝上官母王夫人墓志铭》《勅封孺人张母曾太孺人墓志铭》《勅封孺人王母陈太孺人墓志铭》《勅封孺人鄢母黄太孺人墓志铭》连续四篇都接写，未另用一页。

光绪本前有建宁张绅、仁和陈善、富阳周凯序三篇。张绅序即同治本之序，唯有两处稍异。同治本"其自著文，有集三十卷"，光绪本易为"其自著文，亦有集若干卷矣"。同治本"道光元年仲秋"六字，光绪本无此六字。盖张序作得很早，作者编集子时稍作技术处理。陈善序作于道光十二年（1832），周凯序作于道光十五年（1835）。

高澍然的得意弟子金门林树梅（1808—1851）《书高雨农夫子〈抑快轩文集〉后》[5]云："《抑快轩文集》为光泽高雨农夫子未刊之稿，篇帙繁重，钞刻不易。树梅每与岷民、幼瞻二世兄谈而忧之，爰分缮得七十四卷，颂以寿梓而未逮也。"又云："异时携归家山，更图剞劂。"就是说，高澍然去世后，林树梅亦曾得一缮写本，此书后即写于此缮写本之后。高澍然的手稿，澍然子孙的缮写本及林树梅的缮写本均已亡佚，故谢章铤此钞本便弥足珍贵了。

福建省图书馆又藏有十六册本一种，用铁石轩红栏稿纸钞录，每半页9行，行24字。著录为"螺江陈氏钞本"，当有其据。十六册本疑从光绪本过录，根据是：篇目同光绪本，目录过录时或脱或误，二编卷二脱《君子有不仁论》，卷十三脱《重修李忠定公祠记》，卷八《茗何柯文后序代》衍一"何"字；光绪本误字，此本亦误，如丙编卷十五《忠义孝弟祠落成祭文代》、卷十六《劝账孝婆德邓氏引》，"词"为"祠"之误，"账"为"赈"之误。

在抑快轩文的诸种钞本中，周凯评注本也相当重要。周评本虽然也是三十卷，但篇目不同于同治本。据高澍然《答周观察芸皋先生书》和《答周观察书》，澍然曾将新旧作汇成二册请正于周凯，周凯退还时于稿上粘十数签。此本周凯评有两种笔迹，一与正文相同，为楷书，明显系从粘签过录；一是行书。有时一篇仅有楷书的周凯评注、或行书的周凯评注，有时既有楷书又有行书，楷书在前行书在后；有时还有粘签的周凯评注。笔者曾在台湾台北林氏花园廊庑见过周凯手书已诗的行书，此本周凯行书评注正与其笔迹相同，为周亲笔无疑。此本不是周凯第一次的评注本，而是晚于第一次的另一评注本，还有三条理由：首先，卷三十《中洲夜游记》一文后有《〈内自讼文集〉序》《〈内自讼诗集〉序》《金、厦二岛志序》等14篇，这14篇都是作者游厦门或离厦门之后不久作，目录没有补录；14篇周评注都是行书。其次，从行书周评可以得知为再读之本，如卷十《凤阳府学重修大成殿记代》明确注明"再读"；卷六《〈春秋释经〉序》粘签云："此评与原本粘评文少异"，指出缮录时与原本不同。最后，改易原评注，卷十九《李眉山岷溪墓志铭》原评："然君为人故有始终者文转揪在此宗旨亦在此。"改为："君为人有始终者勿为文中轻揪亦通篇宗旨。"《清故太学生何君乐崇墓志铭》删去"有此至行不可无至文"，改为："一门至行深堪嘉尚惟此至文足以永一"像《上官介庵先生墓志铭》一文，删去原评12字，粘签评注多达近百字。

周评本每半页8行，行22字（周凯再读评注未按此格式书写）。第二至第十册首页均铃有"味三书屋珍藏"印记。第一册缺总目卷一至卷二十五。各册前有详目。此本《送李刑部兰序屏思恩守兰卿兄弟还朝序》《太学生鄢君六十七寿序》等文为他本所无。《赠程氏三子序》不见光绪本。也就是说，高澍然最后编订时将这几篇删去了。为什么删去？因为这三篇都受到周凯比较尖锐的批评，值得注意的是，周凯在评注时提出"外集"的概念。卷六《光泽试资便览序代》（光泽损设科）周评："气稍密而不密，赖后幅振动之，似宜入外集。又一首近套亦拖，请酌。"结果前一篇编入丙编，后一篇编入丁编。卷三十《吊张母邓孺人文》、《募修京师邵武会馆引》，周评："以上二首似宜入外集"。结果这两篇都被入丙编。通观全书，凡周去"请酌""可商""请商"一类的作品，高澍然多将他们编入丙编和丁编,卷九这类作品有 7 篇,除《太学生鄢君六十七寿序》自订时未收外,《吴母叶太安人六十寿序》《程母张夫人五十寿序》《丁封翁仁山先生偕配陈孺人七十双寿序》(自订后易为《丁兰谷夫妇七十双寿序》)三篇入丙编,《周邑侯六十寿序》《汪母饶夫人七十寿序》《诰封恭人杨夫人八十寿序代》三篇入丁编。又如卷二十九《祭上官母曾孺人文》《上官敬垣先生祭文代》《饶母慎夫人祭文代》《奉安五王崇圣新祠祭文》《忠义孝弟新祠成迁主告文代》五篇,周评:"以上五首似可不存,请酌"。结果三篇入丙编,两篇入了丁编。这样看来,丙编和丁编有点类似于外集外编,乙编则为内集内编。外集外编存一些作者或友人认为质量稍次或有些不同看法的作品,而内集内编则为作者较得意或公认较好的作品。也就是说,乙编有乙等之义,丙编丁编则为丙等丁等。那么,作者自订时为什么没有甲编,只有乙编和丙编丁编呢? 道理很简单,高澍然自谦,以为自己的古文充其量只有乙等,不可能称甲;乙等之外,还有丙等和丁等。

周凯的意见,高澍然偶有采用。卷五《吴德圃之甘肃候补知县序》,周评:"题亦可易'之官甘肃序'。"光绪本丁编卷一正作《送吴德圃之官甘肃序》。卷十七《永定知县潘汝龙传》:"自县界逮百里,香花鼓吹迎入。是夕四门张灯陈百戏如庆元宵",周评:"'香花'二字请酌。'庆元宵'三字亦请酌。"光绪本分别易为"焚香""报赛",当然,也有不少意见作者没有采纳。周凯也是古文家,著有《内自讼斋文集》,也曾将自己的古文请高澍然评注。周凯的评注相当仔细认真,也相当严肃,有时虽不免推拖稍过,但批评也不留情面。

周评本后有 1916 年陈衍所作《〈抑快轩文钞〉跋》的一篇,所用为福建通志红格稿纸,当是陈衍亲笔所书。跋云:"陈弢庵太保出所藏〈抑快轩文集〉钞本十数巨册。"此本仅有十册,"十数巨册"疑为十六册本,旧为陈氏所藏。跋文二纸,疑收藏者张冠李戴,订于周评本之后。

润经堂钞本及何振岱批选本为选钞本,分别选文 36 篇和 37 篇,版本意义不太大,限于篇幅,不详论。

三、《抑快轩文集》文学和文献价值

道光五年(1825),高澍然在《与陈恭甫先生书》中论述清初至道光初福建的古文云:"大抵昭代古文嫡系在吾闽,前有梅崖,今又得先生充其所,至固齐驱并驾。即友人张怡亭及拙著,亦思如骖之靳,未知先生肯容分坛坫作滕薛小侯否?"提到朱仕琇、陈寿祺、张绅及自己,共四家。

朱仕琇,字斐瞻,号梅崖,建宁人,乾隆一十三年(1748)进士,改翰林院庶古士,散馆出为山东夏津知县,在任 7 年,改福宁府教授。为了专心致力于古文,他辞去学官,后主讲福州鳌峰书院 11 年。朱仕琇治古文,以学韩愈为主,李翱为辅,他认为古文家必须以正身养气为先。朱仕琇所努力的目标是"平易诚见"(《与绮园书》),所欣赏的是"淡朴淳洁之趣"(《答黄临皋书》)。朱仕琇著有《梅崖居士文集》。

朱仕琇在闽西北的弟子主要有建宁李祥赓(1756—1817)和光泽高腾。张绅是李祥赓的弟子,高澍然是高腾之子,所以张绅和高澍然都是朱仕琇的再传弟子。张绅,字怡亭,建宁人,诸生。高澍然《张怡亭先生行状》评张绅古文云:"其著淳古冲澹而孕奇气,殆所谓寄至味于淡泊也。"高澍然曾言:46 岁以前文,皆交怡亭删定(详乙集卷十九《答陈恭甫先生书》)。张绅于高澍然,界在师友之间。

高澍然生长在古文创作十分活跃的闽西北,他是清代闽西北嘉道间继朱仕琇之后倾全力写古文的作家。高澍然和朱仕琇一样,极推崇韩愈、李翱文,他还著有《韩文故》和《李习之文读》。朱仕琇重立心正身,高澍然认为这还不够,还有待于"性足于仁"(同治本卷十二《与陈恭甫先生书》),重视言与行的结合,重视言之见于行。

高澍然治古文反对负奇而贵平易。明代的古文,他推崇归有光而不满王世贞、李攀龙。他的门生林树梅是个"负奇士",澍然告诫他"奇施于诗可,施诸古文则不可。诗之途宽,随所由皆可名。虽奇如卢全《月蚀》诗,韩子犹仿之。古文则曰唯其是尔。是者,道也,固至平至庸也。平,固充满而不亏;庸,故和易而各足。饰则伪,执则离,过则不可常,何奇之足尚哉"!(乙编卷六《赠林生树梅序》)后来,林树梅的古文能"异奇取平","进于蔼如"(乙编卷八《〈啸云山人文钞〉序》)高澍然非常高兴,认为大有长进。高澍然自己的古文也以平易蔼如为特色。而作者的情、志,则能于平易蔼如的文字间自然流出。陈善《〈抑快轩文集〉序》评其古文云:"文不矜才,辩不尚奇。特所言皆平易近情,而清微淡远之旨,淳茂渊雅之志,时流露于吐纳嘘吸之间。"桐城派殿军马其昶《〈抑快轩文钞〉序》评云:"其味澹如泊如也,久之再读,醲如也。其陈义高,其言不过扬,其思穆,能使人愉,使人憬以栗,如寤而闻廖廓之鸣声。"陈衍《〈抑快轩文钞〉序》则指出高澍然在明清古文发展过程中的地位:"吾乡之号称能文于当世者,至明始有一王遵岩,至清始有一朱梅崖,继之者雨农。"在陈衍看来,王慎中散体中往往参一段骈俪语，朱仕琇考据偶有不纯，能继归有光者或即高澍然。

高澍然的《抑快轩文集》除了文学价值外，也具有重要的文献价值。

首先，高澍然虽然家居不仕，但仍"留心当世之务"，"往往以书言天下事"。《行述》举二文为例，一为嘉庆十六年（1811）《上侍郎姚文僖公书》，文章说，当今国家亟须人才，而人才匮乏则莫甚于今。今之学者大都志科第而无干才，"取声誉无补于治"。另一篇是《御英夷八议》，此文作于道光二十一年（1841）春，当时林则徐、邓廷桢已被革职，朝廷内外议和声浪甚高，高澍然上书军府，提出抵御英军侵犯的方略八事，即：杜和，断援，固内，扼要，隳坚，振颓，复初，善后。文章总的思想是立足于战，反对议和。他认为，和靠的是信，没有信的和，终要败盟，英国侵略军不可能有信用，"譬猛兽在山，惟有驱而远之，搏而毙之已耳。乃引而券（疑当作豢）之，与之约法，冀其不噬，庸有济乎！"当然，高澍然也不是排外主义者，他说，只要"英夷"遵守中国法令。"无携禁物"，乃应"准通市如初"，这样做，"亦御夷之远算也"。断援，固内，扼要，隳坚、振颓，涉及御敌的种种具体做法。"扼要"一事，分析沿海（包括台湾、海南）上百港汊，分省论述何者最要、何者次要，不是一般书生所能言，文章洋洋洒洒，长达五千言，可惜文章写成作者便与世长辞，"常南陔观察见其稿叹曰："忠忧硕画，有本有用之言也""录之数十通"（《行述》）。

其次，高澍然非常关注闽海形势，还为不少与台湾有关的人物作传。高澍然到过厦门，对沿海形势较了解。台湾是大陆沿海的屏障，固然不错，但高澍然又据郑成功以厦门、金门二岛"取台湾于荷兰"，及施琅以"二岛统一大清版图"，指出"二岛又扼台湾之要也"（乙编卷七《〈厦金二岛志〉序》）。谢金銮所著《蛤仔难纪略》是一部有关台湾东北一带形势道里的"经世务"之书，其板已亡，高澍然特作《书〈蛤仔难纪略〉后》一文以张扬其书的重要，周凯读后大加赞许，以为"经世之事得此经世之文以序之"并表示"愿附经费以资刻"[6]《抑快轩文集》中，与台湾有关的传记很有一些，如《觉罗满公传》《孙文靖传》《台湾总兵林亮传》《台湾知府杨廷理传》《王得禄传》《林都尉传》《周公（凯）传》等。此外《送族子某之台湾序》《啸云山人文钞序》《拟张中丞平海碑》《赤嵌从军记》等，也有关台湾的人与事。

再次，文集中一些文章可补史缺，供研究嘉道间，尤其是鸦片战争史者参考。《谢制府孙尚书书》《答梁方伯书》《上林尚书书》《与常观察书》《谢陈水师提督书》分别是写给孙尔准、梁章钜、林则徐、常大淳、陈化成的书信，由于《抑快轩文集》全帙尚未印行过,这些书信研究者恐怕没能注意到。陈化成抗英战死于吴淞炮台,林树梅《江南提督忠愍陈公传》及后来有关于陈化成的传记,都突出陈化成英勇献身的经过,无疑是很必要的,而《谢陈水师提督书》一文则为我们揭示陈化成将军性格的又一面:"今于澍然特加亲爱,道款曲,说家常,如兄弟欢。"高澍然壮岁辞官,不仕四十年,但他的交游还比较广泛,除了闽西北的张绅、张际亮、何长载、何长诏外,省内有陈寿祺、叶申蔼、林树梅、吕世宜等,外省籍则有李兆洛、姚莹、陈善、周凯等,集中的一些文字,都可供我们研究这些人物的生平、思想、文章时参考。而《题蔡忠惠公遗像》《明黄忠端公狱中手书孝经跋》则有关文物,前者记蔡襄一幅遗像,后者述黄道周狱中手书的《孝经》,《与郑方伯王观察论通志兼辞总纂书》一文,写及修纂道光通志的一些情况也很有参考价值。

抑快轩文五百多篇,内容相当丰富,但也有明显的弱点。一是应酬文字过多,二是取材不广。谢章铤批评道:"家居之日多,凡运会升降之故,山川伟丽之观,微觉取资之未广。又所纪多乡里善人,无瑰绝奇特之行恣其发挥,足以引情耐思,未足以惊心动魄。譬之水,澄潭清泚与长江大河万怪皇惑者稍异矣。"[7]谢章铤写这段话时并未见到七十四卷本,也就是说还没读到《御英夷议》等"长江大河万怪皇惑"之文,但也应当承认,文集全帙《御英夷议》这样的文章确实太少了。当高澍然十分关注鸦片战争的战事并奋笔长书之时,竟溘然而逝。不过,他未竟的事业却由他的学生林树梅继承了下来,林树梅不仅亲身参加了厦门前线抵御英军侵略的战争,而且写下一系列震人耳发人聩的有用之文,在古文发展史中别开生面,独树一帜。

注 释

[1]〔清〕陈衍:《〈抑快轩文钞〉跋》。

[2]〔清〕盛朝辅等原修,李麟瑞等增修:光绪《光泽县志》卷十七《文苑·高腾传》,中国方志丛书,台北:成文出版社有限公司,1974 年,第 1112 页。

[3]〔清〕盛朝辅等原修,李麟瑞等增修:光绪《光泽县志》卷十六《儒林·高孝歆传》,中国方志丛书,台北:成文出版社有限公司,1974 年,第 1112 页。

[4]〔清〕谢章铤:《〈抑快轩文集〉题辞》,《抑快轩文集》同治十年谢章铤钞本。

[5]〔清〕林树梅:《书高雨农夫子〈抑快轩文集〉后》,《啸云文钞》卷八,钞本。

[6]〔清〕周凯:《抑快轩文集》卷二十三评语,《抑快轩文集》周评本。

[7]〔清〕谢章铤:《抑快轩文集·题辞》,《抑快轩文集》周评本。

《清人诗文集总目提要》订补
——以李瑞和等八位福建籍作家为中心

朱则杰

在清代诗歌(包括散文)文献学研究领域,21 世纪初相继出版了李灵年、杨忠共同主编的《清人别集总目》和柯愈春所撰的《清人诗文集总目提要》两种巨著(版本详后)。两书均为 16 开三大册,各著录清代作家近两万人,别集约四万种。特别是《清人诗文集总目提要》(以下简称《提要》),更可以说是后出转精,代表着目前该领域研究的最高水平。

但不难想见,涉及这么多的对象,即以《提要》而论,这里面的各种疏忽、缺漏乃至错误,自然也是难以尽免的。遗留下来的这些问题,一般说来其难度恰恰也是最大的。对这些问题进行订正和补充,正可以使两书更趋完善。特别是关系到《提要》本身以及日后《全清诗》《全清文》等内部排序的作家生卒年问题[1],更是解决一处是一处,完成一家是一家。因此,笔者在日常读书过程中有所发现,即随时将它们记录下来并陆续整理成文,相继分组发表,提供给编撰者以及其他有关读者参考。本篇专取李瑞和等福建籍作家,仍旧按照《提要》著录的先后立目排序,依次考述;有些同时涉及《清人别集总目》的问题,也附此一并予以指出。

一、李瑞和

李瑞和,《提要》定其卒年为清顺治十二年乙未(1655),其"生年不详"。[2]

按这个卒年,联系江庆柏编著《清代人物生卒年表》"李瑞和"条来看,盖依据徐鼒《小腆纪传》卷五十七之"本传"。[3]学术界某些研究凌濛初、金人瑞等著名文学家的专著(具体从略),在涉及李瑞和时,基本上也都是据此介绍,该传有关原文如下:

　　李瑞和……漳浦人。崇祯中进士,官松江推官……寻擢御史,视鹾两浙。丁艰归,家居四十四载,竟不出……国变后十二年而卒。[4]

检嘉庆《钦定重修两浙盐法志》卷二十一《职官一》"职官表·官纪·明"末尾相关记载[5],李瑞和于明末崇祯十五年壬午(1642)始任两浙巡盐御史,亦即"视鹾两浙";其下一任两浙巡盐御史李珽,始任于崇祯十六年癸未(1643),正常应该就是李瑞和"丁艰归"的这一年。自此李瑞和"家居四十四载",则他绝对不可能卒于"国变后十二年"亦即清顺治十二年乙未(1655)。这也就是说,《小腆纪传》这段叙述明显存在着自相抵牾之处。

又李瑞和外孙蔡衍锟《操斋集》"文部"卷十五《先妣慈肃李太君行述》曾经叙及:

> 妣李姓……父讳瑞和,崇祯甲戌进士,官监察御史,巡盐两浙,以惠政闻……值康熙甲寅闽藩作乱,海贼因之……于时侍御公为贼所羁,众莫敢近。妣及考不避艰险,厚赂守者,朝夕馈食无失;而妣又断指燃灯,仰求神祐,至诚所格,果脱于难。侍御公每对人,必太息流涕曰:"古人言生女勿悲,乃今日见之。"丁巳春,大师入闽……[6]

这里的甲寅为清康熙十三年(1674),此时三藩之乱爆发,而侍御公李瑞和至少当时仍然在世。可惜该篇下文没有再说到李瑞和,其他如"骈部"卷六《代家侄祭外祖文》[7]也没有具体交代李瑞和的卒年。

李瑞和同乡后学、已故张兆基所著《漳浦历史名人传略》一书,其中有一篇《李瑞和》,恰恰卒年以及生年、享年一应俱全。"瑞和生于明万历三十五年(1607)。"[8]"清康熙二十五年(1686)在家逝世,终年八十岁。"[9]这里的卒年,上距崇祯十七年亦即顺治元年甲申(1644)"国变"乃是四十二年。由此推测,《小腆纪传》所谓"国变后十二年而卒","十二"之前恰巧应该是脱漏了一个"四"字,这样其与崇祯十六年癸未(1643)李瑞和"丁艰归,家居四十四载"(按头尾计)也就正好一致了。

张兆基生前曾经担任过新编《漳浦县志》的总编,不幸中途因病逝世。他长期致力于乡邦文化研究,熟悉地方文献,即如这篇《李瑞和》的传记,就我们所知的部分史料进行抽检核对,无不十分可靠,哪怕是细小的其号顽庵,虽然《提要》未及,而在蔡衍锟《操斋集》"诗部"卷七《哭外祖李顽庵先生》一题内也可以得到佐证。[10] 如此看来,这篇传记特别是其中那些关键性的信息,虽然没有注明来源,但其背后一定有类似于墓志铭或家传、家谱的原始文献作为依据,值得我们采信。倒是后来正式编定出版的《漳浦县志》最末卷三十八第一章《人物传》中的《李瑞和》,称其"终年 79 岁"[11],这是由于编者不熟悉古人按虚龄计年岁的传统习惯,而犯了净减的错误(包括其他大量历史人物)。

另外,《清人别集总目》也著录有李瑞和[12],生卒年标注为"？—约 1656"。这里的卒年尽管处理得比较审慎,但在根本上还是受了《小腆纪传》的误导。

附带提及,关于张溥《七录斋诗文合集·文集近稿》卷三有一篇《李宝弓司李稿序》[13],不知现存李瑞和(宝弓其字)别集卷首是否也曾收录。

二、郑邦祥

郑邦祥,《提要》缺少生卒年。[14]

按《提要》曾根据郑邦祥集内的交游诗歌,大致推测其"明末清初时在世"。但郑方坤《全闽诗话》卷八《明》"先曾祖孟麟公"条,从郑方坤友人吴文焕《剑虹续稿》辑录出一篇类似传记的文章,其中叙及:

> 郑邦祥,一名绂,字孟麟,著述甚富……遇不酬才,年不符志……天启癸亥除日,韶阳溪上忽得句云:"五千归路才过半,四十行年尚待三。"语亦无大沉痛,而不知其为谶也。[15]

这里癸亥为明天启三年(1623),当时郑邦祥应该是三十七岁,逆推其生年为万历十五年丁亥(1587)。又,既然称作诗谶,那么郑邦祥的谢世时间应该就在得句之后不久。今人陈庆元所著《徐𤋮年谱》"天启四年甲子(一六二四)"条即附带记载有"郑邦祥卒",依据系其友人陈衎的挽诗。[16] 唯关于郑邦祥的出生,该年谱同样依据陈衎有关诗歌作品,列在"万历十四年丙戌(一五八六)"条[17],与上文推算相差一年。不管怎么说,郑邦祥属于明代人,这一点可以确信无疑,因此《提要》应将本条删去。

另外,《清人别集总目》也著录有郑邦祥[18],但关于作者没有任何介绍,也应当删去才是。

三、曾异撰

曾异撰,《提要》[19] 及《清人别集总目》[20] 均已定其生年为明万历十九年辛卯(1591),而卒年尚缺。

按李世熊《寒支初集》卷八有《同社祭曾弗人》一文,开头说:

> 曾子弗人死之十九日,其同社友董养河等颀然见曾子不死也。死矣
> 乎? 死矣! 于是促节数声而招之……[21]

末尾所署时间为"崇祯甲申年正月二十二日"[22],如此按照头尾计算,曾异
撰(字弗人)盖卒于崇祯十七年正月初四日(1644 年 2 月 11 日),当时明王朝还
没有灭亡[23],《提要》及《清人别集总目》应当将本条删去才是。

附带提及,关于明清交替之际,同时存在两个同姓名的曾异撰,《明史》各有
记载,后世相关辨析也很多,必要时应当加以注意。

四、阮旻锡

阮旻锡,《提要》缺少生卒年。[24]

按阮旻锡的生年,今人已经考察确切,例如《第九届明史国际学术讨论会暨
傅衣凌教授诞辰九十周年纪念论文集》最末所收何丙仲《郑成功部属阮旻锡与
〈夕阳寮诗稿〉》一文,第一部分《阮旻锡的生年及其家庭》第一个问题就是关于
生年。该处首先介绍张宗洽的研究成果:根据阮旻锡《海上见闻录定本序》署款
"岁丙戌(清康熙四十五年,1706)六月朔日,八十叟轮山梦庵书"(梦庵其号),考
证出其生年为明天启七年丁卯(1627)。何丙仲继而进一步说:

> "诗稿"有多处史料可资补证,如卷三《四十歌》前有短序云:"丙午冬,
> 余客都门,年已四十,时已(而)称老。"康熙丙午(五年,1666),阮旻锡自称
> 四十岁。又"诗稿"卷九《(丙寅)人日》有句云:"晴明难得逢人日,衰老其如
> 属兔年。"诗后自注:"予生丁卯岁。"由此,阮旻锡的生年可以确定为天启七
> 年丁卯(1627)。[25]

如此推论,确实更加令人信服。后来何丙仲校注的阮旻锡《夕阳寮诗稿》正
式出版,书后还附有《阮旻锡先生年谱》[26],查阅十分方便。

此外,车萍萍《阮旻锡〈燕山纪游〉考》一文,第一部分也曾引据上及阮旻锡
《海上见闻录定本序》署款,特别是李清馥《闽中理学渊源考》卷三十三《征士丘

钓矶先生学派·征士丘钓矶先生葵·备考》所收"轮山阮氏旻锡书先生《却聘诗》辨正"署款"癸巳(康熙五十二年,1713)仲春上弦,后学八十七叟轮山阮旻锡书于类村之回清亭"的记载,来考察阮旻锡的生年。[27]唯该处推论阮旻锡"生于明天启六年(1626)",那是由于不熟悉古人按虚龄计年岁的传统习惯,而正确的结论恰恰应是天启七年丁卯(1627)。

附带提及,关于阮旻锡的诗集,《提要》著录清顺治十五年戊戌(1658)魏氏北京刻本《阮畴生诗集》(字畴生)四卷[28],内含《行吟集》《涉江集》《中州集》《并山集》凡四个小集。而上及《夕阳寮诗稿》,其底本分体编次,凡十二卷(其中卷一、卷二"五言古诗"两卷"原本缺失"),据作者(署法名超全)自跋乃于康熙三十二年癸酉(1693)由丁炜帮助在江苏南京付刻[29],可知与《阮畴生诗集》并非同一书,《提要》所谓"当同指一书"云云应当酌改。

又吴格整理的《翁方纲纂四库提要稿》集部"别集类·清"有一种阮旻锡的诗集《夕阳寮存稿续集》[30],凡五卷,内部同样分体编次,所录作者自序作于康熙四十五年丙戌(1706)"年八十";该处还录有不少具体的作品或篇名,并有若干翁方纲的按语。这不但可供《提要》作为补充,而且上及《夕阳寮诗稿》如果日后再版,也应当予以吸收。该处还特地摘录阮旻锡康熙四十一年壬午(1702)所作《壬午岁除》云:"七十六年如电过。"及四十三年甲申(1704)所作《甲申元日诗》云:"七十八年云水僧。"[31]则不但可以推算阮旻锡生年也是天启七年丁卯(1627),而且可以想见翁方纲对考察人物生年的重视。

又关于阮旻锡诗集的序文,除《提要》已经叙及的魏世俨一篇之外,曾见沙张白《定峰文选》卷上[32]、丁炜《问山文集》卷一[33],各有一篇与之同题的《阮畴生诗集序》。我们结合有关内容与上及自跋推测,可知实际分别为《阮畴生诗集》《夕阳寮诗稿》而作,《提要》与上及《夕阳寮诗稿》同样可以补充。

五、林兆熊

林兆熊,《提要》已据本集《湖山漫草》内清康熙元年(1662)"壬寅年作《初度自述》称,'五十九年身,风雨不堪陈'",推得其生年为明万历三十二年甲辰(1604),而卒年尚缺。[34]

按《提要》卷八著录的林云铭[35],是林兆熊的次子,其《挹奎楼选稿》卷十一有《先府君行状》,记载有林兆熊的忌日及享年等:

> 康熙八年(己酉)春二月乙亥(十二日),先府君以天年捐馆……府君讳兆熊,字天泽,别号渭庵……著有《湖山漫草》诗集……享年六十有六。[36]

这里的忌日,换算作公历为 1669 年 3 月 13 日。由此逆推其生年,与《提要》所推正相一致,只可惜生日仍旧不详。有关字号,则可以补正《提要》所谓的"字渭庵"。

附带提及,关于林云铭,其生卒年《提要》阙如;《清人别集总目》作"1628—1697"[37],但未详所据。而韩国金渊洙《〈楚辞灯〉作者林云铭生卒考及行年疏证》一文,对此有详细考证。[38]又官桂铨《林云铭的生卒年》一文[39],虽然只依据民国三年(1914)重印乾隆刻本《濂江林氏家谱》这一种资料,却能够具体到生日和忌日,尤其珍贵。该处也曾提到林兆熊,不过因为不是主角,所以他的生卒时间恰恰被省略掉了,而循此线索,日后仍有查补完整的可能。

六、林蕙

林蕙,《提要》已定其生年为明万历三十三年乙巳(1605),而卒年尚缺。[40]

按清光绪九年癸未(1883)最终续补成书的郭柏苍、刘永松两人合撰的《乌石山志》卷七《人物》"国朝"第一人林蕙之"小传"曾说:"康熙戊午,年七十六卒。"[41]又光绪十六年庚寅(1890)成书的郭柏苍、杨浚两人合辑的《全闽明诗传》卷五十三"崇祯朝·八"林蕙"小传"附录《乌石山志·人物传》改作:"康熙己未,年七十七卒(按蕙七十六始丧偶)。"[42]这里"戊午""己未"依次为康熙十七年(1678)、十八年(1679),而自然以后者为准。

不过郭柏苍等人所说的林蕙享年或者说据以逆推的生年——万历三十一年癸卯(1603),却明显不可相信。而《提要》曾一再列举林蕙编年诗集《让竹亭诗编》内的作品,即康熙二年(1663)所作《癸卯初度》有"蹉跎五十九年更"之句,三年(1664)所作《甲辰元旦》则有自注"是年予六十",逆推其生年都是万历三十三年乙巳(1605),因此可以确信无疑。正如《提要》所说,集内"诗止于康熙十七年,作者时已七十有四"。结合上文有关记载,林蕙应卒于康熙十八年己未(1679),享年七十五岁。

附带提及,关于《提要》本条最末接着说:

> (《让竹亭诗编》)前有《读让竹亭诗编漫题》,署"弟林先春拜手,时年七

十八"，则刻集当在康熙二十一年后……[43]

这似乎是把题辞者林先春的"时年"误作了林蕙的"时年"。

又《清人别集总目》著录林蕙《让竹亭诗编》[44]，则作者误作了另一位同省、同姓名的女诗人。

七、林廷禧

林廷禧，《提要》定其生卒年为嘉庆二十三年戊寅（1818）至咸丰六年丙辰（1856）。[45]

按这里生年可疑。《提要》本条曾同时叙及林廷禧"年十八登道光十三年（癸巳，1833）进士"。此说可能源自其同时代同乡魏秀仁所撰《陔南山馆诗话》卷三："林范亭观察廷禧……年十八登许眉榜。"[46]但假如据此逆推，那么林廷禧的生年应该是嘉庆二十一年丙子（1816），相差两岁。又假如从嘉庆二十三年戊寅（1818）下数，那么林廷禧进士登第时应该是十六岁，例如后来王之春《椒生随笔》卷六"少年科第"条就说："国朝侯官林廷禧于道光……癸巳捷南宫，年才十六。"[47]虽然这两种说法都未尝没有依据，但《提要》将其放在一起，至少造成了自相矛盾，使读者不知所从。

顷见彭蕴章《松风阁诗钞》卷十八有《题侯官林节母课孙图（节母余氏，为观察廷禧之祖母）》《题林范亭观察廷禧诗钞》连续两题各二首，据集内作品编次均作于咸丰四年甲寅（1854），而第二题之一云：

> 黄童对日早知名（君少有"神童"之目），人海星霜廿载经。已看科名推老辈（君年十七成进士，迄今已阅十二科，年尚未四十），问年还似醉翁亭（欧阳公作《醉翁亭记》，时年才三十九；《记》中所云"苍颜白发"者，盖戏之耳）。[48]

这里"问年还似"欧阳修，"时年才三十九"，属于一般比拟之辞，可置不论；而具体所说，则是林廷禧"年十七成进士"。两题诗歌都不像《陔南山馆诗话》等书那样写在林廷禧身后[49]，而明显都是当时当面所作，因此最值得相信。后来如吴仰贤《小匏庵诗话》卷六也说："道光间侯官林范亭观察廷禧，年十七成进士。"[50]据此逆推，林廷禧应该出生于嘉庆二十二年丁丑（1817）。

附带提及,关于林廷禧的字号,曾见陈庆镛《籀经堂类稿》卷十二道光十六年(1836)《丙申四月四日江亭展褉后序》,所列该次集会人物最末一人为"侯官林廷禧孝源"。[51]这就是说,林廷禧字孝源,再结合其诗集《范亭诗初草》的书名来看,范亭则应该是号而非《提要》所谓的字。

又《清人别集总目》著录林廷禧[52],生卒年均缺,则可据上文所述酌予补充。

另外,正如上及彭蕴章诗歌第二题之二自注所说,林廷禧"为观察李兰卿前辈之婿,兰卿亦少年登第";而关于李彦章(兰卿其字)登第的具体年龄,也至少有十六岁、十八岁两说,可见拙作《〈啸亭杂录〉三条》第三条"'青年科目'条"。[53]

八、何尔瑛

何尔瑛,《清人别集总目》著录其民国二十六年(1937)排印本《丁戊山馆吟草》,但作者没有介绍,并且"瑛"字因形近而误作"琪"。[54]

按何尔瑛字玉瑜,号止泉道人,福建闽县(今福州)人,光绪十四年戊子(1888)举人,会试不第,以授徒为生。他曾与前述李宗言兄弟等人同结"支社",社诗总集《支社诗拾》卷首《支社同人齿序》《支社作者姓氏爵里表》有其基本信息;光绪末年朱景星修、郑祖庚纂《闽县乡土志·耆旧录·二》"学业·国朝"最末《文苑》"何尔瑛(周长庚、李格等附)"条,即以何尔瑛立传,而附及一部分社友及他人;另一社友陈衍,其《陈石遗集·石遗室文四集》内有一篇民国十一年(1922)为何尔瑛遗稿而撰的《丁戊山馆未定稿叙》,则所指很可能就是《丁戊山馆吟草》,有关情况均可参见拙作《清末福州诗社"支社"考辨》。[55]

《提要》未收何尔瑛,依照体例应当予以补充才是。

参考文献

[1]《清人别集总目》虽然按作家姓氏笔画排序,但各家小传也力求注明生卒年。

[2][14][19][24][34][35][40][43]柯愈春:《清人诗文集总目提要》(上册),北京:北京古籍出版社,2002年,第5、7、12、44、45、200、50、50页。

[3]江庆柏:《清代人物生卒年表》,北京:人民文学出版社,2005年,第296页。

[4]〔清〕徐鼒:《小腆纪传》(下册),北京:中华书局,1958年,第633页。

[5]〔清〕颢琰:嘉庆《钦定重修两浙盐法志》,《续修四库全书》第841册,上海:上海古籍出版社,2002年,第467页。

[6][7][10]〔清〕蔡衍鎤:《操斋集》,《四库未收书辑刊》第九辑第20册,北京:北京出版社,2000年,第431—432、502—503、123页。

［8］［9］张兆基：《漳浦历史名人传略》，厦门：厦门大学出版社，1989 年，第 55、57 页。

［11］漳浦县地方志编纂委员会：《漳浦县志》，北京：方志出版社，1998 年，第 1 126 页。

［12］李灵年、杨忠：《清人别集总目》第 1 册，合肥：安徽教育出版社，2000 年，第 826 页。

［13］〔明〕张溥：《七录斋诗文合集》，《续修四库全书》第 1 387 册，上海：上海古籍出版社，2002 年，第 324 页。

［15］〔清〕郑方坤：《全闽诗话》，福州：福建人民出版社，2006 年，第 416—417 页。

［16］［17］陈庆元：《徐𤊹年谱》，扬州：广陵书社，2014 年，第 452、86 页。

［18］［37］［44］［52］［54］李灵年、杨忠：《清人别集总目》第 2 册，合肥：安徽教育出版社，2000 年，第 1 498、1 363、1 360、1 368、935 页。

［20］李灵年、杨忠：《清人别集总目》第 3 册，合肥：安徽教育出版社，2000 年，第 2 275 页。

［21］［22］〔清〕李世熊：《寒支初集》，《四库禁毁书丛刊》集部第 89 册，北京：北京出版社，2000 年，第 317、318 页。

［23］另可参见谢正光《明遗民传记索引》曾异撰名下所附"考证"，上海：上海古籍出版社，1992 年，第 204 页。

［25］陈支平编：《第九届明史国际学术讨论会暨傅衣凌教授诞辰九十周年纪念论文集》，厦门：厦门大学出版社，2003 年，第 402 页。

［26］〔清〕阮旻锡：《夕阳寮诗稿》，厦门：厦门大学出版社，2011 年，第 307—319 页。事迹编至"清康熙五十三年甲午(1714)，八十八岁"(该条引文所谓"甲戌"实即"甲午")，卒年不详。

［27］车萍萍：《阮旻锡〈燕山纪游〉考》，《首都师范大学学报》2006 年增刊。

［28］《提要》曾叙及"此集前有魏敬士序"，但至少魏世俨(敬士其字)当时尚未出生，则所说该刊刻时间肯定有误。

［29］〔清〕阮旻锡：《夕阳寮诗稿》，厦门：厦门大学出版社，2011 年，第 260 页。

［30］［31］〔清〕翁方纲：《翁方纲纂四库提要稿》，上海：上海科学技术文献出版社，2005 年，第 1 053—1 054、1 054 页。

［32］〔清〕沙张白：《定峰文选》，《清代诗文集汇编》第 99 册，上海：上海古籍出版社，2010 年，第 632—633 页。

［33］〔清〕丁炜：《问山文集》，《清代诗文集汇编》第 132 册，上海：上海古籍出版社，2010 年，第 499 页。

［36］〔清〕林云铭：《挹奎楼选稿》，《清代诗文集汇编》第 106 册，上海：上海古籍出版社，2010 年，第 573—574 页。

［38］〔韩〕金渊洙：《〈楚辞灯〉作者林云铭生卒考及行年疏证》，《古籍研究》1996 年第 4 期。

［39］官桂铨：《林云铭的生卒年》，《学术研究》1981 年第 1 期。

［41］〔清〕郭柏苍、刘永松：《乌石山志》，福州：海风出版社，2001 年，第 217 页。

［42］〔清〕郭柏苍、杨浚：《全闽明诗传》，《全闽诗录》第 4 册，福州：福建人民出版社，2011年，第 1 885 页。

［45］柯愈春：《清人诗文集总目提要》(中册)，北京：北京古籍出版社，2002 年，第 1 534 页。

［46］〔清〕魏秀仁：《陔南山馆诗话》，《魏秀仁杂著钞本》第 1 册，南京：江苏古籍出版社，2000年，第 112 页。亦见本师钱仲联先生主编《清诗纪事·道光朝卷》"林廷禧"条，南京：江苏古籍出版社，1989 年，第 14 册第 9 740 页。许眉［楣］为该科会元。

［47］〔清〕王之春：《椒生随笔》，长沙：岳麓书社，1983 年，第 78 页。

［48］〔清〕彭蕴章：《松风阁诗钞》，《续修四库全书》第 1 518 册，上海：上海古籍出版社，2002年，第 481 页。

［49］《陔南山馆诗话》已经叙及林廷禧"出巡迤西死难"。

［50］〔清〕吴仰贤：《小匏庵诗话》，《清诗话三编》第 9 册，上海：上海古籍出版社，2014 年，第6 558 页。

［51］〔清〕陈庆镛：《籀经堂类稿》，《续修四库全书》第 1 522 册，上海：上海古籍出版社，2002年，第 642 页。附带提及，关于此集底本，影印本新添扉页称据"复旦大学图书馆藏清光绪九年刻本"，版本与本册第 459 页原书牌记"光绪癸未秋刊"吻合；而复旦大学图书馆古籍部编《四库系列丛书目录·索引》(上海古籍出版社，2007 年，第 329 页)称据"南京图书馆藏清咸丰间刻本"，则误。

［53］朱则杰：《〈啸亭杂录〉三条》，将载《岭南学报》第七辑。

［55］朱则杰：《清末福州诗社"支社"考辨》，《厦门广播电视大学学报》2015 年第 2 期。

清代闽籍赴台诗人诗歌浅探

何绵山

有清一代，一批闽籍诗人渡海来到台湾，他们在台湾创作了大量的诗歌，成为清代台湾诗坛不可忽略的力量，对正处于开启风气的台湾诗坛产生了深远影响。

清代渡海赴台的闽籍诗人可从下表中窥其大概：

姓　名	生卒年	籍　贯	赴台缘由
王忠孝	1593—1666	惠安	应郑成功之邀
卢若腾	1600—1664	金门	与友人相邀东渡
郑成功	1624—1662	南安	出兵收复台湾
郑　经	1642—1681	南安	随父郑成功收复台湾
施　琅	?—1696	晋江	替清庭收复台湾
施世纶	?—?	晋江	随父施琅收复台湾
林庆旺	?—?	晋江	任台湾府儒学教授
林华昌	?—?	晋江	任台湾府儒学教授
陆登选	?—?	欧宁	任台湾县儒学教授
孙　襄	?—?	安溪	任诸罗县教谕
阮蔡文	1666—1715	漳浦	任台湾北陆营参将
陈梦林	1670—1745	漳浦	敦聘纂修《诸罗县志》
吴周祯	?—?	晋江	任凤山县教谕
施世骠	?—?	晋江	统兵入台
张士箱	1673—1741	晋江	移居来台
蓝鼎元	1680—1733	漳浦	随族人渡台
曾源昌	?—?	厦门	游台澎
王之科	?—?	泉州	

（续表）

姓 名	生卒年	籍 贯	赴台缘由
江日昇	?—?	同安	随父入台
何借宜	?—?	惠安	
李泌	?—?	惠安	
林凤飞	?—?	福州	
陈兆藩	?—?	晋江	
黄吴祚	?—?	惠安	
潘鼎珪	?—?	安溪	寓居台湾
黄名臣	?—?	晋江	
张应渭	?—?	闽县	任凤山县教谕
江冰鉴	?—?	侯官	任凤山县训导
何勉	?—?	福州	任台湾总兵
林翼池	?—?	同安	任凤山知县
俞荔	?—?	莆田	任东海书院主讲
陈绳	?—?	侯官	任诸罗训导
吴应造	?—?	福清	任台湾府儒学教授
朱沄	?—?	南平	任凤山县训导
谢家树	?—?	归化	任台湾府儒学教授
李钟问	?—?	安溪	任凤山县教谕
林绍裕	?—?	永福	任凤山县训导
卢观源	?—?	永安	任诸罗县教谕
朱仕瑜	?—?	建宁	任凤山县教谕
吴玉麟	?—?	侯官	任凤山县教谕
林元俊	?—?	同安	徙居台
王之敬	?—?	兴化	居台湾县治
陈昂	?—?	侯官	
王联登	?—?	泉州	
王洪	?—?	南平	随军入台平乱
林振芳	?—?	晋江	任凤山县岁贡
陈廷和	?—?	漳浦	
谢采蘩	?—?	侯官	随父谢金銮宦游台

（续表）

姓　名	生卒年	籍　贯	赴台缘由
李长庚	1751—1807	同安	追剿海盗入台
柯　辂	?—?	晋江	任嘉义县训导
谢金銮	1757—1820	侯官	任嘉义县教谕
郑兼才	1758—1822	德化	任台湾县教谕
萧　竹	?—?	龙溪	与友游台
黄对扬	?—?	龙溪	任台湾县训导
林春和	?—?	同安	
郑廷理	?—?	闽清	任淡水厅儒学训导
吕宗健	?—?	南安	
官连娣	?—?	邵武	随父官赞朝入台
曾维祯	?—?	泉州	寓居彰化
陈淑均	?—?	晋江	任宜兰仰山书院山长
蔡征蕙	?—?	侯官	
黄　金	?—?	同安	任嘉义营右哨二司外委
林树海	?—?	同安	随军中任职父亲赴台
施　钰	?—?	晋江	随家人渡台
石福作	?—1848	安溪	任澎湖文石书院山长
巫宜福	?—?	永定	
许　宏	?—?	同安	
刘家谋	1814—1853	侯官	任台湾府儒学训导

　　闽籍来台诗人所创作诗歌的内容是多方面的，具体如下：

　　对台湾社会现实的真实反映。这种反映，有代表性的如：阮蔡文《大甲妇》描绘了农村中妇女生活的艰苦："大甲妇，一何苦。为夫饁饷为夫锄，为夫日日绩麻缕。绩缕须净亦须长，捻匀合线紧双股。……土番蠢尔本无知，制器伊谁远近取。日计若无多，月计有余缕。但得稍闲余轧轧事伛偻。番丁横肩胜绮罗，番妇周身短布裋。大甲妇，一何苦。"[1]描写了大甲地区妇女要下田要织布，从早忙到晚，干着比男人更艰苦繁重的活，却在饮食等方面无法与男人相比。《竹堑》描写了当时原住民生产力低下的情景："番丁自昔亦躬耕，铁锄掘土仅寸许。百锄不及一犁深，那得盈宁畜妻子。"[2]原住民不知用牛耕田等先进技术耕作,以致收入无几,难以养活妻子和儿子。陈兆藩《台湾杂咏》对台湾当时垦民和原住民生活情况作了描绘:"茅檐竹壁半耕农,士女于今罢斥烽。""狞狞番女披衣少,劳苦车牛涉水多。"[3]林树海《台阳竹枝词》描绘了垦民与当地原住民相恃的紧张气氛:"内山蛮气未全消,漫说开荒种稻苗。地近生番如畏虎,人人刀剑各横腰。"[4]作者在诗末注道:"番性嗜杀,近番居民带刃而耕。"由此可见当时耕荒的不易。其《曹侯既兴水利乃巡田劝农赋此以颂》:"山郭新晴野草香,薰风吹动葛衣凉。劝农遍种三杯粟,引水新开九曲塘。事事便民真父母,心心报国大文章。昨朝应有村儿女,争看先生笠屐忙。"[5]写出当时凤山县令曹瑾劝民种粟开塘的情景。其《巡山即事》写曹瑾外出巡游时受到民众欢迎的情景:"壶浆出林间,父老迎道拜。"[6]有的诗歌描绘了当时饥民生活的惨状,最有代表性的如刘家谋的《卖儿行》:"儿五斤,银七钱,将银换儿去,到手空团圆。东家儿慧人争买,西家有儿共嫌骏。慧儿仅博他人怜,骏儿犹得依耶妳。儿依耶妳能几时,耶妳饥死难顾儿。一团并作异乡鬼,不若生存贱卖之。吁嗟乎,五斤七钱太亏汝,饥瘦儿轻秤不举,大儿未足小儿补。两儿尚可一奈何,恨不生子累累多。"[7]诗中描写了当时澎湖饥民用船将儿女运至台湾岛卖,竟以秤秤重量,以五斤七钱出卖,有的饥儿瘦弱卖不出好价钱,再添一个以凑重量,以致发出嫌儿太少的感叹,可谓触目惊心,颇有杜甫"三吏三别"之遗风。

对当时时局和渡海情形的描述。有表现明末清初遗民心情,如郑经《痛孝陵沦陷》:"故国山河在,孝陵秋草深。寒云自来去,遥望更伤心。"[8]全诗发出对明朝灭亡的深层慨叹。有记述克澎攻台的经过,如施世纶《克澎湖》:"独承恩遇出征东,仰藉天威远建功。带甲横波摧窟宅,悬兵渡海列蒙冲。烟消烽火千帆月,浪卷旌旗万里风。生夺湖山三十六,将军仍是旧英雄。"[9]诗中反映了当年攻克澎湖的威猛气势和志在必得的雄心壮志,描绘出战船林立、浪卷旌旗的阔大场面。有许多诗歌记载了当时横渡台湾海峡的险恶情景,如卢观源《渡台湾放洋》:"扬帆解缆语争喧,一叶轻飘到海天。层浪有山随日涌,积流无地与云连。沟称红黑曾闻险,蠲指东南不畏偏。为问飞庐何处泊,台阳远在扶桑边。"[10]诗人描写渡过台湾海峡时的情形,海天一色,巨浪排天,渡过被称为险要之处红黑沟的海水低处时,更是险情迭出。林树海《渡台纪事》记述道光四年(1824),林树海从其养父林廷福从海坛来台担任台湾副总兵,以平许尚、杨良彬反抗事件,道光六年(1826),又随其父来台驻西螺堡,调署澎湖左营游击,写出了两篇《渡台纪事》,其一描写横渡黑水洋的险恶:"一叶跨洪涛,随波为凹凸。

横渡黑水洋,鬼哭阴云结。"[11]其二描写海鱼的肆虐:"大鱼能吞舟,腹有死人骨。水立龙尾垂,掀簸舟屡蹶。"[12]读来让人触目惊心,更加感觉到当时渡海的不易。

对当时重大事件的记载和评议。如清嘉庆九年(1804)出现了蔡牵海陆起事,这一时期的许多闽人诗歌中对此事有详尽的记载,如福建同安人李长庚曾任福建水师提督,长年致力追剿蔡牵,于嘉庆十二年(1807)十二月二十五日追讨蔡牵于黑水洋时,中炮身亡。其诗中有大量作品反映了征讨蔡牵的史实,如《蔡牵窜鹿耳门勾连台匪攻城滋扰仅有舟师二千五百人把守招门是时势当用众水陆分投击杀方克成功而陆兵未调只以空文虚张声势又令水师分兵赴陆应援坐失事机诗以志之》:"事关得失谋宜定,兵贵万全力要周。莫道舟师堪破贼,数帆只在水中流。"[13]其《蔡逆逃出鹿耳门外议纷纷在军诸将多有不平》《蔡逆未擒责重才疏愁肠难解作此呈诸同事》《八月十六日渔山攻捕予与蔡逆并船大战二时伤毙贼匪数百予身受六伤随师镇将不能相机擒渠失此机会大为可惜诗以志之》《舟过蛟门感怀有作》等诗都对蔡牵起事后被征讨作了详细描绘,其战事之惨烈,皆为作者亲身经历。谢金銮的《台湾竹枝词》最后一首写道:"木城百雉海东隅,危难方知伟丈夫。恶耗翻成名节在,万金为汝市头颅。"[14]写当时为防蔡牵从海上进犯,地方义士陈启良建议在海底建木城,由陈亲自督阵,仅两夜木城建城,陈由此力率众义士守海岸,蔡牵等对陈恨之入骨,出万金买其头颅。诗中如实记载了这一史实。当时驻扎在台澎的兵到三年换防,刘家谋的《换台兵》记载并评议了这一现象:"养身有兵粮,养家有眷米。凶事有白吉有红,三载给资返乡里。乐莫乐于换台兵,饱食可以忘从征。时平不识战与守,团坐公厅但饮酒。万四千人同一将,同德同心宁异向。谁令门户各分开,更结亲家作冯仗。泉人恶漳漳恶泉,相逢狭路争挥拳。如何临阵却退后,乡勇中处屯番前。"[15]从诗中及作者自注中,可知当时换台兵有一万四千多人,在台有兵粮,在内地有眷米,丧葬婚嫁、三年返回都有银两,他们生活无忧,疏于守备,漳泉兵常分类,他营附之者为亲家,泉漳兵中常械斗。有遇战事,屯番兵(归化的生番)居前,乡勇居中,官兵在后。

对台湾民俗民风的描绘。最有代表性的为刘家谋的百首七绝《海音诗》(也称竹枝词),详尽地介绍了台湾的风土民情。刘家谋曾任府学训导,每到一处都关心留意地方风俗,其《海音诗》不另题名,每首均于诗末加注,以诗证事,引注证诗,是了解台湾风土民情不可或缺的珍贵文字材料。如有描写久旱求雨的:"通泉谁把堰渠开,旱魃如焚总可哀。百面麻旗千面鼓,五街簇簇戴青来。"悯久旱无奈,只好手执麻布旗入城,头戴树叶,击鼓鸣钲,数步一拜,呼声惨烈,令人悚然。有描写"父母会"组织的:"争将寸草报春晖,海上啼乌作队飞。慷慨更无人赠麦,翻凭百衲共成衣。"[17]描绘台湾家贫者以十人或数十人为一会,如有丧葬或大事,则大家集资,互相帮忙奔走。有描写"加鸽仔"现象:"构屋空糜十万钱,化为灰烬亦堪怜。飘流多少加鸽仔,何处栖身寻一廛。"[18]所谓"鸽仔",指大陆内地穷苦无业人士随兵船渡海,来到台湾后不愿返回。有人为了亲丧事而糊纸屋焚烧,花费甚大,浪费无度,极为可惜,而穷人却无处栖身。有描写"倪旦棚"的:"山邱零落黯然归,薤上方嗟露易晞。歌哭骤惊声错杂,红裙翠袖映麻衣。"[19]所谓"倪旦棚",指乡间在赛神时以女艺人装缀台阁,用以送葬等丧事也如此,以致歌声哭声错杂,红裙麻衣相映。有描写"牵手""放手"风俗:"爱恋曾无出里闾,同行更喜赋同车。手牵何事轻相放,黑齿雕题恐不如。"[20]所谓"牵手",指娶妻;"放手",指去妻。台湾当时民俗,夫妻即使相处融洽,也要置妾,以便同车出行冶游。一但反目,随意"放手"。其随意性,番俗不如。有描写"送王爷"风俗:"竞送王爷上海坡,乌油小轿水边多。短幨三尺风吹起,斜日分明露翠蛾。"[21]所谓"送王爷",即送王船至海边焚烧,此俗流传至今,愈演愈烈,规模愈来愈大。诗中写因参加妇女众多,有轻薄之徒,混在其中以观佳人。有描写私生子命运:"筠篮隐约盖微遮,月影胧胧路几叉。恰似纸钱送猫鬼,背人偷挂路旁花。"[22]写私生子被贮以竹篮于深夜挂路旁,让人拾捡,为防祟,就像要送纸钱给猫死挂之树、狗死投之水。有记载吴凤牺牲自己以去恶习故事:"纷纷番割总殃民,谁似吴郎泽及人。拼却头颅飞不返,社寮俎豆自千春。"[23]诗中吴郎指嘉义番仔潭人吴凤,为蒲羌林大社通事,当时蒲羌林十八社番,欲杀阿豹厝两乡人,吴凤传信叫两乡人逃避,后被番知晓而杀吴凤,吴凤告其家人"吾宁一死以安两乡人"。吴凤被杀之后,社番见吴凤披发带剑骑马而呼,社中多疫死者。从此社番不敢于路中杀人。吴凤的故事流传很广,有各种版本,但大体都讲吴凤为除番人猎人头恶习而牺牲自己,此诗是最早见吴凤的文字记载。还有许多诗歌描写了各地的风俗,如阮蔡文《竹堑》描写了竹堑地区的民风:"声音略与后垄异,土风习俗将无同。"[24]谢金銮的《台湾竹枝词》31 首,为"感愤于人的风俗之所以弊"[25]而作,记载了大量的民俗风情;萧竹的《兰中番俗》记载了当时宜兰地区 36 番庄的民俗;黄对扬《巡课新港番童》记载了当地的番俗;林树海《抽藤叹》写生番生性嗜杀恶俗,其《台阳竹枝词》写为防生番戕害,人人耕种带刀的情景;施任《重度七夕》记载了过七夕佳节的情景,《中立》描绘了中元节的特点,《九日村即事》写村中赛神祭祀的过程,《元夕》从各个方面状写上元节的热闹场景。

状写了台湾的风物名胜。从海峡对岸来到新地方,对一切都充满着好奇,因此在诗人笔下的风物名胜也格外有特点。一些独特的风物往往成为诗人捕捉的对象,如施钰《火泉红》,状写嘉义县赤山堡的火泉,在"投木火猝高,烟起如焚膏"[26]的奇异火泉面前,发出"我闻温泉天下有,又知火泉世界无"[27]的慨叹。台湾的名胜往往是诗人歌咏的内容,如赤嵌城是台南最重要名胜之一,1624年荷兰人窜至台南,1630年扩建为城堡,称"热兰遮城";1650年,荷兰人又在海湾东岸一带建城,名为"普罗文遮城",也称"赤嵌楼"。1661年,郑成功攻克赤嵌城,改名为"安平"。并以此为承天府,是郑成功驻留台湾最久的地方。有人说:"到台湾而不游台南,等于没有到台湾;游台南而不登赤嵌楼,也等于没有游台南。"1871年,英军炮击古城,仅剩城角一角,称为"安平古堡";1862年,大地震使赤嵌楼毁灭,后又重盖。福建赴台诗人所写咏赞赤嵌城和赤嵌楼的诗都在这两次灾难前,是对其原状的描绘,因此弥足珍贵。如朱仕玠《赤嵌城》,谢家树《赤嵌楼》,黄对杨《台郡红毛楼在县治之左旧址犹存闻密室之下有地道通安平未之详也楼半倾坏房室幽奥久封尘土人踪罕到登览一周用成七律》,刘家谋《赤嵌》《赤嵌子夜歌》等,都从各个方面描绘了赤嵌楼和赤嵌城,有利于读者知晓原貌的赤嵌楼和赤嵌城。有的诗人对台湾的古迹进行考辨记录,如施钰《南社书院文昌阁并考》:"旧是读书处,今为南社厅。文昌分瑞荫,廉访表观型。惜字开尊圣,充租惠执经。题碑传乐善,祖泽颂长龄。"[28]诗中所记叙位于南关外的文昌阁,旧时为书院,曾置水田等收谷为膏火,曾有杨二酉侍御立传刊碑。台湾佛教大都由福建传去,闽籍诗人在诗中留下了大量描写台湾寺院的诗篇,对于人们了解台湾早期佛教,有着重要意义。如竹溪寺是台湾早期重要寺院,有不少闽籍诗人对此寺流连忘返,写下不少优美诗句。如张士箱《竹溪寺》:"寺门高结接林坰,砌下编篱作短屏。"[29]谢金銮《台湾竹枝词》:"深树丛篁距石床,竹溪寺后午阴凉。山风响动祇园木,恰落高林檨子黄。"[30]施钰《竹溪寺》:"信有凌云千顷竹,相沿流水一湾溪。寺资觞咏游裙屐,人喜郊原绝鼓鼙。"[31]刘家谋《宿竹溪寺》:"遁有此灵境,窈然郊郭间。四年自尘坌,一夕且幽闲。风竹韵清夜,月泉辉近山。"[32]法华寺是台湾最古老的寺院之一,位于台湾南城外,为明末李正青梦蝶园故址,它成为许多闽籍诗人咏唱的对象,如曾源昌《法华寺》:"野寺钟初起,香台竹半遮。松阴堪系马,径曲不容车。吠客穿篱犬,窥人隐树鸦。老僧谈妙谛,古佛坐莲花。"[33]王之科《法华寺》:"沿溪花覆地,绕迳竹成垣。蝶梦空今古,经声几寂喧。"[34]刘家谋《法华寺见鹿》等,都从不同方面描写了空寂幽静的法华寺。闽籍诗人描写台湾寺庙的诗还如郑经《山寺》,林振芳《游海会寺》,柯辂《秋日游白云寺》,施钰《虎山岩》《清水岩》等。

对台湾秀丽景色的激赏。闽台两地被认作同一区域,当闽人来到台湾时,往往对既陌生又熟悉的景色产生一种既新鲜又亲切的感觉,由此写出了许多精美的诗篇,有对台湾已有定论美景的描写,如林庆旺《台湾八景》中,对"安平晚渡""沙昆渔火""鹿耳春潮""鸡笼积雪""东溟晓日""西屿落霞""澄台观海""斐亭听涛"等八大景作了细微的描绘,谢家树《台阳八景》,抓住"鹿耳连帆""鲲身集网""赤嵌夕照""金鸡晓霞""鲫鱼霁月""雁门烟雨""香洋春褥""旂尾秋蒐"等八大景的主要特点进行描写;朱仕玠的"台阳八景"则对"安平晚渡""沙鲲渔火""鹿耳春潮""鸡笼积雪""泮水荷香"等景色进行描绘;萧竹的《阳景三绝》则对"石峡观潮""龙潭印月""龟屿秋高"三处景色进行描写;陈淑均《兰阳八景》详尽状写了"北关海潮""石港春帆""西峰爽气""沙喃秋水""汤围温泉""嶐岭夕烟""龟山朝日""苏澳蜃市"这八处景色。诗人对台湾四季迷人景色也作了大量的描写,以郑经为例,他以极细微的观察,写出了大量这方面的诗,其中不乏有优美形象的诗句,如《春兴》:"桃杏逞娇艳,杨柳吐新烟。"[35]《秋兴》:"荏苒日将暮,极目水烟披。"[36]《夏景》:"细雨轻洒落,池开笑脸莲。"[37]《冬深》:"落叶任翻舞,余香满翠楼。"[38]《春尽》:"门外山积翠,庭梧结旧阴。"[39]《初冬》:"江上草木多凄楚,残菊落英飞满阶。"[40]《晚春》:"危花春尽半落飞,万紫应残正绿肥。"[41]《秋咏》:"寒林丹岭动,冷鹤翠烟啼。"[42]《早春》:"遥望晴空际,清晖送翠来。"施钰也写了大量的四季诗,以"秋"为例,有《立秋日雨后作》《暝村秋吟》《秋兴》《初秋既望看月晕》《秋庄竹枝词》等。还有不少诗人写了大量关于春、夏、秋、冬四季的诗,如李泌《魁斗山早春》写位于宁南坊的魁山早春是:"香飘桃李闻墙外,涌门鱼龙跃泮中。自是东宁春色早,雪花满地著嫣红。"[44]扑面而来的早春气息中还留有一些残冬景象,清新迷人。诗人们对台湾的风、雨、雷、电等自然景观也作了大量的描绘,以雨为例,如施钰《夏雨叹》《晴而复雨》《暮雨闻鸡》《中秋夜微细》《冬郊遇雨》《立春日村庄贺雨》《雨村插田》等,从各个方面极写不同的雨,可谓淋漓尽致。

对台湾物产的咏叹。台湾物产丰富,有许多与福建一样的物产,也有许多独特的物产,闽人赴台后大开眼界,创作了大量歌咏台湾物产的诗歌。如郑经

《菊》《旱地莲》《望隔墙花》《咏湖雁》《早雁》《咏桂》《咏兰》《黄鹂》《咏茉莉》《蝉》《紫菊》《红叶》《芦花》,潘鼎珪《刺桐花》,张应渭《元宵菊》,江水鉴《元宵菊》,陈绳《乌鱼》,朱仕玠《石榴花》《梧桐花》,林振芳《红牡丹茶》,官连娣《杏花》,施钰《纸鸢》《西螺柑》《槟榔子》《黄梅》《杨梅》《刺桐》《赪桐》《释迦果》《佛手柑》《水仙花》《雁来红》《晚香玉》《茉莉》等,诗中大都充满对所咏之物的喜爱,或状物绘形,或借物抒怀,或以物明志,其中不乏有可诵可咏的精致之作。

闽籍赴台诗人诗作的艺术特征是多方面的,其中清新幽雅是其主要特征之一。虽然早期有些忧国忧民伤感之作,但随着台湾被收复后局面逐渐平静,且闽籍赴台者大都在政府中任职,生活衣食可无忧,有的以旁观者身份看台湾,有的以悠游心情写诗篇,因此不少诗作反映出一种闲情逸志。何借宜《雨后口占》:"山山浮翠远,处处落红深。独立柴门外,长歌托素心。"[45]全诗创造出一种幽静的气氛,在极清幽的环境中,诗人倚门独立,不禁长吟短唱。陈廷和《舟次早行》:"靡芜平野阔,一望晓烟青。戍鼓催残月,樯旗汜落星。轻舟宜浅濑,落叶见林坰。背指经过处,飞鸥已满汀。"[46]诗中创造出一种清冷的意境,用平野、晨烟、残月、落星、落叶、飞鸥组成一个独特的画面,反衬出心中的闲适。李长庚《戏成》:"富贵本浮云,去来任自适。挥之不肯去,求之不可得。茫茫世上人,鹿鹿无休息。或为风涛苦,或为车尘役。何如安造化,枉自费心力。所以古达民,不作名利客。神仙少定踪,难望亦难即。"[47]全诗平白如话,隐透出一种超脱之情。柯辂《春日南院》:"久雨喜初晴,风光曲院清。燕飞斜带语,花落细无声。性僻耽幽静,年衰倦送迎。萍踪聊此寄,浪迹一身轻。"[48]诗中感情看似许多层次,有雨后欣喜、思静倦送、安于浪迹,从全诗创造出的静谧意境中,隐透出诗人的悠闲之情。林树海《夜行所见》:"风动芦花浅水边,月明白鹭抱沙眠。眼前妙谛无心领,空向人间说静禅。"[49]用眼前景,反衬心中静,诗人自觉静不下心,实际表达了一种不静的静。

清代闽籍赴台诗人在台创作的诗作,表现了多方面的内容,开拓了台湾诗歌的领域,给台湾诗坛带来一股清新的风气。闽籍诗人的诗作以独特的视角、生动的描绘,在台湾诗坛占有一定的地位。除了诗歌的内容与形式外,还通过与台湾诗人的酬唱应和谈诗论诗,直接间接地影响了台湾诗人的创作。研究清代闽籍赴台诗人在台创作的诗作,不仅有助于研究台湾诗歌,对于研究闽籍赴台诗人对台湾诗坛的影响,也是有益的。

注 释

[1][2][8][24][29][35][36][37][38][39][40][41][42][43]《全台诗》编辑小组:《全台诗》第1册,台北:远流出版公司,2004年,第393、394、176、394、424、75、79、82、82、92、99、105、116、118页。

[3][10][33][34][44][45]《全台诗》编辑小组:《全台诗》第2册,台北:远流出版公司,2004年,第60、367、22、23、36、31页。

[4][5][6][11][12][49]《全台诗》编辑小组:《全台诗》第4册,台北:远流出版公司,2004年,第372—373、368、371、363、364、374页。

[7][9][15][16][17][18][19][20][21][22][23][26][27][28][31][32]《全台诗》编辑小组:《全台诗》第5册,台北:远流出版公司,2004年,第340、179、326、283、286、287、287、288、290、299、306、20、20、17、18、352页。

[13][14][25][30][46][47][48]《全台诗》编辑小组:《全台诗》第3册,台北:远流出版公司,2004年,第271、294—295、290、293、159、268—269、283页。

陈衍《石遗室诗话》论"同光体"

林东源

　　中国近代"同光体"诗论家陈衍的《石遗室诗话》(以下简称《诗话》)卷帙浩繁,内容丰富,见解深刻而独到。这部洋洋三十余万言的巨著,首先揭示了"同光体"诗歌并对其进行了总结和评论,使陈衍成为这一流派的理论家和实际盟主。[1]然而,因为"同光体"诗派在晚清"众多的诗派诗人中,影响最大,也最为人们所诟病"[2],所以陈衍长期以来一直未受到应有的重视,究其原因,主要是政治因素使然。时至今日,在我国文坛上,艺术的个性和自觉意识已受到普遍的尊重,因此,对陈衍的诗论进行一番去蔽还真的探讨,自然是很有必要的了。

　　1912年,《诗话》始面世于梁启超所创办的《庸言杂志》,1927年陈衍在将《诗话》出版成书时的《序》中说,其中的部分内容早在面世前就已"拉杂笔之",而在动笔之前又曾经过"数十年来多说诗,意有所得"的讨论阶段。这种讨论是在同光体的诗友们间进行的:"1885年春,郑苏戡(孝胥)归自金陵,尝借余钟嵘《诗品》,因谓余曰:'盍仿其例,作唐诗品?'……又数年戊戌,客武昌张广雅(之洞)督部所,子培(沈曾植)、苏戡继至,夏秋多集两湖书院水亭,水陆街姚园、墩子湖安徽会馆,多言诗。子培欲余记所言为诗话,自是易中实(顺鼎)、曾重伯(广钧)、陈伯严(三立)诸人,遇则急询诗话,而余实未之为也。"[3]

　　陈衍这部《诗话》,从创作动机、选题到成书,都受到同光体诗友们的敦促,而内容又与同光体诗友们之间的"言诗"有关,所以我们可以把它看做同光体诗歌的宣言。陈衍本人就是同光体的重要诗人,其理论是结合他几十年诗歌创作的实践有感而发的。

一、在诗歌发展史的长河中"觅新世界"

　　陈衍在《诗话》中给"同光体"下的定义是:"同光体者,余与苏戡戏目同光以来诗人不专宗盛唐者也。"[4]

所谓"专宗盛唐",是指一种诗歌现象:从宋代一直到明代乃至清初,诗坛上有一种强分唐诗与宋诗的风气,宗唐诗而贬宋诗,而在唐诗中又专宗盛唐。这种风气到了道、咸以后才开始被打破,当时由何绍基、祁寯藻、魏源、曾国藩、郑珍、莫友芝诸人形成了一个清初的宋诗派。他们尊以黄庭坚、陈师道等人为首的宋诗流派为美。陈衍认为,这种"不专宗盛唐",对宋诗的肯定,是一种开拓和变革,是对泥古派的突破,是符合诗歌发展的规律的:"宋人皆推本唐人诗法,力破余地耳",就是说宋诗是从唐诗发展而来,且对唐诗有所开拓,"力破"出一个新天地来的。对于宋诗的批评,始于宋代,这种看法认为宋诗的议论化和散文化降低了它的艺术性。同是福建人的诗论家,严羽就持这一看法。严羽在《沧浪诗话》中说:"禅家者流,乘有大小,宗有南北,道有邪正。学者须从最上乘,具正法眼,悟第一义。若小乘禅,声闻、辟支果,皆非正也。论诗如论禅,汉魏晋与盛唐之诗,则第一义也。大历以还之诗,则小乘禅也,已落第二义矣。"[5]

对于严羽这种"诗必盛唐"的主张,陈衍不予同意。他在《诗话》卷十八中说:"古之诗人亦然,一人各具一笔意,谢之笔意,绝不似陶,颜之笔意,绝不似谢,小谢之笔意,绝不似大谢。初唐犹然,至王右丞而兼有华丽、雄壮、清适三种笔意,至老杜而各种笔意无不具备。大历十才子,笔意略同。元和以降,又各人各具一种笔意,昌黎则兼有清妙、雄伟、磊砢三种笔意。北宋人多学杜、韩,故工七言古者多。南宋人稍学韦、柳,故有工五言者。"[6]

在上面这两段话中,严羽与陈衍都认为大历十才子与魏晋、盛唐的一流诗人相比,只能列为二流,因为他们"笔意略同",但陈衍有两个看法与严羽不同:一是大历之后并非不再有一流的诗人,如韩愈及宋代的诸位大家。二是他推崇大历之后的诗人原因是"元和以降"的诗人更具个性:"各人各具一种笔意"。陈衍超过严羽之处是,能从诗歌发展史的角度去观照从魏晋的陶谢到宋代苏、黄、陆等如繁星一般的著名诗人,而不像严羽那样,把盛唐之后的诗歌一概贬为"声闻"(佛教语"声闻乘",即"小乘")、"辟支累"(亦佛教语,小乘二果之一,此即比喻诗歌中成就较低者)。严羽这种厚古薄今的观念不利于从诗歌发展史的宽阔的视野中去观照每一位诗人。

因此,陈衍提出著名的诗歌"三元"说:"余谓诗莫盛于'三元',上元开元,中元元和,下元元祐也。君(沈曾植)谓三元皆外国探险家觅新世界,殖民政策,开埠头本领,故有'开天启疆域'云云。余言今人强分唐诗、宋诗,宋人皆推本唐人诗法,力破余地耳。庐陵(欧阳修)、宛陵(梅尧臣)、东坡(苏轼)、临川(王安石)、山谷(黄庭坚)、后山(陈师道)、放翁(陆游)、诚斋(杨万里),岑、高、李、杜、韩、孟、刘、白之变化也。简斋(陈与义)、止斋(陈傅良)、沧浪(严羽)、四灵,王、孟、韦、柳、贾岛、姚合之变化也。故开元、元和者,世所分唐、宋人之枢干也。若墨守旧说,唐以后之书不读,有日蹙国百里而已。故有'唐余速宋兴'及'强欲判唐宋'各云云。"[7]

陈衍的这段话是为评论同光派浙派的领袖沈曾植的一首论诗诗而发的,沈诗的题目叫《寒雨积闷,杂书遣怀,襞积成篇,为石遗居士一笑》。诗中说,历代古诗人都"随气化运",处于变化演进之中。而诗歌同样是处于"薪火传"式的流变之中,这种流变从"开天启疆域"到"勃兴元祐贤",是长期而不停的继承和发展。然而,从元以后,特别是明代的李(梦阳)、何(景明)等人,"强欲判唐宋",强分"盛中晚",这样就背离了诗歌发展的道路,"通途"就成了"岨"了。陈衍和沈曾植都反对"专宗盛唐"的诗学观念,反对泥古不化。前者将欧、苏、黄、陆等诗人上接岑、高、李、杜,将陈、严、四灵上接王、孟、韦、柳等诗人,后者同样将元祐的"中州苏黄"与元和的"韩白刘柳"等对接,沈曾植还将这一对接上延至魏晋南北朝之交的元嘉。提出与陈衍大同小异的"三关"说(指元嘉、元和、元祐)。

同光派的这一诗歌理论之所以在近代诗歌理论界"影响最大",就是因为他们厚古却不薄今,复古却不泥古,像"外国探险家"那样在诗歌发展史这一条宽广博大的河流中去"觅新世界"。诗歌有自身发展的源流,从《诗经》《楚辞》到当代诗坛,其间绵延流淌,虽然有波澜起伏,有高潮和低谷,但不应将某一高潮割裂开来,过分地褒扬,所谓"诗必盛唐",对某一高潮强调过分就会忽视整条河流。同光派虽然强调宋诗,但陈衍并非局限于宋诗,他强调"三元",沈曾植强调"三关",都将诗歌的高潮由唐代向外延伸。陈衍他们还十分强调"六义"和"风雅",并且推崇与他们同时代的"今人"。这就比较地有整体的历史观点。

当然,我们也不能忘记问题的另外一面,宋诗的优点同时也成为它的缺点:宋诗的学唐,能"力破余地",有所发展和创造,但在宋诗中将"以文字为诗,以才学为诗,以议论为诗"的倾向引入死胡同的并非少数。对于这一点,陈衍还是清醒的,如他在《诗话》续编卷一中说:"夫作诗固不贵掉书袋而博物则恶可已?"这就引出了本文的第二个话题。

二、在深厚的"根抵"上做"学人之诗"

陈衍推出"三元"说和沈曾植推出"三关"说。其重点均在"元祐"这一关键,也就是说"同光派"的侧重点在于宗宋。如前所述,对于宋诗的评价从宋代开始就有争议,无论贬之或崇之,焦点都在宋诗的"以文字为诗、以才学为诗,以议论为诗"。陈衍在《诗话》中批评严羽的偏颇:"严仪卿有言:'诗有别才,非关学也。'余甚疑之,以为六义既设,风雅颂之体代作,赋比兴之用兼陈。朝章国故,治乱贤不肖,以至山川风土,草木鸟兽虫鱼,无弗知也,无弗能言也;素未尝学问,猥曰:'吾有别才也',能之乎?汉魏以降,有风而无雅,比兴多而赋少,所赋者眼前号物,夫人而能知而能言者也;不过言之有工拙,所谓'有别才'者,吐属稳,兴味足耳。若《三百篇》则朝章国故,治乱贤不肖之类,足以备《尚书》《逸周书》《周官》《仪礼》《国语》《公》《谷》《左氏传》《戴记》所未有,有之必相吻合。其有不合,则四家之师说异同,齐、鲁、韩之缺有间者也。未尝学问,猥曰吾有别才也,能为之乎?……故余曰:诗也者,有别才而又关学者也。少陵、昌黎,其庶几乎?"[8]

陈衍针对严羽的"诗有别才,非关学也"提出了自己的看法:"有别才而又关学者也。"并提出学人之诗与诗人之诗合的主张,而这种主张的有力根据是,从《诗经》开始,诗歌中的"朝章国故""山川风土,草木鸟兽虫鱼",这些学问如若不知,光靠"别才"能行吗?杜甫和韩愈就是"才""学"兼长的。再以今人为例,陈衍以清初宋诗派的祁隽藻和同光派的沈曾植等人为"博极群书"的"学人之诗"者的榜样。沈曾植就曾一头扎在学问之中,诗写得不太多,遇见陈衍后,在陈的劝说下他才"时托吟咏"的。又如陈衍举过一个同光体诗人的例子:"张铁君侍郎亨嘉,素不以诗名,然偶为之,惨淡经营,一字不苟,所谓学人之诗也。"在举了他的两首诗作例子后,陈衍议论道:"二诗不过数百字,凡用经史十许处,几于字字皆有来历。"而"字字皆有来历"最著名的是杜甫"意匠惨淡经营中",王阮亭改作"经营成",论者以为点金成铁。然须知少陵无一字无来历,"经营中"三字,实本古乐府"小立经营中"句。"寡妻群盗非今日,天下车书正一家","寡妻"如何与"群盗"并举?盖即"喜心翻倒极,鸣咽欲沾巾"意,不觉其口号之语无伦次也。然亦从《大雅》"刑于寡妻,至于兄弟,以御于家邦"翻出来,至爱者寡妻,至恶者群盗,举其两极端言之耳。[9]

陈衍以杜甫为例,说明诗"关学",而又同时肯定"'有别才'者,吐属稳,兴味足耳"。这是他的高明之处。所谓"吐属稳",和"兴味足"如钟嵘《诗品》中所要求的:"余谓文制,本欲讽读,不可蹇碍,但令清浊通流,口吻调利,斯为足矣。""文已尽而意有余,兴也;因物喻志,比也;直书其事,寓言写物,赋也。宏斯三义,酌而用之,干之以风力。润之以丹彩,使味之者无极,闻之者动心,是诗之至也。"对于"吐属稳",刘勰在《文心雕龙·声律》中也有类似的说法,而"兴味足"则是与严羽等人的"兴趣""兴会"等相近的看法,这样,陈衍批评严羽但没有矫枉过正,同样肯定"才"的重要。

同光派推崇宋诗,特别推崇梅尧臣、王安石、黄庭坚、陈师道、陆游、扬万里等人,他们都分别以自己的富有个性的艺术手法反映了那个时代的社会生活,唱出了诗人的心曲。陈衍等人又将宋诗源头推溯到唐诗,如说"放翁、诚斋,皆学香山,与宛陵同源"就是肯定诗歌发展的源流。但是,他们说"诗至唐而后极盛,至宋而益盛"这样的话,是否显得有过头之嫌呢? 他们对宋诗的缺点如"以文字为诗,以才学为诗,以议论为诗"是否缺乏批评呢? 这些就是钱锺书所说的"分寸"感的问题,确是值得斟酌的。

钱锺书先生在《宋诗选注·序》中说:"批评该有分寸,不要失掉了适当的比例感。假如宋诗不好,就不用选它,但是选了宋诗并不等于有义务或者权利来把它说成顶好,顶顶好,无双第一,模仿旧社会商店登广告的方法,害得文学批评里数得清的几个赞美字眼儿加班兼职,力竭声嘶地赶任务。整个说来,宋诗的成就就在元诗、明诗之上,也超过了清诗。"[10]

当然,陈衍也不是不注意分寸的,例如他怀疑严羽"诗有别才非关学也",但也在一定程度上肯定严羽:严沧浪有别才非关学之言误矣。然非沧浪之误也,钟记室之言曰:"'清晨登陇首'羌无故实,'明月照积雪',讵出经典;'思君若流水'既是即目;'高台多悲风'亦惟所见。"持斯术也,一人传作,不越一二篇。一篇传诵,不越一二句。汉高《大风》之作,斛律金《敕勒》之歌,岂不横绝古今,请益则谢不敏矣。……故沧浪又曰非多读书多穷理,则不能极其至。故别才不关学者,言其始事,多读书云云,言其终事,沧浪固未误也。[11]

陈衍认为严羽所说的"诗不关学"应是开头,"诗关学"是其次,顺序不可颠倒。陈衍又说,"诗非关学"的错误不应记在严羽身上,而应记在钟嵘身上,引文中钟嵘所举的四句例子固然是一种自然真美,但诗歌的题材是多种多样的,除了自然,还可以是历史活动、社会生活等,这些就牵涉到知识和学问了。但是用典要适当,如果用典过多和过僻,那就是存心不让一般人看懂了。

陈衍的《诗话》论诗有很浓厚的朴学意识,例如卷十四曰:"自咸同以来,言诗者喜分唐、宋,每谓某也学唐诗,某也学宋诗。余谓唐诗至杜、韩而下,现诸变相。苏、王、黄、陈、杨、陆诸家,沿其波而参互错综,变本加厉耳……余尝叙晋卿王君树枬诗续集云:'……闻晋卿官方岳,出玉门,逾天山,管领古西域三十六国。向治考据,工古文词……读之,则如读岑参之凉州、北庭……杜陵之赤谷、寒硖……诸诗也……而步武岑、杜之诗以为诗,固治考据工古文词者所饶为哉。'"[12]

这段话认为,强分唐诗宋诗是不妥的,因为唐诗从杜甫、韩愈开始就已"变相",到宋代苏轼、黄庭坚等人则"变本加厉",也就是说宋诗与杜、韩一脉相承,而这种一脉相承的特点是将"治考据"与工古文词紧密结合在一起。文中所举王树枬的诗很像岑参、杜甫,其原因就因为王将"治考据"与"工古文词"结合在一起。从开元的杜甫到元和的韩愈,再到元祐的苏、黄等诗人,他们的共同特点是融学问入诗歌。陈衍曾在《复章太炎书》中说:"窃叹区区旧学,考据、词章数千年无能兼者,歧而二之,即已误矣。"[13]

这里所说的"考据"就是朴学,"词章"就是文学,陈衍认为这二者应"兼"而治之。陈衍在《诗话》卷二十三中以朴学思想和近代人的时空观念解杜诗:"《陪王使君晦日泛江就黄家亭子》云:'山豁何时断?江平不肯流。稍知花改岸。始验鸟随舟',钟(惺)云写'舟行奇幻入神'。案此四句,写景之妙,心中实有体验,笔下实有工夫,非奇幻之谓也。盖江平水缓,泛舟不觉其流。忽见有山豁然乃觉之。于是视其岸,而岸改矣。何以知之?岸上之花改也。仰观其鸟,而鸟不改,始悟舟行鸟飞,相随之故,而其实皆江平疑不肯流误之也。此诗之妙,全在第二句点出眼睛。"经陈衍这样一评,四句诗意中的空间观念明白地显现出来,这种空间是立体的:水平之面是江流岸改,而上下之面则是鸟飞舟行,这一切并不"奇幻",完全是日常生活中的时空逻辑,是一种逻辑之美。以上所引"稍知花改岸"中的"改"字,来自《左传·成公三年》:"齐侯朝于晋……晋侯享齐侯,齐侯视韩厥,韩厥曰:君'知厥也乎?'齐侯曰:服'改矣'。"[14]朴学家总是从考据经书扩大到研究历史、地理、天文历法、音律、典章制度乃至宗教教义等,这个典故中的"改岸随舟"又与佛理中的箴言"舟行岸也行"的玄意相吻合。

同光体主要诗人大都支持维新变法,支持洋务运动,陈衍还翻译介绍过大量西方经济金融著作。同样,他的《诗话》也受到西风东渐的影响,顺应历史的潮流,兼收并蓄。如《诗话》卷十五中评严复的弟子侯毅,他游学英伦后,采用西方谚语入诗:"荒庭倚树真亡我,白日持灯不见人。"陈衍评曰:"'白日持灯'为西人骂世语,谓碌碌者看不见也。"《诗话》接着说:"君刊有《说理杂诗》四十首,自跋有云:'四十首所言,大抵拾古今人唾余,惟第十一、十四、十五及三十二四首,为所臆造'余最取十四、十五二首,以为传声者浪,传光者以太,夫人知之矣。蜃市楼台,光何自传? 无线电音,声何自传? 则别有无形之浪也。人之心思智慧,万有不齐,所谓不同如其面,虽觌面而相隔若山河矣。然设有两人焉,其智慧之比例,无几微不相等者,则此人之心思虽不言,而彼人可以喻,所谓相视而笑,莫逆于心,所谓目击道存,皆非妄语也。古人梦寐相感,啮指通诚之类,则心浪之力量过人,足以远达,而受感者实心与相印也。君诗云:'脑府孕其灵,动荡构思意。积浪传八方,万物供驱制。触类成感应,离电同其致。至诚开金石,前贤岂吾戏? 心浪或凝郁,历久未易散。推移流大宇,托物时隐见。尘心骇非常,万象况能幻。鬼神六合外,圣人存不论。'疑始尚有《题王氏姑母小照》《纪梦篇》两诗,间得香山、东野真挚处,篇长未录。"[15]

由上可知,陈衍对于西学有浓厚的吸收欲望,虽不能一时通晓透彻,但兴趣是最好的老师,而兼通中外,融传统与西方于一炉,应该说这种方向是正确的,是近代人应有的胸怀。

三、在个性的追求中臻于"至"的境界

陈衍在《诗话》中突出强调的另一个诗论观是诗歌的个性化,这也是同光体诗论的重要观点。陈衍的长兄陈书是他作诗的启蒙老师,陈书治诗是"绝无所师承、天才超逸然也",强调"争新样"。除了陈衍,同光派的其他几位领袖陈三立、沈曾植、郑孝胥等人均强调"避俗避熟"和别出机杼。这也是"同光派"所造成的"影响最大"的原因。在《诗话》中,陈衍强调作诗要"自家意思,自家言说",他评沈曾植诗为"雅健有意理""薄平易,尚奥衍"。评郑孝胥诗"沈挚之思,廉悍之笔",说林旭诗为"后山集中学杜",评叶大庄诗为"寝馈于渔洋,语多冷隽",评陈三立诗则为"恶俗恶熟",各有千秋,力避雷同。《诗话》卷二十三中说:"诗最患浅俗,何谓浅? 人人能道语是也,何谓俗? 人人所喜语是也。"[16]

强调个性,"最患浅俗",也最患摹拟。陈衍批评王士祯诗重摹拟之弊:"持斯求也,以之写号,时复逼真,以之言情,则往往非由衷出矣。苏轼少日,尝书韦诗后云:为己为人之歧趣,其微盖本于性情矣。性情之不似,虽貌其貌,神犹离也。夫性情受之于天,胡可强为似者?"[17]

诗人必须是富于个性的"性情中人",否则只能是貌合神离。那么,同光体诗人追求个性,要达到一个怎样的境界呢? 《诗话》论诗,追求一个"至"字,陈衍把它作为诗歌要达到的最高境界。什么是"至"呢? 陈衍说:"夫学问之事,惟在

至与不至耳。至则有变化之能事焉,不至则声音笑貌之为尔耳。唐人之声貌,至不一矣。开、天、元和,一其人,一其声貌,所以为开、天、元和也。开、天之少陵、摩诘,元和之香山、昌黎,又往往一人不一其声貌……故《三百篇》、汉、魏、六朝而有开、天、元和、元祐,以至于无穷,在为之至与不至耳。"[18]

这里有三层含义:一是强调"变化":"至则有变化",不"至"就没有变化;二是"至"的境界是既"一其人,一其声貌",又"一人不一其声貌",是一种辩正的关系;三是从三《百篇》到开元、天宝、元和、元祐,再到无穷,诗歌成败的关键在"至与不至耳"。追求个性与共性的辩证统一,是现代文学理论中的一个重要关节。陈衍虽然没有采用我们今天的"典型"概念,但实际上已推出这一理论:"语言文字,各人有各人身分,惟其称而已。所以寻常妇女,难得伟词,穷老书生,耻言抱负。至于身厕戎行,躬擐甲胄,则辛稼轩之金戈铁马,岳武穆之收拾山河,固不能绳以京兆之推敲,饭颗之苦吟矣。"[19]

这里说的"称"也就是所谓"至",实际上就是塑造典型形象所达到的最高境界。陈衍又说:"诗与文,所以纪事、写景、说理、言情也,非为之之久佐以读书见事积理之多,则恒不工,工亦不至。工且至矣,乃欲知此事此景此理此情者之利,非纪之写之说之言之者之利也。然而不惮于为之工且至者,则人所不至者吾至之,当其至之之顷,意得甚也,其有与吾所至略相若而知且好之者,意又得甚。"[20]

这里谈"至",有三点诗论观值得注意:一是为诗文要"佐以读书见事积理",这一点前面已讨论过;二是从事写作的主体作为——"纪""写""说""言"者要融入写作的客体境界——"事""景""理""情"之中去,也就是说,写作的主客体是交融统一,而最终落实在客体之中的;三是为诗文贵在"人所不至者吾至之",但是,对于"与吾所至略相若而知且好之者",也应该"意又得甚"。也就是说,追求个性,贵在"自家意思,自家言说",但对于与自己"略相若"者,也应求同存异。这种个性的追求是为了使诗歌臻于"至"的境界;这种个性的追求较少门户之见,因而也是造成同光体诗歌在清末"影响最大"的原因之一。

这种个性的追求强调的是诗歌表现个人的真情实感。陈衍又说:"作诗文要有真实怀抱,真实道理,真实本领,非一二灵活虚实字,可此可彼者,斡旋其间,便自诧能事也。今人作诗,知甚嚣尘上之不可娱独坐,'百年''万里''天地''江山'之空廓取厌矣,于是有一派焉,以如不欲战之形,作言愁如愁之态,凡'坐觉''微闻''稍从''暂觉''稍喜''聊从'……等字,在在而是,若舍此无可著笔者。非谓此数字之不可用,有实在理想,实在景物,自然无故不常犯笔端耳。"[21]

这里强调真实的内容是第一性的,形式是第二性的,不能颠倒,否则就是形式主义的无病呻吟。因此陈衍在《诗话》中虽选评了大量的诗歌,但坚持的原则是内容的现实性,正如钱仲联先生所评:"先生之论诗,以为道咸以降,丧乱云扰,身丁变风变雅以近于诗亡之会,故其选之者,无异于尼父之删诗,盖有感于诗与时事相关之切而云然,其所见为先立乎其大。"[22]

由此可见,同光体诗歌虽然较重形式,但并非没有内容,虽较保守,但并不完全落伍,其中重要原因之一就是诗歌的个性化使然。同光派被称为清代的宋诗派之一,其命运与宋诗也有相像之处:虽不如前面唐代之豪迈壮阔,却不失空灵清峻,虽或有议论过多的弊病,却每每具有理趣之韵味。陈寅恪先生曾评宋代文化:"华夏民族之文化,历数千载之演进,造极于赵宋之世。"[23]同光派是中国古典诗歌的最后的辉煌,其意义正像陈衍的白悼诗句那样:"一幅林山收晚景,数家茶肆息劳生",其中浓郁的生活气息令人回味无穷。

《诗话》选评诗歌眼光比较开阔,例如同样是"同光派"的陈三立就将张之洞等人的诗歌贬为"馆阁体"。陈衍却能见出其中的长处,予以吸收:"伯严(陈三立)论诗最恶俗恶熟,尝评某也纱帽气,某也馆阁气。余谓亦不尽然。即如张广雅(之洞)诗,人多讥其念念不忘在督部(时督武昌),其实则何过哉!此广雅长处,如《正月十七日发金陵夕至牛诸》云:'牛诸春波溅涨时,武昌官柳已成丝。东来温峤曾无效,西上陶桓抑可知!'《九曲亭》云:'华颠文武两无成,羞见江山照旆旌。只合岩栖陪老衲,虚楼扫榻听松声。'其二云:'矜此劳人作少留,却烦冠盖满汀洲。隔江欲唤杨夫子,戴酒携书伴我游。'(自注:'黄冈教谕杨君守敬。')……以上数诗,皆可谓绵邈尺素,滂沛寸心,《广雅堂集》中之最工者。然东来温峤,西上陶桓,牛渚江波,武昌官柳,文武也,旆旌也,鼓角也,汀洲冠盖也。以及岘首之碑,新亭之泪,江乡之梦。青琐湛辈之同浮沉,秋色寒烟之穷塞主,事事皆节镇故实,亦复是广雅口气,所谓诗中有人在也。伯严不甚喜广雅诗,故余语以持平之论,伯严亦以为然。"[24]

陶桓公即东晋的陶侃,他击败反晋武装后任荆州刺史,镇武昌,旋为王敦所忌,调任广州刺史,在广州,无事即朝夕运砖以习劳,王敦败后,仍还荆州,又平定苏峻之乱,温峤赖陶侃兵力,收复了建康。陶侃和他的盟友温峤这些历史人物都被张之洞作为自己致力于变弱为强的洋务事业中的榜样。而扬守敬则是张之洞为走强国之路而广招的有识之士。所以陈衍的评价是"青琐湛辈之同浮沉,秋色寒烟之穷塞主,事事皆节镇故实,亦复是广雅口气,所谓诗中有人在也"。这种"持平之论"使陈三立改变了看法。

陈衍选评《诗话》兼收并蓄,五湖四海,除了大量的"同光体"诗人外,许许多多不同流派的诗人都被纳入陈衍的视野,许许多多不同流派的诗歌都被收入陈衍的囊中,其中有叱咤风云的政治人物如康有为、梁启超、章太炎等;有咸丰、同治以来的封疆大吏,如左宗棠、刘铭传、张之洞、张佩纶等;有这一时期著名的文人墨客,如王国维、黄遵宪等,更有大量的繁星般的众诗人。陈衍的《诗话》中的"至",既是一个很高的境界,又是一种宽阔的视野。他所拓宽的同光派的理论以及如"行人振木铎"一般的搜诗评诗,使这一流派成为当时全国范围内影响最广的诗歌流派之一。

同光派诗歌理论的另一特点是浓郁的地域色彩。其中的赣派以宋代的"江西诗派"为渊源,浙派可溯源于清中叶的钱载及秀水派。而陈衍的《诗话》评论闽籍同光体诗人,加上非闽籍在闽生活的同光体诗人,达全书的四分之一左右。这些篇目及评语往往充满了闽中山水的瑰奇秀丽和当时南方割据等特殊的历史画面。如卷一中一段说的是"同治季年"之事,当时陈衍不到 20 岁。当时他的伯兄陈书正与叶大庄等人"倡为厉樊榭,金冬心、万柘坡,祝芷塘辈清幽刻峭之词",这是同光派闽派的初期活动:"京师净名社降神,移至闽。剑池冶亭、乌石山双骖园,陶江玉屏山庄,时时夜集。《骖鸾倡和集》动厚盈寸,今此册已亡,甚可惜。所存零星残阙,犹记《至闽示同社绪子》,其一云:'江波绿上郭西门,泼眼山光媚酒尊。鸭脚鸡头生事足,兔葵燕麦几家存? 半扉水落留鱼发,一桁霜晴晒犊裈。来向荒龛寻十子,寒泉秋菊剪灯论。'"[25]

诗中的"鸭脚鸡头"均为植物,李时珍《本草纲目》中载:"古人种为常食,今之种者颇鲜。""鱼须"更是海边特有的海鲜食品,这些闽地风味加上衣架上晒的围裙,真是一幅榕城生活的风俗画面,把福建的自然风光写得令人神往。而西湖宛在堂中所供的"闽中十子",代表着福建独特的文化魅力。

《诗话》收录梁启超、康有为、章太炎、黄遵宪、林旭这些近代民主革命家的诗篇,真实地道出了他们驾驭时政的胸怀和忧时伤世的心境以及他们高贵的品格。以梁启超的诗句为例:"泪眼看云又一年,倚楼何事不凄然。""风雨吾庐旧啸歌,故人天末意如何?""急难风义今人少,伤世文章古恨多。""入骨酸风尽日吹,那堪念乱更伤离。九州无地容伸脚,一盏和花且祭诗。"陈衍的评语是:"所谓远托异国,昔人所悲""见者疑为贾长沙、陆宣公、苏长公复生",把梁启超和著名的《过秦论》作者贾谊及唐代指陈时弊的陆贽等人相比,有此胸怀才能有此诗歌。光有技巧是不能"自诧能事"的。文学的个性化和典型化要求的是内容与形式的辩证统一,陈衍的诗论已迈进了现代文学理论的门槛。

　　闽人林学衡在他的《丽白楼诗话》上说:"清戊戌维新,迄于民国。远沿五口通商之旧,近经辛亥与丁卯革命之变,文物典章,几于空前,生活之因革,虽或矛盾杂陈,要其于人情与风俗之推移,实为有史以来之创局。"[26]陈衍的这一部《诗话》诞生于中国近、现代之交,他的诗歌思想对于思考中国近、现代诗歌乃至文学理论中的诸多问题都会有重要的启示。

注 释

[1] 钱仲联、严明:《袁枚和陈衍——论诗坛盟主对清诗发展的积极影响》,《江海学刊》,1995 年第 1 期。

[2] 钱仲联:《近代诗钞·前言》,南京:江苏古籍出版社,1993 年,第 14 页。

[3][4][6][7][8][9][11][12][15][16][17][18][19][20][21][22][24][25] 钱仲联:《陈衍诗论合集》,福州:福建人民出版社,1999 年,第 6、6、257、9、1057—1059、163、1073、200—201、217、317、1059—1060、317、23、1059—1060、459、1091、105、1、16、20 页。

[5] 何文焕:《历代诗话》,北京:中华书局,1981 年,第 686 页。

[10] 钱锺书:《宋诗选注》,北京:人民文学出版社,1982 年,第 13 页。

[13] 陈步、陈衍:《陈石遗集》,福州:福建人民出版社,2001 年,第 673 页。

[14] 〔春秋〕左秋明著,〔晋〕杜预集解:《春秋左传集解》,上海:上海人民出版社,1977 年,第 670 页。

[23] 景戎华:《造极赵宋,堪称辉煌》,《读书》1987 年第 5 期。

[26] 陈庆元:《诗词研究论集》,成都:巴蜀书社,1998 年,第 310 页。

诗歌与学问的坚守
——陈衍的文学史意义

林东源

　　陈衍是中国近代著名的诗人和学者,他经、史、子、集无不淹该,在文学上的成就首先是诗论,而他的诗歌与散文创作同样有相当的成就。他的文学创作,内容丰富,形式别具个性,语言时而清苍刻峭,时而清新圆润,融文学性与哲理性于一炉。然而,由于陈衍是"同光派"的代表诗人,而这一诗派在晚清"众多的诗派诗人中,影响最大,也最为人们所诟病"[1],所以陈衍长期以来一直未受到研究上应有的重视,究其原因,主要是政治的因素使然。时至今日,在我国文坛上,文学为政治服务的思想已经逐渐沉淀,艺术的个性和自觉意识已受到普遍的尊重,对陈衍诗文学问进行一番去蔽还真的探讨,重显他的意义自然是很有必要的。

一、支持维新　光明磊落

　　陈衍(1856—1937),字叔伊,号石遗,侯官人,光绪八年(1882)举人,他生活的年代是中华民族灾难深重而急剧变化的年代,他十分关心政治的形势。据《侯官陈石遗先生年谱》[2]载,1864 年太平天国战乱,福建危急,当时陈衍才 9 岁,即知道为时局而忧虑。1884 年陈衍 29 岁时,中法马江海战在他的家门口爆发,他赋诗讥讽当道者的无能和腐败。1895 年中日甲午海战惨败,陈衍赋诗谴责当时的"一朝将相"。1898 年则支持戊戌变法,上《戊戌变法榷议》一文以向当时的统治者言事。1900 年八国联军戕杀陈衍次子陈声渐,陈衍悲愤已极,怒斥昏庸的统治者和残暴的外国侵略者。接下来从辛亥革命到抗日战争,在历次重大政治事件面前,陈衍均观点鲜明、立场坚定。但是,他一生并不直接介入政治,而有意识地使自己边缘化。他自幼"雅不喜治举业",一生不愿当官,虽然他也顺从父母长辈们的意愿与兄长们一样去应试,但每次落选均毫不措意。最典型的一次是 1903 年,张之洞奏保他应"经济特科人才"考试,但因为他多年未应试,在文章开头仍按旧格式顶格书写,因而被作为"违式"卷不予送阅。对此次落选,张之洞感到惋惜,陈衍却不悲反喜,认为是塞翁失马。他说:"设不幸而取,又用知县,则吾所固有而不为者也,岂不冤哉?"[3]取是冤,不取反是幸事,这是因为他去应试本身就是"徇广雅之期望,勉强就试?"[4]终其一生,只在 1908年至 1911 年任过 3 年的学部主事,"官不及五品"。此前张之洞等人多次劝其做官,均被陈衍婉言谢绝。辛亥革命前,他先后入刘铭传、张亨嘉、刘麒祥、张之洞等人的幕府,并以执教于新式学堂和主编报刊的方式服务于社会与国家,辛亥革命后基本上是任教于大学,他自己说"自入民国,既不为官,绝口不谈政治"。1916 年,施愚等人成立"筹安会",严复参加其中,签名劝进袁世凯称帝,有人强拉陈衍列名其中,被陈衍严词拒绝,断然除名。1932 年上海一·二八事变爆发,他义愤填膺,赋诗声讨日本帝国主义并捐款慰问 19 路军将士。邓晓芒先生在《当代知识分子的身份意识》一文中说:"'知识分子'的头衔已开始限于有文化知识的人中的一小部分,即对社会现实采取批判立场的人文知识分子,这种批判立场并没有明确的实际政治目的和个人野心,而是从自己的学术专业标准出发对现实提出的一种超功利的个人意见。显然,形成这类知识分子的一个前提就是这批人在整个社会结构中的'边缘化'。"[5]所谓"边缘化",就是指这类知识分子不直接介入政治,却从专业的角度对政治进行批判。陈衍正是这样一类从传统的士人向现代知识分子过渡的近代知识分子的典型。

和陈衍相比,他的诗友和同仁们则大多跻身官场或成为政治风云人物。以陈衍最亲密的诗友同样是同光派领袖的郑孝胥为例,就是个十分复杂的人物。辛亥革命前,他出洋回国后追随张之洞开展洋务,成就卓著,而此后则"拉车屁股向后",直至"落水",他一生奔竞仕途,"惘惘不甘",最后竟卖身求荣,走向极端,当上伪满洲国的"总理",成为民族的败类,陈衍与他断绝关系,斥他为"丧心病狂"。陈三立跟随父亲陈宝箴投身戊戌变法运动,受到慈禧等人的惩罚,被革职靠边,辛亥革命后,以遗老自居。沈曾植一生仕途平稳,直到 60 岁才辞官,还曾赞助康有为开"强学会",清亡后,又于 1917 年北上参与溥仪复辟之役,事败而归后也以遗老自居。当遗老也是一种政治身份,陈衍就明确反对当遗老。可以看出,陈衍与他同时代及经历相同的大多数朋友和同仁的不同之处,在于他自觉地与官场和政治保持距离,他自觉地自我边缘化和自我放逐。按照目前讨论知识分子问题的理论家萨义德的定义,知识分子是"放逐者和边缘人"[6]。如果说,辛亥革命前,陈衍还要依赖于统治阶级,参幕或当了 3 年的官,那么,辛亥革命以后,他尽量摆脱了对权力和政治的依赖,完成了从传统士人向现代知识分子的角色转变。作为这种过渡期的知识分子,陈衍一生坚守于诗歌的美、学问的真和教育的善。

陈衍曾对他的学生黄曾樾说:"求诗文于诗文中,末矣。必当深于经史百家以厚其基,然犹必其人高妙,而后其诗能高妙。否则虽工不到什么地步去。"[7]他是这样说的,也是这样做的。钱仲联先生曾有这样的评论:"郑陈又领袖闽派诗坛,达数十年之久。海藏晚而叛国,而先生以德高独尊。所著《石遗室诗话》正续编、《近代诗钞》二十四册,煌煌巨秩,声教远暨海内外,一时豪俊,奔趋其旗纛之下。"[8]这就是中国人常说的"道德文章天下事"。1935年4月8日,在他80岁寿筵上,章太炎撰送了一副寿联:"仲弓道广扶衰汉,伯玉诗清启盛唐。"[9]仲弓是东汉的陈寔,任太丘长,被党锢之祸牵连,却不逃亡。"民不畏死,奈何以死惧之?"后来何进等招他做官,他辞而不就,被公认为最有德行的人。伯玉是初唐著名诗人陈子昂的字。既是寿联,难免带有旧时奉承的习惯,但作为几十年交往的两位知音,晚年又在苏州谈艺论文,友情老而弥笃,章太炎对陈衍从道德文章两方面进行评价,应该说是十分恰当的。当年还有一位祝寿者选择了和他相同的人生道路,这位祝寿者就是钱锺书,他对陈衍的"志行学问"同样给以很高的评价,还说过想替陈衍写传,可惜未能如愿。

二、考据词章　兼而治之

陈衍认为治学应将文学与朴学兼而治之,他在1926年的《复章太炎书》中说:

> 窃叹区区旧学,考据、词章数千年无能兼者。歧而二之,即已误矣,卜商、荀况,已属偏至,何论许、郑、杜、韩,君乡竹垞,颇识崖略,亭林浅尝,只可供梁鼎芬、林纾之仰止。足下学与年进,真善读书,见解高超,海内罕其匹。[10]

这里所讲的"考据"即清代的朴学,词章即我们今天的文学。陈衍认为有成就的学者应将二者结合在一起来治,"歧而二之"是错误的。他认为从子夏到顾炎武,几千年都没人真正"兼而治之"。在这封信中他对章太炎评价很高,这是因为,他与章氏的治学思想十分合拍。他称章为"老友",因为他早在写这封信的28年前,就曾向张之洞推荐过章氏的学问,陈衍一生中的最后七年在苏州的无锡国专任教,而晚年的章太炎正好也退居苏州的书斋中"阐扬国故,复兴国学",两人志同道合,共同切磋。章太炎曾在《论文学》中写道:

> 何以谓之文学?以有文字著于竹帛,故谓之文;论其法式,谓之文学。凡文理、文字、文辞,皆谓之文。而言其采色之焕发,则谓之彣……当以文字为主,不当以彣彰为主。[11]

以上章太炎所说的"彣"即指今天我们所说的文学、历史和哲学,是一个宽广的定义。而"彰"则指文采,所以不应以它为主。陈衍同样这么认为,他治诗作文均不离"经世致用"。钱仲联教授在编辑《陈衍诗论合集》的《前言》中说:

> 先生之论诗,以为道咸以降,丧乱云肮,身丁变风变雅以近于诗亡之会,故其选之者,无异于尼父之删诗,盖有感于诗与时世相关之切而云然,其所见为先立乎其大。[12]

由此可见,同光体诗歌虽然较重形式,但并非没有内容,虽较保守,但并不完全落伍,其中重要原因之一就是诗歌的个性化使然。同光派被称为清代的宋诗派之一,其命运与宋诗也有相像之处:虽不如前面唐代之豪迈壮阔,却不失空灵清峻,虽有议论的弊病,却颇具理趣之韵味。陈寅恪先生曾评宋代文化:"华夏民族之文化,历数千载之演进,造极于赵宋之世。"[13]

陈衍的文章有很高的成就,往往写得质朴自然,这是跟他强调学以致用,经世济民的学术观点分不开的。他提出"未有不精于经术而能行文者",总是以朴学的精神将经、史、子、集等学术兼采而治。陈步所编的《陈石遗集》中,学术部分的目录为:《尚书举要》《周礼疑义辨证》《考工记辨证》《考工记补疏》《说文举例》《说文解字辨证》《音韵发蒙》《通鉴纪事本末书后》《石遗室论文》《史汉文学研究法》《要籍解题》《戊戌变法摧议》《伦理讲义》《福建方言志》《烹饪教科书(节录)》《经济类著译选编》等,共16部,另外还有《礼记疑义辨证》《货币论》《续古文辞类纂》《八家四六文补注》《元文汇补续》等。此外,他还编辑了《福建通志》《闽侯县志》《台湾通纪》,译著西方经济、金融著作《商业开化史》《商业地理》《商业经济学》《货币制度论》《银行论》《商业博物志》《日本商律》《日本破产律》《欧美商业实势》等。陈衍先后主编《求是》杂志、《湖北商务报》等刊物多年,宣传重商救国的思想,他撰写了大量的文章,研究中国古代经济思想和介绍外国近现代经济法律思想,形成了他自己独特的"理财"思想,以实际行动佐张之洞推行洋务运动和维新变法。从中我们可以看出陈衍治学的路径:从朴学和哲学的高度观照学问的壇坫,所以我们如果仅以诗人甚至同光派诗人目陈衍,则是片面的,陈衍是一位具有渊博的学术思想的学者。他曾说:

> 人类之思想,必有所用,不用于此,则用于彼,康、乾间各种考据之学勃然兴起者,盖惩于文字之狱,不得不向此烦碎而远于政治之一途发展,其势使然也。[14]

他说自己:

> 三十余岁颇究哲理,以为人之有生,积气所在,气尽则声光随之,又何神之不灭。没世之名,非己所与知也,而胡爱焉,若及身则犹有取耳。[15]

陈衍知道,乾嘉年间有人搞那些"烦碎"的学问,是"文字狱"的形势使然,迫不得以,用这种工具来"经世致用",为现实服务。章太炎是如此,他自己也是如此。他从 30 岁以后开始"颇究哲理",而他打出"同光体"的旗帜治诗,也是 30岁以后,可见他的诗歌文学是与他的朴学、哲学互为表里的。他提出"三元"说,以开元、元和、元祐为枢纽,并上承风雅,下接当代,以发展史的观点观照诗歌,就是这种学问根柢使然。

章太炎早年所作《春秋左传读》等三部关于《左传》的著作就是承乾嘉汉学传统,从文字、音韵、训诂入手,将《左传》和周、秦、两汉典籍进行比较研究的系列佳作,其中所发掘出的微言大义,实际上是为他的"经世致用"而服务的。章太炎在辛亥革命期间提倡"文学复古"的运动,借鉴欧洲文艺复兴,名为复古,实为创新。章太炎曾在《文学总略》中对上述"文学"的界定作过补充:"今欲改文章为彣彰者,恶夫冲淡之辞,而好华叶之语,违书契记事之本矣。"[16]

他的主旨是强调恢复古代"书契记事"那种为现实服务的"文学",反对走上形式主义的桐城"义法"的死胡同,即反对局限于所谓的"彣彰"的苑囿之中。1932 年,章太炎在苏州与金天翮、李根源、张一麐、陈衍等人成立国学会,出版

《国学论衡》，由陈衍任主编。

陈衍与章太炎一样强调文学的通经致用的朴学精神，为现实服务，他一生的最主要成就诗论以及诗文创作，也都是顺应历史潮流的产物。

三、诗论诗文　名满天下

陈衍揭橥"同光体"诗派，并形成其独立的诗论巨著，不是偶然的，正如钱仲联先生所说，是"为道咸以降""有感于诗与时世相关之切而云然"。"同光体"这一名词，是他和郑孝胥于1886年戏称起来的：

> 丙戌在都门，苏戡告余，有嘉兴沈子培者，能为"同光体"。"同光体"者，余与苏戡戏目同、光以来诗人不专宗盛唐者也。[17]

这段话有两条信息：一是同光体诗歌在先，而后陈衍加以总结和研究，陈衍和同光派浙派领袖沈曾植的见面是十几年后的事，和赣派领袖陈三立也大抵如此，都是先赏其诗后见其人。无论是同光体诗歌还是诗论，都是客观存在的，很多人把后来的康、梁也归入同光体一派。如前所引，他"领袖闽派诗坛"，"一时豪俊，奔趋其旗纛之下"。一是同光体的主要特点是"不专宗盛唐"，是针对此前一种狭隘的诗歌观点，即"诗必盛唐"、不再发展的说法而来的。同光体被称为"宋诗派"，其实陈衍对辽、金、元、清、近代等诗歌都有专门的研究，他们要"觅"诗的"新世界"。陈衍的《石遗室诗话》和其他十几部整理和评论诗歌的丛书已成为中国古代诗论的一座丰碑，他提出"三元"说，以发展史的观点观照诗歌，这是与他的朴学观点相一致的。陈衍还针对严羽的"诗有别才，非关学也"，提出了自己的看法：诗"有别才而又关学者也"，并提出学人之诗与诗人之诗合的主张，他认为工诗必以学问为根柢。陈衍还研究了诗歌的个性化、诗歌中的"性情""至""通变"等诸多理论问题，他实际上"成为中国古典诗学的最后一个真正的理论家"[18]。对清末民初的诗歌及诗歌理论的发展产生了重要的影响，对近现代乃至今天的诗歌事业都有重要的意义。

再说陈衍的诗文创作，虽然陈衍严加删削自己的作品，但仍然为我们留下了1 380首诗词，散文221篇。先说诗歌，章太炎用伯玉诗的"清"来誉陈衍，陈衍所代表的"同光派"闽派诗歌的特点之一就是"清苍幽峭"[19]。"清"者"寂"也，它的反义词是"喧"。陈衍曾在《何心与诗叙》一文中说自己为诗的特点是不畏

"困"与"寂",走的是一条"荒寒之路","无当乎利禄"。陈衍一生"雅不喜治举业",不愿为官,他不像章太炎那样在政坛上叱咤风云,他说自己"位卑身隐",也就是说,他的人生之路与诗歌之路一样,是一条"荒寒之路"。他"身丁变《雅》变《风》,以迨于将废将亡"的末世[20],却以诗歌与学问的坚守为己任,为我们留下一笔珍贵的文化遗产。但是,他和他所代表的"同光派"诗歌又与南社等团体不同,没有以诗歌为革命服务的明显倾向,"同光派"接过唐宋"三元"的传统,以学问为诗,以文字为诗,以议论为诗,俨然走一条追求诗歌艺术发展的道路,一条以学问传统作为诗歌根柢的道路。

然而,如前所述,"同光体"在晚清"影响最大"却又最受"诟病"。让我们来谈谈这个矛盾的说法。"同光派"之所以产生过"最大"影响,是因为它是中国近代诗歌史上一个重要的流派。陈庆元先生在《论同光派闽派》一文中说:"陈衍论'同光体'的产生,上溯到道光、咸丰中程春海诸人,这是从全国的诗坛来考察的。在笔者看来,同光派闽派的产生,在福建诗歌发展史的历程中也有其内在的原因。"[21]同光派诗歌是顺应诗歌发展的产物,它不论是在当时还是身后都受到广泛的认可。那么它为什么受到"诟病"呢?从政治上看,陈衍和"同光派"的其他代表诗人如陈三立等人,虽然旗帜鲜明地支持维新变法,但一旦遭到慈禧的镇压,或退出了政坛,或保持着沉默。他们的表现与革命派截然不同:章太炎曾被关入狱中,却视死如归并笑与邹容和诗,一个道"且向东门牵黄狗",一个说"头如蓬葆犹遭购"!而陈三立只能摸摸自己的脑袋唱道:"凭栏一片风云气,来做神州袖手人。"陈衍则高唱高适的《还山吟》。他们像大多数士人一样,虽然也忧国忧民,但不能像章太炎和也是同光派重要诗人的林旭那样为维新变法或抛头颅或洒热血。从诗歌上看,同光派的诗歌虽然也有不少忧时爱国的佳作,但他们诗作中的大多数内容还是歌唱性情、抒写生活的篇章,这便自然不能与"诗界革命"者一样受到"喧"评,而难免为激进派诗人所"诟病"了。

但是,这一切都无法掩盖同光派诗歌的艺术成就,即使像极力"诟病"同光派的南社这样的激进派也无法回避这一点。[22]陈衍的诗词作品内容丰富多彩。首先吸引我们的是那些反映社会现实的佳作,例如,对于帝国主义侵略自己的祖国,他有着切肤之痛,并予以坚决的谴责。"孽臣昏妖天下无,鬼兵守关先张弧";"危邦乱邦动可死,王涯宅有玉川卢";"萧萧悲风时起,今我不愁何如?"其次,陈衍的诗作关心民瘼,如《祷雨诗》和《三喜雨诗》中有:"大旱已八月,山川意殊恶。肤寸既不合,怪物亦未遭,陂池靡不枯,井溇罔不涸……官长蹴然起,忍坐视民瘼。""小楼三听雨潺潺,万户农民尽破颜。比似河流分蘖后,龙门伊阙不能关。"陈衍晚年诗效香山体,"歌生民病,伤民病痛",反映人民生活疾苦和愿望。"故山不雨已累月,米价日高田未垡。"而他的诗集中为数较多的诗歌是山水诗、游览诗、论诗诗以及交游诗等抒写生活、个人情感和创作感受的诗歌。这些抒写个人生活的诗歌绝不是无病呻吟,同样是一种社会现实的反映。陈衍在《小草堂诗集·叙》中批评道:咸以前的诗人"大半模山范水,流连景光,即有感触,决不敢显露其愤懑,间借咏史、咏物以比附于比兴之体",他提倡继承道咸以来的传统:"诗至晚清同光以来,承道咸诸老薪向杜韩,为变风变雅之后,益复变本加厉。言情感事,往往以突兀凌厉之笔,抒哀痛逼切之辞,甚至嬉笑怒骂,无所于恤。"[23]陈衍的山水游览诗如陶渊明般于平淡中郁风雷之气:"晨游宝泉河,路过慈仁寺。闻昔之双松,兵火近已被。"(《慈仁寺访松同鹤亭》)"劳生天岂容高枕,乱世人尤贱布衣。"(《思归》)这类诗中还有大量诗句是对隐逸生活的向往。陈衍诗风时而清苍幽峭,时而清新圆润,晚年更趋晓畅凝炼,往往融文学性与哲理性于一炉。

陈衍无论走到哪里,总是带头唱和、组织诗社、执教大学,当时的诗人和诗歌爱好者向他学诗、请他选评诗歌的盈门集户。他一生旅食四方,从家乡到上海、武汉、北京、苏州等地,到处都播下了诗歌的种子,为中国近代诗歌的繁荣做出了显赫的贡献,而同光派也成为当时最重要的诗歌流派之一。

陈衍的散文创作同样成就斐然。"有什么讲什么,讲完就完,不作纡回蓄缩",没有条条框框。其中记人散文往往能了了数语就描绘出人物别具一格的性格和环境,并注入真挚动人的感情;记游散文同样能以短小精悍的篇幅,曲尽塞北江南的水光山色,令人陶醉;议论文及书信则最能体现他散文富于哲理性的特色。

但是,陈衍和他所代表的"同光派"诗歌与其他文学活动和南社等团体相比,确是有保守的一面。如果借用章太炎的赞誉,将他比为"道广"的陈寔和"诗清"的陈子昂,那么,和身处汉唐的他们不同的是,陈衍生当封建社会的末造,他为中国古典诗歌所促成的是最后的繁荣,陈衍的这种意义正可以用他的自悼诗句来形容:"一幅林山收晚景,数家茶肆息劳生。"其中浓郁的生活和文学气息至今令人回味无穷。

注　释

［1］钱仲联：《近代诗钞·前言》，南京：江苏古籍出版社，1993 年，第 14 页。

［2］［3］［4］［9］［10］［23］〔清〕陈衍、陈步：《陈石遗集》，福州：福建人民出版社，2001 年，
　　　第 1 942、1 988、1 988、2 079、673、684 页。

［5］［6］邓晓芒：《当代知识分子的身份意识》，《书屋》，2004 年第 8 期。

［7］［8］［12］［14］［15］［17］［19］［20］〔清〕陈衍、钱仲联：《陈衍诗论合集》，福州：福建人民
　　　出版社，1999 年，第 1 018、1、1、1 086、1 091、6、37、875 页。

［11］［16］姜艺华、吕慧鹃等：《中国历代著名文学家评传·章太炎》，济南：山东教育出版社，
　　　1988 年，第 264、265 页。

［13］景戎华：《造极赵宋堪称辉煌》，《读书》，1987 年第 5 期。

［18］王运熙、顾易生：《中国文学批评史》（下册），上海：复旦大学出版社，2005 年，第
　　　438 页。

［21］陈庆元：《诗词研究论集》，成都：巴蜀书社，1998 年，第 299 页。

［22］涂小马：《"同光体"研究综述》，《苏州大学学报》1998 年第 1 期。

林纾与新文学运动

马　勇

常言道,历史是成功者写的。言下之意,书写出来的历史记忆往往是不真切的。由此联想"五四"新文化运动,在我们的记忆中,其实都是经过"成功者"有意无意筛选后的,是"后五四时代"成功者建构的历史。这样的历史,总会有心无心地忽略其对手,即反对者的立场、贡献和说法。比如林纾,就是被"后五四时代"成功者忽略、敌视乃至妖魔化的人物,其真实面目及其与"五四"新文化的关系,已不是那么清楚了。

一、新旧冲突真相

"五四"新文化运动被视为"中国文艺复兴",是民族精神的重新整理。在这个运动中,即或有不同意见,但在重新振兴民族精神,重建文化体系方面,实际上并没有真正意义上的反对派。换言之,在新文化运动中虽有左中右区别,但大体上说他们都是新文化运动中一个分子,只是在某些问题上偏于激进或偏于保守,偏于守成或偏于变革,坚守中立或置身局外而已。当改革已成为一个国家基本共识时,并不存在本来意义的守旧派、保守派。改革与反改革的冲突只是一种想象,是一种斗争工具和理由。从这个意义上说,新文化运动中所谓的新旧冲突是存在的,但其性质可能并不像过去所评估的那样严重,新旧人物在某些观点上的对立、冲突和交锋,实际上很可能就像胡适在美国留学时与梅光迪、任鸿隽讨论新旧文学价值那样,是朋友之间的交谈、交锋、交集,其程度也不像后人所感觉、所想象的那样不共戴天、视若仇雠,他们很多人都是朋友,而且是毕生相互敬重的朋友。他们的交锋、交集,其实就是你中有我,我中有你,新中有旧,旧中有新,没有严格意义的绝对新,也没有严格意义的绝对旧。

在已有的"五四"新文化运动叙事中,陈独秀、胡适及学生辈的傅斯年、罗家伦在后来占了上风,成为主导,所以在他们自觉不自觉营造的新文化叙事中,林纾基本上是个反面形象，被定位为新文化反对派，甚至带有莫名其妙的小丑色彩。这显然是不真实的。不过，从陈独秀、胡适、傅斯年等一系主流话语来说，他们将林纾定位为反对派、守旧者，也是有根据的：一是当胡适、陈独秀等人提出以白话取代文言，成为中国人基本交往工具时，林纾提出了一个很有力量的反对意见；二是当新文化运动发展稍遇挫折，钱玄同、刘半农等人以双簧方式引导舆论，痛骂所谓守旧势力时，林纾毫不客气地站出来，发表了具有纪实格调的小说，反击陈独秀、胡适、钱玄同、刘半农等人；三是当"五四"学潮一触即发，林纾发表致蔡元培公开信，指责蔡元培在北大兼容并包、言论自由，并不是包容传统，包容道德，而是包容、纵容、默许，甚至支持那些反传统、非道德的东西，是对社会常态的冲击。

林纾的批评不管是否有道理，他的这个攻击在时间点上都与北大的遭遇、蔡元培的困境巧合，由此等到时过境迁、水落石出，蔡元培、陈独秀、胡适等人成为胜利者的时候，林纾自然难逃干系。其实，从后世眼光看，林纾在这三个问题上的立场可能并不像新文化主流派所批评的那样邪恶、无耻，而是别有原因，别有一番韵味。先说第一个问题。

按照陈独秀、胡适等新文化主流话语，林纾是新文化反对派，因为林纾坚定反对以白话取代文言成为中国人交流的唯一语言工具；而后来的事实是白话真像胡适、陈独秀所期待的那样，成为中国人的唯一语言交流工具，文言真的成为死文字，于是林纾也就成为十恶不赦、逆历史潮流而动的反对派。

新文化运动后的历史演变确实如此，但他们所描绘的新文化叙事框架是有问题的。也就是说，林纾并不是新文化的反对派，他之所以能对新文化发展路径提出不同意见，是因为他研究过白话、文言问题，研究过白话为什么不应该成为中国人"唯一"的语言工具，研究过文言为什么不应该完全放弃。从这个意义上说，林纾并不是新文化的反对派，而是新文化的前驱。正是他和那之前几代人的尝试和实践，才为胡适、陈独秀准备了文学革命的基础。只是胡适等人在后来回顾建构新文化叙事框架时，有意无意地忽略了林纾，夸大了林纾的反对意见。白话文运动确实是胡适提出来的，确切地说是胡适的说法和倡导终于引起了知识界的重视，引起文体改革从个别人的行动走向一个知识群体的共同试验。这是胡适、陈独秀的功劳。不过，正如许多研究者所指出的那样，白话文在中国过去很长时间并不是不存在，只是这个文体没有登上大雅之堂，没有成为文化正宗。看看唐宋以来的佛教语录，看看《朱子语类》，我们就应该承认白话文并不是到了近代才有,而是始终作为口头语言在使用,古人口头表达并不是书面文言,只是落实到书面时,为了简洁、准确,方才转换为文言。这是中国语言发展的真实状况。胡适、陈独秀的贡献,就是把口头表达的语言转换为书面语言,并以这种口头表达的语言彻底替换了书面文言。

从新文化发展脉络看,胡适1917年初发表的《文学改良刍议》确实抓住了近代以来中国文化发展的关键,是陈独秀在《甲寅》时代一直思考的问题,那就是怎样在思想文化层面为中国寻找一条坦途,并获得落实,因而胡适的这篇文章在陈独秀那里有正中下怀的感觉。而且由于他的老革命党人脾气,使他觉得胡适的什么"改良",什么"刍议"等,实在是不温不火,过于与旧势力周旋,过于担心旧势力攻击,所以陈独秀以老革命党人的气势,心甘情愿成为全国学究之公敌而在所不辞,高张"文学革命军"大旗,声援胡适,将胡适不温不火的"文学改良"变成了陈独秀风风火火的"文学革命"。[1]

胡适、陈独秀的主张首先获得钱玄同的支持,这一点具有非常重要的象征意味。大家都知道钱玄同是章太炎的得意门生,而章太炎的文章从来都是典雅古文。一部刻意用古汉语且尽量使用冷僻字写成的《訄书》,既难倒了许多读书人,更使许多读书人甘拜下风,自叹弗如。中国读书人从来都以听不懂、看不懂为学问的最高境界,不懂就不敢反对,这是学界向来的弊端,但又是最没有办法克服的。由此,学界一贯的陋习,就是对那些能够看懂的,总是给予轻视乃至蔑视,所以许多时候为了当大师,就要故作晦涩、故作艰深。这是章太炎成功的秘诀与法宝,也是读书界对章太炎、章门弟子仰视的原因。

然而,人们不知道的是,章太炎其实还是近代中国白话文运动的鼻祖。在东京办《民报》时,章太炎就尝试着用白话进行演说和著述,当然这些演说和著述大致都不是纯粹的学术文字,而具有教育普及、学术普及的意味。他在那时所作的一系列演讲,后来被结集为《章太炎的白话文》出版。《章太炎的白话文》引起了一些争议,甚至有人怀疑这本书究竟是不是章本人的著作。这其中一个重要人物就是钱玄同,因为这本由张静庐策划的小书误收了钱玄同的一篇《中国文字略说》。这在一定程度上说明章太炎、钱玄同师徒都比较注意白话文在文学中的可能与尝试。这个尝试似乎比胡适的尝试要早好几年。所以当胡适欲以白话作为中国文学正宗的文学改良论发表后,自然能够与钱玄同的思想意识接上头,获得积极回应。

紧接着,刘半农也在《新青年》第3卷第3号(1917年5月1日)发表《我之文学改良观》,对胡适、陈独秀、钱玄同等人的主张予以回应,对胡适的"文学八事"、陈独秀的"三大主义"及钱玄同的"选学妖孽""桐城谬种"等文学主张"绝对表示同意",复举平时意中所欲言者,提出自己的文学改良观。刘半农认为白话、文言暂时可处于相等地位,同时主张打破对旧文体的迷信,从音韵学角度提出破旧韵造新韵,以及使用标点符号、文章分段等技术性手段,以丰富现代汉语表达方式、方法。[2] 过去的讨论总认为,刘半农的加入说明新文学阵营在扩大,但刘半农的几点新建议又表明新文学阵营中并非意见一致。这种说法只看到了问题的表面,其实从刘半农的学术志向、学术重心看,他的建议只是丰富了胡适文学改良主张,并不存在新文学阵营内部分歧的问题。

刘半农是一个非常了不起的学者。他有良好的家庭背景,成名较早,只是成名范围仅限于上海滩鸳鸯蝴蝶派,所以当他后来加入北大知识人群时,有时也被那些出身名门正宗的知识人轻视乃至蔑视。不过正是刘半农早期鸳鸯蝴蝶派的文学经验,使他对民间文学和白话文在文学中的地位与发展有着不一样的个人体验,因此,他对胡适文学改良主张发自内心地认同,他的加盟使新文学有了实践经验作为支撑和验证,使新文学阵营更加多样化。

新文学阵营多样化、多元化是客观事实,其实当陈独秀《文学革命论》发表后,胡适就意识到这一点,就觉得陈独秀与自己的主张有着很大不同,至少自己是准备以学理讨论的方式进行,而陈独秀似乎并不这样认为。胡适致信陈独秀说,文学改良这种事情,其是非得失,非一朝一夕所能定,亦非一二人所能定。甚愿国内学术界各方面人士能平心静气与我们这些倡导者一起研究这个问题,讨论既熟,是非自明。我们既然已经打出文学改革的大旗,当然不会再退缩,但是我们也决不敢以我们的主张为必是而不容他人之匡正。[3]

二、新文学前驱

胡适这些温和主张是一种实验主义哲学态度。胡适之所以在这个当口再次重申,也不是没有来由。因为当他的《文学改良刍议》发表后,林纾于 1917 年 2 月 8 日在上海《国民日报》著文商榷,题目叫做《论古文之不当废》,观点鲜明,理由不足。最引人发笑并反映出林纾最诚实一面的,是他说的这样一段话:

> 知腊丁之不可废,则马、班、韩、柳亦自有其不宜废者。吾识其理,乃不能道其所以然,此则嗜古者之痼也。[4]

这个说法原本并没有什么不妥,因为根据林纾对西方近代文化发展史的了解,西方人讲维新、讲变革,没有将拉丁文作为垃圾予以废弃,而是有意识地从拉丁文中汲取营养,作为近代文化的资源。然而,林纾这个比较平实的说法在被胡适、陈独秀等人大肆渲染后,则成为一种比较荒唐的主张。胡适说:"吾识其理,乃不能道其所以然",此正是古文家之大病。古文家作文,全由熟读他人之文,得其声调口吻,读之烂熟,久之亦能仿效,却实不明其所以然。此如留声机器,何尝不能全像留声之人之口吻声调? 然终是一副机器,终不能"道其所以然"。接着,胡适以调侃口吻挑剔林文表述毛病,用现代文法分析林文表达缺陷。

胡适的温和主张并不被陈独秀所接受,陈独秀或许也是基于林纾等人的刺激,以不容讨论的姿态表达自己的主张,这实际上开启了一场原本不一定会出现的文化论争。陈独秀说:"鄙意容纳异议,自由讨论,固为学术发达之原则,独至改良中国文学当以白话为正宗之说,其是非甚明,必不容反对者有讨论之余地;必以吾辈所主张者为绝对之是,而不容他人之匡正之也。盖以吾国文化,倘已至文言一致地步,则以国语为文,达意状物,岂非天经地义? 尚有何种疑义必待讨论乎? 其必欲摈弃国语文学,而悍然以古文为文学正宗者,犹之清初历家排斥西法,乾嘉畴人非难地球绕日之说,吾辈实无余闲与之讨论也。"[5]

古文家的理由或许如林纾所说,"吾识其理,乃不能道其所以然",但陈独秀的态度无疑是一种新的文化专断主义,这种文化专断主义如果所持立场是正确的如白话文学论,可能不会有什么问题,但从这个立场出发,人人都认为自己的主张是正确的,是正确到不容别人讨论而只能执行、采纳的程度,恐怕问题也不少。"五四"新文化运动后期出现的所谓新传统主义,其实所采纳的思路、理论,都与陈独秀的主张和致思倾向几乎完全一致。当然,正如胡适所说,陈独秀这种武断的态度,真是一个老革命党的口气。胡适等人一年多文学讨论的结果,得着了这样一个坚强的革命家做宣传者,做推行者,不久就成为一个有力的大运动了。[6] 到1917年年底,文学改革思想已经赢得许多北大学生的热情支持,其中包括傅斯年、罗家伦。

傅斯年和罗家伦都是"五四"爱国运动中的风云人物,他们同时也是新文化运动中的重要代表。傅斯年具有深厚的国学基础,所以他在北大读书时就显得与其他学生很不一样,深受当时北大教授刘师培、黄侃、陈汉章等人的器重与赞许，他们希望傅斯年能够传承刘师培的仪征学统，或者成为章太炎学派的传人，所以这些大师级的教授对傅斯年另眼相看，期待甚殷。然而，由于受到《新青年》所宣扬的民主与科学新思潮的影响，特别是当蔡元培、陈独秀、胡适等新派人物相继来到北大后，新文化的春风深刻影响和激励了傅斯年，使他从先前寻找旧学的迷梦中惊醒，转而支持新文化运动，进而成为新文化运动的主力。

1918 年初，傅斯年以"北京大学文科学生"的身份在《新青年》第 4 卷第 1 号（1918 年 1 月 15 日）发表《文学革新申义》，从道义上和学理上为胡适、陈独秀等人倡导的文学革命提供声援和支持。傅斯年指出，根据他的了解，文学革命的口号虽然响彻知识界，但国人对此抱有怀疑态度的大有人在，恶之深者，斥文学革命为邪说；稍能容者，亦以为文学革命不过是异说高论，而不知其为时势所造成的必然事实。为回击反对者、守旧者对文学革命的责难，为一班怀疑文学革命价值者释疑解惑，傅斯年在这篇文章中以历史进化论的观点对文学革命的必要性、必然性进行了充分阐释。[7]

紧接着，傅斯年又发表《文言合一草议》一文，对废文词而用白话的主张深信不疑，以为文言合一合乎中国语言文化发展的必然趋势，白话优于文言，不是新文学倡导者的凭空杜撰，而是中国文化发展的必然结果：白话近真，而文言易于失旨；白话切合人情，以之形容，恰得其宜，以之达意，毕肖心情。所以在中国文学传统中，真正优秀的第一流作品如《史记》，如《汉书》，如唐诗、宋词、元曲等，其实都大量容纳、吸收了市井俚语、民间白话，历代所谓典雅文字其实都像《诗经》一样是由民间文学提升上来的，并不是文人雅士闭门造车。

在胡适、陈独秀、刘半农等人讨论的基础上，傅斯年提出"文言合一"的方案，以为文言白话都应该分别优劣，取其优而弃其劣，然后再归于合一，建构一种新的语言文字体系。他的具体办法是：对白话，取其质，取其简，取其切合近世人情，取其活泼饶有生趣；对文言，取其文，取其繁，取其名词剖析毫厘，取其静状充盈物量。简言之，就是以白话为本，而取文词所特有者，补苴罅漏，以成统一之器，重新建构一种新的语言形态。进而，傅斯年还提出重新建构新的语言形态的十项规条，逐条分析白话、文言在代名词、介词、位词、感叹词、助词等词性中的具体运用，这就将胡适等人引起的讨论向实际创造和实际运用方面深入推进。[8]

与傅斯年情形相类似的还有罗家伦。罗家伦具有良好的家学渊源，又与蔡元培是绍兴小老乡，因而他在北大读书期间如鱼得水，很受蔡元培的器重和栽培,所以他后来成为北大乃至全国的学生领袖,是"五四"爱国运动中的北大"三剑客"之一。根据罗家伦的回忆,他的文学革命思想产生得比较早,大约在幼年时代读私塾时,他就对读死书、读天书、死读书的情形深恶痛绝,以为中国旧有的文化形态严重束缚了中国人的创造灵性,幼年时代的生命体验使他很早就期待文学形式能够发生一次革命性的变化,所以当胡适在《新青年》发出文学改良的呼吁后,罗家伦发自内心地表示拥护,主张文学革命,强调要创造国语文学,打破古典文字的枷锁,以现代人的话,来传达现代人的思想、表现现代人的感情。

傅斯年、罗家伦的加入,为文学革命在青年学生特别是北大学生中赢得了支持者,他们在 1918 年和 1919 年所写的文章,促进了文学改革在青年中的流行,渐渐减轻了文学革命来自青年学界的压力。

不过,更值得指出的是,文学改良、文学革命在 1917 年虽然闹得轰轰烈烈,其实那时真正站出来公开反对的并不多,静观其变、等待新文学实际成就的还是大多数,然而在那时真正用新文学、白话文完成的作品也没有出现,即便是那些在《新青年》上发表的政治散文,虽然鼓吹新思想,鼓吹文学改良、文学革命,但其表达方式差不多也都是文言,像傅斯年的几篇文章就是如此。这就构成一种反差非常强烈的讽刺,当然也引起了文学改良者的自我警醒。傅斯年自我反省道:"始为文学革命论者,苟不能制作模范,发为新文,仅至于持论而止,则其本身亦无何等重大价值,而吾辈之闻风斯起者,更无论焉。"[9] 所以,到了 1918 年,新文学的倡导者几乎不约而同地将精力用于新文学的创造与尝试。

1918 年 1 月起,《新青年》在北大六教授的主持下全新改版,改为完全刊登白话文作品,以崭新的面貌与读者见面,于是风气大开,知识界真正开始尝试用白话文写作各种文体。这就是胡适所期待的"建设的文学革命"。在"建设的文学革命论"框架中,胡适宣布古典文学已经死亡,今后的中国只能是白话文的天下。他用十个大字概括"建设的文学革命论",那就是:"国语的文学,文学的国语。"所谓的文学革命,其实就是要为中国创造一种国语的文学。有了国语的文学,方才可能有文学的国语;有了文学的国语,我们的国语才可算得上真正的国语。国语没有文学,便没有生命,便没有价值,便不能成立,便不能发达。这就是胡适"建设的文学革命论"的基本宗旨。

在胡适看来,过去两千年中国文人所做的文学都是死的,都是用已经死了的语言文字做的。死文字绝不能产生出活文学。所以,中国过去两千年只有些死文学,只有些没有价值的死文学。简单地说,自《诗经》以下至于今,但凡有价值的文学,都是用白话文做的,或者是近于白话文的。其余的都是没有生气的古董,都是博物院中的陈列品。我们为什么喜欢《木兰辞》和《孔雀东南飞》? 因为这两首诗是用白话文做的。我们为什么喜欢陶渊明的诗和李后主的词呢? 因为他们的诗词都不是用文言写作的,而是使用了大白话。到了近代,活文学获得了更大发展,《水浒传》《西游记》《儒林外史》《红楼梦》,都是活文学的范本,都是由活文字创造的。假若施耐庵、吴承恩、吴敬梓、曹雪芹这几个人不是用白话文写作的话,而是改用文言,那么这几部作品就不可能有这样强的生命力,也一定不会有这样的价值。所以胡适的结论是:"中国若想有活文学,必须用白话,必须用国语,必须做国语的文学,因为死文学决不可能产生出活文学。"[10]

1918 年,被后人看作是新文学元年。这一年,新知识分子纷纷尝试白话诗的写作,并获得了初步成果。胡适后来出版的《尝试集》,被誉为新文学运动中第一部白话诗集,这部集子中的大部分作品其实都是 1918 年创作的。这部作品在思想内容上诅咒政治统治的黑暗和儒家伦理、旧礼教的虚伪,展示出个性解放、劳工神圣等进取思想,但在形式上则带有旧体诗的痕迹和白话诗的不成熟,显示出从传统诗词中脱胎蜕变、逐渐寻找试验的转型痛苦。但它确实代表了 1918 年中国新文学元年的重要成就。

"文学革命"以及由此引发的白话文运动,是 20 世纪中国最伟大的事件之一。它的意义之所在,不仅是中国文学载体的革命,文学形式的解放,而且是中国文化基本范式、中国人的思维习惯乃至日常生活习惯的根本革命,正是从这个意义上说,胡适的主张便不能不引起一些争论乃至反对。其中反对最力者,先有胡适的留美同学梅光迪、任鸿隽,后有著名文学翻译家林纾以及以怪杰而著称的辜鸿铭,再有北大教授刘师培、黄侃、林损及马叙伦,还有著名学者章士钊以及在现代中国颇富盛名的杂志《学衡》派的一班人,如吴宓、胡先骕等。只是由于文学革命和白话文运动毕竟代表着历史前进的方向,因此,这些反对并不能阻挡历史前进的车轮。但必须指出的是,当时间过了快一个世纪之后,反对者的言论也有值得重新检视的必要。

如前所说,林纾在胡适的《文学改良刍议》发表后,最先敏感地意识到这个问题的严重性,但他似乎还没有想好反对的理由,所以他说他知道古文不应当被废除,却说不出详细的理由。他的这个还算诚实的态度遭到胡适、陈独秀等人的奚落,于是他的看法就没有受到白话文倡导者应有的重视。其实,林纾的主张真的应该引起注意,他虽然对文言为什么应该保留,白话为什么应该被适度采纳,说不出多少理由,但他确实是近代中国文学改良运动前驱者之一。林纾以翻译西洋文学名著闻名于世,在清末民初很长一段时间,林纾在朋友的合作下,先后翻译了两百多种西洋文学名著,畅销国中,不仅给他赚足了版税,而且给他带来了极大的声誉。他的翻译小说与严复的"严译名著"齐名,而严复又是他的福建小同乡,因而康有为有"译才并世数严林"的判词。而且,还有一点非常重要的是,严复始终坚持用典雅的文言进行翻译、进行写作,而林纾则比较早地尝试过用民间语言丰富文言的可能,尝试用民间俗语、俚语进行书面创作的可能性。

在文化理念上,林纾是中国传统学术文化的忠实信徒,崇尚程朱理学,但也不是盲目信从,对于理学迂腐虚伪等处,也能有清醒的意识,嘲笑"理学之人宗程朱,堂堂气节诛教徒。兵船一至理学慑,文移词语多模糊"[11];揭露"宋儒嗜两庑之冷肉,凝拘挛曲局其身,尽日作礼容,虽心中私念美女颜色,亦不敢少动"[12]。这些揭露当然是理学的负面,所以他身体力行,维护礼教,试图恢复儒学正宗,指责近代以来在西方思想的影响下,世风日下,人心不古,人们欲废黜三纲,夷君臣,平父子,广其自由之途辙。

在文学观念上,林纾信奉桐城派,以义法为核心,以左丘明、司马迁、班固、韩愈等人的文章为天下楷模,最值得效法,强调取义于经,取材于史,多读儒书,留心天下之事,如此,文字所出,自有不可磨灭之光气。当然,对于桐城派的问题,林纾也有认识,因此并不主张墨守陈规,一味保守,而是主张守法度,但是要有高出法度的眼光;循法度,但是要有超出法度之外的道力。

在戊戌变法的前一年,林纾用白居易讽喻诗手法写了《闽中新乐府》三十二首,率多抨击时弊之作,这不仅表明他在政治上属于维新势力,而且更重要的是,他在文学表现手法上的创新及对民间文学因素的汲取。所以当白话一兴,人人争撤古文之席,而代之以白话之际,林纾也在他朋友林白水等人创办的《杭州白话报》上开辟专栏,作"白话道情",风行一时。很显然,林纾早在19世纪末年就是文学改革者,他承认旧的白话小说具有一定的文学价值,他只是温和地反对,如果人们不能大量阅读古典文学作品,汲取古典文学营养,就不能写好白话文。所以,当胡适文学改良的主张发表后,林纾似乎本着自己的良知,比较友好地提出了一些建设性的意见,表示在提倡白话文的同时,不要刻意将文言文彻底消灭掉,在某种程度上说,林纾的主张与梅光迪、任鸿隽等人都相似,就是在向更大多数民众提倡白话文，倡导读书人尽量用白话文写作的同时，也应该为文言文留下一定的生存空间，至少使中国文化的这一重要载体不致在他们那一代人失传。

三、新文化右翼

林纾的这个意见如果仔细想来似乎也很有道理，即便到了今天白话文已经成为文学的主体时，我们依然会觉得古文魅力无穷，是现代语言的智慧资源。然而当时的一边倒特别是陈独秀不容商量的态度，极大地挫伤了林纾的情绪。1917年初，钱玄同出面支持胡适的文学改良建议，这原本是一件大好事，但钱玄同的好斗性格使他不忘顺带攻击桐城派等旧文学，并提出什么"选学妖孽，桐城谬种"等蛊惑人心的概念，这就不是简单的学术论争，而是带有一定的人身攻击的意味。尽管如此，林纾在此后很长一段时间并没有刻意反对白话文运动和文学革命，他甚至到了1919年3月，依然为《公言报》开辟"劝世白话新乐府"专栏，相继发表《母送儿》《日本江司令》《白话道情》等，俨然为白话文运动中的一员开路先锋。

林纾其实为新文化运动中的右翼，他有心变革中国的旧文学，但又不主张将旧文学彻底放弃，他在1917年的《论古文之不当废》中，反复强调古文对现代语言的资源价值，至1919年作《论古文白话之相消长》一文，亦依然论证古文白话并行不悖的道理，强调废古文用白话亦正不知所谓古文，古文白话似乎自古以来相辅相成，所谓古文者，其实就是白话的根柢，没有古文根柢，就不可能写出好的白话，能读书阅世，方能为文，如以虚枵之身，不特不能为古文，亦不能为白话。林纾的这些意见如果能够听进一点点，中国文学改良或许将是另外一种情形。

从林纾的政治、文学观念看，很难说他就是一位极端保守的守旧主义者，他似乎只是主张在追求进步的同时，保持适度的保守，不要过于激进。林纾的本意原本只是间接和谦和的，他不过是说古文文学作品也自有其价值，不应被革弃，而应当像西方对待拉丁文那样加以保存。"古文者白话之根柢，无古文安有白话？"[13]这个判断在很大程度上说确实是对的，但在那时的气氛中根本没有人给予重视。

林纾只是友善地表达了自己的一点不同看法，然而在当时的文化氛围中，这一点点不同看法也不能被容忍。1918年3月，钱玄同和刘半农在《新青年》4

卷 3 号合演了一出轰动一时的双簧戏：由钱玄同摹仿所谓守旧者的口吻和笔调，化名王敬轩写了一篇攻击新文化运动的信，其中故意推崇林纾的翻译和古文；而由刘半农以《新青年》记者的身份作《复王敬轩书》，以调侃的口气点名批评林纾，以为林译西方文学名著，如果以看"闲书"的眼光去看，亦尚在不必攻击之列；然而如果要用文学的眼光去评论，那就要说句老实话，即林译名著由"无虑百种"进而为"无虑千种"，也还是半点儿文学味也没有。这种完全否定式的批评，显然已经超越一般的文学批评范畴，而带有蓄意攻击的意味了。这就不能不使林纾感到愤怒，感到痛苦，他自认为是新文学的同盟，却被新文学中的人物视为守旧，视为反动，于是他只能起来被动地、消极地进行辩护辩论和说明，兼带着也就有睚眦必报的意味了。

1919 年 2 月 17 日，林纾在《新申报》为他特设的"蠡叟丛谈"专栏发表小说《荆生》，写"皖人田其美""浙人金心异"和"新归自美洲"的"狄莫"三人同游京师陶然亭。他们力主去孔子灭伦常和废文字以白话行之，激怒了住在陶然亭西厢的"伟丈夫"荆生。荆生破壁而入，怒斥三人：中国四千余年以纲纪立国，汝何为而坏之？于是伟丈夫出手痛打一顿，皖人田其美等三人抱头鼠窜，狼狈而逃。这里的皖人田其美，显然是指陈独秀，田与陈本一家，这是中国史的常识，美与秀对举；浙人金心异显然是指钱玄同，钱为金，同对异；新归自美洲的狄莫当然指新近留学归来的胡适，胡为周边族群的汉人称呼，而狄则带有某种程度的歧视。至于伟丈夫荆生，或以为是段祺瑞的重要助手徐树铮，或以为是练过武功的作者本人，或以为是林纾心目中卫道英雄的化身，是理想化的英雄。

《荆生》的发表应该使林纾出了一口鸟气，但他似乎也有点得寸进尺，得理不饶人。紧接着，林纾又在《新申报》上发表第二篇影射小说《妖梦》。说一个叫郑思康的人梦游阴曹地府，见到一所白话学堂，门外大书楹联一副：

白话通神，《红楼梦》《水浒》真不可思议；古文讨厌，欧阳修、韩愈是什么东西。

学堂里还有一间"毙孔堂"，堂前也有一副楹联：

禽兽真自由，要这伦常何用？仁义太坏事，须从根本打消。

学堂内有三个"鬼中之杰出者"：校长叫"元绪"显然影射蔡元培；教务长叫"田恒"，显然影射陈独秀；副教务长叫"秦二世"，显然影射胡适之。对于这"鬼中三杰"，作者痛恨无比，骂得粗俗刻薄无聊。小说结尾处，作者让阴曹地府中的"阿修罗王"出场，将白话学堂中的这些"无五伦之禽兽"通通吃掉，化之为粪，宜矣。这显然是一种非常拙劣的影射和比附，有失一个读书人、写书人的基本风骨与人格。

为林纾这两篇小说居间协助发表的是北大学生张厚载。张厚载即张豂子，笔名聊止、聊公等。生于 1895 年，江苏青浦人。时在北京大学法科政治系读书，1918 年在《新青年》上与胡适、钱玄同、傅斯年、刘半农等北大教授就旧戏评价问题展开争论后，为胡、钱等师长所不喜。所以他后来似乎有意动员、介绍他在五城中学堂读书时的老师林纾创作影射小说丑诋胡适、钱玄同、陈独秀、蔡元培。

或许是张厚载的唆使，使年近古稀的林纾接连写了这两部只能是发发牢骚的影射小说。只是不巧的是，当林纾将第二篇小说《妖梦》交给张厚载寄往上海之后，他就收到了蔡元培的一封信，说是有一个叫赵体孟的人想出版明遗老刘应秋的遗著，拜托蔡元培介绍梁启超、章太炎、严复及林纾等学术名家题辞。蔡元培无意中的好意感动了林纾，他们原本就是熟人，只是多年来不曾联系而已。现在自己写作影射蔡元培的小说，似乎有点不好，所以他一方面嘱张厚载无论如何也要将《妖梦》一稿追回[14]；另一方面，他致信蔡元培，坦言自己对新文化运动的若干看法。他认为，大学为全国师表，五常之所系属，最近外间谣言纷集，这大概都与所谓新思想的传播有关。晚清以来，人们恒信去科举，停资格，废八股，复天足，逐满人，扑专制，整军备，则中国必强。现在民国将十年，上述期待都成为现实，然而国未强民未富，反而越来越乱，问题越来越多。现在所谓的新思想更进一步解，必覆孔孟，铲伦常为快。其实，西方国家虽然没有像中国过去那样崇奉伦常，但西方国家的伦理观念也不是现在所谓新思想所说的那样简单。他指出，天下唯有真学术、真道德，始足以独树一帜，使人敬从。若尽废古书，行用土语为文字，则都下引车卖浆之徒所操之语，按之皆有文法。凡京津之稗贩，均可用为教授。若《水浒传》《红楼梦》，皆白话之圣，并足为教科书，不知《水浒》中辞吻多采岳珂之《金陀粹编》，《红楼》亦不止为一人手笔，作者均博极群书之人。总之，非读破万卷，不能为古文，亦并不能为白话。这是林纾关于文言白话的系统意见。

至于道德,林纾对当时所谓新道德斥父母为自感情欲,于己无恩的说法予以批评,以为当时学术界一些新秀故为惊人之论,诸如表彰武则天为圣王,卓文君为名媛,尊严嵩为忠臣等,其实都是在拾古人余唾,标新立异,扰乱思想。他认为,大凡为士林表率,须圆通广大,据中而立,方能率由无弊。若凭借自己在知识界的地位势力而施趋怪走奇之教育,则是非常危险的。很显然,林纾尽管没有直接批评蔡元培对新思想新道德的支持与纵容,但至少奉劝蔡元培善待全国父老之重托,以守常为是。[15]

《妖梦》小说没有被追回,而林纾致蔡元培的这封信却又被《公言报》于1919年3月18日公开发表。《公言报》为安福系的机关报,专以反对新思想、新文化,反对北京大学为能事,因此,林纾原本可以与蔡元培等人达成某种妥协,却因这种机缘巧合而丧失了机会。

蔡元培收到张厚载具有挑衅性的来信后似乎非常愤怒,指责张厚载为何不知爱护本校声誉,爱护林纾。[16]至于他看到林纾的公开信后,更一反温文尔雅忠厚长者的形象,勃然大怒,公开示复,就林纾对北京大学的攻击以及对陈独秀、胡适等人菲弃旧道德、毁斥伦常、诋排孔孟等言论有所辨明。

就事实而言,蔡元培分三点解释辩白北大并没有林纾所说的覆孔孟、铲伦常、尽废古书这三项情事,外间传言并无根据。借此机会,蔡元培公开重申他办教育的两大主张:

一是对于学说,仿世界各大学通例,循思想自由原则,取兼容并包主义。无论何种学派,苟其言之成理,持之有故,尚不达自然淘汰之运命者,虽彼此相反,而悉听其自由发展。

二是对于教员,以学诣为主。其在校讲授,以无背于思想自由、兼容并包主张为界限。其在校外的言论行动,悉听自由,学校从不过问,当然也就不能代其负责。比如帝制复辟的主张,为民国所排斥,但本校教员中照样有拖着长辫子而持复辟论者如辜鸿铭,以其所授为英国文学,与政治无涉,所以也就没有人管他;再如筹安会的发起人,被清议所指为罪人,然而在北大教员中就有刘师培,只是他所讲授的课程为中国古代文学,亦与政治无涉,所以也就没有必要由学校过问;至于嫖、赌、娶妾等事,为北大进德会所戒,教员中有喜作侧艳之诗词,以纳妾、狎妓为韵事,以赌为消遣者,苟其功课不荒,并不引诱学生与之一起堕落,则亦听之。夫人才至为难得,若求全责备,则学校就没有办法办下去。且公私之间,自有天然界限。即便如琴南公,亦曾译有《茶花女》《迦茵小传》《红礁画桨录》等小说,而亦曾在各学校讲授古文及伦理学,假使有人批评他以此等小说体裁讲文学,以狎妓、奸通、争有妇之夫讲伦理学,难道不觉得好笑吗?然则革新一派,即或偶有过激之论,但只要与学校课程没有多大关系,何必强以其责任尽归之于学校呢?[17]

蔡元培的解释或许有道理,但在林纾看来,他之所以公开致信蔡元培,实际上并不是指责蔡元培管理不力,而是期望他能够利用自己的背景特别是与那些年轻激进分子的特殊关系,方便的时候稍作提醒,不要让他们毫无顾忌地鼓吹过激之论,对于传统,对于文学,还是持适度的保守态度比较好。他在写完致蔡元培公开信的第二天,就在一篇小文章中表露过自己的这点心迹,他表示自己多年来翻译西方小说百余种,从没有鼓吹过弃置父母,且斥父母为无恩之言。而现在那些年轻一辈何以一定要与我为敌呢?我林纾和他们这些年轻人无冤无仇,寸心天日可表。如果说要争名的话,我林纾的名气亦略为海内所知;如果说争利,则我林纾卖文鬻画,本可自活,与他们并没有什么关联,更没有利害冲突。我林纾年近古稀,而此辈不过三十,年岁如此悬殊,我即老悖癫狂,亦不至偏衷狭量至此。而况并无仇怨,何必苦苦追随?盖所争者天理,非闲气也。林纾似乎清醒地知道,他与胡适、陈独秀这些年轻人发生冲突,对自己并没有多少好处,肯定会招致一些人的攻击与谩骂,但因为事关大是大非,他也不好放弃自己的原则听之任之。林纾决心与新文化的倡导者们周旋到底。

然而林纾为道义献身的想法并不被新知识分子圈所认同,当他的《荆生》《妖梦》及致蔡元培公开信发表之后,立即引起新知识分子圈的集体反对。李大钊说:"我正告那些顽旧鬼祟,抱着腐败思想的人:你们应该本着你们所信的道理,光明磊落的出来同这新派思想家辩驳、讨论。公众比一个人的聪明质量广、方面多,总可以判断出来谁是谁非。你们若是对于公众失败,那就当真要有个自觉才是。若是公众祖佑你们,哪个能够推倒你们?你们若是不知道这个道理,总是隐在人家的背后,想抱着那位伟丈夫的大腿,拿强暴的势力压倒你们所反对的人,替你们出出气,或是作篇鬼话妄想的小说快快口,造段谣言宽宽心,那真是极无聊的举动。须知中国今日如果有真正觉醒的青年,断不怕你们那伟丈夫的摧残;你们的伟丈夫,也断不能摧残这些青年的精神。当年俄罗斯的暴虐政府,也不知用尽多少残忍的心性杀戮多少青年的志士,那知道这些青年牺牲的血,都是培植革命自由花的肥料;那些暗沉沉的监狱,都是这些青年运动奔劳的休息所;那暴横政府的压制却为他们增加一层革命的新趣味。直到今日这样滔滔滚滚的新潮，一决不可复遏，不知道那些当年摧残青年、压制思想的伟丈夫哪里去了。我很盼望我们中国真正的新思想家或旧思想家，对于这种事实，都有一种觉悟。"[18]鲁迅也在一篇杂文中抓住林纾自称"清室举人"却又在"中华民国"维护纲常名教的矛盾性格大加嘲讽，敬告林纾您老既然不是敝国的人，以后就不要再干涉敝国的事情了罢。[19]《每周评论》第12号转载《荆生》全文，第13号又组织文章对《荆生》逐段点评批判，并同时刊发"特别附录"《对于新旧思潮的舆论》，摘发北京、上海、四川等地十余家报纸谴责林纾的文章。

巨大的压力，来势凶猛的批评，终于使林纾顶不住了，这位自称有"顽皮憨力"的"老廉颇"终于感到力不从心，寡不敌众，终于公开在报纸上认错道歉，承认自己在这一系列问题处理上失当，有过错。他在回复蔡元培的信中说："弟辞大学九年矣，然甚盼大学之得人。公来主持甚善，顾比年以来，恶声盈耳，至使人难忍，因于答书中孟浪进言。至于传闻失实，弟施以为言，不无过听，幸公恕之。然尚有关白者：弟近著《蠡叟丛谈》，近亦编白话新乐府，专以抨击人之有禽兽行者，与大学讲师无涉，公不必怀疑。"在承认自己孟浪进言的同时，也表示自己对于那些"叛圣逆伦"的言论，依然会拼我残年，竭力卫道，必使反舍无声，瘈狗不吠然后已。[20]

不过，没过多久，林纾的态度差不多根本改变。他在致包世杰书中显得痛心疾首，表示承君自《神州日报》中指摘我的短处，且责老朽之不慎于论说，中有过激骂詈之言，吾知过矣。当敬听尊谕，以平和出之，不复谩骂。[21]只是在文言白话之争问题上，林纾的态度似乎变化不大，依然坚信文言白话并行不悖，各有优点，不必一味使用白话而舍弃文言："故冬烘先生言字须有根柢，即谓古文者白话之根柢，无古文安有白话？近人创白话一门自炫其特见，不知林白水、汪叔明固已较各位捷足先登。即如《红楼梦》一书，口吻之犀利，文字之讲究，恐怕都不是只懂白话不懂文言者所能成就。须知贾母之言趣而得要，凤姐之言辣而有权，宝钗之言驯而含伪，黛玉之言酸而带刻，探春之言简而理当，袭人之言贴而藏奸，晴雯之言憨而无理，赵姨娘之言贱而多怨，唯宝玉之言纯出天真。可见《红楼梦》作者守住定盘针，四面八方眼力都到，才能随地熨帖，今使尽以白话道之，恐怕就很难有这样的效果。"[22]所以，真正优秀的文学作品固然应该以白话为主体，但根据人物性格、文化氛围，适度使用一些文言，可能比纯粹使用大白话还要好一些。

林纾"适度保守的文学改良"主张在当时并没有获得应有的尊重，尤其是没有得到新文学倡导者的重视,自然非常遗憾。好在这个讨论并没有结束,只是由于政治环境的变化,暂时转变了方向。

注 释

［1］［3］胡适:《致陈独秀》,《新青年》第 3 卷第 3 号。

［2］刘半农:《我之文学改良观》,《新青年》第 3 卷第 3 号。

［4］林纾:《论古文之不当废》,《国民日报》,1917 年 2 月 8 日。

［5］陈独秀:《答胡适之》,《新青年》第 3 卷第 3 号。

［6］胡适:《逼上梁山——文学革命的开始》,《胡适自传》,合肥:黄山书社,1986 年,第 132 页。

［7］［9］傅斯年:《文学革新申义》,《新青年》第 4 卷第 1 号。

［8］傅斯年:《文言合一草议》,《新青年》第 4 卷第 2 号。

［10］胡适:《建设的文学革命论》,《胡适全集》(1),合肥:安徽教育出版社,2003 年,第 56 页。

［11］曾宪辉选注:《林纾诗文选》,上海:华东师范大学出版社,1990 年,第 128 页。

［12］吴俊标校:《林琴南书话》,杭州:浙江人民出版社,1999 年,第 47 页。

［13］［22］林纾:《论古文白话之相消长》,《中国新文学大系·文学论争集》,上海:上海良友图书公司,1935 年,第 80、81 页。

［14］张厚载迅即致信蔡元培,表示稿已寄至上海,殊难中止。见高平叔、王世儒编注:《蔡元培书信集》(上),杭州:浙江教育出版社,2000 年,第 398 页。

［15］林纾:《林琴南致蔡元培函》,高平叔、王世儒编注:《蔡元培书信集》(上),杭州:浙江教育出版社,2000 年,第 391 页。

［16］蔡元培:《复张厚载函》,高平叔、王世儒编注:《蔡元培书信集》(上),杭州:浙江教育出版社,2000 年,第 398 页。

［17］蔡元培:《致〈公言报〉函并附答林琴南函》,高平叔、王世儒编注:《蔡元培书信集》(上),杭州:浙江教育出版社,2000 年,第 388 页。

［18］李大钊:《新旧思潮之激战》,《每周评论》第 12 号,1919 年 3 月 9 日。

［19］庚言:《敬告遗老》,《每周评论》第 15 号,1919 年 3 月 30 日。

［20］林纾:《林琴南再答蔡孑民书》,《新申报》,1919 年 3 月 30 日。

［21］林纾:《林琴南先生致包世杰君书》,《新申报》,1919 年 4 月 5 日。

林纾古文论研究评议

张胜璋

一

林纾(1852—1924)在"五四"新文化运动中,因为桐城派护法、维护古文反对废除文言文而成为臭名昭著的守旧派代表,被新青年们当作一个冥顽不化的语言进化的死敌进行围歼,以至于"五四"的浪潮过后,人们所知道的林纾往往是从现代文学史的"桐城谬种"开始的。甚至直到今天,在某些文学史书籍中,他还是无法洗脱"落伍者""封建卫道士"的骂名。这些事实可以说明,林纾"殉难"于古文!可是阅读了大量的林纾研究资料后,我感到非常困惑:当人们得以拨云见天重新审视反思那段历史时,"林译小说"的强大光芒聚集了绝大部分关注的目光。诚然,林纾小说对于近代启蒙思想的传播,对于中国文学的现代化转型有着不可抹杀的功绩,但林纾在古文研究上取得的成就毫不逊色于翻译小说啊!清末民初时,林纾已是名重一时的文章泰斗了。"民国更元,文章多途,特以俪体缛藻,儒林不贵,而魏晋、唐宋,骈骒文圃,以争雄长。大抵崇魏晋者,称太炎为大师;而取唐宋,则推林纾为宗盟云。"[1]对于林纾而言,翻译与创作小说是戏笔,古文才是他灵魂深处安身立命的事业。1932 年,钱锺书先生访陈衍老人,说到是林纾的翻译小说启迪了自己对西洋文学的兴味。陈衍大为感慨,他说林纾原本希望大家通过读他的翻译,进而关注他的古文,青年们反而转向了外国文学,最终成了为旧文学的"掘墓人"。陈衍是林纾的同科举人和生前挚友,真可谓知林纾矣。这正如现在的人们为林纾正名,关注的却是他的小说,林纾有知,也必深为遗憾。

林纾继承和发扬了桐城派在内的众多文论家的理论成果并拥有丰富的创作经验,对古文的理论与创作形成自己独有的见解。他的理论成果非常丰富,有《畏庐文集·续集·三集》《修身讲义》《春觉斋论文》《左庄孟骚精华录》

《韩柳文研究法》《左传撷华》《庄子浅说》《文微》，选评本有《〈古文辞类纂〉选评》《中学国文读本》《林氏选评名家文集》（16 种）。作为古文大家，林纾对古文研究倾注的心力与取得的成果都是同时代人难以比拟的，这一点已经得到许多研究者的认同，毋庸置疑。然而，关于林纾古文论的研究一直都很清冷。

桐城派古文大家吴汝纶称林纾为文"是抑遏掩蔽，能伏其光气者"。马其昶为《韩柳文研究法》作序，给林纾治古文以极高评价："今之治古文者稀矣，畏庐先生最推为老宿。"[2]姚永概认为后世文章皆涂饰藻采之作，丧失"性情之真"，而畏庐"取法韩、柳，而其真不可掩阂"[3]。为林纾文集做序的马其昶、姚永概诸人都是当时的古文大家，他们的评述虽难免有门面之语，但也颇能切中要害，只是这些零散的评论未形成理性、严谨的学术性研究系统。当时，"林译小说"风靡全国，受到众多研究者的关注，他们往往在林纾的翻译文学中嵌入文章学的视野，把小说视为林纾古文艺术探索的延伸，认为林纾的小说翻译扩大和展现了古文的应用范围和表现力。1922 年，胡适发表《五十年来中国之文学》，对"林译小说"中因文言因素的运用所展示出的独有魅力予以充分肯定："《茶花女》的成绩，遂替古文开辟一个新殖民地。"[4]但正如后来钱锺书所提出的，他们都错把林纾的小说当"古文了"。"五四"新文化运动开始的时候，林纾已是"老手颓唐"，对中国近代以来屡次变革的失望和对社会现状的种种不满使他选择闭户家中，专意读书作画。与维新时代的林纾相比，此时这位年近七十的古稀老者与时代潮流的距离显然越来越远了，他成了人们眼中的守旧派领袖。林纾的文化保守主义立场遭到激进主义者的强烈攻击，他们不仅对"林译小说"发难，对其古文事业更是极尽揶揄嘲讽。这些论战中的激愤之词有的流于谩骂与低劣的人身攻击，不值得我们作为学术参考。

1924 年 10 月 19 日，林纾在北京的寓所中辞世。正如郑振铎所说："林琴南先生的逝世，是使我们去公允的认识他、评论他的一个机会。"[5]这标志着人们第一次开始比较全面、客观公允地评价林纾其人其文。郑振铎称赞林纾是"热烈的爱国者""令人佩服的清介之学者"，他认为林纾在近代文坛上的地位主要取决于他的翻译工作，其古文"自称是坚守桐城派的义法的，但桐城派的古文，本来不见得高明；我们现在不必再去论他"[6]。郑振铎的观点代表了当时大多数研究者的认识。寒光的论著《林琴南》向人们重构了一个光明的林纾形象，但亦重于对林纾的翻译文学、诗与古画的评介。当时的文学史著作，如陈子展的《中国近代文学之变迁：最近三十年中国文学史》对林纾的古文事业的评述也不出以上范围。只是,寒光在《林琴南》一书的总结部分有一句意味深长的话:"中国的旧文学当以林氏为终点,新文学当以林氏为起点。"[7]这句话后来反复地为研究者们所引用和改造,以证明林纾的翻译文学对于中国新文学的现代化进程的推动作用。但是我认为,把"中国的旧文学当以林氏为终点"理解为"林纾对于旧文学(主要是古文)的整理与研究上所做的努力为中国的旧文学作了一个终结"也未尝不可。寒光的《林琴南》一书发表后,毕树棠在《人间世》发表书评[8],提倡要从时代历史的角度来评价林纾的成就。作者认为林纾是古文最后的保护者,"林氏一生的文章事业只在古文与翻译,而二者又互相为用,造出林氏的特殊地位"。与龄在民国二十三年十一月二十日《人间世》发表《林琴南传略》一文,评林纾"文章耀海内",认为林纾论古文"以文气文境文词为三大要,三者之中,特重文境"[9],这些关于林纾古文论研究的评价虽然只是只言片语,难成规模,但毕竟人们已经开始注意林纾作为中国最后的古文家安身立命的事业。"五四"之后,许多现代作家都曾谈及林纾对自己的影响,在林纾的研究中,它们往往被用以证明林纾对于中国文学现代转型的重要作用。笔者认为林纾对于现代作家与现代文学的影响是复杂的,其影响肯定不止于"林译小说"。苏雪林称林纾为自己"最初的国文导师",在她看来,当时人下笔为文几乎都要受到他几分影响,革命先烈林觉民的《与妻书》、岑春萱的《遗蜀父老书》笔调都逼肖林译。她还提醒人们不妨对那些在近现代史上以反面角色出现的个性倔强的人们予以反思:"他把尊君思想当做旧文化的象征,不顾举世的高嘲讪笑,抱着这五千年僵尸同入墟墓,那情绪的凄凉悲壮,我觉得很值得我们同情的。辜鸿铭说他之忠于清室,乃忠于中国之政教,即系忠于中国的文明——见林语堂先生的《辜鸿铭》——王国维先生之跳昆明湖也是一样。如其说他殉清,不如说他殉中国旧文化。"[10]苏雪林将林纾与辜鸿铭、王国维并举以说明他的文化价值观,这种理解在当时是很难能可贵的。

早期对林纾古文论研究真正取得理论成果的要数钱基博与周振甫了。前者在《现代中国文学史》中充分肯定林纾在古文坛的地位:"当清之季,士大夫言文章者,必以纾为师法。"[11]并论及林纾评《史记》《左传》《汉书》、韩柳文及其文体学研究的主要观点。作者似乎还颇为赞识林纾在译西书中绳以古文义法,详细论述了林纾在小说序跋中对中西小说结构相通的比较。钱基博是近现代著名的国学大师,其治学率直真诚,不为亲者讳,敢于说真话,他对林纾古文方面成就的评述比较客观公允,常为后人引据。周振甫的《林琴南的文章论》发表于

1946年4月《国文月刊》42期,他认为:"琴南对于古代的文章,寝馈既深,很能窥见文心的秘奥……故他的文章论很有独标新解,不依附前人的。倘使他不去做无谓的争辩,祇就他在抉发文心方面的成绩看,那他于并世学者,亦未肯稍让的。"[12]作者将林纾与王国维进行对比研究,认为二者的意境说均以写真景物真感情为核心,有相似处,不同的是林纾讲意境而求载道,就又回来合道的老路上来了。周振甫以真情论林纾古文论,虽然只是论及林纾古文艺术论中的一小部分,但还是颇能抓住林纾文论内在的精魂。林纾晚年入室弟子朱羲胄编纂的《林畏庐先生学行谱四种》,对林纾一生的品性学行进行概括并提供了大量的第一手资料,对后来的研究者极有助益。林纾的《文微》一书也由其弟子整理出版,黄侃对此书评价甚高,谓"彦和(刘勰)以后,非无谈文之专书,而统纪不明,伦类不析,求如是书之笼圈条贯者,盖已稀矣"[13]。但也有不同意见的,据钱锺书《石语》说,陈衍认为此书多荒谬之言,曾"嘱其弟子毁书劈板,毋贻琴南声名之玷。其弟子未能从也"[14]。

二

新中国建立后,由于国家权力意识形态的影响,在"五四"的回顾中,都对复古守旧势力的代表林纾采取激烈批评的态势。其间也有一些颇有见地的林纾研究论著,如钱锺书的《林纾的翻译》、阿英的《关于〈巴黎茶花女遗事〉》及孔立编写的《林纾和"林译小说"》等,只是都重在对林纾的翻译文学与历史贡献的评价。倒是阿英主编的《晚清文学丛钞·小说戏曲研究卷》和舒芜等人编选的《中国近代文论选》收录大量林纾为翻译小说撰写的序跋,肯定了林纾在近代文论中的地位。郭绍虞、罗根泽主编的《中国古典文学理论批评专著选辑》收录林纾的《春觉斋论文》。但到了"文革",连这样工作都无法开展了。

相对于中国大陆林纾研究的寂静,中国港台地区的林纾研究则得到更广阔、自然的发展。1981年1月台湾天一出版社出版《林琴南传记资料》,收录林琴南传记资料共52篇,大部分摘自于1949年以后港台地区的发行物。这些资料涉及林纾的生平掌故、品性学行、文学翻译、诗书画等诸方面,主要观点是尊其真、叹其忠,于林纾"五四"中的所为表示宽容与理解,在文学方面还是首推其翻译。他们评介林纾的古文事业虽谈不上全面系统,也缺乏理性与学术的深度,但还是给笔者不小启发。邵祖恭的《林纾》[15],除了对林纾的文言译笔叹其高深淳厚外,其论"世所震惊于纾的,乃在他的翻译小说;其实,纾之基本的志业,还是在古文——翻译不过是他古文的运用",可谓真知林纾也! 刘绮言提到林纾诗书画兼胜,"纾论画常间参文法论画法,如其论文,间参画法论文法,又如其作诗,间参画法人诗法,是以诗书画三者,已贯通已"[16]是一个新颖的研究视角。港台地区以传统文化研究作为大的背景,在对林纾研究自然发展的基础上催生了一批新成果,那就是在 20 世纪八九十年代,出现了一批关于林纾古文研究的专论,如王琼馨的《林琴南古文研究》[17]、林淑云的《林琴南先生的文章学》[18]、吕立德的《林琴南古文理论研究》[19]。他们对林纾古文论所做的尝试不乏新颖与别致处,共同的特点是在具体作品的分析解读方面有长处,如对林纾论古文中的创作法则与各种避忌的简介梳理。但缺点也是很明显的,就是所做的探索还囿于比较窄的方面,对文论的思考耽于原著的逐条分析,而缺乏高屋建瓴的概括。如古文艺术原应是林纾古文论极富特色一部分,在这里却被埋没于创作技法中,难以突显其独特魅力与价值。港台地区的林纾古文论研究还受一个客观条件的制约,正如国立台湾师范大学国文研究所的吕立德在其博士论文《林琴南的古文理论》中不得不说的:"林琴南之古文著作丰富,其理论粲然可观者,不仅止于《畏庐论文》等著作,尚有《林氏选评名家文集》共 15 册 16 种,对古文作家作品之选评,颇有参考价值。然其中多星散于大陆,虽极力搜罗,仍有不逮,殊属遗憾,此亦为本论文研究上之局限。"其实他未收集到的林纾论著何止这些! 林纾的文论研究在深广度上都还有继续挖掘与开拓的空间。

三

20 世纪 70 年代末开始,随着中国大陆传统文学研究的兴起,林纾研究渐受关注。1982 年福建人民出版社出版的《林纾研究资料》将林纾的生平著译与研究资料汇聚一堂,为后来的林纾研究提供了大量可靠的学术资源。新时期尹始,林纾研究的主要热点还在于林纾的生平及历史问题研究。在各种版本的叙述中,重估林纾的文学史地位主要还是依据他在翻译文学上的成就,如任访秋的《中国近代文学史》、徐鹏绪的《中国近代文学史纲》、王运熙的《中国文学批评史新编》等将林纾列单节讲评的皆重于林纾的翻译文学或小说理论研究。即使在"近代散文"这个范畴下,也极少会单独提到林纾,林纾在多数的情况下只是后期桐城派中的一员,没有机会能够单独阵列在目录表上。但庆幸的是,经过70 年代末以来的研究积累,林纾研究领域出现了几位公认的林纾研究专家。

曾宪辉著有《林纾》,其论林纾的古文创作与理论研究,"林纾的文论著作旁征博引,熔裁前人论著及本人研治所得,给传统古文从理论上做了总结","林纾的文论体系:其一,崇尚《左传》《史记》《汉书》及韩、柳、欧、曾之文;其二,讲意境、守义法;其三,以阳刚阴柔分析文章风格。"[20]他认为林纾文论的特点是"取法乎上""学古而能变化",反对摹拟剽袭;"将义法的应用范围拓展到向为桐城文家所鄙视的小说";"厌恶考据之学";"较之姚鼐,林氏更看重意境"[21]。林薇著有《百年沉浮——林纾研究综述》一书,其中有"精析源流、洞瞩利病——林纾文论管窥"一节,对于此前的资料取其主要几家,但收录不全,略显单薄,倒是她在其选编《林纾选集》文诗词卷的前言中对林纾古文论有颇为精到的论述,而且特别关注到林纾文论对于散文美感的重视。张俊才当之无愧是当代林纾研究的专家,他与薛绥之教授合编《林纾研究资料》,20 世纪 80 年代初就发表《林纾的古文理论述评》《林琴南古文的阴柔美》等文,20 世纪 80 年代中期又独立完成《林纾评传》,此书 2007 年再版。对比张俊才先生前后历经二十多载的林纾古文论研究,我们也发现了不少有意思的问题。他早年对林纾古文理论的评述,主要认为林纾论文在内容与思想上绝无创新之处,较之他的桐城前辈,有过之而无不及,这是末代桐城派古文弊端丛生,更加朽败的一个标志。对于林纾在古文艺术理论上的探讨和总结,作者承认其有可借鉴之处,最后模棱两可地归纳为"林纾似可称为桐城派古文艺术的一个集大成者"[21]。2007 年,《林纾评传》修订再版时,张俊才表示"对一些带有当年时代印痕的词语,一律改过",更注重从文化视野、文化立场、文化策略上来理解林纾的其人其事其文。其中《古文殿军》一章可谓是新时期以来林纾古文论研究最有深度、最具权威的论析,其论"林纾的古文理论既是传统古文也是桐城派古文理论的终结"。"就《春觉斋论文》而言,林纾的古文理论大体上是由内容论、写作论和艺术论这三位一体的框架构成的。""他对传统的古文艺术理论进行了全面的探讨和总结,内容丰富,体系完整,其中许多见解至今仍有值得借鉴之处。在这一点上,林纾不愧为传统古文艺术理论的集大成者。"虽然张俊才论林纾古文论并没有能够涉及大部分的论著,但是他的批评可谓新时期林纾古文论研究的总结与拓展。更重要的是,他昭示了林纾古文研究的价值与前景,对于鼓励与启示后来者具有非同寻常的意义:"作为传统的古文理论的终结,《春觉斋论文》以及林纾的其他有关论述,无论它的优点和缺点都自有其值得研究的价值……是不应该被漠视的。"[22]

近几年来,林纾的文论研究出现了不同视域的观照,有的以《春觉斋论文》

为主体探讨林纾在建构古文理论方面的独特贡献;有的从历史文化学的高度倡导对林纾的关注,诠释林纾为"文化上的保守主义者""古老民族的文化守护神""旧文化的终结者";有的则从文章写作学的角度看林纾的古文论,如论林纾的修辞观、《春觉斋论文》与当代散文写作的教学等;还有的则进入了更精微的研究,如对林纾书评作品的评述、对《评选船山史论》考述、从林纾古文与"林译小说"的共振与转换论其"小说笔法",等等。总的来说,新时期以后林纾的古文论研究得到了长足的发展,只是相对于其生平逸事、思想人格、流派归属、翻译创作研究的传记、文章、专著之层出不穷,还是显得逊色许多。从 20 世纪 70 年代末到现在,笔者找到了此类资料(公开发表论文)不过十数篇,仅占林纾研究资料中的一小部分,林纾的古文论研究还只是林纾研究中一个不太起眼的插件,以林纾古文论作为专门研究对象的专著还是空白,还没有真正地建构起有系统有深广度的研究。我认为,这离全面、深入、准确地理解和把握林纾其人其文其论还有一定的距离,这依然是一块等待垦植的土壤。

注 释

[1][11] 钱基博:《中国现代文学史》,上海:上海书店出版社,2004 年,第 124、130 页。

[2] 马其昶:《韩柳文研究法·序》,上海:商务印书馆,1923 年,第 1 页。

[3] 姚永概:《畏庐续集·序》,上海:商务印书馆,1927 年,第 1 页。

[4] 胡适:《胡适文集:第三卷》,北京:北京大学出版社,1998 年,第 213 页。

[5][6] 郑振铎:《郑振铎文集:第六卷·林琴南先生》,北京:人民文学出版社,1998 年,第 345、352 页。

[7] 寒光:《林琴南》,上海:上海中华书局,1935 年,第 220 页。

[8][9][12][15][16] 朱傅誉:《林琴南传记资料》,台北:天一出版社,1981 年,第 1、7、43、28、72 页。

[10] 苏雪林:林琴南,《苏雪林散文》,杭州:浙江文艺出版社,2001 年,第 175 页。

[13] 朱羲胄:《春觉斋著述记:第 2 卷》,上海:海书店,1991 年,第 6 页。

[14] 钱锺书:《写在人生边上·人生边上的边上·石语》,北京:三联书店,2002 年,第 475 页。

[17] 王琼馨:《林琴南古文研究》,台中:"国立中心大学",1984 年。

[18] 林淑云:《林琴南先生的文章学》,台北:"国立台湾师范大学",1986 年。

[19] 吕立德:《林琴南古文理论研究》,台北:"国立台湾师范大学"国文研究所,1989 年。

[20] 曾宪辉:《林纾》,沈阳:春风文艺出版社,1999 年。

［21］曾宪辉：《林纾文论浅说》，《福建师范大学学报》1985 年第 3 期。

［22］张俊才：《林纾古文理论述评》，《江淮论坛》1985 年第 3 期。

［23］张俊才：《林纾评传》，北京：中华书局，2007 年，第 196—209 页。

同光派闽派诗人何振岱的诗歌

刘建萍

在同光派闽派诗人中,何振岱工诗擅文、能画善琴。他曾说:"文也诗也画也琴也,皆性也。性岂可以鬻于人哉？其可鬻者皆非性也。……"[1]何振岱一生不仅以高尚的人格为后人所敬佩,而且作诗最无艰涩之态,以深微淡远、疏宕幽逸的诗歌美学在闽派中独树一帜。

何振岱(1867—1952),字梅生,又字心与、觉庐、悦明,年六十后改字梅叟。原籍福清南华乡,自祖父始迁居福州。光绪二十三年(1897)中第四名举人；1906年后,同乡沈瑜庆任江西布政使,聘他为藩署文案。沈离职后,何振岱的好友柯鸿年在上海创办呢织厂,遂聘请何司笔墨兼教读其子女。辛亥革命后,何振岱回到福州。

1915年,福建巡抚使许世英疏浚西湖,当时的水利局长林炳章倡议重修《西湖志》,何振岱遂被聘为总纂；1916年,何参与编撰《福建通志》中的《艺文》《列传》部分；1923年,何往北京柯鸿年家任教读；1936年底,何振岱回到福州,一面以诗文自遣,一面广为授徒,人们皆以入何门为荣。

福州解放后,何振岱任福建文史馆名誉馆长,直至1952年2月病逝。

何振岱著有《觉庐诗稿》(七卷)、《我春室集》(诗一卷、词一卷、文二卷)、《心自在斋诗集》(四卷,1918年前诗作选集),另编辑《榕南梦影录》(二卷)、《寿春社词抄》(八卷)。何振岱《觉庐诗稿》七卷系丙子年(1936)前所作,《我春室诗集》所存乃《觉庐诗稿》补遗及1937年至1949年所作；其庚寅(1950)至辛卯(1951)间诗稿不幸散佚。

何振岱一生淡泊功名,如果藩署文案不算是什么官职的话,那么,何振岱可谓是比较典型的靠教书和卖文为生的文人,这在闽派诗人中是绝无仅有的。何振岱现存的诗作一千余首,存有20至82岁间的作品。从时间来看,可分为三个时期。

一、辛亥革命前的诗歌创作

这一时期的诗歌主要保存在《觉庐诗稿》之《橘春集》中,有诗一百余首。何振岱年轻时与友相笃为诗,"七八年各得诗三四百篇,乃又倡为流传不在多,少作不可不弃之说。"[2]因此《橘春集》中存诗虽少,但多为何振岱得意之作。

何振岱幼年时父亲做幕职,家境极为贫寒。父亲本令他弃学习商,其母却坚持以女红收入供他读书。因此,何振岱从小就励志勤学,十六岁就做了童蒙师,二十岁时便创作了感怀时事之作《瑞岩》:

> 高蹑已松颠,有松尚天际。更上尽树松,四望天垂盖。东南见大海,青浮寒日外。征樯云外来,瞥目忽已逝。老僧雪蒙顶,自言近百岁。导余古洞游,人树身相挤。蝠有赤如乌,花何香胜桂。既出窈及平,遂疑阴得霁。客言山中石,方罫列阵势。南塘驻节地,风烈足百世。遗篇世有传,胜图今谁继?岩瀑古难平,晴明飞雨籁。

此诗是诗人1886年(丙戌)游福清县南瑞岩山时所作。瑞岩有前后之分,后岩为明嘉靖抗倭名将戚继光所辟,戚还撰有《瑞岩寺新洞碑》。"客言"以下六句,写戚继光驻节于此,抗倭取得胜利。瑞岩山中有一石,并刻有"南塘戚公纪功碑"数字。诗人目睹石刻不禁感慨万端,通过对戚公的高度评价,无形中将当年抗倭胜利与两年前马江海战的失利进行了对比,"胜图今谁继"一句慨叹朝中没有戚公式的英雄,也表达了诗人对国家命运的无比关切。

何振岱25岁(1891)进秀才,31岁中举人,并于1698年、1903年、1904年连续三次公车报罢。不久废止科举,停办书院,何振岱从此绝意仕进,以教书卖文为生。这一时期的诗歌创作多属纪游、咏物、抒怀、唱酬之作。何振岱性耿介孤高,吟咏松竹梅菊的诗篇不少。每逢菊花盛开则招好友荃庵、无辨"共修社事,供陶公像设酒馔祀焉"[3]。

青年时代,何振岱常与好友龚葆銮(字子鸣,号九鹤)读书之余相笃为诗,鼓山达摩洞、乌石山双骖园、洪塘塔江寺等处均留下他们的足迹与诗篇。其中,乌石山双骖园系九鹤家方伯龚易图别业。陈衍伯兄陈书是最早倡导写"同光体"的闽派诗人,原村居陶江,后移居龚氏双骖园、武陵园,前后与徐葆龄、陈绣莹、刘大受、叶大庄、刘玉璋、龚易图、陈宝琛等名流游,具林壑琴尊之乐。1893年秋,何振岱曾偕九鹤住双骖园中逾月(见《榕南梦影录·龚葆銮》)。二人常常同歌同舞,同吟同醉。何振岱 20 岁时,同光派闽派首领陈衍已打出"同光体"的旗号,因此,同光派闽派清苍幽峭的诗风对青年时代的何振岱多少产生了影响。1906 年后,何振岱被闽派重要诗人沈瑜庆聘为藩署文案,沈"与何辄有唱和,脱略形骸之外。何到老每忆兹事,犹为神往"[4]。1909 年,何振岱在上海结识了同光派闽派首领、诗论家陈衍,两人均有相见恨晚之慨。陈衍对何振岱的诗十分倾倒,逢人扬誉。"何的成名,陈衍扬誉之力居多"[5]。何振岱也对陈衍推崇备至。何曾致陈一函:"先生之诗,非赞叹所能尽……读先生诗,始知一丘一壑,扁识自囿者,不可以为诗也。岱自知诗学芜浅,此后决未敢著笔,俟再读书数年,然后为之。"[6]当时的上海报刊,辟有"文苑"专栏,选登海内名流之作,何振岱的诗文常被选登。至此以后,何振岱真正成为同光派闽派诗人中的重要一员,扬名全国诗坛。

何振岱诗宗宋,对苏轼极为推崇,每逢东坡生日必分韵赋诗,如《东坡生日小集分赋》一诗云:"稽讨遗文但无际,此情常在瓣香中。"其不少诗作用意用笔甚似宋诗。如《孤山晓望》云:"菰蒲声中见人影,残月瘦竿挂笭箵。翠禽摘水作花飞,一行都上风篁岭。欲曙湖心天转黑,寒松无风如塔直。是谁唤起海霞高,红抹峰南转峰北。"此诗与苏轼的《舟中夜起》(微风萧萧吹菰蒲)一诗极为神似。原诗如下:"微风萧萧吹菰蒲,开门看雨月满湖。舟人水鸟两同梦,大鱼惊窜如奔狐。夜深人物不相管,我独形影相嬉娱。暗潮生渚吊寒蚓,落月挂柳看悬蛛。此生忽忽忧患里,清境过眼能须臾。鸡鸣钟动百鸟散,船头击鼓还相呼。"此外,《夏夜不睡引觞独酌》云:"夏殊不浅气犹寒,夜岂忘深睡故难",又"萧萧叶吹能为雨,滟滟栀香乃胜兰",似乐天、诚斋闲适之作。《江阁望狷生去舟》云:"去帆那叶吾能辨,江阁潮生著意看。他日归篷应过此,有谁为我恋阑干?"末二语用意用笔,曲折处甚似厉樊榭《燕子矶》诗,此诗末二句云:"俯江亭上何人坐,看我扁舟望翠微",十四字中,作四转折。意为看他在那里,看我在这里,看他看我也。厉诗写实景,是就上下两处着想,何诗是虚构,是就先后两时着想。何振岱不仅向作诗取法宋人的厉樊榭学习,对清代宋诗派重要诗人曾国藩的诗文,何振岱也极为称赏,《读曾文正集》一诗云:"文章巨刃足摩天",何振岱的诗学倾向由此可见一斑。当然,何振岱也不是只宗宋,他对唐诗尤其是杜甫诗也极为推崇。如《病夜得诗以左手书之》云:"左书殊自劲,伏枕写新诗。烛焰风高下,虫声秋系縻。江湖将八月,志士有千思。一病无由奋,皇天肯放慈。"此诗学杜而得其精髓,深透耐人思。

陈衍曾说:"乡人中能为深微淡远之诗者,有何梅生。非惟淡远,时复浓至,其用力于柳、郊、岛、圣俞、后山者,皆颇哜其藏也。"[7]何振岱与孟郊、贾岛、柳宗元相似之处在于:诗作中充满幽僻、清冷、峭厉之感的意象,大量使用诸如"绝壁""幽亭""寒涧""苍雪""残月""瘦竿""寒松"等词语。在色彩上,常侧重于青、翠、碧等冷色调,营造清苍幽峭的诗境,寄托孤高绝俗的情怀。如《理安寺泉》前四句云:"百壑竞成响,一潭私自澄。萦苔下绝壁,小甓为幽亭。"起笔涉题写理安寺泉及周围景色。在喧响的百壑中,诗人发现泛着澄碧的一汪潭水,沿着长满苔藓的绝壁往下攀援,便到了一个用砖砌的幽僻的小亭子。陈衍认为"起是柳州境界"[8]诗又接着云:"声外尚含秋,意中欲无僧。久坐闻香气,何必存禅名? 江湖流浊世,湍激何时平? 真当守此水,心根同孤晶。"诗人远离喧闹,在一片空灵的寂静中独坐,是想远离尘世的纷争、倾轧,澄清的潭水寄托着诗人孤高晶莹的品格。后八句以抒情议论为主,颇似"宋人语"。同时之作《鹤涧小坐》云:"地天忽自通,一碧不可绝。举眸悚阴森,恐入神灵窟。万篁争奋挺,从栀皆耸拔。桥行俯寒涧,自古流苍雪。愔愔琴思生,冥冥鹤迹没。出山衣藓香,湖光溆不灭。"此诗写理安寺前环境的幽清孤绝,尤其前四句意象险怪、奇辟,颇有韩愈、孟郊诗的痕迹,陈衍云:"真写得出,起四语是东野境界。"[9]此外,如《鼓山灵源洞》有"松去月盈尺,月高松影圆"句,似在郊、岛之间;《鼓山达摩洞》有"古洞受江色,无云常夜光"句,亦是东野语。

何振岱诗歌不仅具有闽派清苍幽峭的诗风,其特别之处还在于他追求疏宕幽逸、深微淡远的美学风格。《疏雨》一诗的后四句写道:"一雨添秋疏胜密,正似龙门史公笔。翻江倒海岂不能? 著语有时在幽逸。"秋天的疏雨比密雨更让人觉得清爽、惬意,诗人由耳闻稀疏的雨声联想到文章的疏宕胜于繁密,进而赞赏司马迁文笔的"遒逸疏宕",表明了何振岱的诗歌美学倾向。陈庆元教授认为:"何振岱诗疏宕幽逸是与神理紧密联系在一起的。所谓'深微淡远'的'深微',就是极富神理;'深微淡远',就是极富神理的淡远。"[10]而且何振岱的深微淡远"既不是王维式,也不是刘长卿式,而仍然是宋诗式的"[11]。

何振岱很早就归心于佛法,且精通佛理,与禅僧时有往来。晚年更是日日焚香独坐,以禅诵为事。如《北居四友》云:"余生何处为缘好,料理团蒲伴炷香";《代柬王德愔》云:"钟鼓随参愿莫违,便倚慧根勤佛事。"因此,其诗作深受禅风的影响,富有禅意和禅趣。何振岱于 1904 至 1908 年间曾两次游杭,最能体现"深微淡远"这一特色的是作于此间的《孤山独坐雪意甚足》《寻灵隐寺》《冷泉亭》《重至灵隐寺》《理安寺》《鹤涧小坐》《理安寺泉》等诗。《孤山独坐雪意甚足》一诗曾书于陈衍扇头,见者无不极赏"钟定声依无际水,诗成意在欲开梅"一联,沈曾植等"尤爱其有禅理"[12]。《重至灵隐寺》云:"兴来倚石立移时,看竹听泉忘入寺";《游长庆寺》云:"山僧自是吟边物,只好遮林傍水看"等句都极有神理。再请看《理安寺》一诗:

> 碧藓作花依古岑,幽丛不雨湿凉襟。微香冉冉经声肃,万绿冥冥鹤迹深。绝壑天光时隐见,一山秋气各晴阴。灵僧荷笠穿云去,黄叶千峰不可寻。

诗人对冷色情有独钟,仍以"碧藓""幽丛"起笔,苍翠之色充溢空间,空濛欲滴。"幽丛不雨湿凉襟"与王维的"山路元无雨,空翠湿人衣"(《山中》)异曲同工。"微香冉冉经声肃"句以声衬静,以"微香""经声"落笔理安寺。五、六两句以天光的时隐时现,秋气的阴晴不同衬托出深山古寺的雄奇和高险。末二句以千峰灵僧不可寻与"万绿冥冥鹤迹深"句形成对比,把读者带入微妙至深的禅境,传达出空灵缥缈的韵味。由此可见,何振岱以"深微淡远""疏宕幽逸"的独特风格在闽派中独树一帜。

二、民国初至抗战前的诗歌创作

何振岱这一时期创作了近五百首诗歌。综观这一时期的诗歌,虽多自抒怀抱,但并不意味着他对时事漠不关心。何振岱曾云:"吾尝窃愿天无残世之运,人有护世之心,苦乐不甚相远,此愿不偿,吾郁然之。"[13]《闰月初一大风雨翌日未已》诗亦云:"书生穷居未忘世"。

见于《倦余集》卷二的《春感》四首即是力证。此组诗写于五十岁之前,大约是1916年前后所作。众所周知,从1914年8月,第一次世界大战爆发,到1916年袁世凯死后的两年多时间里,中国在列强的扶持下,出现了各派军阀拥兵割据和互相火拼的局面。在这样的背景下,何振岱挥毫写下这组诗篇,试看其中两首:

> 惜春何忍见花飞,张幕悬铃事已微。千里魂消同况味,经年头白为芳

菲。传书黄耳浑无实，吹浪江豚苦作威。岂有邻翁知爱护，借人畚耜计应非。

这是第一首，前四句写暮春时节，遍地落花，满目飞絮，惨不忍睹。北洋政府实行卖国独裁统治，对列强不断扩张在华势力一再妥协、让步。诗人以不忍见花飞、头白为芳菲表达了对国事日非的焦虑。颈联出句"传书黄耳"典出南朝梁任昉《述异记》，指传递书信、消息。意即得到的消息不真实；对句写风急浪高的险峻局势。尾联以借邻翁畚耜斥责袁世凯把中国的国土、矿产等资源租借、割让给日本的卖国行径，委婉中暗藏讥讽。

自古沉愁未是愁，如今春色忍登楼。只闻索响鸣墟鼓，焉用扬鞭策土牛。彩树张花仍锦宴，华林奏乐漫移舟。散寒黍谷须吹律，安得邹生与远谋。

这是第三首，前四句写诗人耳闻目睹暮春时节四野荒芜、阴气逼人的衰败景象，忧心如焚。其中"策土牛"指除阴气，劝农耕。颈联嘲讽那些达官贵人沉溺于灯红酒绿、歌舞升平中，把国家的兴亡抛诸脑后。末联用汉刘向《别录》中的"邹衍吹律"典，原指邹衍吹奏音乐使燕国寒而不生五谷的地方，变得温暖能生长庄稼。这里指希望有邹衍式的人物出现，能挽救衰微的局势，重新给国家带来生机。

以上二首用典精工贴切，名咏落花，实咏时事；寓悲慨于婉曲之中，诗风沉郁苍凉。钱仲联《近代诗钞》认为《春感》四首"可与其乡陈宝琛（原文作箴）《沧趣楼诗》的《感春四首》比美"[14]。

此外，何振岱也关心民生疾苦，对连年的征战及旱涝灾情时有感慨。如《天津道中见大水》云："溃堤河患急，心结陆沉忧"；《闻笳》诗云："楼空戍妇泣，林黑巢鸟惊"；"自闻此鸣笳，无岁无用兵"；《月》诗云："兰蕙隔江水，豺狼满世尘"；《海上小除夕示岚君并怀子畴京师》云："还佐新鳟市鱼菜，已搜旅箧到钗钿"；《寒夜闻雁》云："穷塞鼓鼙急，荒江梁稻稀。"天灾人祸导致满目疮痍、百姓流离，诗人不禁为之扼腕。何振岱曾云："吾平生结习，恒在诗篇，恨不能尽抒所见，若鸟之春、虫之秋，自鸣自止。有合于天者，郁然之情庶藉此一宣乎。"[15]

这一时期，何振岱主要的诗兴是在自然风物和日常生活的情趣上面。他工于写景,尤其是诗中佳句不少,如《山中晚坐》中的"天压诸峰碧,楼蒸千树霞"句;《花朝钓鱼台忆去岁湖上之游》中的"鱼出吹开波面绿,莺流惊落岸边红"句;《中秋从沧趣老人宿钓鱼台》中的"池寒鱼有声,竹密虫潜恺"句;《晚游柏园》中的"拳鹊疏林依暖日,行鹅枯渚唼残冰"句,以上数句无论在炼句还是在炼意上都有独到之处。此外,这一时期的诗作中,清新、淡远、平和的诗歌意象明显增多,幽僻、峭厉的诗歌意象相对减少。如《白湖泛舟》:"篷背有香吹不断,橘花风里看凫鸥";《晴意》:"水乡霜足秋菘美,沙岸烟疏晚橘明";《石屋》:"闲甚村童凭短犊,悠然流水带栖鸦";《晚步》:"微暖草根吹早绿,快晴林际放春姿";《十三夜四鼓梅花下看月》:"月在花疏处,流辉作淡黄"等。在何振岱的眼中,极平常的生活内容和自然景物都蕴含着深刻的道理。如《湖上对雨》云:"人生淹滞待谁语,即事成欢聊纵赏";《景屏轩池上月夜赠无辨》云:"有月不知春夜好,无家翻羡汝身轻";《旧涛园忆养碧蜀中》云:"穷居娱寂真非易,投世求全又忍论";《秦淮偶作》云:"莫倚轻晴信晓霞,颠风尚压柳枝斜";《晨窗》云:"香烟不信轻纱隔,进退萦回自在飞。"

以上诗句会心微妙,富含哲理。这些诗中的哲理不是经过逻辑推导或议论分析所得,而是通过鲜明、生动的意象自然而然地表达出来,这使他的诗既有浓郁的生活气息,又富有理趣。与众不同的是,何振岱诗作虽极富神理,但"语能自造而出以自然,无艰涩之态"[16],他的诗不用奇奥生僻的字句,也无密集的人文意象,使之迥然有别于闽派的其他诗人。何振岱于同时代诗人,极心折许承尧(疑庵,进士,安徽歙县人),"有作必函许商正"。许承尧《题何梅叟诗卷》云:"梅叟诗心如嚼雪,净彻中边清在骨。因物赋形了无著,神理绵绵故超绝。冲然不废花竹喜,适尔时成山水悦。遥情澹契孤见赏,怀袖书陈香未歇。"[17]清静、冲澹、富有神理是何振岱诗作的主要特色。

三、抗战后至建国前的诗歌创作

何振岱于 1936 年冬回到福州,从此没有离开过家乡。这一时期的诗歌创作见于《我春室集·诗集》中,由其后人及门生收集其未刊古文诗词遗稿,取其《题怡儿燕台花事笔记》(按:怡儿即其女何曦)结语"鸿濛入手我春在,群芳抽颖吟魂苏"诗意,名为《我春室集》,其中《我春室诗集》存诗四百余首。

抗日战争爆发至建国前的 12 年间,衰残之年的何振岱亲身经历了国破、妻亡以及福州两次城陷之痛,亲眼目睹了日寇的暴行,诗集中虽无激越慷慨的悲愤之音,但字里行间也时常流露出对动乱局势的隐忧。抗战爆发后,日军飞机时来投弹骚扰,何振岱夫妇曾到闽清六都避难,他慨叹"无事投荒年纪老,绝无欢笑但咨嗟"(《梅溪偶题》);"旧好夜吟今乃懒,羁栖心绪不曾宁"(《村夜》)。这一时期,何振岱"所恃卖文的收入及外间接济,都告断绝,几至断炊"[18]。"缀文添作衰年债,馨箧难供市药钱"(《病榻偶书》),即是其窘迫生活的写照。在《药园》一诗的序中,何振岱写道:"当此乱世何以济人? 最上正人心,其次则救人之病。予不能医而好集验方,思于里中觅一亩地,杂种诸药,足以治人。病者,用以施人。"面对动荡、险恶的局势,衰残之年的何振岱纵然胸怀大志,也无用武之地,他只能表达"愿教万类毋残螫"(《赠襟宇》)的善良愿望。

学术界在研究同光派诗歌时,普遍认为就诗人的政治态度而言,闽派最为复杂。但何振岱却是一位有民族气节的诗人,在创作上,他虽称郑孝胥为"诗老""我师",但当郑投靠日本人后,为明心志,他把昔日与郑孝胥等汉奸往来的书札诗文悉数烧毁,即使是上乘之作也不录入诗文集中。1941—1944 年间,福州两次沦陷,何振岱贫病交加,生活极为拮据。日本人慕名欲聘何振岱为顾问,遭他严辞拒绝。他说:"宁可挨饿,也不奉事外寇。"

这一时期,何振岱的诗歌题材以寂居、孤游、独坐、晓梦、夜醒、离恨、悲怀、病苦以及吟咏、禅悦为主,以日常生活中蕴含的"独""静""闲""适""净"的情趣来表示对污浊、黑暗现实的厌恶、愤感,同时用以排遣内心的忧伤、痛苦。"吾少读悟书,游心在方外。爱听灵源钟,袗被宿香界"(《积雨有怀梵辉上人》);"摊书还室处,习静求强身"(《二十五晨》);"何事堪娱老,安闲是妙方"(《西廊》);"向晚诸名流,联席复同醉"(《哭许疑庵》);"耄期宜乐天,乘闲须作健"(《寄慰襟宇亡书》);"云端时一见,独坐欲三更"(《题元朱泽民利涉图》);"病夫管许事,所求一席安"(《初秋二十五夜风雨枕上作》);"纵使有佳月,孤游何所娱"(《微雨》);以上诗句即是这类生活的写照。

喜用僻典、语言艰涩,是"同光体"诗人一种较普遍的倾向。何振岱却不同于闽派中的其他诗人。他作诗不喜用典,他在《与李生心玉书三则》中说:"用功宜专从意趣上探讨,勿贪用典实为是。……因用典不能十分恰切,不如用意抒写之为得也。"[19]在《复所亲书》中说:"诗以写性情与数典何关?"[20]"杜甫称读书破万卷而佳处不在用典"[21],并认为"大概读书多蕴趣足,自然华实兼至。不然者,典与不典全无是处。"[22]何振岱论诗崇尚性情。《与张生子仲书》中云:"君人品性情皆纯笃逾常,此乃作诗之本也。"[23]《与人论诗书》中云:"诗之贵有力量固矣。然力量正自无穷。诗至老杜力量殆无与敌。等而上之,如雅如骚如汉魏诸巨制,尚有杜所不及者,杜以下学杜者力量多不及杜,亦各自名一家,盖力量不同而性情则未尝大异也。天之赋人性情也,犹山川草木之有生气也……今为诗者,必责人人能雅颂,能韩杜,则三百篇不可有风诗,而唐宋数大家外诸名家皆可废矣。……吾非谓力量之可不贵厚也,力量之厚必自修性情始。性情修乃能读书积理以昌其文。……老杜固自言读破万卷矣,东坡于两汉书文选皆经手写,此岂无静功者所能肯读与写,即所谓修其性情而力量亦在其中矣。余亦忧性情之不治,无力量不足之忧也。"[24]何振岱认为诗贵有力量,力量之厚必自修性情始,而性情才是诗的本源和灵魂。清代袁枚曾云:"性情以外本无诗"(《寄怀钱屿沙方伯予告归里》),并强调性情与才气、学识并重。与袁枚有所不同的是:何振岱更突出了性情的作用,他认为只有修炼性情才能读书积理而富有学识,具备了性情、学识,力量自然就蕴含其中。"诗无雕琢关天趣,饮自安徐爱有恒"(《初四早雨》),正如何振岱所说,这时期的诗作极少用典,常常直抒"性情",用浅易通俗的语言抒写自己的生活与感受。与诗作的内容相适应,这时期的诗歌常带有清寒孤寂的色彩、宁静淡远的格调、空灵隽永的韵味。毋庸讳言,对于衰残之年的何振岱来说,心境老态,所作不出家居生活或唱酬应答的范围,缺乏现实社会内容,且境界狭窄,是其诗歌创作的局限。

谢章铤于戊戌冬初赠诗何振岱云:"却从丛菊纷披后,喜与幽兰结德邻。独有寸心贯金石,不妨只手障烟尘。神龙戏海关全力,天马行空见古人。索句轮囷肝胆地,果能惨澹得生新。"[25]对何振岱的人品、学识及诗作都给予充分的肯定。何曾拟将印行的诗集删去三分之一。他尝说:"诗不在多,以精为贵,假使过了数百年后,有人传诵我的诗二三首,吾愿足矣。"[26]正因为如此,何振岱能博取各家之所长,苦心锤炼,形成自身独特的诗风。钱仲联《近百年诗坛点将录》云:"读何梅生诗,如置身九溪十八涧间,隽秀刻炼,虽无弘伟之观,无愧山泽之癯。"此言甚为中肯。

注 释

[1]林公武、黄国盛:《近现代福州名人》,福州:福建人民出版社,1999年,第103页。

[2][3]何振岱:《龚葆銮》,《榕南梦影录》(上卷),福州刻本,1942年。

[4][5][6][18][26]吴家琼:《故友何振岱生平事略》,《福建文史》第19集,第211、215、213、216页。

［7］［8］［9］［12］〔清〕陈衍:《石遗室诗话》,《陈衍诗论合集》,福州:福建人民出版社,1999
　　年,第 83、84 页。

［10］［11］陈庆元:《论同光派闽派》,《诗词研究论集》,成都:巴蜀书社,1998 年,第 335 页。

［13］［15］何振岱:《蕙愔阁诗集·序》,《我春室文集》,福州何氏油印本,1955 年。

［14］钱仲联:《近代诗钞》,南京:江苏古籍出版社,1993 年,第 1 489 页。

［16］〔清〕陈衍:《近代诗钞述评》,《陈衍诗论合集》,福州:福建人民出版社,1999 年,第
　　918 页。

［17］［25］何振岱:《觉庐诗稿·序》,1938 年福州刻朱印本。

［19］［20］［21］［22］［23］［24］何振岱:《我春室文集》,福州何氏油印本,1955 年。

通儒无声品自高

——近现代诗文名家何振岱之我见

蔡德贵

正应了那句话，"过去隐藏的，现在已经揭晓"，这句话完全可以用在近现代大儒何振岱身上。在中国的时候，笔者并未读过何振岱的论著，甚至不知道何振岱何许人也。何振岱也确实默默无闻，隐藏在历史的夹缝中，没有被发现。而在美国，由于偶然认识了何振岱的第四代传人、林则徐的第七代传人、何振岱文化研究（美国）基金会创始人何欣晏女士，才得识这位八闽大地"人到无求品自高"的通儒。笔者研读何振岱，从其手稿本《何振岱日记》入手，然后接触到了《何振岱集》和陈庆元先生的高足刘建萍博士2004年出版的《诗人何振岱评传》（重版后改为《何振岱评传》）。于是这位近现代大儒才从隐藏的历史深处走到了笔者面前。

2017年10月28日，在洛杉矶，著名节目主持人、山东大学校友乌兰女士主持了纪念何振岱诞辰150周年诗歌音乐舞蹈晚会。美国闽商联合会会长伍敏勇先生介绍何振岱："才华横溢，街衢有声，诗书画琴冠绝于世；终身守望传统美德，一生追求高阔境界。先生之厚学深蕴、风骨才情、涵养志气、慈悲情怀等，集中体现着福建商帮的文化性格、精神气质和灵魂底色。"[1]

一

福建文化的兴盛，开始于唐代，至宋后逐渐成为"海滨邹鲁"，宋代海滨四先生陈襄、周希孟、陈烈、郑穆重视经学，东南三贤之一的吕祖谦赞美福州"路逢十客九青衿，半是同胞旧弟兄。最忆市桥灯火静，巷南巷北读书声"（《冶城诗》）。尤其到了近代，更有"晚清风流数侯官"之说。近代以还，这里就诞生了足以为中华文化增光的林纾、林语堂、陈宝琛、林则徐、严复、林觉民、沈葆桢、陈衍、吴曾祺、高士奇、林徽因、冰心、陈岱孙、侯德榜、陈景润等一大批杰出人士。而今，一位通儒何振岱，随着时代脉搏的跳动，也浮现在学术界。

何振岱(1867—1952),字梅生、梅叟、心与、觉庐、龙珠居士,自署"皈依佛弟子",人称"枚公"。多次参加科举考试未获突破,拜理学大儒谢章铤为师。按照蔡元培所提倡的,他走的是《后汉书·郑玄传》中所说"囊括大典,网罗众家,删裁繁芜,刊改漏失"的路子,终成为通儒。他属于那种名士派十足的大儒,清癯如鹤,心志高洁,诗琴书画无不精湛,"淑身如玉,耿介自守"[2]。其诗词、史志、书画、琴艺,均称绝。"寓庐虽狭,犹弦歌自若也。"[3]何振岱的老师谢章铤赋诗赞美其诗作:

> 却从丛菊纷披后,喜与幽兰结德邻。独有寸心贯金石,不妨只手障烟尘。神龙戏海关全力,天马行空见古人。索句轮囷肝胆地,果能惨澹得生新。(惨澹须知为生新之本。此戊戌冬初,先师赐赠诗也。尚有语学三则见《赌棋山庄余集》中。)[4]

谢章铤称何振岱"以诗文见质"[5],对其诗文创作给予了很高的肯定。

除了诗文创作外,何振岱亦擅长书画。其女弟子叶可羲赞其:"不独诗文擅长,书画亦臻妙品。在京时,常携干粮,游故宫博物馆,观赏古人墨迹,竟日忘归。故其字画清隽飘逸,得者虽只字片楮,无不珍惜。"[6]何振岱对于绘画的体会很深,说:

> 近日弹《石上流泉》,有风湍松籁之趣,今年画事全不讲矣。每欲作画,辄遇一种可看之书,书一上手,便抛不下,不顾及画也。吾年老矣,只要胸中画趣氤氲,何必求之于纸上?且世间真解画趣者疑无其人,解之者其或耐轩与坚庐乎。体弱者渐游于武事,如舞剑、打球等事,可习为之,不当过劳耳。王雨农先生曰:"人之有道。风雨可使从欲;况吾身之血气,何难使之调和?"先生此言诚壮矣哉!晨起檐际微雪旋晴,温琴两操。写隶书六张即止,不敢贪。案上梅花七八分开,菊一盆,瘦健。[7]

据陈昌强点注的《致何振岱书札》(一)所注:

> 丁亥冬杪,予读书于南京图书馆,于黄卷旧籍之中,偶见何振岱编《谢陈二公墨迹合印》一册,殆影印所藏福建晚近名儒谢章铤、陈宝琛之诗文尺

牍,民国年间北平琉璃厂宝晋斋南纸店版行。凡十数页,字迹多行草,良可辨识,影印颇佳,恍然如对原稿。披览之馀,见其中多陈宝琛致何振岱书札,皆作于侍应清逊帝溥仪避居天津之时,涉及文字捉刀、师友唱和、亲朋往来诸事,并兼及晚近名人遗事;而南北交争、神州鼎沸之民国景况,亦可窥见一斑。[8]

可见何振岱编辑师友作品之精益求精。不仅其师友之书法,何振岱自身的书法亦属上乘。其书法作品,兼有宋徽宗瘦金体和赵孟頫的成分,是两人书法精华的合体,表现出雪胎梅骨、傲霜而立的特征,不过被其过高的诗名所掩盖。

除了诗、书、画之外,何振岱还精通琴艺。"又工七弦琴。近岁此道几无知者,赖先生传弟子数人,免为绝响。"[9]

二

何振岱以工诗著称。1909 年,他在上海为陈衍扇面上题写的诗作《孤山独坐雪意甚足》:"山孤有客与徘徊,悄向幽亭藉绿苔。钟定声依无际水,诗成意在欲开梅。暮寒潜自湖心起,雪点疑随雨脚来。一饮恣情宜早睡,两峰晓待玉成堆。"[10]使其名声大振,见其诗者,无不击掌叫好。1916 年,有《题陈君尺山麻风女传奇》发表在《中华妇女界》,此诗的发表使其在文人中崭露头角。1920 年,在著名的《东方杂志》又连续发表《于山戒坛石壁古榕下作寄慧明杭州》《杭州泛湖杂诗寄陈仁先》《寄题苍纠阁》《闻仁先自京都归杭州喜寄》等作品。1923 年,何振岱应柯鸿年之邀赴京,与帝师陈宝琛以及陈三立、郑孝胥等名流交游。其诗作得其恩师谢章铤先生肯定,果能惨淡得新生。他一生"结习恒在诗篇,恨不能尽抒所见,若鸟之春,虫之秋,自鸣自止,有合于天者,郁然之情,庶借此一宣乎?"[11]诗作既注重意境,又突出风骨,为近代"宗宋"诗群的重要人物之一。时人评云:"何枚生如空谷佳人,无言倚竹。"[12]

何振岱的词作流传不广,有《我春室词》一卷。其词作除了常见的词牌无不精到外,还有现在很少见人使用的词牌,如《一萼红》《长亭怨慢》《双瑞莲》《山花子》《翠楼吟》《东风第一支》《玉漏迟》……几十种词牌,都信手拈来,每有得心应手之作。陈兼与云:"(何振岱)有《采桑子》云云,淡语有情景,风格在五代、北宋人之间,不易及也。长调如《百字令》云云,又题'饮水词'《八声甘州》云云,后二首似皆悼亡之作,哀玉之音,沈郁悱恻,白石、碧山之逸响也。"[13]

诗词之外，何振岱的楹联亦称佳作。如他在西禅寺的两对名联：

> 一瓣心香，愿长然乎禅界；
> 千年宗境，祝无蚀之神光。[14]

> 真空不坏，大众何忧，伫看鲸海迴风，还涌中天圆相月；
> 丈室本宽，同参并悦，须信凤山演法，能容广座五千人。[15]

此两联成为西禅寺永远的珍品。

何振岱还精通诗论。他在《北游纪略》里说："'诗言志'一语，引而未发，人苟性情不凡，即是诗之根本，失其不凡之性情，安有不凡之言语？鸥作凤鸣，豕具麟彩，不几于妖乎？"[16]他发挥诗论大家严羽的"羚羊挂角，无迹可求"（《沧浪诗话·诗辩》）之意，提出"绝句宜若仙露明珠，轻匀无迹"。又说："音节须讲，少与人酬和，少作近体，多为古体，少用赋体，多比兴体。不必苦思索，不宜用陈言。愚之所欲言者，如斯而已。君德性纯厚，学与养皆过人。于此事也何有？里居苦寂，故友凋零殆尽，出门无可诣者，君其念我乎？"[17]何振岱还深入地论述了个人学养与诗文创作的重要关系。他在《与耐轩、坚庐书九则》中说：

> 《楞严经》云："眼以睡为食。"窃谓既以睡饱眼矣，尤宜食之以经史诗文，更食之以山水花木，否则惟睡之饱，而眼仍若饥也。晨兴诵《庄子》腐鼠吓鸥之言，不觉一笑；又诵诚斋"犹在桐花竹实中"句，又为凤凰太息。桐花、竹实相见以天，俱游于无碍中，乃真证耳。朱文公语廖德明："器之成毁有数，人则不然。跖、舜自变，而吉凶亦随之易。但当充广德性、力行好事耳。"是真至论！[18]

唐司空图在《诗品·洗炼》说："犹矿出金，如铅出银，超心冶炼，绝爱缁磷。空潭泻春，古镜照神，体素储洁，乘月返真。载瞻星辰，载歌幽人，流水今日，明月前身。"强调诗作的历练之功，何振岱名副其实地践行了司空图的理论。其少年时期的好友龚葆銮1893年写的《题梅生诗卷后》有"冥心觅句时长哦"[19]之言，赞其历练的认真。

综上所述，何振岱的诗、词、楹联创作及诗论都有突出的成就，但犹以诗作著称于世。帝师陈宝琛对其诗作极为欣赏,认为其"大作清婉,读了口角生香"[20]。又说其:"大作平实坚致,循诵再三,无可增损。"[21]钱仲联在《近百年诗坛点将录》中指明:"读何梅生诗,如置身九溪十八涧间,隽永刻炼,虽无弘伟之观,无愧山泽之癯。"[22]其诗友陈衍赞其诗:"幽远精深,一时罕有其匹。真诗人之诗也。""诗语能自造而出以自然,无艰涩之态。"[23]正如今传是楼主人[24]在《今传是楼诗话》中所说:"闽县何梅生(振岱),有《姑留稿》。听水、石遗、海藏诸老,称其能诗,清言见骨,戛戛独造,而又不失之艰涩,亦云难矣。"[25]

<h1 style="text-align:center">三</h1>

何振岱不是思想家,但是对天人之际却有许多精辟的见解。他论述说:

> 不杀胎,不夭夭,不覆巢,不合围,不掩群。弋不射宿,钓不以纲,田不以礼,曰"暴天物"。圣人之爱惜生物何其周也。……能俾天地欣合,阴阳和釁,胎生者不死殇,而卵生者不殰,兽不狨,鸟不獝,鱼鲔不淰,四灵可以为畜,故其称曰:"鸟兽鱼鳖咸若",曰"百兽率舞,凤凰来仪"。呜呼,此岂以残杀能致之哉?喙动之物莫不有性。虎狼至毒而有父子,蝼蚁至微而有君臣,鸿雁之有兄弟,雎鸠之有夫妇,驺虞不履生虫、不践生草,乌乌为其母反哺,牛为人代耕,犬为人居守,此其为仁义,何可胜数?而人或不如斯也,反日残而啖之可乎?鹿毙于矢,其麑反顾恻之,射者未能不怃然也。鹑将就食,感主人以转穀之咏,闻者未能不动心也。射鹨者引弓入林,则一林之鸟皆鸣;屠狗者带索行市,则一市之犬皆噪。彼物岂甘就死亡哉?[26]

为了不遭到自然界的报复,他告诫人类,"与天地相通,庶几可免于劫运。"[27]何振岱为人坦诚自然,决不伪装。他坦诚:"我何振岱是读孔孟书的人,爱憎分明,难道污,可以阿其所好吗?"[28]他不求呼风唤雨,不慕声色犬马,远离奸邪,一身正气,抚琴养性,追求完美,是士的杰出代表。

在为学方面,古人有许多激励学习的名句。而何振岱则赞赏"勤学"二字,"定无后悔惟勤学,各有前因莫羡人"(何振岱书房楹联)。他主张:"为学总须有强毅之志气,抛下俗情,专心专力于一途,所谓绝利一源,用师十倍。断绝了非分之欲,集中精力于一处,就可以催发出巨大的力量。"[29]王国维治学三境界,有"众里寻他千百度,蓦然回首那人却在灯火阑珊处"之句,是说功到自然成的道理。何振岱也认为，为学"皆有困境，打过困境，则到自在之境。能知艰苦，可以振人心志，鼓人心力。凡为艺者，不可不晓。"[30]他自己则是经常阅读至深夜，甚至"时方五鼓，烛光萤萤，寒风穿壁，片石犹未醒也"[31]，仍然手不释卷。认真教育学生是他一生的宏愿，期望学生个个成才："愿松成盖笋成林，老去难消只此心。"[32]除了男士，福州著名的"寿香社十才女"更是其得意弟子，这在中国教育史上是罕见的。他重视国学研究，提倡学生要既当文人，也当学者。他建议学生："约定三数人共治一经，或一子、史，以有札记批评为着实功夫，不特成己，兼可成人。"[33]他在《与超农书》中说：

> 读书先求其要者……（《四库书目提要》）凡数十类，皆有总提要，即总论也。草书抄，每日一篇，约二三月可毕……此为第一步入手之大道路。夫名为士人，而于古今经史源流不能明白，遑论其他？君诚有志，请先理此，以后应读之书亦不多也。经、史之数有定，人能熟一经一史，便成学士。子部要者亦不过数类，集部则当看者更不必多，直浏览足矣。大抵得要则易成，泛及则虽勤不足道也。[34]

他教育学生治学要有个性和特点，发前人之所未发。他以天地珍物为喻，说：

> 盖天地之气所钟，寡则珍而众则贱。吾尝残秋履野，茅苇弥望无一茎秀者，众之生也，其适然生也，非生之者之所……若夫君子之修身也，众人所趋之途必宜敛足，众情共溺之欲必须知防，况于变谔谔之素以从诺诺之徒乎？是故君子不弃刍荛之言，亦不徇喧嚣之口，独至之见，独明之几，运而行之，众初疑之，亦终颂之。[35]

何振岱最先支持女性解放，不仅为陈天尺创作的《麻风女传奇》叫好，而且招收女弟子，精心培育，使福建文坛出现了一批杰出女诗人、女文学家。何振岱后人何云回忆说，何振岱曾经收养过六七个弃婴，并一一为她们取了名字。在他看来，人一落地，便是精灵，男女一样。

何振岱还保持高尚的民族气节，当他得知郑孝胥成为汉奸之时，便和他断绝了朋友关系。得知"日人又入我国领海捕鱼，青岛、龙口，船二百余只，用铁网捕鱼，一昼夜可满一船，交涉无效"时，他大呼"可恨！可恨！"[36]日本人慕名聘其为顾问，被他断然拒绝。

何振岱重视涵养，他欣赏其师谢章铤："与后生谈论，亦笑容满面，前辈温和之气从涵养中出，自然与众不同。"[37]所以他认定："涵养两字，便是卫生秘药，曾湘乡（国藩）以竹叶禾穗比之，极精。"[38]追求一种"寓于淡定无求之中""迹在所遗"的境界。

长期以来，何振岱在史学界和文学界没有被关注，近些年才逐渐显露出来。这位通儒虽然长期无声无闻，然一旦被发现，其品格之高尚，其学问之扎实，其书法之烂漫，其训导之谨严，就会被学术界所认可。

参考文献

[1] 美新社：《纪念何振岱 150 周年诗歌音乐舞蹈晚会 10 月 28 日举行》，2017-10-20，www.usaphoenixnews.com。

[2] 袁志成：《晚清民国词人结社与词风演变》，长沙：湖南师范大学出版社，2015 年，第 205 页。

[3][8] 陈宝琛：《致何振岱书札》，上海：上海社会科学院出版社，2009 年。

[4][7][17][18][26][27][32][35] 何振岱：《何振岱集》，福州：福建人民出版社，2009 年。

[5] 谢章铤：《谢章铤集》，长春：吉林文史出版社，2009 年，第 196 页。

[6][9] 叶可羲：《忆怀先师何振岱先生》，福州：福建人民出版社，2001 年。

[10] 钱仲联：《近代诗三百首》，杭州：浙江古籍出版社，1990 年，第 280 页。

[11] 何振岱：《何振岱〈蕙愔阁诗〉原序》，福州：福建美术出版社，1993 年，第 120 页。

[12] 汪辟疆：《光宣以来诗坛旁记》，沈阳：辽宁教育出版社，1998 年，第 123 页。

[13] 陈兼与：《闽词谈屑》，合肥：黄山书社，1995 年，第 354 页。

[14] 童辉：《中国楹联大全》，北京：外文出版社，2012 年，第 234 页。

[15] 释赵雄：《长庆诗声福州怡山西禅寺古今诗词楹联选》，福州：海峡文艺出版社，2013 年，第 268 页。

[16][19][33][34] 卢和：《寿香社十才女之师何振岱其人》，载《闽都文化》，2016 年 6 月。

[20][21] 孟丰敏：《福州女性为何如此独立？因为何振岱、严复、陈宝琛》，2018-01-06，http://blog.sina.com.cn/139baby。

[22] 游友基：《陈衍、何振岱结怨之谜》，载《闽都文化》，2016 年第 5 期，第 59—63 页。

[23] 陈衍：《石遗室诗话》，北京：人民文学出版社，2004 年，第 94 页。

[24] 今传是楼主人，王揖唐晚年之号。王揖唐（1877—1948），安徽合肥人，初名志洋，后改名

赓,字一堂,号揖唐,别号逸塘。

〔25〕王逸塘:《今传是楼诗话》,上海:上海书店出版社,2002年,第250页。

〔28〕游友基:《闽都文学与文化漫论》,厦门:鹭江出版社,2013年,第215页。

〔29〕郑立:《冷月无声:吴石传》,北京:中共党史出版社,2012年,第185页。

〔30〕〔36〕〔37〕〔38〕何振岱:《何振岱日记》,福州:福建人民出版社,2016年。

〔31〕何振岱:《跋惜抱先生尺牍》,北京:国家图书馆出版社,2013年。

林旭山水纪游诗初探

张 帆

戊戌维新志士林旭（1875—1898），字暾谷，号晚翠，福建侯官（今福州）人。他短暂的一生为我们留下了近二百首诗作。由林旭知交李宣龚（字拔可）哀辑的《晚翠轩诗》，大多是诗人1894年至被难前的作品。李宣龚在《晚翠轩诗·序》中谈道："自戊戌变政，钩党祸作，昔之密迩暾谷者多以藏其文字为危，不匿则弃，惟恐不尽……越数岁，大舅沈公涛园（沈瑜庆）以京兆尹出而提刑粤东，予自江宁来，别诸沪滨。忽于广大海舶行李中见一箧衍，熟视之，知为暾谷故物，不钥而启，则晚翠轩之诗与孟雅夫人（沈鹊应）崦楼遗稿在焉。既恫且喜，遂请以校刊自任。"另据陈衍《闽侯县志·林旭列传》载：林旭"甲午（1894）乙未（1895），戊戌（1898）五年三上公车，皆荐不售，则发愤为歌诗"[1]。按林旭于光绪十九年（1893）乡试得中解元，此后参加会试均不中，于乙未捐资为内阁侯补中书。此间在京、鄂、皖结识不少名流，并拜陈衍伯兄、"同光体"闽派倡导者陈书为师，诗艺大进。据《沈瑜庆传》载：光绪二十二年（1896）沈"榷盐皖岸及正阳关，与同里陈县令书，女夫林京卿旭日课一诗，不数月成正阳集一巨册"[2]。仿佛鬼使神差，我们今天能看到《晚翠轩诗》，实属历史偶然，因而弥足珍贵。

林旭作为戊戌六君子之一，以往论者多从政治家角度研究其人、其事、其诗，这无疑抓住了根本。的确，林旭作为爱国者，他的诗作所表达的御侮图强的心声，忧国忧民的情愫，字里行间所透露的对变法维新的忠肝义胆以及对维新前途的忧虑等等，都从一个侧面反映了半封建半殖民的晚清社会波诡云谲的时代风貌，折射出革新与守旧矛盾斗争的刀光剑影。林旭在变法高潮期，亦即其就缚前十日写的《颐和园葵花》《呈太夷丈》《直夜》以及绝命诗《狱中示复生》，都是《晚翠轩诗》的精品，在思想性、艺术性上，都达到林旭诗的高峰。林旭作为"同光体""闽派"颇有建树的青年诗人，其收入《晚翠轩诗》中的四、五十首山水纪游诗作也颇具特色，理应引起研究者重视。

林旭的山水纪游佳作,不是书生苍白乏力的无病呻吟,而是带有近代进步诗歌反帝爱国特质,浸润着一定时代精神的吟唱,现略举数首析之:

暑夜泛姜诗溪(其四)

桥柱孤栽细石平,相将上去卧纵横。不防山贼防洋鬼,犬吠儿啼锣乱鸣。

山村小桥流水,此时放浪于大自然慷慨赠予中的诗人们,并没有忘记外国侵略者的魔爪已伸到穷乡僻壤,洋鬼之骚扰远比山贼惨烈。在看似平静的叙议中包含着愤怒的控诉!

北行杂诗

杨村一夜雨,张湾三尺泥。向来戎马迹,能畏鹧鸪啼。
东风复北风,广野号众窍。岂无白日光,吹土翳清昼。
屯幕临官道,柳阴卧橐驼。莫将笳鼓竞,空唱天山歌。
客店骡马滚,公徒何振振。皆言防帝畿,那复愁行人。
绝似乌龙潭,阪池相映带。可惜好西山,蹉跎斜日外。
道旁千万柳,能作几多春?明岁还如此,行人非去年。

"北行"组诗,写于中日甲午战争前后,此间,诗人曾两度北上京都参加礼部会试。组诗状写诗人所见、所思、所感,为我们描绘出一幅京畿吃紧,戎马倥偬,官道扬尘,遮天蔽日的乱世图景。1894年日本挑起了蓄谋已久的侵略战争。这一年是农历甲午年,史称"甲午战争"。清廷上层统治集团面对日本挑起的侵朝战端,采取避战观望,幻想依靠各国列强调停平息战火的做法。在外交斡旋失败后,清廷迫于朝野压力,宣布对日开战,其结果李鸿章惨淡经营的北洋海军全军覆没。早在清廷被迫开战前,日本政府就制订了在渤海湾登陆,在直隶平原与清军主力决战,直取北京的计划。由于慈禧太后担心战争会搅乱她筹办六十大寿庆典的计划。接受李鸿章"退守""保船"的消极抵抗战略,把清军防御的重点放在奉天和京畿等地,把保护清廷陵寝和统治中心作为重点,这不仅使前线兵力严重不足,更重要的是放弃了黄海、渤海的制海权,给日本海军以可乘之机和便利条件。中日甲午战争,中国一开始就处于被动挨打的局面。《北行杂诗》从路人的角度,比较含蓄地表达了对既往"战乱"和当今"防帝畿"战略的不满,对统治阶级粉饰太平、国事日非予以委婉的讽刺。写于《马关条约》签订之时的《约游西山会文学士宅闻和议成学士愤甚余辈亦罢去》一诗,更显示了诗人外抗强权的民族正义感和爱国精神:

> 都言踏破西山石,我望西山势不行。争怪忧时文学士,但看烟翠亦何情。

　　文学士即内阁学士文廷式,诗写得很凝炼,可是于平淡中见奇崛。约游而未成游,其因盖"和议成"。诗以都下俗语"踏破西山石"起句,点明西山是百游不厌,流连忘返的游览胜地。然而在诗人眼中,西山却失去了往日的气势和魅力。三句"争"同"怎",以反问照应标题"愤甚",把诗歌的思想意义推向高潮,接着一个转折,通过把"烟峦迭翠"的西山拟人化,完成了王国维所谓"物皆著我之色彩"的意境创造。对日本强盗掠夺行径的抗议,对国耻的忧愤之情均不待言而自明。也许诗人对甲午战败之痛刻骨铭心,因此对日本侵略者特别怀有敌意和戒心。《虎丘道上》(其三),诗人对日本强盗在中国国土上建租界筑安乐窝,竟然伤天害理、肆无忌惮地挖我祖坟以致"暴骨千万"的行径简直怒不可遏,他在诗中写道:"愿使江涛荡寇仇,啾啾故鬼哭荒丘。新仇旧恨相随续,举目真看麋鹿游。"[3]联系诗人在《无题》颈、尾联所书:"世界愁风复愁雨,肝脾为苦亦为酸。东邻巧笑频相讶,倚柱哀吟故未宽。"更可以看出年轻诗人肝肠苦酸,歌吟揪心,忧愤深广的爱国情怀,其对日人巧言令色、居心叵测的深切忧虑,都使我们感受到诗人与时代息息相连的脉搏,以及亢奋而不颓废的进取精神。

　　林旭的纪游诗作,或寓情于景,情景相生;或直抒胸臆,言志述怀;或取事用典,言简意赅;或幽默诙谐,含蓄隽永,常常给人以新鲜活泼的审美感受。但以往论者,对林旭诗歌的总体评价是"苦涩幽僻"[4]。陈衍如是说,梁启超、李宣龚亦以"孤涩"称之。不过综观《晚翠轩诗》,其山水纪游之作则又当别论。且看他的山水纪游代表作《马房沟》:

> 昨日老子山,雨打又风吹,今日高邮湖,过湖日未迟。雨气化为烟,何处露筋祠。
> 全葩扬翠盖,空中见参差。径行忘混漾,难进惭透迤。新蝉第一声,欣然得闻之。
> 浅浅绿铺褥,高高青垂帷。霞光由外铄,倒蘸水之湄。蓝滑如波油,红艳如凝脂。
> 扪之不著手,脚踏趺爬龟。千载苎萝溪,人言浴西施。扬州夸佳丽,此理信可推。
> 如何杀风景,火轮衷而驰。何殊铁如意,打碎赤琉璃。刀劙织女锦,车裂文君肌。

捐泥断萍根，吹灰黏柳须。惭极急遁去，犬吠非关谁。湖光挟堤树，苦苦远相随。清丽与幽淡，万状难具辞。仍为诗人觊，不同湖寇追。柁楼得晚饭，新月正如规。焚楮舟谢神，鸣锣官税厘。荷香不见花，暗里匀我诗。风浪一回首，既往亦勿思。

　　这是一首五古。写了一天行程中的所见、所闻、所感。诗的开头，颇似民谣，老妪能解，点出过高邮湖的时间：早上。接着描写高耸云天，云烟缭绕，殿宇参差错落，金碧辉煌，径行通幽，新蝉初鸣，绿草如"褥"，绿树垂青，美丽的霞光照射到水滨，水色、霞光相映，滑如油、艳如脂，而如此美景，却只能远观，不可近狎，平添一层神秘色彩。

　　诗人把苎萝溪的美比成"浴西施"。这一拟人化的手法把溪流的温润清澄，仪态万千含蓄而活脱地展现出来。诗人的创造性还在于出人意表地表现和谐中的不和谐：诗中描绘小火轮这种洋玩意儿"衷（中）而驰"的专横跋扈。它破坏了大自然的优美和宁静。诗人运用以丑写美的反衬法，把小火轮驰过水面的情景描绘成霞光辉映下犹如"赤琉璃"的溪水，被"铁如意""打碎"了；织女巧手编织的锦缎被刀割破了；绝代佳人卓文君的俊美身躯被车裂了。自然生态环境也遭到严重破坏；小火轮所到之处，水浊萍断，火轮烟囱冒出的黑烟使岸柳蒙灰。其想象之奇特，联想之丰富，手法之夸张都具前所未闻之新鲜感而非涩感。诗人追求奇峭新颖，不蹈前人窠臼且刻意超越前人的艺术追求，确令人刮目相看。从艺术辩证法的角度考察，诗人的以丑写美，愈能唤起人们对美的向往和怜惜之情，这便使诗歌意象具有了更加耐人寻味的审美张力。诗人写舟行也颇别出心裁："湖光挟堤树，苦苦远相随"，拟人化后的"景语"皆成了"情语"；而写舟行之速用"湖寇追"作比，思维的奇特性与人们思维定势之间所产生的反差，便使诗歌显得诙谐有趣。最后写舵楼晚饭，新月如规，舟工烧纸钱谢神，营造出诗意和浓浓的民俗氛围。而正在此时，诗人又创造了第二个不和谐，"鸣锣官税厘"，在景区鸣锣收税，大煞风景，经此轻轻一点，凸显出诗人对现实与民生忧思挂怀之情，表面上只是白描写实，实际上是诗人的匠心独运。结尾用风送荷香"勾"起写诗灵感，引出对风浪人生的深沉思索。在轻巧、洒脱中蕴含着前瞻、进取的人文精神。诗人认为：在经历风浪，遭遇困难险阻之后，应以豁达胸怀处之，不要频频后顾，而要积极向前看。联系诗人科举失利，救国救民抱负未展的经历，这一富于哲理的概括，既写出了诗人在大自然美景的陶冶下自得、自慰、自励的心境，也在如何积极对待人生问题上给后人以启迪。钱仲联先生评论此诗："通首精力弥满,有古图画之景色,有古美人之风致,有古子部之恢诡,有古衣冠之伟异。一结亦有千钧之力,非湛思者不办。"[5]

林旭的山水纪游短章,在技巧运用上多具匠心,诸如:

游三游洞

闭门不看宜州山,临去还来访窟颜。聊欲向僧寻枕簟,溪轩暂卧听潺潺。

此诗欲擒故纵,以反衬正,写出了三游洞听水的乐趣,流连忘返的游兴。寓情于景,直似如盐下水,平中见奇。

暑夜泛姜诗溪

清溪十里几多盘,收束将穷却放宽。山要拦人拦不住,侧身让过乞人看。
击汰声齐力未屏,扁舟催进几湾湾。我们冠者偕童子,只有篙师束手闲。
大家莫把仙源说,那有仙源到两回。昨日好山撑不近,明宵须换小船来。

第一、二句状写山间溪流九曲盘旋由逼仄到"放宽"的特征,三、四句纯以白话入诗,进一步写出船面山而行,绕山而过的情状,拟人化手法强化了幽默和理趣的效果。第二首,"只有篙师束手闲",直似俏皮话;第三首,不说山遥,却说"撑不近"都是宋人直意曲说,浅意深说,正意反说,俗语雅说笔法。有些诗句直从宋诗化出,如"正入万山圈子里,一山放出一山拦"便是杨万里(诚斋)《过松源晨炊漆公店六首(其五)》中的诗句,但能做到黄庭坚所说的"脱胎换骨"。再如《重九出游既夕舟秦淮见月》:

《重九出游既夕舟秦淮见月》其二

人闲别自有婵娟,平视谁曾见月圆。与我共安喧里寂,更无人赏亦悠然。

《重九出游既夕舟秦淮见月》其三

病发丝丝随叶落,客怀漠漠借船眠。镜中原著通明我,多事看成彻两边。

两诗理中寓情,写出人生感悟。其二昭示人们只要摆脱名缰利锁的禁锢,就可以获得自由;安于平淡便可超脱尘世喧嚣,怡然自乐,直有陶公风骨。其三是诗人光明磊落，心胸坦荡的真实写照，也是为人准则。诗从病中照镜生发，似信手拈来，实含深沉思索和哲理意蕴。

林旭的不少山水纪游诗，能"戛山独造，无崇拜古人意"[6]。李宣龚在《晚翠轩诗·序》中说得更详备："暾谷论诗，虽以涩体为主，然其宗旨在乎能驿众派，不欲妄生分别，为道之大，于此可见。且其诗精妍博赡，虽从后山、涪翁入手，渐亦浸淫蝉蜕于昌黎、临川之间，偶为晚唐，自谓不让韩致光，自命为何如者。至若五言古七言绝，则无一不深得宛陵，诚斋之家法。"不失为肯綮之论。诚如诗人自己在《舟中读诚斋诗》所道：

装中一卷荆溪集，拂拭船窗得暂披。不道霞光侵漆几，忽看赤鲤出清池。

此诗描绘诗人心无旁鹜，专心读书，忽有心得感悟的情景。林旭学诚斋，但不单宗一家。他主张："论诗如文较多派，能驿众家即无害。"（《酬徵宇江亭读诗见赠》）也就是说要转益多师，博取众家之长再行创造。他对杨万里的诗也是有所识别，有所扬弃的，并不照搬，他在《叩冯庵门就睡矣，诵一律使予书之和作》中写道："说似诚斋吾亦允，心头约略识清妍。"还说："诚斋诗句要商量，尽道春花艳未强。"（《索桂花家人不与》）由此可见林旭诗歌创作渊源与创作态度。正因如此，林旭的山水纪游诗为我们留下了许多令人耳目一新的诗句，诸如："水面风摇金一片，日光柳色晚天晴。"（《留别南堤》）"眉痕窥户江南绿，雨意斜空树外黄。"（《舟行一首》）"白甐千重遮日走，绿荷万顷泛风开。""仰屋波光看不定，顿思微醉玩深杯。"（《还福州海行二首》其一）"逆旅匆匆聊命酒，相逢莫道马宾王。"[7]（《同陈湘清饮唐沽酒楼》）"修翠含阴留宿润，杂花浮水散幽春。"（《同琴南拔可稚辛至云栖题名而去》）"拟向三游乞泉水，清泠稍为涤尘愁。"（《宜州作》）"云绕青山山绕江，一洲中著四淙淙。"（《荷叶洲杂诗》）"雨声月色和同好，马足灯光一并飞。"（《雨夜醉归》）"桅影涎涎过屋角，水鸥跕跕下花间。""穷眼难逢花满院，春愁谁见柳成林。""柁楼惊艳阑前过，弦柱含声醉后鸣。"（《南塘诗三首》）"大风翻然起，天水势一迸。长桅势忽倾，连舫声相并。有力皆上掀，无雷欲下轰。"（《洪泽湖遇风》）以上佳句可说熔铸古今，又自成机杼，显示了年轻诗人师古不泥古，勇于创新的精神。他的诗作，虽有涩味，但山水纪游之作大多不涩，且清新可喜，成了林旭诗作的又一精品。陈衍曾对其后期诗作，作了如下评价："游淮北年余，创作数十首，则渊雅有味，迥非往日古涩之境。方滋为暾谷喜,而嚽谷遂陷不测之祸矣。"[8]陈衍的评价在行,但应补充一句,林旭诗风的可喜变化不仅体现在游淮诗作,还体现在他被难前的三四年间。汪国垣《光宣诗坛点将录》将林旭封为"天雄星豹子头林冲",无论是戊戌志士,还是"同光体""闽派"后秀,这一封号都是合适的。

注　释

[1][4][8]〔清〕陈衍、陈步:《陈石遗集》(上),福州:福建人民出版社,2001年,第433、432、505页。

[2]闽侯县地方志编纂委员会:《闽侯县志·沈瑜庆传》,陈衍纂,1995年。

[3]诗原注:"治日本租界暴骨千万。"

[5]钱仲联:《梦苕庵诗话》,济南:齐鲁书社,1986年,第17页。

[6]梁启超:《饮冰室诗话》,北京:人民文学出版社,1998年,第40页。

[7]"马宾王"典出《旧唐书·马周传》。

近代闽人词学的论争及其意义

杨柏岭

近代闽人词作成就远不及杭、嘉、湖、沪诸地,但他们在整理闽人词学历史及抬高闽地词学地位上并不逊色于其他区域。这篇文章拟从"闽人填词音韵不叶"这个词坛公案说起,分析近代闽籍词家企图振兴闽地词学,使"吾闽永此一途"的意识,以此贯穿方音与词学、区域文化与词学、区域词学的盛衰和近代词坛中心转移等一系列涉及近代词学区域分布的诸命题。

一、论争:"闽人填词音韵不叶"

针对"闽人蛮音鴃舌,不能协律吕"的言论,闽籍词家谢章铤首先予以了反驳。接着无锡人丁绍仪再次明确提出闽人不宜填词的言论,遂引来了闽籍词家林葆恒、陈衍及无锡人杨寿枏等人的一场有规模的辩驳。关于"闽人蛮音鴃舌,不能协律吕"言说的较早记载,因资料所限未能查出,但我们可基本肯定谢章铤对此问题的辩说不是针对丁绍仪的。同时,丁绍仪之后,讥讽"闽人蛮音鴃舌,不能协律吕"者也大有人在,如湘人陈锐《袌碧斋词话》曾引同乡张祖同之言"江浙人舌柔,开口便作崛腔,湘人不能及也",继而自言云"执是而论,吾湘人之词,将谓优于闽广人耶"等。不过,在众多讥讽者中,确属丁绍仪说得最为具体明白,他在《听秋声馆词话》卷一八"李威词"条目下说:

> 闽语多鼻音,漳、泉二郡尤甚,往往一东与八庚、六麻与七阳互叶,即去声字亦多作平,故词家绝少。独龙溪李凤冈太守威久任西曹,诗字俱宗山谷,间作小词。后出守广州,乞病归,年八十余矣。余在漳州,曾录存数阕。……殊雅洁。余多粗俚,不仅调舛而已。

闽人填词有闽音之说,早在宋代就已为时人所识。周密《齐东野语》卷一三便曾说晋江(今属福建)人林外,"尝为垂虹亭词,所谓'飞梁遏水者',倒题桥下,人亦传为吕翁作。惟高庙识之曰:'是必闽人也。不然,何得以锁字协埽字韵。'已而知其果外也"。此外,叶绍翁《四朝闻见录》、沈雄《古今词话》等也记载了此事,语有不同,但意思相近。宋代闽人对此事似乎并不在意,反而引以为荣。因为林外以闽地方音入词,并没有遭到讥讽,反而因宋孝宗猜测成功,由此词而一举得名。不过,后来有人便根据这些记载,讥诮闽人不宜填词,到丁绍仪则走向极至。他几乎从词体生成的条件之一即"合律"上,彻底否定了闽人填词的权利,且如"绝少""独"之类的语气极为坚决。唯独"间作小词"的李威,也是因为常年在外,乡音已改,故而有数首可以称为"殊雅洁"之作,而"余多粗俚,不仅调舛而已"。此处,丁绍仪虽不曾明确轻视闽人词学之光辉历史,但"词家绝少"以及"调舛"之说确实漠视了闽地词学曾经有过的辉煌,直至否定了近代闽人填词的可能性。类似丁绍仪这种讥讽闽地词学的言论有一个突出的矛盾,即既然"闽人填词音韵不叶",但何以出现宋代时期的词学辉煌?这个矛盾所带来的则是闽音能否入词、近世填词是合古乐还是俗乐、方音能否入词、鼻音入词是否就是调舛等一系列关乎词体所赖以生存发展的音律性质的问题。针对类似丁绍仪的言论,自谢章铤、林葆恒、陈衍到杨寿枏等人驳论的思路基本相似。即通过历述闽人词学的传统尤其是宋代时期的丰厚源头,提出事实证据;围绕闽音能否入词,辩说填词的学理。

谢章铤的"致刘存仁信",洋洋五百余言,在称赞刘存仁为其《词话》所作序之后,针对"闽人蛮音鴃舌,不能协律吕"的诘难,先是列举了"有井水处皆擅名"的柳永、"其词莫不价重鸡林"皆属府治以内之人的张元幹、赵以夫、陈德武、葛长庚诸词家,作为事实证据。接着指出林外《垂虹亭》词"以锁韵埽","此乃用古韵通转",故"不得以《闻见录》之言而讥诮之"。进而,他回避闽音能否"协律吕"的具体问题,而讨论了"且今之作词者,将协古乐乎,将协俗乐乎"的一般性问题。认为今之俗乐"大抵老伶伎师胡诌之言"而难以入听,故不可信。他似乎看出古音尤存的闽地方音难以协俗乐的问题,故而通过否定无"抑扬顿挫"的今之俗乐来反驳讥诮者的责难。虽然他对今之填词是否要协古乐问题的态度较为暧昧,但是他提出填词以求合律吕而至天籁的音律思想,则是可取的。所谓"古人词不尽皆可歌,然当其兴至,敲案击缶,未尝不成天籁。东坡铁板铜琶,即是此境"。这较之于填词唯求平仄四声的格律观念,显然更接近词体的本色,同时也肯定了闽人填词合乐的可能性与合理性。在信里,他最为用心是关于填词

"得性情"和"精工尺"孰轻孰重的分析。他认为"且夫既能词又能知工尺,岂不更善",但"与其精工尺,而少性情,不若得性情而未精工尺",明确表述了他重词人性情的词学思想。其言下之意,就是指责那种讥讽"闽人蛮音鴃舌,不能协律吕"者没有真正捕获"词之真种子",乃是自画鸿沟的徒劳。即所谓"作者不与古人共性情,徒与伶工竞工尺,遂令长短句一道,畏难若登天,不知皆自画之为病也"等。如此,"闽中宋元词学最盛,近日殆欲绝响"的真正原因,不是"闽人蛮音鴃舌,不能协律吕"能否"精工尺",而是在于是否"与古人共性情"的问题。这充分体现出谢章铤重视词人性情,主张"人既有心,词乃不朽""拈大题目,出大意义"等一贯的词学精神。但若从词体体性及讥讽闽音不能入词这个问题的症结而言,谢章铤虽触及今之闽音并非不能协律吕的问题,但对诸如闽人"蛮音鴃舌""多鼻音"等一些具体问题并没有作深入讨论。

与谢章铤不同,林葆恒则直接针对丁绍仪所言而来的。他编辑《闽词征》的宗旨就是因为"世有诋闽人填词音韵不叶者,吾将执斯集以辟之"(见陈衍《闽词征·序》),为此他还请了乡人陈衍、丁绍仪之同乡杨寿枏分别为《闽词征》作序,而《闽词征自序》几乎就是一篇驳论文。该序开头便引述了丁绍仪贬抑闽人词学的一段言论,接着便针对其中所说的"闽语多鼻音"的问题,展开了辩驳:

> 记吾乡黄肖岩先生尝云:音虽起于喉,当以鼻音为主。闭鼻则开、发、收、闭音俱不真,鼻为君声,万类所统辖也。韵首东等首见,为得其本矣。刘继庄《新韵谱》亦先立鼻音,次定喉音,复以喉鼻二音展转相生,而万有不齐之音统摄于此。《国书》十二部,头首部阿、厄、衣、乌、于,亦以喉鼻二音为首。天下方音,五音咸备,独阙纯鼻之音。惟吾闽尚存,乃千古一线,元音之仅存于偏偶者。漳、泉人度曲纯行鼻音,则尤得音韵之元矣。而丁氏反以此相讥,毋乃慎乎。且闽音去声与平声尤界限分明,不相淆混,仅上声不分阴阳而已。然毛氏《七声略例》云:阴平、阳平、上声、阴去、阳去、阴入、阳入之七声,其音易晓而鲜成谱,是上声本无阴阳,非闽音独异。

这里,林葆恒广征博引,从强调"鼻音"在诸音中的重要地位谈起,以此突出闽语具有"鼻音"乃是其独特之处,而非不足。即所谓"天下方音,五音咸备,独阙纯鼻之音。惟吾闽尚存,乃千古一线,元音之仅存于偏偶者。漳、泉人度曲纯行鼻音,则尤得音韵之元矣"。如此,不仅驳斥了那种"闽语多鼻音""词家绝少"

乃至"调舛"的观点，而且强化了闽语因为有了"鼻音"，反而在填词中具有其他地区所无法比拟的优势，从中也突现了林葆恒浓厚的乡土观念。不过，林葆恒这番言论又过于具体，尽管他确实认识到闽地方言仍保留中原古韵的特点，具有"协古乐"的独特优势，但他忽视了今之填词当顺应语音演变以求播之甚远的变通性。也就是说，他解决了宋代闽地词人填词合律以及繁盛的原因，却未能为今之闽人填词寻觅到一条变通之路。从这个层面说，谢章铤的意见虽过于宽泛，但确实具有原则性的指导意义。从"得性情"和追求"天籁"出发，为今之方言区的填词者解决了"方音与填词"的紧张关系。

当然，追求"天籁"毕竟是个理想化的玄言，指导填词还必须有具体性的方法。围绕"方音与填词"问题，主要就是对词体合律的理解，即严于音律还是恪守格律。主张前者，往往大多数词家皆承认方音皆可入词；主张后者，则往往对那种以方音入词者多存芥蒂。对此，王鹏运在《双溪诗余跋》里曾有过说明。他先是征引了《古今词话》关于林外题词垂虹、宋孝宗断定为"闽人"作的词事，解释说"盖以老叶我，为闽音也"，继而有言"双溪此集，以方音叶者十居三四。其时取便歌喉，所严谨者在律而不在韵，故不甚以为嫌"，"余谓执韵以绳今之不知宫调者则可，若以绳宋人，似尚隔一尘也"。宋人填词"在律而不在韵"，以"取便歌喉"为准的；今人填词多在韵不在律，以合乎平仄四声之口吻为旨归。在可歌背景下，宋人以方音填词适合本地人歌唱，同样可以悦耳悦心。所以，丁绍仪的闽语不宜入词之说，也不无道理，而林葆恒是探古而不知今，谢章铤虽打通古今却又偏向空疏。真正对"方音与填词"关系作直接分析的，还是丁绍仪的同乡杨寿枏。他在《闽词征序》里说："余以为土风皆能作操，俚语本可入词。音多鴃舌，而骚人以南国为宗；谑到鸡头，而诗派以西江为盛。"话说的不免有些绝对，但他却是针对丁绍仪所言的闽语"调舛""粗俗"两个方面立论的。尽管他没有像王鹏运说得那么专业，但"土风皆能作操"以及"音多鴃舌，而骚人以南国为宗"，已经说明他是从填词当合"音律"的层面来分析的。宋以后，填词求合宫商音律，已成为美而不实的奢望，但从词体源头的民歌性质及类似词体的合乐歌词的再度新生的角度说，注重"土风皆能作操"及求合宫商的思想，显然在学理上比一味恪守格律诗的填词路径更具有生命意味。

二、重塑："独树一帜"与"宗风未泯"

就词人的创作成就而言，近代闽籍词人占据词坛首席者并不多见，但在整理乡邦词学文献、构建本土词学历史等凸现近代词家区域观念方面,论首创之功和完善之力,则当非闽地词坛莫属。或出于近代闽地词学不振之现实,或出于"世有诋闽人填词音韵不叶者"的论争需要,从叶申芗《闽词钞》、谢章铤《赌棋山庄词话》到林葆恒《闽词征》,闽人构建乡邦词学传统的信心和力度,成为近代词坛的一道独特景观。

以词钞、词见、词征、词录等命名的"地方词征体"词选集纷纭而出,反映出近代词学研究中区域观念的浓烈,而开这类词选集之风气者当属福建闽县(今福州)人叶申芗编选的《闽词钞》。编选该辑,叶申芗历数十年之力,从《阳春白雪》《花草萃编》及《词综》等旧选中搜罗宋、元闽籍词人,共61家,词作1141首。此举不仅反映出他试图构建闽地词学传统的心迹,而且也昭示着词学区域观念在近代词学时期的转型。该辑不再采用清前中期地域词学研究注重辑选"并世词人群落"、为地域词派张目的编选体例,而是出于整理乡邦文献的热心,以探本溯源式地搜罗乡邦前贤词人的词作为目的。为了出于保存地方词学文献这个编选初衷,该辑编选重在辑佚而轻选择,对闽籍词人各系以小传,对词作"往往录而不选,或微加选择"[1],仅存一至数首者为多,而录柳永词210首、蔡伸词143首、张元幹词151首。[2]这种重在辑佚、抉择从宽,出于存录乡邦词学文献的编选意识,在近代后期一些"地方词征体"词集中得到了延伸和推广。缪荃孙编录《国朝常州词录》、陈作霖编选《国朝金陵词钞》等,便明确提出"因词存人"和"因人存词"两条标准并行的编选体例。如此,对入选词人若一鳞片甲者往往不计工拙而录之,甚至是所见诸词随得随录,先后次序未暇重排,这皆是为保存乡邦文献而设。

《闽词钞》开创了近代"地方词征体"词集编选的风气,也揭开了近代闽地词学文献整理和词学传统构建的序幕。后来,又一位闽县籍学者林葆恒对叶申芗《闽词钞》仅录宋、元闽籍词人的做法很不满意。他在《闽词征自序》里说道:"吾乡叶小庚太守有《闽词钞》之刻,然仅迄金为止,有明迄国朝均付阙如,且板片已毁,传书尤少。"于是,这位林则徐侄孙、"八闽词坛后劲"、"寒窗无事,爱取所见闽词"而汇为《闽词征》。该辑所录词人起自五代宋初,下迄清后期及并世闽籍词人,共250余家,词凡1000余首,较为完备地展示了闽人词学的历史梗概。这种纵贯整个词史的乡邦词学选集,在近代类似的"地方词征体"词选集中,也属最为全面的一部。这固然与林葆恒所处时代较晚有关,但更证明了他"世有诋闽人填词音韵不叶者,吾将执斯集以辟之"的"宗旨"。

这种动机,在叶申芗之后。林葆恒之前,另一位闽籍词学大家谢章铤那里已得到了系统的体现。与叶、林二位不同,谢章铤则是把对闽人词学传统以及对闽地人文精神的挚爱打入了词话的写作之中。不仅那些闽籍词人和曾经在闽地活动过的词人(包括宦游、经商等)在入选其《赌棋山庄词话》的词人中占有较大的比例和篇幅,而且他还有目的地进行了闽地词学地域性的研究,诸如对闽地词学的历史和现状、闽地风物及地缘与词学的关系等问题皆作出了较为细致的探讨,同时也直接参与了"闽人适宜填词与否"这个近代词坛公案的讨论。《赌棋山庄词话》卷一第二则就说到了"吾闽词家":"吾闽词家,宋元极盛,要以柳屯田、刘后村为眉目。明代作者虽少,然如张志道以宁、王道思慎中、林初文章,亦复流风未泯。又继以余澹心怀、许有介友、林西仲云铭、丁雁水炜、韬汝。雁水与竹垞、电发友善,其名尤著。近叶小庚太守申芗亦擅此学,著词存、词谱等书。"后来他在给好友闽籍词人黄肖岩的回信里又说:

> 闽中词学,宋代林立,元明稍衰,然明人此道本少专家,昧昧者盖不独一隅。特怪国初渔洋、羡门、迦陵、竹垞诸老,南北提倡,一时飚发泉涌,电掣云屯,倚声一途,称为极盛。吾闽卒无特起与之角立者,即二丁勉强继响,顾附庸风疋,不足擅场。近时叶小庚太守,著书数十卷,先型略具,宗风未畅。许秋史秀才用笔清秀,颇有姜、史遗风。其所刻《萝月词》,后半气体,比前半加宏,使培充磨砻,未必不转而愈上。天不假年,无由臻于大成,惜乎。……近日词风,浙派盛行,降而愈下,索然无味。词之真种子,殆将没于黄苇白茅中矣。足下勉之。[3]

结合上述两则,谢章铤对闽地词学发展大概作了粗线条的描述,两则小有差异:一是对闽地元代词学之盛衰上的看法不同,前则与宋代合称为宋元,属于极盛时期;后则与明代合称为元明,是由盛转衰时期。看来,如何界定闽地元代词学不是容易之事。二是对闽地词学宗风之历史解读时的语气上有区别。前则语气较为激昂,强调的是宗风未泯,且时有扬名之词人;后则略显低沉,流露出宗风未畅、时有词人但不及并世名家,也无法与同时其他区域词学相比的情绪。比较而言,后一则更为客观和理性。但无论是激昂还是低落,谢章铤极力抬高闽地词学地位,希望闽籍词人承继"词之真种子"的愿望则是浓郁和真实的。譬如,分析明代闽地词学之不振原因,前则乃是列举"然明人此道本少专家,昧昧者盖不独一隅",而且闽地毕竟还有如张以宁、王慎中、林章等词家,真可谓"亦复流风未泯"。再如分析清代闽地词学之不振时,前则乃是列举了余怀、许友、林云铭、丁炜等闽籍词家,以示闽地词学"宗风未泯",而且"雁水与竹垞、电发友善,其名尤著",似乎还有一席之地;后则说"吾闽卒无特起与之角立者,即二丁勉强继响,顾附庸风疋,不足擅场",在客观评价中其实是在激励黄肖岩为振兴闽地词学而努力。而这种努力又有逐渐上升到希望闽地词家能挽近世浙派末流的"专以咏物为能事,胪列故实,铺张鄙谚"[4]的颓靡词风、撷取"词之真种子"的高度。由此可见,谢章铤振兴闽地词学的宏愿。

谢章铤曾说他早年"不揣狂妄,学填数十阕,于断绝寂寞之中,为吾闽永此一途",其撰写词话希望"于此道树立一帜,亦吾闽一大生色也"[5]。他在回顾闽地词学曾经辉煌的历史的同时,也为力图振兴和推尊闽地词学而努力。值得一说的,就是他积极倡导并参与了"聚红词榭"(又名"聚红词社")的组织活动。道光二十九年(1849),谢章铤往漳平,结识钱塘高应焱(字文樵,著籍钱塘而寓居闽地),并提议组织"聚红词榭"。这个以社址福州为中心,原先只课词后亦作诗的文学社团,在道光、咸丰年间确实聚拢了不少闽籍或流寓闽地的诗人和词人。譬如刘绍纲、梁履将、马凌霄、刘三才、李应庚、陈文诩、王彝、徐一鹗等一度极为活跃的近代文人,皆先后加入过"聚红词榭"。在被世人讥为"填词音韵不叶"的闽籍词人世界中,谢章铤此举及"聚红词榭"的一度活跃,无疑成为闽人引以为自豪的地方。在《赌棋山庄词话》里,谢章铤更是投注了极大的热情,多次记载了"聚红词榭"及词社中人的相关活动。如关于词社成立起因及命名,他说:

> 初余录诸同好《满江红》调赠文樵,且系之曰:"他日杯酒相逢,各出长技,请目为聚红词社可乎?"文樵喜,乃自号"聚红生",颜其寓斋曰"聚红轩"。一夜,余与文樵时坐填词,灯结花四,既又茁一蕊,文樵曰:"是所谓聚红也。"故余词云:"把聚红佳话祝灯花,花休落。"[6]

在这段看似随意且接近诗意化的记述中,可以看出"聚红词榭"并非仅是闽籍文人的乡友会,从一开始的组织者谢章铤和高应焱结合便决定了该社是以活动于闽地的文人为主体的。这也是与谢章铤关注流寓闽地的词人活动的一贯思想相通的。这本身就说明谢章铤所理解的闽地词学并非仅仅狭隘的闽人词学,他更侧重于从人文背景来解读闽地词学的内涵。而以"灯结四花"为喻,形象地传达出谢章铤和高应焱创设"聚红词榭"的用意：既有接纳四方文友、燃红闽地的雄心，又有"花休落"、企图词社发扬光大的愿望。正是出于如此初衷，谢章铤在《赌棋山庄词话》里频繁地提及该社中词人和词作，关注着"聚红词榭"的命运及其社中人的义务和责任。诸如"词榭中能作温尉李主之语"堪称第一的闽县陈通祺[7]、为词社正常运作提供财力保障的闽县王彝[8]等，并最终辑刊成《聚红榭唱和诗词》。然而，词社的命运绝非个人意愿所能左右的，其盛衰生灭无不与时代息息相关，尤其在近代中国这个多难的国度。于是创设词社 20 年后，谢章铤历经了词社成员"亡且八九""左邱之疾"等变故，已是"牢落不自得"，而发出"兵火水旱，时局多艰，贫病死生，壮心顿尽"[9]的深沉感慨。不过，"聚红词社"的衰落并没摧毁谢章铤作为一位闽籍词学家自始至终要为闽地词学张目的信心，激励培植闽地后进，又成为他在正宜书院期间的一大任务（见后文）。至此，从叶申芗、谢章铤到林葆恒等近代闽籍词家的个案梳理中，足以证明近代闽籍词家对乡邦词学传统的重视程度，以及探觅振兴闽地词学之"宗风"的意愿和力度。

三、意义："为吾闽永此一途"

近代词人围绕"世有诋闽人填词音韵不叶者"问题的论争，以及由此而展开的闽地词学传统的建构和近世词学的重塑，无不证明该地区词人所具有的浓厚的区域观念。就论争本身而言，乃是近代词坛那浓厚的区域观念所至，反映出近代闽籍词家极力为乡邦词学张目的意愿和力度，但论争的意义则又明显超越了本土的乡关之恋。这种力求构建既有历时性辉煌、又有并时性卓越的乡邦词学的意愿，对解读近代词学思想中普遍存在的区域观念，有着丰富的启迪性。

章太炎《原学》篇曾从"地齐、政俗、材性"三方面分析古代学派林立的原因。以此衡量闽地学术繁盛于宋代（尤其是南宋），也能得出较为深刻的认识。闽地素有"东南山国"之称，"海滢东南隅，天高雁不来"的客观地理环境，既易于保留一些传统文化习俗，也滋养了闽人勇于开拓的性格。唐五代时期，中原战乱频仍，流寓闽中的学人逐渐增多。接着，"靖康之乱，中原涂炭，衣冠人物，萃于东南"[10]，政俗的变化带给了闽地文化繁荣的客观社会环境。其时，闽地学人的数量及社会影响臻至历史的巅峰。如《宋史》"道学传""儒学传"共载人物 89 人，其中闽地 17 人，居首位。尤其由于居闽地的朱熹突出的理学成就，此后学术史上便有了"闽学"的概念。就词学来说，从五代之乱而流寓闽地的韩偓，经北宋词学大家柳永,到南宋诸多词坛名宿涉足此地及闽籍词人大家的纷纭辈出,确实使得闽地成为宋代一个不可忽视的词坛中心。在《全宋词》辑录的千余位词人中,北宋闽籍词人 14 人,居第 6 位;南宋闽籍词人 63 人,占第 3 位。[11]闽人词学在宋代时期的辉煌,前文分析谢章铤对闽人词学历史认识时已有涉及。此后,林葆恒《闽词征自序》、陈衍《闽词征序》以及无锡人杨寿枏《闽词征序》等,皆不同程度的涉及。然而,正如谢章铤所感叹的那样,自明末清初词学再度复兴之际,闽地不仅失去了词学中心的地位,被"环太湖地区与江南运河两岸的一些相邻州县"[12]新的词坛中心所取代,而且是"卒无特起与之角立者,即二丁勉强继响,顾附庸风疋,不足擅场"。嗣后,虽有如叶申芗、许赓暤(字秋史,福建欧宁人)等人,但或是编选《闽词钞》"先型略具,宗风未畅",或是"于里门举梅崖词社",但却为修《武夷志》"搜幽剔险,坠仙掌峰下死"[13]。于是,谢章铤在深惋叹息之余,唯能以"断绝寂寞"感受当时的闽地词坛,这也是他用心词学研究的动力所在。当然,近代闽籍词人不懈的努力,在诸如常州、粤桂、湖州直至上海等近代词坛中心转移递变中,闽地始终未能再畅宋代词学宗风,有清以来闽地词坛虽可谓"永此一途",但诗盛而词衰的局面并没有改观。如本文详说的叶申芗、谢章铤及林葆恒等在近代词坛的地位,主要不是因为填词成就;从早期留有史名著有《云左山房诗余》的林则徐,到出自谢章铤为山长的正宜书院弟子著有《沧趣楼词》的陈宝琛,有《朱丝词》的陈衍,有《补柳词》的林纾等,并非因词学成就而享盛名;至于著有《木南山馆词》的刘履将,有《碧栖集》的王允晳,有《画影吹笙词》的李慎溶等,也难以跻身近代词坛名家之列。而杨寿枏在《闽词征序》里也正是从这个角度为乡人丁绍仪"开脱"的。在这篇序言里,他自南宋之季一直说到有清一代,指出因"闽学渐昌"闽人无时无暇顾及填词,致使"倚声视为小道,顾曲遂少专家",闽词随之衰落。他虽出于"土风皆能作操,俚语本可入词",而承认闽语完全可以入词,但也暗含为乡人丁绍仪"开罪"的意愿,因为他把闽语被讥的原因最终推向闽人自轻填词、词学不振的现实,甚至批评《闽词钞》丢落"遗珠",《赌棋山庄词话》不免"碎锦"等。

不过,尽管近代闽人词坛未能出现所谓大师级领袖人物,但他们的努力确实使闽人词学从明末清初以来的衰弊中"复盛",出现了"一大生色",以致"永此一途"的意义。这在同时代词家以及后来词学研究者那里得到了证明。如关于"聚红词社"的唱和活动,谭献就说:"闽中词人,道咸间唱和颇盛。予在闽所识,如刘赞轩、谢枚如辈,皆作手也。社集有《聚红榭诗词》之刻。"[14]即便早期讥讽

"闽语多鼻音""词家绝少"的丁绍仪，后来也不得不承认："长乐谢枚如广文章铤侨居榕城，好与同志征题角胜，曾裒刊《聚红榭唱和诗词》，词学因之复盛。虽宗法半在苏、辛，亦颇饶雅韵。"[15]所以他此后编选《国朝词综补》(约编成于光绪二十年)时，所选录闽籍词家不下数十人。林葆恒编选完成《闽词征》，再次令时人震动，杨寿枏《闽词征序》里便有"是选出而知凤洋山下，人握金荃；螺女江边，家藏玉楮"之赞；叶恭绰承认他编辑《清词钞》，就曾得力于《闽词征》处甚多；《词学季刊》创刊号"词籍介绍"说"欲知闽词宗派者，宜一读之"。更有进者，词曲史家王易谈到同光以后的晚清词坛新崛起的地域词人时，便有"起于湖湘者""起于江浙者"和"起于闽粤者"，诸如谢章铤、林纾等闽籍词家皆"著者也"[16]。

在近代"地方性词征体"词选集编选热潮中，闽籍词家既开风气之先，又有纵贯整个词史的乡邦词学选集的完备体例。若从区域词学研究的角度看，闽籍词家在参与论争及重塑乡邦词学传统的过程中，也带来了词学相关问题的深入探讨。如前文已说的方音与词学的关系，再如土风与词学的关系。刘熙载曾说"词贵得本地风光"，并以张先《定风波·游垂虹亭》"见说贤人聚吴分。试问。也应傍有老人星"句为例解释说："是时子野年八十五，而坐落皆一时名人，意确切而语自然，洵非易到。"[17]这里，刘熙载指出词作内容可确切而自然地暗用地域风光和眼前景观，但这只是填词技巧分析，而非对区域词学研究相关问题的论述。谢章铤则不同，他在谈到叶申芗《闽词钞》时，曾对乡邦词学文献整理的对象、性质以及意义予以了简单评说。其对象是"专摭土风勒为一编"，性质是"存亡萃佚"，意义在于"维桑之敬"。此处，谢章铤指出了乡邦词学文献整理与具有地域性词派词作整理的不同。诸如清代的《浙西六家词》《荆溪词》《四明近体乐府》及《闽词钞》等可谓是"专摭土风勒为一编"者，而元代《凤林书院诗余》因"不尽豫章之人"，故只仅如厉鹗所说的"可以溯江西词派"。不过，正如前文所言谢章铤所理解的区域词学不是狭义的乡友会和乡邦词学文献整理，而是一种立足于区域文化的广义词学区域内涵。尽管这种"专摭土风勒为一编"者亦有"维桑之敬"的价值，也是区域性词学研究的一个传统，但在他看来"此道宣究殊希，流传或滞，仍归寂寞"[18]。在闽地词学研究中，谢章铤更重视闽地人文景观对构建闽地词学的意义，而不是仅仅局限于词人的乡友籍贯。这在以他为首的"聚红词榭"中已得到有力的证明，又如《赌棋山庄词话》曾通过闽中小西湖、乌石山、湾里姬、荔枝天等闽地一系列特殊的地理位置，叙说曾来往于此地的词人的词学活动。在如刘熙载所言的"词贵得本地风光"基础上，折射出词作内容与近代社会变迁的内在关系,闪现出他论词关注社会、历史的"词史"观念。谢章铤也仍然遵循着传统区域文化中的一些常见主题,如闽地掌故、闽地传说、长老节妇等,即凡有利于"维桑之敬"的词人词作皆是他收集评说的范围。从某种意义上说,这种以"维桑之敬"为价值旨归的词学旨趣,乃是决定区域词学特征的重要因素。

注 释

[1] 马兴荣等:《中国词学大辞典》,杭州:浙江教育出版社,1996年,第296—297页。

[2][3][4][5][6][7][8][9][13][18]〔清〕谢章铤:《赌棋山庄词话》,唐圭璋:《词话丛编》,北京:中华书局,1996年,第3 367、3 363—3 364、3 387、3 388、3 392、3 574、3 578—3 579、3 574、3 324、3 367页。

[10]〔明〕朱熹:《跋吕仁辅诸公帖》,《晦庵文集》卷八三,第121页。

[11] 徐晓望:《福建思想文化史纲》,福州:福建教育出版社,1996年,第162页。

[12] 吴熊和:《吴熊和词学论集》,杭州:杭州大学出版社,1999年,第371页。

[14]〔清〕谭献:《复堂词话》,唐圭璋:《词话丛编》,北京:中华书局,1996年,第4 014页。

[15] 丁绍仪:《听秋声馆词话》,唐圭璋:《词话丛编》,北京:中华书局,1996年,第2 816页。

[16] 王易:《词曲史》,上海:上海书店影印出版,1989年,第486页。

[17] 刘熙载:《词概》,唐圭璋:《词话丛编》,北京:中华书局,1996年,第3 709页。

福建文化与冰心品格

俞元桂

  冰心是中国五四新文学的先行者,对新文学运动作出了卓越的贡献,其优美作品和高尚品格赢得国内外人士的崇敬。她在福建生活的时间很短,但在散文中多次说到福州的人文环境对她少年时代的深刻影响。这事实使笔者想到:福建文化到底有什么特征? 它对福建作家到底起过什么作用? 福建新的文化趋势又将如何? 这些问题时常萦回脑际。多年来,国内兴起了一股文化热,有些省份的文化界热心探求并发扬本省的文化传统特色,如楚文化、吴越文化、晋文化、燕赵文化等等。福建文化的研究也有所开展,出现了"福建省闽文化研究会"的社团,致力于福建文化的探讨,何绵山同志的《闽文化与福建作家》和谭桦夫同志的《福建艺术文化通观》,言之有物,对读者有所启发。本文试就一个代表作家的品格形成来表述笔者对福建文化的一些思考。

  文化是一个广泛的概念,牵涉到人类创造的物质财富与精神财富的许多方面,范围缩小一些,专指精神财富,也涉及哲学、科学、教育、文学、艺术……直至武术、饮食、旅游等领域。我赞成这样的观点,一个地区的文化特质,还是决定于这一地区人民的气质、风范,也就是说,研究地区文化可以着眼于当地人民主导精神风貌的文化显示,无须过多地执着于其他文化形式。因此,本文想就与文艺创作主体关系最为密切的地区心理、文化行为、价值观念、社会规范、审美观点等方面,概括一下福建文化特征,参照冰心散文中的自述,用以观察福建文化同她品格之间的某些联系。

  福建三面环山,武夷、杉岭、博平岭,山深林密,一面靠海,太平洋波涛汹涌,省内山川阻隔。两晋末、唐末、北宋末战乱时期,大量中原人士避难拥来,其间官员、学士、文人也不少,带来了中州文化;宋、元、明、清四朝,科甲鼎盛,成为国内文化发达的地区;朱熹创立了具有全国影响的闽派理学;北宋起就有华侨到南洋的记载,明清时期浮海谋生的更多;福建沿海与海外的商业贸易相当发达,也受到外寇的入侵,外来的宗教也有相当规模的发展。以上情况形成了错综的文化交汇,因此,福建文化具有中华民族文化的一般性,又有它的特殊之处。笔者粗略概括,约有以下几点:

(1)浓厚的宗族乡土观念。中州文化原来就注意宗族郡望,到福建的外来户要在此地生根发芽取得发展,更需要依赖宗族和乡亲的力量。繁重的耕种劳动和由之得来的报偿,增加了对土地的依恋。到海外谋生,也是如此,客居异地,乡亲更浓。寻根访祖,成为传统。福建人对家庭、宗族、乡土的观点十分强烈。

(2)坚强的开拓奋斗意识。福建有辽阔的海洋,宋元时期,泉州就成为举世闻名的东方巨港。明代航运事业有很大发展,港口更多,郑和下西洋,多次在长乐伺风开洋。明清以后,华侨外出日多,贫苦农民被招到海外充当廉价劳动力,千辛万苦,对居住地的经济、文化作出贡献。福建有许多有名的侨乡,也产生过著名的华侨领袖。洋务运动中,福州开办了船政学堂,海军与福建人关系密切。海上交通的发达与向海外寻求出路,锻炼了福建人民开拓奋斗的意识。

(3)重视子弟的教育。福建人除了过于贫穷者外,一般都重视子弟读书,至少要受启蒙教育。宋代以后,刻书业十分发达,有利于子弟学习。各地创立了书院,由著名学者主持,城乡私塾星罗棋布。据说,福建代表全国水平的从祀孔庙的学者人数居国内首位。流行的少年启蒙读物《千家诗》《古文观止》的编印也与福建有关。维新运动以后,改书院为学校。民国成立后各类专业学校和职业学校也兴办起来,华侨、教会办学的也不少。清末以来,留学生人数居全国前列。家庭重视读书的风气一直延续下来。

(4)尊重传统道德观念。南宋后福建成为理学重镇,封建伦理道德在长时期内成为人们立身处世的准则,各县儒学名臣、节妇坊甚多。这里面虽含有不少顽固保守意识,但有些思想还是起了好的作用,如家庭间的慈孝,人际间的信义,工作中的敬业务实,国家政事间的气节操守等等。宋代以后,历朝福建都出过全国闻名的抗敌英雄。五四新文化运动后,吸收了民主科学思想,解放后普遍进行马克思主义教育,但传统思想在福建人民的头脑中仍占较重要的位置。

(5)热心接受新知。重视教育和海外交往的发达,形成了新知交汇的文化环境,激发人们学习新知的热情。从宋代起福建就出了不少全国知名的医学、算学、天文学、法医学、兵器学等科学家。佛教、伊斯兰教、基督教等的传播,也带来了一些新的知识。到了近代文化交流更形活跃,福建出了林则徐、严复、林纾等名扬国际的传播新知、造福国人的卓越人物。

（6）丰富的抒情意识。福建人与诗特别有缘,民间的曲艺、剧曲十分丰厚,家庭、祠庙、寺院,到处都有美妙的对联,民间日用品如扁挑、水桶上也写上诗句。少数民族能歌善舞。知识分子群中,诗的倡和之风很盛,有些地方流行着"诗钟"。宋朝也出现西昆体、江湖体等诗坛领袖,还有明的闽中十才子,清的同光体中诗人,都是文学史上有名的,诗话著作也不少。福建特别富于诗歌传统,散文创作也比较发达,这与诗的抒情因素有一定关系。

上述地区心理、文化行为、价值观念、社会规范和审美观点的一些特色,乃由于传统继承、师长教育、社会习俗、突出人物的光辉事迹等多方面起作用并在长期积累形成的结果。上述几点福建人民精神风貌的特色,因时代变革、地域区分、社会阶层、家庭环境的不同,也会因时、因地、因人而异。上列 6 点其中似乎有矛盾,但又是统一的。福建人既留恋乡土又热心外出,既尊重传统又接受新知,既质朴务实又灵敏洒脱,既多抒情因子又不乏理论思维,对立而并存,可合又能分,有很大的适应性和可塑性。山的凝重,海的奔涌,这就是福建文化越来越明显的双向特性的象征。

福建文化有其积极面,又有其消极面。就上述 6 点而言,积极面为:热爱乡土,热爱国家的观念,开拓进取的奋斗精神,读书向上的钻研风气,道德自律和敬业乐群的工作态度,探求科学新知的热情,致力于艺术创作优势的发挥等等。消极面为:地方主义与排外思想,崇洋和拜金观念,唯有读书高念头,封建保守倾向,盲目追求新潮,文艺创作力的偏枯等等。发扬积极因素,排除消极因素,是建立福建新文化的重要课题。考察福建文化的双向特性,就是妥善把握中外文化的交汇,处理得好,可以左右逢源,相得益彰。处理得不好,则顾此失彼,发生畸形现象;或左右为难,形成徘徊停滞局面。

卓如同志编著的《闽中现代作家作品》,选了具有全国影响的福建作家 20人,大约可分两个类型:属于福州地区的有冰心、郑振铎、庐隐、王世颖、梁遇春、胡也频、林徽因、林庚、邓拓 9 人,其中少数出生于贫民家庭,较多的出身于具有浓厚古典文化传统的官吏、知识分子家庭,他们受传统文化影响较深,大多数是诗人和散文家。莆田地区的郭风接近于这一类型。属于闽南、闽西地区的有许地山、林语堂、杨骚、白刃、司马文森、蔡其矫、高云览、林林、马宁、林默涵 10 人,大多数曾浪迹南洋等地,与华侨有一定关系,许多人参加了地下革命斗争,艺术上也较多外国情调,大多数是诗人或小说家。这两类型作家平分秋色,体现福建文化的总特征,又各有所侧重。

冰心于 1900 年 10 月 5 日生于福州,7 个月后就离开了家乡,此后,仅在 1911 年冬回到福州,住了一年多,1956 年冬参加全国人大代表团回福建视察一次。她写了许多怀念故乡的散文,极鲜明地表达出她在福州期间家庭文化环境对自己的熏陶。在《我的故乡》里写道:"如我的伯叔父母居住的东院厅堂的楹联,就是:海阔天高气象,风光月霁襟怀。又如西院客室楼上有祖父自己写的:'知足知不足,有为有弗为'。这两副对联,对我的思想教育极深。"厅堂楹联用大自然景象来象征人们所应有的、或且说最理想的高远气度和磊落胸怀。客室对联表白了为学处事的准则。当时福建地区所常见的联语所显示的人生哲学,深深地印在冰心的脑海中了。

在人文环境中重要的还是人际关系,冰心家庭成员的风范起了极大的作用。冰心多次写到她的祖父:"我的祖父谢銮恩(子修)老先生,是个教书匠,在城内的道南祠授徒为业。"(《我的故乡》)从上述自撰对联中,我们可以推想这位老人乐天拘谨的性格,这是当时深受儒家思想熏陶的读书人所一般具有的严于律己的品性。他对冰心讲到贫寒的家世,她写道:"原来我的曾祖父以达公,是福建长乐县横岭乡的一个贫农,因为天灾,逃到福州城里学做裁缝。这和我们现在遍布全球的第一代华人一样,都是为祖国的天灾人祸所迫,飘洋过海,靠着不用资本的三把刀,剪刀(成衣业)、厨刀(饭馆业)、剃刀(理发业)起家的,不过我们的曾祖父还没有逃得那么远!"(《我的故乡》)冰心在叙述她祖父所讲的先世所受生活的种种煎熬的情况之后说:"而我们的根,是深深地扎在福建横岭乡的田地里的。"她"不忘本","不轻农",填籍贯写着福建长乐,用以表明自己与乡土的紧密血缘。浓厚的乡谊乡情,贯穿冰心的一生。去年当她知道长乐受强台风的袭击之后,就捐款千余元作为修理家乡学校的费用。

冰心的父亲,应她祖父的朋友严复先生之招,到天津紫竹林水师学堂当一名驾驶生,维新运动给一批批福建穷孩子以机遇,他后来当上了海军军官和海军学校的校长。在冰心散文中,我们看到了她父亲浓厚的爱国主义精神、愿为他人服务的精神以及敬业的精神,这些都深深地感染了她。她愿意做一个海上灯台守,"抛离田里,牺牲了家人骨肉的团聚,一切种种世上耳目纷华的娱乐,来整年整月对着渺无边际的海天。"(见《往事(二)》)

母亲,在冰心作品里是神圣的代名词,她的散文作品许多就是对母亲的颂歌。她母亲 14 岁时父母就相继去世,跟着叔父过活,19 岁嫁过来后就得轮流为大家庭做饭,这样一个普通家庭的主妇,以对子女深挚的爱哺育了冰心和她的兄弟。冰心家庭的家长,从农民,城市贫民,转而为知识分子,因时代的机缘逐渐上升为上流社会的人士,但他们身上仍保留上代质朴遗风和敬业乐群的品格,以及对人的同情和爱。

19世纪末,作为新政的海军组建给福建人以特殊的机会,造就了大批海军人才,冰心的父亲受到海军名宿萨镇冰将军的器重,海军前辈的风范深深地影响了她。冰心在《记萨镇冰先生》一文中说:"萨镇冰先生,永远是我崇拜的对象……时至今日,虽然有许多儿时敬仰人物,使我灰心,使我失望,而每一想到他,就保留了我对于人类的信心,鼓励了我向上生活的勇气。"我们读冰心这篇文章,所见到的萨将军风范,就是:廉洁奉公、体恤部下、认真周到、生活简朴、风趣洒脱。冰心还记得萨将军写赠她父亲的一副对联:"穷达尽为身外事,升沉不改故人情。"这副联语相当充分地表达了萨先生的胸襟。

冰心在福州期间,还经常翻阅她祖父的藏书,给她印象最深刻的是袁枚的笔记小说《子不语》,还有她祖父朋友林纾译的《茶花女遗事》,以后她竭力搜求"林译小说"。在山东烟台期间,她就看完《说部丛书》《三国志》《西游记》《水浒传》和《红楼梦》等小说名著,还读了《诗经》《唐诗》《论语》《孟子》和新旧散文等等。后来,因她老师(表舅父)的循循善诱,她如痴如醉地迷上了诗。

冰心少年时期所生活的家庭和所接触的人物,无论在烟台,或在福州,都属于较为典型的福州近代人文环境,具有浓厚的中国传统文化特征,它铸造了冰心品格的雏形,给她以后的思想和文学创作打下了良好的基础。她在《我的童年》中写道:"说到童年,我常常感谢我的好父母,他们养成我的一种恬淡、'返乎自然'的习惯,他们给我一个快乐清洁的环境,因此,在任何环境里都能自足、知足。我尊敬生命,珍爱生命,我对于人生没有怨恨,我觉得许多缺憾可以改进的,只要人们有决心,肯努力。"这里提到仅为父母的影响。1990年11月,在福州举办冰心创作学术讨论会,冰心女儿吴青同志在发言中详细谈到冰心对儿女的影响,主要是热爱自己的国家,家庭成员互敬互爱,说真话,有同情心,多"给予",超脱豁达,淡于名利,有毅力,爱自己的事业等等。她女儿的亲身体验,描述了冰心品格的全体。从这里我们可以感受到福建文化的优秀传统与她品格形成的内在联系,其影响相当充分和典型。

在这次讨论会上,参加者也讨论到闽文化对冰心的影响问题。他们认为:"福建地区对女子的宽容、福建历史上对散文有传统的注意,福建籍长辈朋友们卓有成效的中外文化交流,冰心家庭的家教和美育,在冰心文学创作道路上都留下了明显的烙印,造就和哺育了这位杰出的福建籍女作家。"(舒乙:《具有开创性的冰心景象》)这里除了第一项说得不很准确之外,其他的都很有见地。笔者认为本文在福建文化特征部分可以对这个问题作相应的补充。

冰心是福建的优秀女儿,对家乡深情眷恋,创作了许多优美散文。她关怀福建的工农业生产,关怀福建的文学、艺术,关怀福建青少年的教育和成长,她是福州近代人文环境哺育出来的,而后来学习、工作在西风浓厚的环境里,又能较好处理文化中传统与外来的关系,她是不断随着时代前进的既平凡又卓越的人物。

福建文化是在长期历史发展中形成的,"五四"新文化运动赋予它新的内容,但传统观念仍十分浓厚。解放以后,广泛地进行马克思主义、毛泽东思想的教育,福建文化又受过新的洗礼。20 世纪 50 年代在良好的党风吹拂下,福建文化传统中的优秀部分得到了较好的发挥,社会风气好,培育了大批顾大局、识大体、务实肯干的人才。只是极"左"路线有所发展,到了"文革",传统文化中的糟粕部分反而有了一定程度的发展。近几十年,物质文明取得了巨大的成就,但封建思想的回潮与西方文化的侵袭,使部分人的头脑发生了变化,我们可以较为明显地感到有些人乡土、国家的意识淡化了,读书无用论滋生了,敬业奋斗的精神失落了,拜金观念扩散了,人格与文格分离了,等等。近年来,党和政府在强调改革开放的同时,努力恢复党的优良作风,重视中华民族的优秀文化传统的继承,这是十分及时且必要的。在建设有中国特色的社会主义文化的工作中,除了大张旗鼓从事宣传教育之外,仍需春雨滋润,用耳濡目染、潜移默化的功夫,留心文化环境的优化。福建新的文化特点是什么?在地区心理、文化行为、价值观念、社会规范、审美观点等方面应该提倡什么,反对什么?福建文化的优良传统哪些可以继承和改造?西方文化哪些可以吸取、借鉴,哪些应该抵制、排斥,等等,都值得讨论研究,以期在家庭教育、社会教育、学校教育的具体实践中,根据当前人们思想动态有针对性地进行,并取得实效。经过认真努力创建起来的有中国特色的社会主义文化,定能哺育出更多、更为优秀的人物。

试论福建诗词的创作传统

黄高宪

一、历代福建诗人及其诗词创作概述

　　由于孙吴、东晋、南朝均建都于建业(今南京),随着政治、经济、文化中心的南移,大批士人南迁入闽。刘宋废帝元徽元年(473)著名辞赋家、诗人江淹入闽任建安吴兴(今浦城)令。江淹(444—505),历仕宋、齐、梁三朝,著有《江文通集》,其辞赋在中国文学史上占有重要地位。在这个时期,宦游或流寓到八闽的重要文学家、诗人还有:刘宋时大诗人谢庄的长子谢飏,宋明帝泰始五年(469)任晋安(今福州)太守;虞愿,泰始七年(471)任晋安太守;王秀之,齐高帝建元元年(479)任晋安太守;何胤,齐高帝建元(479—482)年间任建安(今建瓯)太守;王思远,齐武帝永明(483—493)年间任建安内史;王德元,永明十年(492)任晋安太守;王僧儒,永明十一年(493)任晋安郡丞;范镇,梁武帝天监元年(502)任晋安太守;到溉,天监五、六年(506、507)任建安太守。梁代还有建阳令江洪,建安内史萧洽,晋安太守萧机、萧子范,晋安太守徐悱、羊侃等。梁陈间还有建安太守谢古等。其中,王秀之、何胤、王思元、王德元、王僧儒、到溉、江洪、萧机、徐悱等均为当时著名诗人。他们在八闽的诗歌创作,为丰富八闽诗歌的创作成果,促进八闽诗歌创作的发展发挥了重要作用。

　　隋唐之际,八闽出现了第一位有诗传世的闽籍诗人——郑露。据《八闽通志》卷七十一载:"郑露,字恩叟。莆田人。梁、陈时卜居南山。"同时又载:"《方舆胜览》及《莆阳旧志》皆以露为梁、陈时人,而郑氏子孙又谓露实生于隋季,至唐官太府卿。"他成为有史籍可证的第一位闽籍诗人。《全唐诗》卷八百八十七存其诗《彻云涧》一首。诗云:

　　　　延绵不可穷,寒光彻云际。

落石早雷鸣,溅空春雨细。[1]

这首五言诗生动地描绘出彻云涧磅礴的气势。

唐中宗神龙二年(706),八闽历史上出现了第一位进士——薛令之。薛令之,字珍君,长溪(今霞浦)人。他擅长作诗,一生贫寒。他成为八闽第一位进士诗人。他所作的《太姥山》一诗描绘出太姥山傲立于"东瓯冥漠外,南越渺茫间"的雄奇景象,其诗气势恢弘,表达了诗人对八闽壮美河山无限热爱的激情。

八闽第一位名震全国的著名文学家、诗人——欧阳詹,字行周,晋江(一作南安)人。唐德宗八年(792),他与韩愈、李观等同举进士,时称"龙虎榜"。他擅长诗、文,工书。韩愈曾作《驽骥赠欧阳詹》诗,欧阳詹作《答韩十八驽骥吟》一诗以答。韩愈极为推崇欧阳詹。欧阳詹曾在南安高盖山题诗,此后高盖山又名诗山。欧阳詹卒,韩愈作《欧阳生哀辞》以志深切哀悼。韩愈的大弟子李翱为欧阳詹作传。欧阳詹的著作有《欧阳行周集》。

唐代闽籍诗人还有:许稷(莆田人)、周匡物(漳州人)、潘存实(漳浦人)、欧阳衮(福州人)、陈陶(南平人)、林滋(福州人)、詹雄(福州人)、王棨(福清人)、林嵩(霞浦人)等。

晚唐五代闽籍诗人黄滔,字文江,侯官(今福州人),与其堂兄、著名诗人黄璞徙居莆田涵江。黄滔著有《泉山秀句集》等。在八闽诗歌史上,他揭开了闽人编闽诗的历史。这个时期的诗人还有:徐寅(莆田人)、刘乙(泉州人)等。

两宋时期,闽籍诗人、词人的诗词创作以及宦游和流寓八闽的诗人、词人的诗词创作,呈现出十分繁荣的局面。著名诗人杨亿,字大年,浦城人,他与钱惟演等人的唱和之诗,辑为著名的《西昆酬唱集》,世称"西昆体"。北宋著名词人柳永,字耆卿,崇安(今武夷山市)人。在中国文学史上,他是大量创作慢词的第一人。其词在当时广为流传,"凡有井水处,即能歌柳词"。他的词在词史上占有重要地位。南宋著名爱国词人张元干,字仲宗,自号芦川居士,永泰人。他的词雄健豪迈、悲壮苍凉。他与爱国词人张孝祥成为上继苏轼、下启辛弃疾豪放派词风的代表人物。南宋著名爱国词人、诗人刘克庄,字潜夫,号后村居士,莆田人。其诗词学习辛弃疾、陆游。他成为南宋后期成就最高的辛派词人和江湖派的代表诗人。此外,还有一大批闽籍诗人、词人,如:钱熙(南安人)、蔡襄(仙游人)、陈襄(福州人)、苏颂(同安人,同安南唐时始建县、旧属南安县,故或称南安人)、郑侠(福清人)、杨时(将乐人)、李纲(邵武人)、邓肃(永安人)、刘子翚(崇安人)、李弥逊(连江人)、陈文龙(莆田人)等。金元时期,著名诗人有谢翱(霞浦人)、郑思肖(连江人)、杨载(浦城人)、黄镇成(光泽人,一作邵武人)等。

明代又出现了一大批著名的诗人、词人。如:张以宁(古田人)、蓝仁(崇安人)、林鸿(福清人)、郑善夫(福州人)、李贽(晋江人)、谢肇淛(长乐人)等。南明时期的黄道周,字幼平,号石斋,漳浦铜陵(今东山)人。在明末抗清斗争中,他炽热的爱国热情和崇高的民族气节,为后世所传颂。他同时是著名的诗人。他的夫人蔡玉卿是一位才华横溢的女诗人。

清代福建的诗歌创作继续取得丰硕的成果。其中较为突出的有:黎士弘(长汀人)、丁炜(晋江人)、张远(福州人)、叶观国(福州人)、郑洛英(福州人)、黄任(永泰人)、华嵒(上杭人)、黄慎(宁化人)等。

近代,八闽大地人才辈出。在诗坛上,出现了以林则徐为杰出代表的爱国诗人群体。他们在中国近代诗歌史上产生了巨大影响。此后,以陈衍(闽侯人)等人为代表的"同光派"诗人,提倡"宋诗运动",在同治、光绪年间,达到最盛的时期,其影响一直延续到民国之后。陈衍的《近代诗钞》《全闽诗录》《石遗室诗话》等在诗坛上有很大影响。

此外,著名的诗人还有:张际亮(建宁人)、林昌彝(福州人)、刘家谋(福州人)、谢章铤(长乐人)、沈葆桢(福州人)、萧宝菜(福州人)、林树海(金门人)、严复(福州人)、萨镇冰(福州人)、林旭(福州人)、林觉民(福州人)、林文(福州人)等。

五四运动以后,特别是新中国成立以后,福建的诗词创作不断繁荣。而今福建的诗词创作百花齐放、争奇斗艳,令人目不暇接。

二、福建诗词的创作传统

福建诗词创作具有悠久的历史,在漫长的历史长河中,形成了自己的传统。笔者认为,福建诗词的创作传统主要体现在以下几个方面:

(一) 以弘扬爱国主义精神作为诗词创作的主旋律

在福建诗词创作史上,出现了众多的爱国诗人、词人。如:张元干、李纲、谢翱、黄道周、林则徐,等等,举不胜举。他们的爱国思想、爱国激情融进了他们创作的优秀诗篇中。

忧国忧民是历代进步诗人的共同思想,他们以诗抒怀,表达自己对国家、对人民的关心、热爱。

　　明末清初的女诗人蔡玉卿是著名学者、爱国诗人黄道周的夫人。她的诗，同福建许许多多诗人一样忧国忧民，具有强烈的爱国精神。蔡玉卿，字润石，漳州人，一说漳浦人。她从小开始就喜爱读书，十岁便能撰文。她所创作的诗歌，流传到现在仅 28 首。这些诗被辑录于《延平二王遗集》所附的《蔡夫人未刻稿》中。蔡玉卿的这些诗歌与黄道周的政治生涯有着密切联系。

　　黄道周（1585—1646），南明福王在南京即位时（1644），被任命为礼部尚书。南京失守之后，他与郑芝龙等在福州拥立唐王朱聿键为隆武帝（1645），被隆武帝任命为少保兼太师、吏部尚书、武英殿大学士。同年，他自请带兵北上抗清，12 月 25 日在江西婺源被清兵俘虏。被俘后，他坚持民族气节，多次以绝食表示反抗。洪承畴等一再劝降，都被拒绝。他撰写对联讽刺洪承畴：“史笔传芳，未能平虏忠可法。皇恩浩荡，不思报国反成仇。”这副对联体现了他超群的才智和矢志报国的决心。黄道周在殉难前，蔡玉卿写信鼓励他要“效命遂志”。隆武二年（1646）3 月 5 日，黄道周在南京东华门英勇就义。临刑前，他给家人留下血书：“纲常万古，节义千秋。天地知我，家人无忧。”表达了他忠贞报国的赤诚之心。黄道周殉国后，蔡玉卿创作了《石斋殉难未及从死，惨酷萦怀益无聊赖，偶吟时事数律以舒愤痛》等诗。

　　蔡玉卿的多数诗篇通过对时事的咏叹，或抨击时弊、斥责奸臣，或抒发自己忧国忧民的真情实感，表达了中国妇女的爱国情怀。如《石斋上长安诗以勖之》：

> 送别饯河梁，君上长安道。
> 去去复去去，长途漫浩浩。
> 朔方风雪多，音微日夜杳。
> 幸期匡颓俗，所冀伸怀抱。
> 以此慰闺人，寸心良为好。
> 况乃百年中，齿发倏已皓。
> 干国有几时，忠直永为宝。
> 桃李森成行，园林删蔓草。
> 它日咏归来，共订言事稿。[2]

　　这首诗是黄道周即将踏上赴京之路，离家远行时，蔡玉卿写的送别诗。诗中没有妻子的哀怨之声,唯有"干国有几时,忠直永为宝"这样为丈夫壮行的豪言壮语。它表现了这对伉俪在国家危难时,相互勖勉、矢志报国的决心。

蔡玉卿明知明朝覆灭的命运已无法挽回,依然鼓励丈夫忠君报国。她在《隆武纪元石斋受钺做五律二首赠行》之二中写道:

> 大厦已倾危,诚难一木支。
> 同心济国事,竭力固皇基。
> 白水真欲起,皇龙痛欲期。
> 公今肩世任,勿负九重知。[3]

国家已如大厦将倾,诗人的心情是多么地沉重。在国破家亡之际,她并没有劝说自己的丈夫苟且偷安,而是激励丈夫"同心济国事",这是何等悲壮的诗篇!这首诗体现了中国妇女同样具有强烈的爱国主义精神。

从这位诗坛上并不著名的女诗人的作品中,可以看出,以弘扬爱国主义精神作为诗词创作的主旋律,这是福建诗词创作的优良传统,这一优良传统源远流长;它是福建诗词创作传统的核心。

(二)述怀之诗,遣怀述志,砥砺德行;山水之作,歌颂山川之灵秀,抒发热爱大自然之情怀

著名爱国诗人林则徐,1842年赴戍新疆伊犁,途经嘉峪关。他游嘉峪关之后作了《出嘉峪关感赋》一诗。诗云:

> 严关百尺界天西,万里征人驻马蹄。
> 飞阁遥连秦树直,缭垣斜压陇云低。
> 天山巉峭摩肩立,瀚海苍茫望入迷。
> 谁道崤函千古险,回头只见一丸泥。[4]

这首诗描写了嘉峪关的壮美景象,同时抒发了诗人宽广的胸襟、不凡的气度。诗人没有因为被革职遣戍而郁闷消沉。诗中的景物描写,表达了诗人豪迈、豁达、乐观的情怀。

(三)追求真、善、美和谐的统一

福建诗人的诗词创作十分注重追求真、善、美和谐的统一。

李纲于 1130 年自万安（今海南万宁）北返，经江西鄱阳时作了一首《六么令·次韵和贺方回金陵怀古，鄱阳席上作》，这首词云：

长江千里，烟淡水云阔。歌沉玉树，古寺空有疏钟发。六代兴亡如梦，苒苒惊时月。兵戈凌灭。豪华销尽，几见银蟾自圆缺。

潮落潮生波渺，江树森如发。谁念迁客归来，老大伤名节。纵使岁寒途远，此志应难夺。高楼谁设。倚阑凝望，独立渔翁满江雪。[5]

此词上片怀古，遥思六朝兴亡，慨叹北宋兴废。下片借景抒情，感情真挚、浓烈。这首词体现了真、善、美和谐的统一。这一传统一直被后代的八闽诗人、词人所继承。

（四）以诗歌的创作实践推动诗歌创作理论的建构，以不断完善的诗歌创作理论推进诗歌创作的持续发展

八闽诗人及诗歌理论研究家，既重视诗歌创作的实践，又重视诗歌创作理论的建构。蔡景康先生《两宋时期闽籍诗论家及其〈诗话〉》（上篇）载，宋人所撰诗话约 130 多种，而闽人所撰就有 25 种之多[6]。宋代严羽的《沧浪诗话》、魏庆之（建阳人）的《诗人玉屑》均为宋人诗话的名作。明代谢肇淛的《小草斋诗话》、近代林昌彝的《射鹰楼诗话》、陈衍的《石遗室诗话》等在中国诗歌发展史和中国古代文学理论发展史上均占有重要地位。这些诗论的问世，极有力地推动了福建诗词的创作和诗词理论的发展。

三、当代福建诗人对八闽诗词传统的继承和发扬

当代福建诗人继续以弘扬爱国主义精神为诗词创作的主旋律。纪念爱国英雄、歌颂祖国昌盛、喜迎香港回归，又迎澳门回归，期盼两岸统一等等都成为福建诗人、词人及诗歌爱好者创作的主旋律。同时，爱乡、爱民同样是福建诗歌创作的主旋律。

旅居澳门的永春籍著名诗人梁披云先生作的《香港回归预祝》一诗云：

拔掉龙旗树米旗，前民痛哭乞降时。
河山还我酣歌日，重整乾坤看健儿。[7]

在香港回归前夕梁披云先生回顾历史,期盼香港早日回归,"河山还我"之日已到来,"重整乾坤"已经开始逐步实现。梁披云先生的《港九珠还有日喜赋》云:

> 金瓯伤缺恨绵绵,蚕食鲸吞过百年。
> 混沌君臣轻割地,英雄儿女力回天。
> 九洲生气风雷震,南海遗珠潮汐还。
> 明岁太平山上望,红旗猎猎接幽燕。[8]

这些充满爱国激情的诗篇,将激励着海内外健儿们为创造香江更加美好的明天而努力,澳门的回归以及回归后的明天也将和香江一样美好!

旅居新加坡的著名诗人、书法家潘受先生于抗日战争胜利后曾作《台湾杂诗》,其中一首云:

> 台湾四面水连天,沧海珠遗五十年。
> 今日按图收故地,莫教归燕变啼鹃。[9]

诗人在诗的末尾注释道:"台湾自甲午中日战争之次年即 1895 年割让日本至第二次世界大战 1945 年日本投降复归中国适为五十年。"[10]

如珠玉一般的宝岛台湾摆脱了日本帝国主义的殖民统治,诗人心中充满喜悦之情,诗人期望台湾能顺利发展。诗中洋溢着诗人的爱国激情。

旅居香港、现在在澳门大学任教的晋江籍著名词学理论家、词人施议对博士诵香江的词《蝶恋花·香江》,亦是一首脍炙人口的词,词云:

> 总是匆匆朝与暮。春到枝头,莫把春光误。两岸猿声啼不住。殷勤惟有相思树。
> 梦里几番湖畔路。记得前游,贻我前时句。彩蝶翻飞幺凤舞。楼高露重无寻处。[11]

而今香江已洒满春光,香江必将百花争艳,万紫千红!

当代福建诗人、词人亦多遣怀述志之作。王锦机(字进忠,号梦惺,永春人），曾作《赠梁披云并题其集》四首，其一云：

握手相看历劫余，平生怀抱几时舒？
知君早系苍生望，浮海逾山总不虚。[12]

王锦机先生与梁披云先生是同乡又是同学，他深知梁先生青年时代就怀有远大抱负。数十年来，梁先生远涉重洋，最后定居澳门，他始终热情关心、支持福建的文化、教育事业。1998 年 10 月，92 岁高龄的梁披云先生荣获澳门大学授予的荣誉博士学位。王锦机先生的这首诗也是真、善、美和谐统一的佳作。

当代八闽诗人和诗歌研究者亦十分重视诗词创作理论的建设，并重视以诗歌创作理论建设的成果推动八闽诗词持久地向前发展。《福建诗词》自 1989 年创刊以来，除发表省内外诗作之外，还辟有专栏，对诗词创作的理论问题进行探讨、争鸣。陈祥耀先生除了在诗歌创作方面取得了丰硕的成果之外，在诗歌创作的理论研究方面也取得令人瞩目的成就。他对诗歌的"意境"、诗歌的"雅俗"等问题都作了精辟的论述。这些无疑对八闽诗词创作沿着健康的轨道发展起了良好的促进作用。

注　释

［1］〔清〕彭定求，等：《全唐诗》卷八百八十七，北京：中华书局，1960 年，第 10025 页。

［2］［3］蔡玉卿：《延平二王遗集·蔡夫人未刻稿》，福建师范大学图书馆藏手抄本。

［4］林庚、冯沅君：《中国历代诗歌选》，北京：人民文学出版社，1979 年，第 1001 页。

［5］唐圭璋：《全宋词》，北京：中华书局，1965 年，第 2 册，第 907 页。

［6］蔡景康：《两宋时期闽籍诗论家及其〈诗话〉》（上篇），《三明师专学报》1992 年第 1 期。

［7］［8］［9］［10］［11］施学概：《回归诗词百首》，香港："诗词创作迎回归"大赛组织委员会、综达有限公司编选发行，1997 年。

［12］何世铭：《温陵近代诗钞》，泉新出(98)内书(刊)第 01 号，第 269 页。